AtV

Stephanie Barron ist eine große Bewunderin der englischen Schriftstellerin Jane Austen (1775–1817). In ihren Romanen »Jane Austen und der dunkle Engel« (Aufbau Taschenbuch Verlag, 1996) und »Jane Austen und die Herren der Nacht« (Aufbau Taschenbuch Verlag, 1998) hat sie uns die Autorin von »Sinn und Sinnlichkeit«, die eine hervorragende Beobachterin der sie umgebenden vornehmen Gesellschaft war, bereits von einer ganz anderen Seite gezeigt.

Stephanie Barron lebt im Bundesstaat Colorado, USA.

1804, kurz vor Weihnachten. Jane Austen, die berühmte englische Schriftstellerin, ist mit ihrer Familie seit längerem wieder in Bath, einem Ort, der sie ziemlich langweilt. Da scheint etwas Abwechslung in ihr Leben zu kommen. Lord Harold hat sie gebeten, auf einem Maskenball seiner Tante, der Herzoginwitwe von Wilborough, ein Auge auf seine Nichte Desdemona zu haben. Die junge Dame ist vor einem hartnäckigen Bewerber um ihre Hand aus London in die Provinz geflohen. Aber Jane wird nicht etwa Zeuge einer launenhaften Affäre Desdemonas, sondern des grausamen Mordes an Theaterdirektor Portal. Als Mörder wird Desdemonas Bruder verhaftet, den man mit einem blutigen Dolch bei der Leiche antraf. Steckt etwa der verschmähte Liebhaber hinter der Tat, ein äußerst gutaussehender Graf von überschäumendem Temperament? Oder sind die schöne Maria Conyngham und ihr Bruder, beide Schauspieler von großer Begabung, in das Verbrechen verwickelt? Ein geheimnisvolles Medaillon bringt Lord Harold und Jane auf die richtige Spur.

Stephanie Barron

Jane Austen und das Medaillon des Todes

Historischer Kriminalroman

Aus dem Amerikanischen von Friedrich Baadke

Aufbau Taschenbuch Verlag

Titel der Originalausgabe
Jane and the Wandering Eye

ISBN 3-7466-1418-X

1. Auflage 1998

Published by arrangement with Bantam Books, a division of
Bantam Doubleday Dell Publishing Group, Inc.
Umschlaggestaltung Torsten Lemme
Satz LVD GmbH, Berlin
Druck Elsnerdruck GmbH, Berlin
Printed in Germany

In Liebe meiner Schwester Liz Ferretti gewidmet –
deren Augen die treuesten sind

Vorwort der Herausgeberin

In diesem dritten kürzlich entdeckten und nunmehr zur Veröffentlichung gelangenden Tagebuch beschreibt Jane Austen die letzte Weihnachtszeit, die sie in ihrem damaligen Wohnsitz Bath verbringen sollte. Diese Wochen stürzten sie in Aufregungen, verwickelten sie in Intrigen, brachten ihr Leid und erwiesen sich als ein sehr bedeutsamer Abschnitt in ihrem Leben. Sie feierte ihren neunundzwanzigsten Geburtstag und verlor eine liebe Freundin inmitten eines düsteren Wirrsals von Mord und Skandal.

Die Vertrautheit mit Theater- und Künstlerkreisen, die Jane Austen in diesem Band beweist, wird kaum einen Leser überraschen, der sich mit ihrem Leben und Werk beschäftigt hat, denn es ist seit langem bekannt, daß sie einen kultivierten Geschmack und eine Vorliebe für die Schauspielerei und das Drama besaß. Als ich den vorliegenden Text herausgab, hielt ich es jedoch für notwendig, eine Reihe von Werken über das Theater und die Porträtmalerei jener Zeit zu Rate zu ziehen. *The Kemble Era: John Philip Kemble, Sarah Siddons, and the London Stage* von Linda Kelly (New York, Random House 1980) war ein wunderbarer Führer durch eine der erregendsten Epochen (und Familien) der britischen Theatergeschichte. *Sir Thomas Lawrence: Portraits of an Age, 1790–1830* von Kenneth Garlick (Alexandria, VA, Art Services International 1993) und *Richard and Maria Cosway: Regency Artists of Taste and Fashion* von Stephen Lloyd (Edinburgh, Scottish National Portrait Gallery 1995) waren ebenfalls von unschätzbarem Wert für jemanden von so gründlicher Unwissenheit wie ich.

Meinen tiefsten Dank schulde ich jedoch Elle Shushan, der Direktorin der Manhattan-Galerie von Earle D. Vandekar von Knightsbridge. Ihre Sachkunde und ihr Fachwissen auf dem Gebiet der Augenporträts der Regentschaftszeit sind unersetzlich.

Stephanie Barron
Evergreen, Colorado

Kapitel 1
Der Tod kommt im Maskenkostüm

Mittwoch, den 12. Dezember 1804

Bath

Wenn eine kunstvollere Feder als die meine eine Abendgesellschaft schildert, so erscheint diese unweigerlich als eine geistlose Angelegenheit von zwei- oder dreihundert Personen, die sich dicht an dicht in den Salons der Großen drängen. Solche Wolken von Puder, die aus vornehmen Perücken geschüttelt werden! Solch ein Geraschel von Seide! Und welch allgemeines herzhaftes Lachen und Rufen – so daß die sanfteren Töne schüchternerer Gefährten sich zu einem beständigen Schreien steigern müssen, mit der Folge, daß gegen Morgen die ganze Gesellschaft die Sprache verloren hat und nur noch die schalen Genüsse von mittelmäßigem Glühwein und zusammensackenden Fleischpasteten einen für all diese Strapazen entschädigen.

So hat Fanny Burney in »Cecilia« und in »Camilla« eine Abendgesellschaft beschrieben, und so hätte auch ich meine erste Erfahrung mit einer solchen in einem viel bescheideneren Band wiedergeben müssen, den ich einfach »Jane« betitele, hätte nicht das Schicksal eingegriffen und meine Vergnügung interessanter gestaltet. Denn gestern abend durchlitt ich die schlimmste aller großen Gesellschaften – einen wahrhaftigen Maskenball nach dem Theater, mit mir in der Rolle einer Schäferin – an einem so erhabenen Ort wie Laura Place, dem Wohnsitz der Herzoginwitwe von Wilborough, den Hunderte ihrer vertrautesten Bekannten besuchten.

Und was, so mögen Sie fragen, hatte Miss Jane Austen in solch einem Kreise zu suchen? Diese Frage stellte mein Vater vorsichtig, als ich aus dem Hause Green Park Buildings Nr. 27 (wo meine liebe Familie seit zwei Monaten wohnt, da wir unser früheres Quartier am Sydney Place den üblen Coles überlassen mußten) dorthin aufbrach, an meiner Seite mein Bruder Henry als ein ganz imposanter Richard der Dritte und seine Gattin Eliza als Marie Antoinette verkleidet.

»Nun, Vater«, erwiderte ich und schwenkte meinen Schäferinnenstock, »du mußt wissen, daß die Einladung allein auf meinen Bruder zurückgeht, der sie beschafft hat, um Eliza eine Freude zu machen, die bei einem so kurzen Besuch der Stadt gerade um diese Jahreszeit alle Zerstreuungen genießen muß, die Bath zu bieten hat. Bath zur Weihnachtszeit könnte man als etwas dürftig bezeichnen, weil ihm die Menschenmengen der Osterzeit fehlen, die ihm einen gewissen Stil verleihen; und wenn Eliza nicht ganz enttäuscht werden soll, müssen wir unser Vergnügen genießen, wo wir es finden. Einen Maskenball auf ausdrückliche Einladung einer Herzoginwitwe darf man nicht versäumen. Ist es nicht so, Henry?«

»In der Tat«, stammelte mein Bruder mit einem Blick auf seine elegante Frau, die ihren kleinen Hund Pug gänzlich verschluckt zu haben schien, so gespielt unschuldig verzog sie den Mund. Eliza ist eine recht zierliche Dame, doch mit ihrem augenblicklichen turmhohen Kopfputz aus stark gepudertem Haar, in das Schiffsmodelle und Paradiesvögel geflochten sind, schien sie sich weit über ihre gewohnte Stellung zu erheben.

Ich muß gestehen, daß ich Elizas Königin mehr bewunderte als Henrys König, denn wenn auch beide im Urteil der Geschichte als schlau gelten, so hatte doch Eliza den Vorteil vor Henry, daß sie wenigstens Marie Antoinette im ganzen früheren Glanz der Österreicherin *gesehen* hatte und daher in der Lage war, den vergangenen Stil der Dame in ihr gegenwärtiges Kleid einzubeziehen, während sich Henry auf den allgemeinen Begriff von Buckeln und hochgezwirbelten Schnurrbärten und eine angedeutete Schieläugigkeit beschränken mußte, um seinen Schurken darzustellen.

»Und unsere liebe Freundin Madam Lefroy wird auch an der Festlichkeit bei der Herzogin teilnehmen, Vater«, fügte Eliza hinzu. »Das wird den Höhepunkt ihres letzten Abends hier in Bath bilden – sie kehrt ja morgen nach Hampshire zurück –, und wir können uns nicht ohne eine gegenseitige Aufmerksamkeit voneinander verabschieden. Sie möchten doch sicherlich nicht, daß wir eine so angenehme Nachbarin und so liebe Freundin vernachlässigen. Denn wer weiß, wann wir uns wiedersehen?«

»Aber kennst du denn die Herzogin überhaupt, meine liebe Jane?« fragte mein Vater einigermaßen verwundert.

»Ganz bestimmt ...« begann Henry.

»... *nicht*«, schloß ich den Satz.

»Ich meine damit«, verbesserte sich mein Bruder eilig, »daß die Bekanntschaft ganz auf *meiner* Seite liegt, Vater. Ich habe der Familie Wilborough einige unbedeutende Dienste auf finanziellem Gebiet geleistet. Die Eintrittskarten für die Gesellschaft wurden mir geschickt.«

»Davon hatte ich keine Ahnung, mein lieber Junge.« Der freudige Ausdruck, den das Gesicht meines Vaters bei dieser Erwähnung des Fortkommens seines Sohnes in seinem erwählten Bankiersberuf annahm, verlieh dieser Falschaussage beinahe ihren Wert.

»Aber jetzt müssen wir fort«, schaltete sich Eliza energisch ein, »sonst verlieren wir eine Stunde auf der Suche nach neuen Sänften, denn unsere halten schon eine Viertelstunde vor der Tür.* Es hat schon elf geschlagen, und es schneit heftig! Denken Sie auch an die unglücklichen Sänftenträger, lieber Vater!«

Normalerweise ist das Klima von Bath so mild, daß man den Beginn des Winters kaum spürt, an diesem Abend jedoch waren wir einem furchtbaren Sturm ausgesetzt. Während also mein Vater am Wohnzimmerfenster stehend entsetzt mit der Zunge schnalzte und voll mitleidiger Sorge die geröteten Wangen und stampfenden Füße der unglücklichen Burschen dort unten betrachtete, eilten wir hinunter auf die Straße, wo unsere Sänften schon einige Minuten warteten, und machten es uns darin bequem für den Weg zum Laura Place – oder hätten es getan, wenn nicht mein Schäferinnenstock sich geweigert hätte, in den engen Raum des Vehikels hineinzupassen. Dieses kleine Problem wurde dadurch gelöst, daß der widerspenstige Gegenstand an der Tür der Green Park Buildings Nr. 27 stehenblieb, die Sänftenträger hoben an, und schon ging es los – und nur gelegentlich erinnerte ein Schaukeln an die Unebenheit der verschneiten Straßen und an die Wahrscheinlichkeit, daß der Rückweg noch mühsamer würde.

* Zur Zeit Jane Austens war es üblich, auf den Straßen von Bath und anderen größeren Städten Sänften zu mieten, die von je einem Mann vorn und hinten getragen wurden. – *Die Herausgeberin.*

Der kurze Weg gab mir die Gelegenheit, die Gründe für unsere Anstrengung zu überdenken, denn unglücklicherweise war das Vergnügen der geringste davon. So eingeschränkt meine übliche Geselligkeit in Bath auch sein mag – im allgemeinen besteht sie nur aus den langweiligen Kartenabenden meiner Tante Leigh-Perrot und gelegentlichen Theaterbesuchen, sofern meine schmale Börse sie erlaubt –, so verlangt es mich doch nicht so schrecklich nach Unterhaltung, daß ich eine Nacht voller Schneetreiben in der Verkleidung einer Staffordshire-Puppe im fröhlichen Gedränge völlig Fremder verbringen möchte, die das Glück genießen, alle miteinander bekannt zu sein. Auch Henry und Eliza sind nicht so wild auf Abendgesellschaften, wie wir es meinen Vater glauben machten. Mein Bruder und meine Schwester* hatten meinen Bitten um Unterstützung nachgegeben und waren so weit gegangen, um meinetwillen zu schwindeln. Um mir peinliche Erklärungen zu ersparen, hatte ich Ehrwürden George Austen den wahren Zweck unseres Besuchs in Laura Place verschwiegen. Wir gingen zwar wirklich in der Verkleidung von Festgästen dorthin, trugen aber die Bürde eines höchst sonderbaren Auftrags.

Lord Harold Trowbridge, der dunkle Engel meines kürzlichen Abenteuers – Vertrauter der Krone, Gegner aller, die zu bekämpfen man ihn bezahlt, und berüchtigter Lebemann –, ist der jüngere Sohn der Herzoginwitwe von Wilborough. Er hat auch gerade wieder Scherereien mit einer Dame, was für Lord Harold nicht ungewöhnlich ist, obgleich in diesem Fall die Dame nicht nur unverheiratet, sondern auch mit ihm verwandt ist, was die Klatschmäuler zum Schweigen bringen sollte. Kurzum, seine Nichte, Lady Desdemona Trowbridge – ein Stern dieser Saison, ein achtzehnjähriges Mädchen, mit allen Vorzügen des Reichtums, der Schönheit und der Erziehung gesegnet – hat sich dem Schutz ihrer Familie und ihrer Freunde entzogen, hat alle Menschen in London verlassen, deren Interessen ihre erste Überlegung und Sorge bilden sollten, und ist zur Herzoginwitwe nach Bath geflüchtet. Als Ursache für diesen überstürzten Schritt gilt der imposante Graf von Swithin, der einen Anteil am künftigen

* Eliza de Feuillide war zugleich Jane Austens Kusine und die Frau ihres Bruders Henry, doch Jane nennt Eliza gewöhnlich einfach ihre *Schwester.* Es war zu jener Zeit üblich, angeheiratete Verwandte ebenso zu bezeichnen wie Blutsverwandte. – *Die Herausgeberin.*

Glück der Dame beansprucht. Kurzum, der Graf hat um ihre Hand angehalten und damit der schönen Desdemona beträchtlichen Ärger und Kummer bereitet.

Lord Harold erfuhr von der Flucht und respektierte den Wunsch seiner Mutter, man solle das Mädchen eine Weile in Ruhe lassen; er blieb in London und hielt Seine Gnaden den Herzog davon ab, das Gör stracks nach Hause zu befehlen; er versagte es sich, selbst nach Laura Place zu kommen und zur Vernunft zu mahnen; und als Lady Desdemona weder die Neigung zeigte, den Wohnsitz ihrer Großmutter zu verlassen, noch sonderlich unter ihrem freiwilligen Exil zu leiden schien (sie genoß in den Vorweihnachtswochen eine ergötzliche Folge von Vergnügungen und Einkaufsbummeln) – da wandte er sich schließlich an *mich*.

Meine Nichte ist eine junge Dame von ausgezeichnetem Verstand, schrieb mir Lord Harold in seiner kaum leserlichen Handschrift, *doch sie besitzt den Eigensinn der Trowbridges. Sie ist dickköpfig und jederzeit in der Lage, gegen ihre eigenen Interessen zu handeln. Ich mache mir große Sorge, daß sie auf die übelste Sorte von Mitgiftjägern hereinfallen könnte – deren Bemühungen sie unabsichtlich herausfordern könnte, aus irregeleitetem Trotz oder dem Wunsch, Lord Swithins Pläne zu durchkreuzen. Wäre es unmöglich – oder zuviel verlangt –, wenn Sie, meine liebe Miss Austen, ihr Verhalten eine Weile beobachten würden? Und mir Ihre Beobachtungen mitteilten? Ich möchte hauptsächlich wissen, welcher Art ihre Bekanntschaften sind – in welchen Kreisen sie den größten Teil des Tages verbringt – und die Namen der Herren, denen sie die meiste Aufmerksamkeit widmet. Ich wäre Ihnen außerordentlich dankbar, wenn Sie mir diesen Dienst erweisen würden; denn wenn auch Ihre Gnaden sicherlich dasselbe tun könnte, so ist sie doch, wie Sie wohl wissen, nicht eben die strengste Sittenrichterin.*

Und da dem Brief eine Anschrift in der Pall Mall – Brooks's Club, genau gesagt – und die bereits erwähnten Einladungen zur Abendgesellschaft beilagen, brachte ich es nicht über mich, diesen Wunsch abzuschlagen – sofern ich gegenwärtig Lord Harold überhaupt etwas abschlagen könnte. Nicht, daß ich ihm großen Dank schuldete oder zärtliche Gefühle für den Herrn hegte; es ist vielmehr so, daß Lord Harold auf allen seinen Wegen Ränke und Verwicklungen nach sich zieht – und ich muß gestehen, daß mich Bath und seine Kleinlichkeit unerträglich *langweilen,* seit ich vor wenigen Wochen aus Lyme Regis zurückgekehrt bin. Der Schwerenöter und seine Nichte auf Abwegen boten mir eine höchst willkommene Abwechslung.

Und so befanden wir uns nun auf dem Wege nach Laura Place.

Ich glaube nicht zu übertreiben, wenn ich behaupte, daß das Haus der Herzoginwitwe von Wilborough gestern abend im Glanz von tausend Kerzen erstrahlte. Licht ergoß sich aus einer Vielzahl von Flügelfenstern (deren Verglasung den verstorbenen Herzog ein Vermögen gekostet haben muß) und warf Rautenmuster von Schatten auf die verschneite Straße. Licht strömte bei der Ankunft jeder Sänfte aus der geöffneten Eingangstür wie ein auf dem Gehweg ausgerollter Ballen Seide. Dazu hörte man das Stimmengewirr der Unterhaltung und das Klappern der Bestecks, eine zu rauhem Gesang erhobene Stimme und schallendes Gelächter. Ein leiser Geigenklang drang aus der Tür.

Henry bezahlte die Sänftenträger und wies den Lakaien unsere Einladungen vor, aber ich zögerte noch an der Tür, fast abgeschreckt von den glänzenden Scharen, die ich innen erblickte, bis mich ein Ausruf Elizas in Bewegung brachte. Ich hatte Marie Antoinette auf den Fuß getreten.

Die Vorhalle war reich in Hellgrün gehalten, mit Rosa und Weiß abgesetzt, den Farben, die Robert Adam bevorzugte. Rosa und grüne Seide säumte die Fenster, und eine Büste der Muse der Tragödie stand vor dem Pfeilerspiegel gegenüber – zweifellos Mrs. Siddons nach dem Gemälde von Reynolds.* Ich sah dorthin und erblickte mich im Spiegel als Schäferin, eine einsame bukolische Gestalt inmitten all dieses Glanzes. Eliza kniff mich in den Arm.

»Dem Old Drury so ähnlich, wie es nur geht, meine Liebe«, flüsterte sie.**

* Sarah Siddons (1755–1831) war die führende Tragödin der Zeit Jane Austens. Mit ihrem Bruder John Philip Kemble beherrschte die Siddons die Londoner Bühne jener Zeit, auf der sie Jane vermutlich spielen sah. – *Die Herausgeberin.*

** Bei seiner Renovierung des Old Drury Lane Theatre im Jahre 1775 bevorzugte Robert Adam die Farben hellgrün und rosa und bronzefarbene Details, was die Herzoginwitwe anscheinend nachahmte. Das Old Drury wurde 1794 abgerissen und durch ein neues Gebäude ersetzt. Dieses brannte 1809 nieder. – *Die Herausgeberin.*

»Tatsächlich«, erwiderte ich. »Die Herzoginwitwe lebt zwar ziemlich zurückgezogen, aber ihren Leidenschaften hat sie noch nicht abgeschworen.«

»Gehen wir doch hinauf«, schaltete sich Henry ungeduldig ein. »Hinter mir herrscht ein mächtiges Gedränge!«

Wie uns Lord Harold mitgeteilt hatte, war die Abendgesellschaft als Huldigung an die führenden Schauspieler des Theatre Royal* von Bath gedacht, und da die Aufführung dieses Abends soeben beendet war, hatte die Flut der aus der Orchard Street nach Laura Place strömenden Menschenmenge gerade ihren Höhepunkt erreicht. Die Treppe, ein weiter Bogen aus Mahagoni, war völlig eingenommen von kostümierten Personen, die in Richtung Salon drängten. Ich hakte mich mit einem Arm bei meinem Bruder und mit dem anderen bei meiner Schwester ein, und so erstürmten wir die Schanze.

Übergehen wir die Qualen der nächsten Viertelstunde mit Schweigen: Wie unsere Kleider zerrissen und unser Kopfputz in Unordnung gebracht wurde, welchen Schaden unsere Schuhe und Handschuhe nahmen. Verwenden wir die Zwischenzeit lieber darauf, das Wesentliche von dem wiederzugeben, was ich über die Herzoginwitwe selbst weiß, nur die bloßen Umrisse der Laufbahn Ihrer Gnaden.

Ich habe es aus so guter Quelle wie der unsicheren Erinnerung meiner lieben Mutter erfahren, daß Eugenie de la Falaise ihren Aufstieg als kesse junge Ballettänzerin an der Komischen Oper in Paris begann. Von dort gelangte sie dank ihrer hübschen Füßchen und ihres bißchen Englisch nach Covent Garden, und in diesem Theater geschah es, daß sich der Herzog von Wilborough – der *fünfte*, nicht der gegenwärtige – Hals über Kopf in sie verliebte. Er war schon nicht mehr der Jüngste, hatte eine Herzogin begraben und mit ihr einen totgeborenen Sohn, und so war es nicht verwunderlich, daß er die schöne Eugenie heimlich aushielt, mit unbegrenztem Kredit bei den elegantesten Geschäften und einem hübschen Gespann zum Ausfahren in der Stadt als Gegenleistung für den Genuß ihrer Gunst, so wie es Lord Derby einst mit Miss

* Dies war das ursprüngliche Theater von Bath in der Orchard Street, das Jane häufig besuchte. Seine Truppe spielte abwechselnd in Bath und in Bristol: Dienstags, donnerstags und sonnabends in Bath und montags, mittwochs und freitags in Bristol. – *Die Herausgeberin.*

Farren tat.* Doch Eugenie hatte ein größeres Ziel vor Augen. Sie wollte eine Rolle in einer Tragödie spielen.

Daß sie als Isabella oder Lady Macbeth ungeeignet war oder sogar für die Rolle der Porzia im »Kaufmann von Venedig«, braucht man nicht zu betonen. In »Was ihr wollt« vielleicht oder in »Irrtümer einer Nacht« hätte sie ihre Talente zur Geltung bringen können; doch nach Fürsprache des Herzogs von Wilborough beim Direktor des Drury Lane spielte sie tatsächlich die Lady Macbeth, und das neben keinem Geringeren als dem großen Mr. Garrick.

Die Vorstellung – es gab leider nur die eine – soll kläglich gewesen sein. Die empörten Zuschauer pfiffen und schrien, warfen aus dem Parkett alle mögliche Abfälle auf die Bühne und erzwangen das Fallen des Vorhangs mitten in Lady Macbeths berühmtem Schlafwandeln. Eugenie de la Falaise war zutiefst gekränkt, verschwand plötzlich aus der Öffentlichkeit und wurde niemals wieder auf einer Londoner Bühne gesehen.

Man kann dem fünften Herzog billigerweise keinen Vorwurf daraus machen, daß er sie heiratete. Man möge ihm verzeihen, daß er sich diese Torheit gestattete. Das Mitleid, die Großmut, die Unbesonnenheit, die das Scheitern ihrer Laufbahn hervorrief – wir haben nur eine schwache Vorstellung davon, wie das alles auf sein Gemüt wirkte. Eugenie war, wie gesagt, eine schöne Frau von vierundzwanzig Jahren, und wenn sie jetzt auch schon seit vielen Jahren Großmutter ist und Wilborough längst zu seinen Vätern versammelt, so ist sie doch noch immer eine beeindruckende Erscheinung.

Ich erkläre dies, nachdem sich mein Blick gleich nach dem Eintreten in den Salon auf die Herzoginwitwe richtete. Obgleich volle siebzig Jahre alt und auf die Unterstützung eines derben Stockes angewiesen, den sie fest in einer Hand hält, beansprucht Ihre Gnaden sofort die volle Aufmerksamkeit. Ihre scharfen Gesichtszüge und ihr verschlossener Ausdruck erinnern an Lord Harold, ihren Sohn, doch was bei ihm oft abweisend wirkt, kann man bei ihr als überwältigend bezeichnen. Ein Mann von gerin-

* Elizabeth Farren gehörte in den 1780er Jahren der Truppe des Drury Lane an und war die öffentlich bekannte Geliebte des Grafen von Derby, der sie nach dem Tode seiner ersten Frau 1797 zu seiner zweiten Gräfin machte. – *Die Herausgeberin.*

gerer Position als der Herzog von Wilborough, der gewohnt war, zu tun, was ihm beliebte, hätte mit dem Bemühen um eine solche Frau noch größeren Skandal hervorgerufen.

Und einen Skandal gab es wirklich. Seine Majestät König George II. soll gegen die Verbindung interveniert haben, doch wurde sein huldvoller Einspruch gelassen zurückgewiesen. Die politische Laufbahn des Herzogs mag dadurch gelitten haben. Manche seiner Bekannten mögen ihn geschnitten haben. Doch andere, deren Wert mit der Zeit stieg, akzeptierten seine Braut und nicht weniger die Erben, die sie zweckmäßigerweise hervorbrachte.

Bertie, der seinem Vater als Herzog folgte, kommt am stärksten nach den Wilboroughs, im Charakter wie im Aussehen; Lady Caroline Mulvern, geborene Trowbridge, ist unglücklicherweise ein Abbild ihrer Trowbridge-Tanten; doch im Gesicht Lord Harolds wollen die frechsten Spötter der Gesellschaft so wenig Ähnlichkeit entdecken, daß sie sogar die Vaterschaft anzweifeln. Lord Harold ist so eindeutig Eugenies Sohn, daß der verstorbene Herzog vielleicht nichts mit seinem Zustandekommen zu tun hatte.

Gestern abend stand die Herzoginwitwe inmitten ihrer eleganten Gesellschaft als Kleopatra kostümiert, in einer ägyptischen Robe mit einem Diadem auf der Stirn und einer Samtmaske vor den Augen, und neben ihr stand ein Mädchen so sehr nach Eugenies Art, wenn auch gut fünfzig Jahre jünger, daß ich in ihr sofort Lady Desdemona erkannte, Lord Harolds ungebärdige Nichte. Sie war in Vollendung ganz als sie selbst gekleidet und hatte das allgemeine Gebot der Kostümierung einfach ignoriert; und inmitten der Überfülle an Schmuck und Federn wirkte ihre einfache Erscheinung so exotisch wie ein Sperling im Paradies. Ich konnte keine Ähnlichkeit mit ihrer Mutter Honoria oder mit ihrem vollblütigen Vater Bertie in ihrem schmalen, feinen Gesicht entdecken und fragte mich, ob wohl ihr Charakter ebenso französisch sei wie ihr Aussehen.

»Jane«, rief Eliza, deren Gesicht durch die Maske entstellt wurde, die es zur Hälfte bedeckte, »Henry will unbedingt mit mir tanzen, und wenn ich das auch bei der Hitze und dem Gedränge nicht sehr verlockend finde, so ist das Sitzen wahrscheinlich auch alles andere als angenehm. Verzeihst du uns, wenn wir dich verlassen?«

»Geh nur, meine Liebe, und gib dich so frivol, wie es dein Kostüm der ermordeten Königin nur zuläßt. Ich bin hier in meiner Muße gut aufgehoben. Wie ich sehe, habe ich einen ausgezeichneten Blick auf Lady Desdemona.«

»Wo?«

»Sie steht neben der Herzogin.«

»Ach«, sagte Eliza mit trockener Befriedigung, »und als Naive gekleidet. Sie könnte sehr wohl Cecilia darstellen und in der Lage sein, eine ganze Kavalkade von Bewundern abzuweisen, deren kostümierte Anonymität ihre Aufdringlichkeit nur noch steigert. Nennen wir sie die Tugend und lassen wir es dabei.«

»Wirklich? Ich meinte, sie verschmähe lediglich jede Verstellung oder Verkleidung. Und so belastet wie ich bin mit solch einem warmen und unbequemen Aufzug« – dabei deutete ich mit einem Schütteln meines behaubten Kopfes auf die Vielzahl meiner Musselinunterröcke – »kann ich es ihr fairerweise nicht verübeln. Ich sehne mich schon danach, mich umzuziehen.«

»Vielleicht. Aber beweist ihr Abscheu – oder ihre Klugheit – denn auch Feinheit des Empfindens oder Geschmacks? Oder sollten wir annehmen, daß sie lediglich das Spiel verderben will?«

»Das kann ich nicht beurteilen, ehe ich die Dame nicht näher kenne.«

»Dann stelle es fest, liebe Jane, und ich schließe mich gern deiner Meinung an. Es erspart mir die ungeheure Mühe, selbst darüber nachzudenken.« Und mit einem Lächeln und in Sorge um ihren aufgetürmten Kopfputz überließ es Eliza mir, Lord Harolds Auftrag zu erfüllen.

Ich betrachtete die Gesellschaft, eine brodelnde Mischung von Schönem und Groteskem, von grellen Farben und schrillen Lauten, aus der sich vereinzelt eine elegante Gestalt abhob, die an einem Türrahmen oder einer entfernten Wand lehnte und sich anscheinend einer ähnlichen Beschäftigung hingab wie ich. Einen Harlekin erblickte ich, glänzend in einem Kostüm in Schwarz und Rot, der sich angeregt mit einer stattlichen Königin Elizabeth unterhielt, und einen fürchterlichen Mohren mit wallenden Gewändern und harten Gesichtszügen, doch er bemühte sich *nicht* um meine besondere Desdemona. Mehr als eine Gestalt fiel mir auf, die ohne ihren Domino täglich in den Spalten des »Gentleman's Magazine« oder in einer der satirischen Zeichnungen Gillrays auftauchen könnte.* Doch auch nach einer vollen Viertelstunde aufmerksamer Beobachtung konnte ich niemanden aus jener räuberischen Horde erblicken, deren Vorstellung Lord Harolds Besorgnis hervorgerufen hatte. Nur zwei Männer hatten sich Lady Desdemona genähert, ein weiterer Harlekin, der in ein schwarzweißes Rautenmuster gekleidet war, und ein Bursche, der einen guten Henry VIII. abgab, wenn er auch seine Korpulenz nur der Polsterung des Schneiders verdankte. Beide waren anscheinend ebenso darauf aus, sich mit der Herzoginwitwe zu unterhalten, wie auf ein Gespräch mit ihrer schönen Schutzbefohlenen.

»Gehören Sie auch dem Theatre Royal an?« fragte eine Stimme an meiner Schulter, und als ich mich umwandte, erblickte ich einen Ritter in einer nachgemachten Rüstung, komplett mit Visier, die seine Identität völlig verhüllte.

»Nur gelegentlich in einer Loge«, erwiderte ich, »aber ich muß gestehen, daß ich gute, erprobte, professionelle Schauspielerei bewundere. Sind denn einige Mitglieder der Truppe anwesend?«

»Der Maskenball wird ihnen zu Ehren gegeben.«

»Das habe ich gehört. Doch wie soll man bei so vielen kostümierten Gestalten den echten Schauspieler vom falschen unterscheiden?«

Mein Partner verneigte sich. »Sie stellen damit die älteste Frage der Menschheit, Madam.«

Ich sah forschend in das vom Visier verdeckte Gesicht, das nichts von dem dahinter verborgenen Herrn preisgab. Sollte es tatsächlich Lord Harold sein, der an der Situation seinen Spaß hatte? Die Stimme schien ein Echo seiner Redeweise zu verraten. Doch nein. Er würde kaum meine Dienste wegen Lady Desdemona erbitten, wenn er die Gesellschaft selbst besuchen wollte.

»Ich wundere mich, Sir«, setzte ich erneut an, »daß Sie mich für ein Mitglied dieser ausgezeichneten Truppe halten können.«

»Ich habe nur eine Vermutung auf gut Glück ausgesprochen. Sie könnten sich auf die verschiedenste Art auszeichnen – wie ich

* James Gillray (1757–1815) war der führende politische Karikaturist zu Jane Austens Zeit. Seine satirischen Drucke erschienen zuerst in den 1780er Jahren. Die Kupferstiche in Tuschmanier machten sich zumeist über Skandale der vornehmen Welt oder politische Mißgriffe lustig, ähnlich wie die politischen Karikaturen von heute. – *Die Herausgeberin.*

übrigens auch. Wir scheinen einander völlig fremd zu sein, und trotzdem könnten wir eng miteinander vertraut sein, ohne es zu wissen, so undurchdringlich ist unsere Verkleidung.«

»Und selbst die vollendetste Schauspielerin würde unbeachtet bleiben.«

»Damit, Madam, verraten Sie eine bezaubernde Unkenntnis von vollendeten Schauspielerinnen. Es ist die erste Regel der Bühne, daß jemand, der unbeachtet bleibt, sehr bald in den Kulissen verschwindet. Sehen Sie sich die Medusa in Scharlachrot an.«

Ich schaute mich um, doch Haube und Maske schränkten den Gesichtskreis ein.

»Am Kamin, im Gespräch mit dem bärtigen Pierrot.«

Dort bemerkte ich dann eine außergewöhnliche Frau, lebenssprühend und feurig, mit wogendem schwarzem Haar und zerlumpter Kleidung ein wahres Bild des Wahnsinns. Dabei war ihre Schönheit erstaunlich. Ihr Kostüm, das kaum diesen Namen verdiente, enthüllte mehr von ihrer Figur als es verdeckte. Dieser Effekt *mußte* selbst die übersättigste Aufmerksamkeit auf sich ziehen. Sie verstieß gegen den Brauch, indem sie keine Maske trug. Ob ihre Konversation ebenso anziehend war wie ihre Person, konnte ich nicht feststellen, doch während ich sie beobachtete, warf der bärtige Pierrot den Kopf zurück und brach in ein schallendes Gelächter aus.

»Das ist Miss Conyngham«, bemerkte mein Gegenüber.

»*Maria* Conyngham? Das ahnte ich nicht.«

»Ihr Bruder steht neben der Herzogin.«

Ich drehte mich zu Ihrer Gnaden um.

»Der Harlekin?«

»Henry der Achte.«

»*Das* also ist der berühmte Hugh Conyngham! Ich wundere mich, daß mir das nicht schon früher auffiel. Wer kann seine jetzige Figur ansehen und darin nicht seinen tragischen Hamlet erblicken? Seinen mörderischen Macbeth? Seinen unglückseligen Spieler? Jeder Zug seines Gesichts ist vom Leiden gezeichnet!«

»Mit Kohle, wenn auch nicht von der Natur«, ergänzte der Herr neben mir.

»Sind Sie denn auch Schauspieler, Sir? Sind Sie mit den beiden näher bekannt?« Ich gebe zu, es war töricht von mir, bei der Entdeckung Conynghams in solche Bewunderung auszubrechen, aber soviel Geld aus meiner schmalen Börse hatte dazu gedient, die seine zu füllen, indem es mir einen begehrten Logenplatz bei einer Vorstellung mit diesem Schauspieler sicherte, daß mein Übermaß an Begeisterung vielleicht verzeihlich ist. Ich habe ebenso viel in Conyngham investiert wie Henry in all seine Staatsanleihen.*

»Diesen Vorzug besitze ich nicht«, erwiderte der Ritter mit einer Verneigung. »Ich kann mich nur rühmen, leidlich gut zu tanzen. Ich muß Sie um Ihren Arm bitten, schöne Schäferin, sonst würde ich mir den Vorwurf der Ungehörigkeit zuziehen, weil ich Ihre Aufmerksamkeit so lange allein in Anspruch genommen habe.«

Ich zögerte im Gedanken an Lord Harold und meine Pflichten, doch ein Blick aufs Parkett überzeugte mich, daß Lady Desdemona lächelnd und angeregt mit ihrem Partner zum Tanze schritt. Offensichtlich hatte sie den weißen Harlekin erhört; seine scheinbare Bemühung um die Herzoginwitwe war mit der Hand ihrer Enkelin belohnt worden. Lady Desdemonas Augen glänzten und ihr Gesicht strahlte, aber wie, dachte ich ärgerlich, sollte ich den Namen ihres Partners berichten? Denn ein Maskenball eignet sich schlecht zur Spionage; über den Mann konnte ich nur Vermutungen anstellen, und wenn ich etwas für Lord Harold in Erfahrung bringen wollte, dann war ich schon auf regelrechtes Belauschen angewiesen. Also dann auf zur Tanzfläche, so schnell es ging.

Ich verneigte mich, hielt meine Maske hoch und nahm den dargebotenen Arm meines Partners. Zu meiner Erleichterung stellte ich fest, daß seine Rüstung aus Stoff war, wenn auch mit Silber durchwirkt, und kein Hindernis für einen Kontertanz bot, freilich auch nichts von dem Ritter darin enthüllte.

Jedoch erwies es sich, daß eine volle halbe Stunde heftiger Bewegung für meine Absichten nicht genügte; in solch einer Menschenmenge war es unmöglich, etwas für Lord Harold mitzuhören. Nach einer höflichen Bemerkung beiderseits vertauschte ich meinen Partner mit einem behaglichen Platz an der Abendtafel

* Eine der wenigen sicheren Anlagen zu Jane Austens Zeit waren Staatsanleihen, die gewöhnlich vier Prozent Zinsen im Jahr trugen. – *Die Herausgeberin.*

nahe Henry und Eliza. Ich hatte nur herausgefunden, daß der weiße Harlekin wohlgeformte Waden besaß und gut tanzte, mit kräftigen Schritten und einer spürbar feuchten Handfläche, wenn er Lady Desdemona die Reihe der Tänzer entlangreichte. Sie schien glücklich in der Wahl ihres Partners und bewegte sich mit angeregter Leichtigkeit. Er war schlank und von hübscher Figur und verfügte über ein herzliches Lachen und eine lockere Geselligkeit; er betrug sich wie ein Gentleman, und sein Haar, soweit sichtbar, war braun. Mehr hatte ich nicht feststellen können.

Wir hatten schon die Wonnen von kaltem Geflügel und Garnelen in Butter, von Hühnersuppe und Makronen genossen und Henry war aufgebrochen, um unsere Punschgläser nachfüllen zu lassen, als mir Madam Lefroy einfiel. Anne Lefroy war lange Zeit unsere Nachbarin in Steventon, denn sie wohnt seit mindestens zwanzig Jahren im Pfarrhaus von Ashe, und obwohl sie volle fünfundzwanzig Jahre älter ist als ich, bleibt sie doch meine beste Freundin. Diese Freundschaft hatte sie vor kurzem nach Bath geführt – sie war seit Jahrzehnten mit der Herzoginwitwe bekannt –, und die letzten zwei Wochen, die ich in ihrer Gesellschaft verbrachte, bildeten eine der schönsten Zeiten in meinem Leben. Unsere Neigungen stimmen besonders gut überein, und mit niemandem bin ich lieber zusammen, an guten Tagen wie an schlechten.

Es war Madam Lefroy, die meinen Geschmack an Dichtung bildete, die mein Ohr für Musik schärfte und die mir bewies, daß Klugheit viel mehr bedeutet als oberflächlicher Witz. Von ihr lernte ich auch, daß sogar Ladies in den Angelegenheiten der Nation mitreden können – denn, wie sie betonte, wenn ein so großer Mann wie Mr. Sheridan die Bank der Parlamentarier mit der Bühne von Drury Lane verwechselt, wie sollen *wir* dann den Unterschied beachten?*

Anne Lefroy mußte uns am nächsten Tag verlassen, doch wir wollten uns noch in Laura Place treffen. Das Gedränge und die

* Richard Brinsley Sheridan, der bekannte Dramatiker, Autor der »Lästerschule« und Eigentümer des Drury Lane Theatre, war zugleich Parlamentsabgeordneter. Jane Austen wurde zuerst 1787 auf ihn aufmerksam, als er eine viertägige Rede gegen den Freund ihrer Familie Warren Hastings, den früheren Generalgouverneur von Bengalen, hielt, der sieben Jahre lang unter parlamentarischer Anklage stand. – *Die Herausgeberin.*

verwirrende Fülle der Kostüme hatten sie meinem Blick völlig verborgen. Ich drehte den Kopf hin und her und hielt Ausschau nach ihrem auffallend schönen Haar, als ein unterdrückter Ausruf aus der Richtung des Kamins meine Aufmerksamkeit dorthin lenkte.

Zwei Männer, der weiße Harlekin und mein unbekannter Ritter, standen sich in kampflustiger Haltung gegenüber, obwohl die Verschiedenheit ihrer Kostüme die Wirkung etwas ins Lächerliche zog. Der Ritter hatte den Helm abgenommen, so daß ich seinen blonden Kopf und sein scharfgeschnittenes Gesicht erkennen konnte, das mir irgendwie bekannt vorkam, und nun starrte er seinen maskierten Gegner wütend an.

»Sie sind ein Schuft, Sir, und ein Lügner!« schrie er ihn an.

Der Harlekin wiegte sich auf den Beinen, als sei er von einer unbezähmbaren Leidenschaft ergriffen oder stehe unter dem Einfluß von zuviel Alkohol. In diesem Augenblick mischte sich Lady Desdemona ein.

»Kinny! Du wirst dich sofort entschuldigen! Mr. Portal hat seine Worte nicht böse gemeint, dessen bin ich sicher. Ich dulde es nicht, daß ihr euch schlagt!«

»Lieber stürze ich mich in mein Schwert, als daß ich einem solchen Lumpen Abbitte leiste«, rief mein Ritter aus, und wie zur Antwort stieß der Harlekin Lady Desdemona grob zur Seite. Sie schrie auf; das war zuviel. Der Ritter warf sich sofort auf seinen Gegner.

Ein Handgemenge, ein paar Flüche, dann wurden die beiden von dem Schauspieler Hugh Conyngham und von dem grimmig aussehenden Mohren getrennt.

»Meine Herren! Meine Herren!« rief Mr. Conyngham. »Sie werden sich bitte benehmen! Das ist höchst ungehörig gegenüber der Herzogin!«

Mein Ritter zog mit verzerrtem Gesicht einen silbernen Handschuh aus und schleuderte ihn auf den Boden. Der weiße Harlekin versuchte sich den Armen des Mohren zu entwinden und ihn aufzuheben.

Doch es war Hugh Conyngham, der den Handschuh an sich nahm. Er schob ihn geschickt in sein elisabethanisches Wams. »Bitte, Mylord, keine Herausforderung«, murmelte er mit einem Blick auf Lady Desdemona.

Eliza stand auf Zehenspitzen und verdrehte den Hals, um die Szene besser zu beobachten. »Wie komisch!« flüsterte sie. »Ein Ehrenhandel! Könnte es um die Dame gehen?«

Lord Harolds Nichte wandte sich ab und verließ den Speisesalon in beträchtlicher Eile, während ihr Tränen aus den Augen strömten. Als habe ein Kommando sie aus der Erstarrung erlöst, brachen die entsetzten Gäste in ein Gewirr von Gesprächen aus, und die Herzogin schickte sich an, ihr zu folgen.

»Bleib, Großmutter«, rief mein Ritter. »Ich gehe zu Mona. Laß Jenkins diesen Schurken hinauswerfen.« Und mit einem verächtlichen Blick auf den weißen Harlekin, der in einem Sessel zusammengesunken war, eilte er Lady Desdemona nach.

Mein Ritter war der Enkel der Herzoginwitwe? Dann war er also Lady Desdemonas Bruder und der Erbe des Herzogstitels von Wilborough? Etwas von Eugenies scharfen Zügen fand sich in seinem Gesicht wieder, und ich konnte mir vorstellen, daß er in zwanzig Jahren seinem Onkel fast wie ein Zwilling gleichen würde.

Die Herzogin blieb stehen, stützte sich schwer auf ihren Stock und sah sich im Speisesalon um. »Jenkins!« rief sie mit leiser, klarer Stimme. »Reichen Sie bitte den Wein herum. Ich kümmere mich um Mr. Portal.« Sie packte den Stock mit einer Hand und den weißen Harlekin mit der anderen, und er ließ sich ohne Widerstreben hinausführen.

»Ich hätte es beinahe für eine Einstudierung für die Bühne gehalten«, sagte eine ironische Stimme hinter mir, »wenn mich meine Kenntnis von Frauentränen nicht von der Ernsthaftigkeit überzeugt hätte. Was meinst du, Jane? Ein Streit unter Liebenden? Oder etwas Ernsteres?«

»Madam Lefroy!« Ich wandte mich erfreut um und streckte ihr die Hände entgegen. »Täuschen mich meine Augen? Oder ist die prächtige Elizabeth in der Gestalt von Ashe wiedererstanden?«

Die maskierte Königin Elizabeth, die ich vorher im Gespräch mit dem roten Harlekin beobachtet hatte, ergriff meine Hände und lachte.

»Wie du mich findest, meine liebe Miss Austen! – Meine liebe Mrs. Henry! Wie gefällt Ihnen die Gesellschaft der Herzogin?«

»Vielleicht verzeihe ich ihr jetzt den Nachteil einer ausgedehnten Bekanntschaft, obwohl ich von der fast erdrückt werde, da der Abend nun einen Beigeschmack von Skandal bekommen hat«, erklärte Eliza schelmisch. »Wovon hätte ich sonst morgen in der Trinkhalle reden sollen?«*

»Eugenie sollte sich keine Chance entgehen lassen, um der Stadt Gesprächsstoff zu liefern, doch ich frage mich, ob Lady Desdemona derselben Meinung ist? Sie schien sehr bedrückt.«

Die weitere Diskussion dieser interessanten Episode wurde jedoch durch die Rückkehr meines Bruders abgebrochen. Henry trug mühsam einen Stuhl in der einen Hand und ein Glas Punsch in der anderen, und diese Anstrengung, die ihm einen leichten Schweiß auf die Stirn trieb, bekam seiner Rolle als Richard schlecht.

»Mein armer Henry«, rief ich aus, »deine Hilfsbereitschaft war umsonst. Ich habe meine liebe Madam Lefroy gefunden, wie du siehst, und überlasse dich nun deiner schönen Antoinette und dem Trost der Eiscreme.«

»Was hältst du von der Gesellschaft, Jane?« fragte Madam, schob ihren Arm unter meinen und fiel in einen gemessenen Schritt im Takt zur Musik. »Ich muß gestehen, ich bin verwundert über die Zusammensetzung: Eine Gruppe mit mehr Whigs darunter habe ich selten erlebt, und wenn dein Vater das wüßte, hätte er dich wahrscheinlich eher zu Hause eingeschlossen, als dich auf den Weg zu bringen. Ist Henry demnach zum Verräter an der Sache der Austens geworden?«

»Unsere Sympathien mögen bei den Tories sein, liebe Madam, aber in der Praxis nehmen wir es nicht so genau, daß wir uns einem Gönner vom Gewicht des Herzogs verweigern würden.«

»Oder seines Bruders?« erkundigte sich Madam nachdrücklich.

* Die Trinkhalle war einer der gesellschaftlichen Mittelpunkte von Bath. Sie befindet sich neben den King's Baths nahe der Abtei und der Kolonnade im Herzen der Stadt und wurde jeden Nachmittag von der vornehmen Gesellschaft aufgesucht. Dort kam man zusammen, trank ein Glas Mineralquellwasser, das von livrierten Bediensteten dargeboten wurde, promenierte mit seinen Bekannten und las in dem ledergebundenen Band, in dem die Neuankömmlinge ihre Namen und hiesigen Adressen eintrugen. Jane Austen beschreibt die Trinkhalle vorzüglich in »Northanger Abbey«. In diesem Roman machen Catherine Morland und Isabella Thorpe diesen Ort zu ihrem zweiten Wohnsitz. – *Die Herausgeberin.*

»Erinnere ich mich recht, daß *du* schon volle zwei Jahre eine gewisse Bekanntschaft mit dem verrufenen Lord Harold pflegst?«

»Nun, ich habe Lord Harold niemals für *verrufen* gehalten«, stammelte ich und spürte, wie mir plötzlich eine Röte in die Wangen stieg.

»Doch sein Verhalten gegenüber deiner Freundin, der Gräfin, war wohl kaum ehrenhaft. Ich habe die Berichte über dieses berüchtigte Gerichtsverfahren gelesen, weißt du. In jenem Winter schrieben ja die Zeitungen kaum von etwas anderem.«

»Aber Isobel und ihr gegenwärtiger Gatte wurden beide vom Oberhaus freigesprochen.« Ungeduldig stopfte ich meine Maske in meinen Pompadour. »Was man der Öffentlichkeit über die traurige Angelegenheit von Scargrave mitteilen konnte und was ihr notwendigerweise verschwiegen werden mußte, darüber darf ich nichts verraten. Aber ich kann Ihnen ganz offen versichern, Madam, daß Lord Harold Trowbridge sich *damals* in einer Weise verhielt, die ihm meine Achtung und meine Wertschätzung erworben hat.«*

»Ich bin sehr froh, das zu hören«, erwiderte Madam Lefroy, »denn ich möchte mir nicht Sorgen über den Umgang meiner lieben Jane machen müssen, wenn ich so weit von Bath entfernt bin. Ich freue mich über die Verzögerung meiner Abreise, die mir die Gelegenheit gab, dich in der allerbesten Gesellschaft zu treffen, die die Stadt zu bieten hat, wenn sie auch sehr nach Whigs aussieht. Ist Lord Harold anwesend, Jane?« Ihre Blicke suchten rasch den Speisesalon ab. »Mir läge viel daran, seine Bekanntschaft zu machen.«

»Ich glaube nicht, daß er hier ist. Wie ich hörte, halten ihn geschäftliche Angelegenheiten in London fest.«

»Schade. Ich würde fast meinen Aufenthalt in Bath noch verlängern, wenn ich hoffen könnte, ihn zu treffen.«

»Bitte verlängern Sie Ihren Besuch, aus welchem Grund Sie wollen. Wenn die Aussicht auf Lord Harold Sie an meiner Seite festhalten kann, rufe ich ihn vom Ende der Welt herbei!«

»Ich brauche keine große Verlockung«, antwortete Madam mit

* Jane bezieht sich hier auf die Ereignisse, die im ersten Band ihrer veröffentlichten Tagebücher, *Jane and the Unpleasantness at Scargrave Manor* (New York, Bantam Books 1996) beschrieben werden (*Jane Austen und der dunkle Engel*, Aufbau Taschenbuch Verlag 1996). – *Die Herausgeberin.*

einem Lächeln. »Man findet soviel Abwechslung in Bath! Ich fühle mich fast in meine Jugendzeit in Kent zurückversetzt, als die Herzoginwitwe in Fairlawn residierte! Die gegenwärtige Herzogin empfängt nur selten, weißt du, und ihr Kreis ist keineswegs so lebhaft wie der Eugenies.«

Ich zog Madam Lefroy zu zwei gerade frei gewordenen Stühlen. »Sie haben eine seltene Vertrautheit mit der Herzoginwitwe genossen, wie ich mich erinnere.«

»Sie ist natürlich einige Jahre älter als ich, doch ihre Herzenswärme überwindet alle Unterschiede des Alters oder des Standes. Sehr viel hat sich verändert, seit wir uns das erste Mal beim Vornamen nannten. Wie fröhlich wir alle damals waren, als der alte Herzog noch lebte und alle Welt nach Kent kam!«

In der Stimme meiner Freundin schwang ein vertrauter Ton des Bedauerns mit. Anne Lefroy ist zwar seit vielen Jahren die Frau eines Geistlichen, aber sie hat weder den Glanz ihres Vaterhauses noch die elegante Welt Canterburys in ihrer Jugendzeit vergessen. Sie heiratete spät und erst, so geht das Gerücht, nach der tiefen Enttäuschung ihrer ersten Liebe, und hat seitdem unter der Zurückgezogenheit ihres Lebens in einem Dorf in Hampshire gelitten. Sie besitzt noch viel von der Schönheit ihrer Jugend – das feingeschnittene Gesicht und den strahlenden Teint, die Gainsborough so begeisterten –, und sehnt sich nach dem besten Teil der vornehmen Welt zurück, der anregenden Unterhaltung und der Bildung eines erlesenen Bekanntenkreises. In der Tat ist es ihr Auftreten einer großen Dame, das ihr den liebevollen Titel Madam verschafft hat.

»Der Anblick so vieler bezaubernder junger Herren und Damen, alle perfekte Bühnenkünstler, ruft zwangsläufig die Erinnerung an Eugenies Jugendzeit zurück«, fuhr sie fort, während sie die Menge betrachtete.

»Hatten Sie Gelegenheit, sie spielen zu sehen?«

»Ich? Mein Gott, nein – ich war ja kaum aus den Windeln heraus, als Ihre Gnaden die Bühne für immer verließ. Aber als sechzehnjähriges Mädchen hatte ich die Ehre, zu Weihnachten in Fairlawn an Amateuraufführungen teilzunehmen. Wilborough unterhielt dort ein privates Theater für seine Gattin, und alle möglichen Leute traten in Pantomimen auf zur Unterhaltung der Gäste Ihrer Gnaden. Die junge Sarah Siddons und ihr Bruder

Kemble und die älteren Conynghams waren in einem Jahr eingeladen, erinnere ich mich, und sie spielten sehr hübsch, wenn sie auch noch nicht die Höhe der Kunst ihrer Londoner Jahre erreicht hatten.«

Ich sah mich nach der Medusa in Scharlach und nach dem korpulenten Henry VIII. um und erblickte sie in angeregtem Gespräch mit dem Pierrot. »Ich wußte nicht, daß Sie mit den Conynghams bekannt sind.«

»Diese Ehre kann ich nicht beanspruchen, meine Liebe, wenn auch Ihre Gnaden so freundlich war, sie mir vorzustellen. An sie war noch gar nicht zu denken, als ich die Kunst ihrer Eltern bewunderte, und ihre Eltern sind schon lange tot.«

»Wie traurig, wenn man das bedenkt!«

»Das Alter verschont niemanden von uns«, bemerkte Madam mit einem Seufzer, »obwohl ich feststellen muß, daß Ihre Gnaden seine Angriffe abwehrt! Wie gut sie doch noch aussieht! Und die Conynghams haben ihren frühen Verlust anscheinend gut überstanden. Ich glaube, Mrs. Siddons hat sie aufgezogen. Sie paßten im Alter zu ihren eigenen Kindern – sie hat nicht weniger als fünf, wie ich auch –, und ich meine, daß sie ihr alle Ehre machen.«

»Bei einer solchen Erziehung wäre es allerdings ein Wunder, wenn die Conynghams die Schauspielerei verabscheuten.«

»Sie sind für die Bühne geboren, wie man in Theaterkreisen sagt. Miss Conyngham wurde gemeinsam mit den Siddons-Töchtern in Frankreich erzogen, und ihr Bruder Hugh besuchte dasselbe College wie die Kembles – eine Klosterschule irgendwo in Flandern.* Mr. Conyngham muß etwa im gleichen Alter sein wie Mr. Charles Kemble, der Onkel der Siddons-Mädchen, und beide sind übrigens katholisch.«

»Das wußte ich nicht«, erwiderte ich. »Und rechnen die Conynghams nun damit, daß die Familie Siddons ihre Karrieren fördern wird? Mr. John Philip Kemble ist doch gegenwärtig Manager des Covent Garden, glaube ich, und könnte viel für seine Freunde tun.«

* John Philip Kemble und Charles Kemble besuchten beide ein römisch-katholisches College in Douai in Flandern. Ihr Vater war katholisch, ihre Mutter protestantisch, und dem Brauch entsprechend wurden die Söhne im Glauben des Vaters erzogen und Sarah Siddons in dem ihrer Mutter. – *Die Herausgeberin.*

»Ihr Verhältnis hat sich anscheinend etwas abgekühlt«, meinte Madam Lefroy, »wegen einer unglücklichen Liebesaffäre. Hugh Conyngham hing sehr an der jüngsten Miss Siddons und glaubte, er werde sie heiraten, aber die Dame wandte ihre Neigung jemand anderem zu, und diese Enttäuschung hat er noch nicht verwunden. Sie war jedoch kränklich veranlagt und ist schon vor einigen Jahren verstorben.«

»Wie tragisch!«

Unser Gespräch wurde von einem Gongschlag unterbrochen. Wir wandten uns zugleich um und erblickten erneut die Herzoginwitwe.

Ihre Gnaden war den anstößigen weißen Harlekin irgendwo losgeworden und stand nun, auf ihren Stock gestützt, am Kopfende des Salons, als wolle sie eine Rede halten. Lady Desdemona schien sich völlig erholt zu haben und befand sich wieder an der Seite ihrer Großmutter. Auf ihrer anderen Seite stand Henry VIII. oder vielmehr der Schauspieler Hugh Conyngham in seiner gewohnten Würde. Die gesamte Gesellschaft verstummte.

»Liebe Gäste und Freunde des Theaters«, begann Eugenie mit einem ganz leichten französischen Akzent in ihrer kehligen Stimme und ihren weichen Konsonanten, »die Künstler des Theatre Royal beehren uns heute abend mit ihrer Anwesenheit. Ich habe das ehrenvolle Amt, Ihnen den berühmten Mr. Hugh Conyngham vorzustellen, der uns mit einer kurzen Rezitation aus ›Macbeth‹ erfreuen wird. Mr. Conyngham.«

»Euer Gnaden«, erwiderte der Herr mit einer eleganten Handbewegung und einer tiefen Verbeugung, »es ist mir eine Ehre, Ihnen zu Diensten sein zu dürfen.« Nach dieser einfachen Dankesrede richtete er den Blick auf die stuckverzierte Decke, und sein Gesicht nahm sofort einen abwechselnd kummervollen, bedrückten, nachdenklichen und gequälten Ausdruck an.

Mein Herz, muß ich gestehen, schlug fast schmerzhaft; ich spürte, wie mir das ungebärdige Blut in die Wangen stieg, und ich war froh, auf einem Stuhl Halt zu finden. So wie Conyngham ihn spielt, ist »Macbeth« der Gipfel der Tragödie, und ich bin für seine Gewalt nur zu empfänglich.

»*Wär's abgetan*«, begann er in dem gedämpften Ton und der langsamen Sprechweise, die dem mörderischen Gedanken angemessen sind, bevor er sich vor unseren Augen in einen Tiger im Käfig verwandelte,

»... so wie's getan ist, dann wär's gut,
Man tät' es eilig: – Wenn der Meuchelmord
Aussperren könnt' aus seinem Netz die Folgen
Und nur Gelingen aus der Tiefe zöge:
Daß mit dem Stoß ...«

(Hier hob er rasch die Hand, ballte die Faust, und die Agonie der Unentschlossenheit malte sich auf seinem Antlitz.)

»... einmal für immer, alles
Sich abgeschlossen hätte – hier, nur hier -
Auf dieser Schülerbank der Gegenwart –,
So setzt' ich weg mich übers künft'ge Leben. -
Doch immer wird bei solcher Tat uns schon
Vergeltung hier: daß, wie wir ihn gegeben,
Den blut'gen Unterricht, er, kaum gelernt,
Zurückschlägt, zu bestrafen den Erfinder.
Dies Recht, mit unabweislich fester Hand,
Setzt unsern selbstgemischten, gift'gen Kelch
An unsre eignen Lippen. -
Er kommt hieher, zweifach geschirmt: -Zuerst,
Weil ich sein Vetter bin und Untertan,«

(Welch edles Bewußtsein! Welch übler Gedanke!)

»Beides hemmt stark die Tat; dann, ich – sein Wirt,
Der gegen seinen Mörder schließen müßte
Das Tor, nicht selbst das Messer führen. -
Dann hat auch dieser Duncan seine Würde
So mild getragen, blieb im großen Amt
So rein, daß seine Tugenden, wie Engel
Posaunenzüngig, werden Rache schrein
Dem tiefen Höllengreuel seines Mords;
Und Mitleid, wie ein nacktes, neugebornes Kind,
Auf Sturmwind reitend, oder Himmels Cherubim,
Zu Roß auf unsichtbaren, luft'gen Rennern,
Blasen die Schreckenstat in jedes Auge,
Bis Tränenflut den Wind ertränkt.«

(Ein langer, verklingender Klageruf, wie aus einem Grabe kommend.)

»Ich habe keinen Stachel,
Die Seiten meines Wollens anzuspornen,
Als einzig Ehrgeiz, der, zum Aufschwung eilend,
Sich überspringt und jenseits niederfällt ...«

Die letzten Worte, geflüstert und doch völlig deutlich, klangen wie das leichte Niederfallen von Blättern im November, und seine Lippen hatten sich kaum geschlossen, als der verdiente Applaus in wildem Aufruhr losbrach. Jede Stimme ergoß sich in Lobeshymnen, und in dem stürmischen Beifall gingen Hugh Conynghams sanftere Dankesworte beinahe unter. Doch die glänzenden Augen des Schauspielers und seine geröteten Wangen sprachen mit größerer Beredsamkeit, und ich las aus seiner Miene ein dankbares Verstehen. Für jemanden, der schon in so jungen Jahren – denn er kann kaum dreißig sein – auf der Bühne einen Platz neben den Garricks und Kembles einnimmt, wenn auch vorerst nur in der Einschätzung von Bath, muß das wirklich Ruhm bedeuten.

Der Beifall wollte nicht enden, das Händeklatschen ging in einen stetigen Takt über, und es schien, als müßte Hugh Conyngham dem Verlangen der Gäste nachkommen und weiter rezitieren, als plötzlich die Tonlage der wildesten Rufe um eine Oktave abnahm und einen Beiklang von Schrecken und Entsetzen bekam. Die gespannteste Aufmerksamkeit breitete sich auf dem Gesicht des Schauspielers aus, die Stimmung der Menge änderte sich spürbar, als habe ein eisiger Hauch das lodernde Feuer gelöscht, und ich wandte mich um und erblickte eine taumelnde Gruppe von Leuten, die sich in der Tür zum Vorzimmer drängten.

»Ich fürchte, einige Bekannte der Herzogin sind allzu sehr vermummt*«, sagte ich zu Anne Lefroy. »Wir sollten uns wohl lieber verabschieden und unsere Sänften rufen, bevor diese Gesellschaft außer Rand und Band gerät.«

»Unsinn. Das ist nur eine dramatische Einlage – vermutlich die Erdolchung Duncans.« Sie ging mit anderen auf das Vorzimmer zu, und ich folgte unter Protest.

* »Vermummt« bedeutete zu Jane Austens Zeit auch total betrunken. – *Die Herausgeberin.*

Als ich mich auf die Zehenspitzen stellte und den Hals reckte, um den Mann zu erkennen, der Hugh Conyngham die Schau gestohlen hatte, blickte ich in einen kleinen Salon an einer Seite des großen, der in Preußischblau gehalten und mit Gold abgesetzt war. Seine Flügeltür stand weit offen und wurde von einer Traube von Menschen verdeckt. War es das Empfangszimmer des verstorbenen Herzogs? Oder ein Arbeitszimmer? Doch dies waren nur flüchtige Eindrücke, denn mein Blick war allein auf einen Mann gerichtet – den feurigen Ritter, meinen vormaligen Tanzpartner. Er wand sich im Griff zweier kräftiger Männer, und sein gerötetes Gesicht war von Entsetzen verzerrt.

Zu seinen Füßen lag der weiße Harlekin.

Sein Gesicht trug noch die Maske, doch die Augen in der Raute aus Samt waren blicklos und starr. Ein Blutfleck breitete sich langsam auf dem Savonnerie-Teppich der Herzogin aus, als habe der Mann namens Portal seine weißgemusterte Kleidung mit dem Rot des anderen Harlekins vertauschen wollen.

Ich führte eine Hand zum Mund, um meinen Schrei zu erstikken, und mit der anderen packte ich Madam Lefroys Arm. Sie spannte sich unter meinem Griff.

Eine Frau schob sich mit wehenden schwarzen Haaren an mir vorbei und warf sich flehend zu Füßen des Harlekins nieder. Es war die Medusa, Maria Conyngham. Mit zitternden Fingern riß sie die Maske des Toten weg.

»Richard! Ach, Richard!«

Es war die Stimme einer trauernden Mutter oder einer verlassenen Ehefrau – der Ausdruck einer vom Leid verzehrten Frauenseele. Die Menge teilte sich und ließ Hugh Conyngham in den stumm gewordenen Kreis. Er kniete sich neben seine Schwester.

»Tot!« rief sie und sank ihm weinend in die Arme.

»Kinny?«

Diese Stimme, klar und melodisch wie die eines Kindes, gehörte Lady Desdemona. Sie stand dicht hinter Hugh Conyngham am Rande des Kreises. Aus ihrem Gesicht war alle Farbe gewichen. Aber in ihrer Haltung und in dem durchbohrenden Blick ihrer dunkelgrauen Augen entdeckte ich den eisernen Willen der Trowbridges. Ohne einen Blick auf den ermordeten Harlekin ging sie hinüber zu dem Ritter.

»Kinny, was hast du getan?«

»Nichts, Mona! Ich schwöre es! Ich fand ihn so, wie du ihn siehst!«

»Dann zeig mir, was du in der Hand hast!«

Ihr Bruder fuhr zusammen und ließ das Ding fallen, das klappernd auf dem Parkettboden aufschlug: Ein blutiges Messer, goldziseliert, so gekrümmt und tödlich wie ein orientalischer Säbel.

Kapitel 2
Wilberforce Elliot macht einen Besuch

12. Dezember 1804, Forts.

Der Aufschrei der versammelten Gäste kam schnell und plötzlich. Die Herzoginwitwe von Wilborough kreischte, der Ritter wurde in einen Sessel niedergezwungen, und nicht wenige der Gäste strebten eilig der Tür zu, weil sie vermutlich wenig Lust hatten, sich an diesem Abend den Konstablern zu stellen und sich den daraus folgenden Umständlichkeiten zu unterziehen.

Ich für mein Teil zögerte keineswegs zu bleiben. Der Mord an dem weißen Harlekin hatte Lord Harolds Auftrag gegenstandslos gemacht, doch nun würde er ganz sicher aus London herbeigerufen werden, und meine Beobachtungen aller Angehörigen der Familie Wilborough konnten Gold wert sein. Meine Gedanken wurden jedoch plötzlich dadurch abgelenkt, daß Anne Lefroy totenblaß in einen Sessel sank. Madam konnte noch nie den Anblick von Blut ertragen, und ich fürchtete, sie würde ohnmächtig. Wo waren nur Henry und Eliza? Ein rascher Blick nach einem Turm von Vogelnestern und Schiffsmodellen, und ich winkte meine Schwester an meine Seite.

»Kümmere dich um Madam Lefroy«, befahl ich ihr, »während ich mich mit dem Mord beschäftige.«

»Aber natürlich.« Eliza zeigte sich von ihrer tüchtigsten Seite. »Henry! Ein Glas Wasser – nein, lieber Brandy! Aber schnell!«

Ich kehrte zur Tür des Vorzimmers zurück und erlebte gerade einen Aufschrei des Ritters.

»Aber seht doch nur das offene Fenster! Ich versichere euch, der, der die schreckliche Tat begangen hat, ist auf die Straße hinuntergesprungen! Schnell, Jenkins – runter auf die Straße, sonst entkommt er uns ganz!«

Jenkins zögerte verwirrt und blickte auf die Herzoginwitwe.

»Gehen Sie, gehen Sie und nehmen Sie Samuel mit!« drängte sie ihn. Der Diener stürmte zur Treppe.

Der wohlbeleibte Mohr, der das Gesicht mit verbranntem Kork

geschwärzt hatte und einen Turban aus dem Kaschmirschal einer Dame trug, schob sich in den Vordergrund.

»Mein Name ist Gibbs«, sagte er, »und ich habe die Ehre, Ihrer Gnaden als Arzt zu dienen. Ich muß den Herrn untersuchen.«

»Es ist Mr. Richard Portal«, erklärte Maria Conyngham dem Arzt. Sie weinte noch, bemühte sich aber um Fassung. »Er ist der Direktor unserer Truppe. Ihre Kunst kann ihm aber nicht mehr helfen. Die Klinge ist ihm ins Herz gedrungen.«

»Komm, sei still, Maria«, sagte ihr Bruder und nahm sie in die Arme.

Dr. Gibbs antwortete den beiden nur mit einem Blick und beugte sich über den unglücklichen Portal. Er befühlte Handgelenk und Hals und legte dann das Ohr auf die blutgetränkte Brust. Schließlich entfernte der Arzt überraschend sanft die schwarze Samtmaske.

Jede Spur der früheren Fröhlichkeit des Harlekins war verschwunden. Der Ausdruck des Todesschreckens, der sein Antlitz noch beherrschte, war äußerst gräßlich anzusehen. Richard Portal erwies sich als ein durchaus nicht unattraktiver Mann, wenn auch über die Jugend hinaus. In sein braunes Haar mischte sich erstes Grau, und sein Teint war von der Sonne oder vom Trinken gerötet. Dr. Gibbs schloß die starren Augen und ordnete die leblosen Glieder in einer würdigen Haltung, dann wandte er sich an die Herzoginwitwe.

Eugenie war auf einem blaugoldenen kleinen Sofa zusammengesunken. Lady Desdemona stand an ihrer Seite.

»Man muß einen Konstabler herbeirufen, Euer Gnaden«, sagte Dr. Gibbs ruhig. »Am besten natürlich Elliot, den Friedensrichter, aber um diese Zeit ...«

Wie auf ein Stichwort schlug die Bronzeuhr auf dem Kaminsims. Es war gerade zwei Uhr.

»Ich habe ihn nicht getötet, Gibbs«, fuhr der Ritter auf und versuchte sich aus dem Griff der Männer zu lösen, die ihn hielten. »Sie müssen mir glauben! Ich habe das nicht getan!«

»Sei still, Simon.« Die Stimme der Herzoginwitwe klang müde. »Du mußt dir deine Worte für den Friedensrichter aufheben, mein Lieber.« Sie packte den Knauf ihres Stocks, erhob sich etwas unsicher, tätschelte Lady Desdemona die Hand und schritt auf die Tür zu. Ihr Blick mied bewußt den toten Mann auf dem

Teppich. Die still gewordene Menge der Gäste teilte sich wie eine Flut und ließ sie hindurch; hinter ihr schloß sie sich wieder.

»Euer Gnaden«, rief Dr. Gibbs in befehlendem Ton Eugenie nach. »Euer Gnaden, ich muß um Ihr Gehör bitten. Soll die Leiche weggebracht werden?«

Die Herzogin verhielt den Schritt, wandte sich aber nicht um. »Lassen Sie ihn dort, Gibbs«, erwiderte sie. »Mr. Elliot wird alles genau so sehen wollen, wie es vorgefunden wurde. Später können wir überlegen, was wir Mr. Portal schuldig sind, aber im Augenblick muß ich erst einmal die Konstabler holen lassen und einen Brief zur Wohnung des Friedensrichters senden. Kennen Sie seine Anschrift?«

»Ja, Euer Gnaden«, antwortete Dr. Gibbs. »Mr. Elliot wohnt in der Rivers Street.«

»Sehr gut. Ich werde ihm sofort schreiben. Aber ich muß darum bitten, daß niemand das Haus verläßt, bis ein Konstabler oder Mr. Elliot eintrifft.«

Die Tür schloß sich hinter der Herzogin, und der Teil der Maskenballgesellschaft, der nicht beim ersten Anblick von Blut die Flucht ergriffen hatte, stand nun niedergeschlagen im Salon herum. Ich musterte hastig die Reihen und fand keine Spur von Madam Lefroys Bekannten, dem roten Harlekin, oder von dem bärtigen Pierrot, der sich so lange mit Maria Conyngham unterhalten hatte. Ungefähr fünfzig kostümierte Gäste waren immerhin noch geblieben. Die meisten Blicke mieden sorgfältig die regungslose Gestalt auf dem teuren Teppich und die Gruppe von Schauspielern, die trauernd ihr zu Füßen stand. Dr. Gibbs war dann so freundlich, einen Diener nach einem Laken zu schicken, um die Leiche zu verhüllen.

»Jane.« Madam Lefroy legte ihre zitternde Hand auf meinen Arm. »Ich muß dieses Haus sofort verlassen. Sofort! Ich kann den Anblick des Todes nicht ertragen! Ich spüre dabei eine schreckliche Vorahnung!«

»Noch mehr Brandy, Henry«, sagte Eliza knapp, »und vielleicht etwas Riechsalz. Frag Lady Desdemona danach.«

Mein Bruder eilte davon, und ich kniete mich vor Madam Lefroy hin.

»Liebste Freundin«, sagte ich leise, »ich fürchte, Sie müssen sich zusammennehmen. Sie müssen es wirklich. Denn wir alle dürfen das Haus nicht verlassen, bis die Konstabler hier sind. Bei der ersten Gelegenheit, das verspreche ich Ihnen, holen wir unsere Sänfte und bringen Sie nach Hause.«

Sie schloß die Augen und hielt meine Hand so fest, daß es schmerzte.

Bis zur Ankunft der Konstabler dauerte es wohl eine Viertelstunde, denn zu dieser Nachtzeit waren die Straßen so gut wie verlassen. Erst beim Zugang zu Laura Place stießen sie auf Schwierigkeiten. Hier versperrte ihnen eine Ansammlung von Sänftenträgern den Weg, die auf das Ende der Abendgesellschaft warteten, das ihnen zahlreiche Kundschaft bringen würde. Die Nachricht, daß drinnen ein Mord geschehen war, konnte diese unerschrokkenen Gemüter nicht davon abbringen, die einer Nacht mit Schnee und beträchtlicher Kälte getrotzt hatten, um zu ihrem Verdienst zu kommen. Nur unter empörtem Geschrei und wortreichen Protesten ließen sie sich von den Konstablern vom Eingang vertreiben.

Ich beobachtete das alles von einem Fenster des Salons aus. Es war mir unerträglich langweilig geworden, in dem überheizten Raum herumzuwandern und auf die Vertreter des Gesetzes zu warten. Wenn man Simon, Marquis von Kinsfell – so lautete der volle Titel des Ritters, wie ich inzwischen erfahren hatte – Glauben schenken sollte, dann müßten die Sänftenträger den Mörder beim Sprung aus dem Vorzimmerfenster gesehen haben. Dieses Zimmer ging auf den Laura Place hinaus, ebenso wie das Fenster, an dem ich jetzt stand. Es müßte einfach sein, die dort unten versammelten Burschen danach zu fragen …

Doch dieser Gedanke war mir kaum gekommen, als ihn schon ein anderer verdrängte. Hätten die Sänftenträger eine Gestalt in großer Heimlichkeit aus dem Fenster der Herzoginwitwe klettern sehen, hätten sie dann nicht Jagd darauf gemacht? In jeder beliebigen Straße der Stadt brauchte man nur »Haltet den Dieb!« zu rufen, schon bildete sich eine Schar eifriger Verfolger, die auf die Belohnung für die Ergreifung scharf waren. Aber hier war unten kein Alarm geschlagen worden, und so erwachte in meinem Herzen ein leiser Zweifel an Lord Kinsfell.

Eine plötzlich eingetretene Stille lenkte meinen Blick vom Fenster ab: Die Konstabler waren eingetroffen, zwei ergraute ältere Männer, die mehr daran gewöhnt schienen, die Wache herbeizurufen, als einen Mord in der vornehmen Gesellschaft zu untersuchen, und mit ihnen Mr. Wilberforce Elliot.

Er war ein großer, ungelenker Mann und trug einen weinroten Gehrock mit vielen Flecken und ein schmutziges Hemd. Seine Halsbinde konnte sein feistes Genick kaum umspannen und behinderte dadurch die Luftzufuhr zu seiner Lunge so stark, daß sein Gesicht knallrot und mit Feuchtigkeit bedeckt war. Dennoch war Wilberforce Elliot eine imponierende Gestalt in diesem für Frivolität hergerichteten Raum, und sein Anblick brachte die verblüffte Versammlung zu einem ehrfürchtigen und aufmerksamen Schweigen.

»Euer Gnaden«, sagte der Friedensrichter, zog den Hut und verneigte sich. Ein kurzer schwarzer Haarzopf, dick und schmutzig wie ein Bärenfell, fiel ihm über eine Schulter. »Ihr ergebener Diener.«

»Mr. Elliot«, erwiderte die Herzoginwitwe. »Es ist sehr freundlich von Ihnen, daß Sie sich um diese Zeit noch herbemühen.«

»Das macht gar nichts, Euer Gnaden – ich war noch nicht zu Bett gegangen. Darf ich mir die Leiche ansehen?«

Eugenie neigte den Kopf und wies auf das Vorzimmer. Nach kurzem Zögern und einem raschen Blick auf die entsetzten Zuschauer schritt Mr. Elliot schwerfällig zu dem Toten.

Ich ließ den Fenstervorhang fallen und schloß mich meinen Gefährten an, etwas entfernt vom Vorzimmer, doch mit einem ausgezeichneten Blick auf sein Inneres durch die geöffnete Verbindungstür.

»Was für ein Teufelskerl, der sich da in das Unglück der Herzoginwitwe hineinmengt«, flüsterte meine Schwester Eliza. »Er könnte in der Comédie Française den Pantagruel spielen! Aber ich vermute, die Herzogin kennt sich mit solch alten Käuzen aus.«

»Eliza!« flüsterte Henry seiner Frau zornig ins Ohr. »Ich habe dir schon oft gesagt, daß Flüche einer Dame nicht anstehen!«

Mit einem Seufzer und einem Knurren ließ sich Mr. Elliot mit seinem ganzen Gewicht mühsam neben Mr. Portals Kopf nieder. Mit einer raschen Bewegung schlug er das Laken zurück, musterte scharf den Körper und untersuchte mit dem Zeigefinger die Brust des Toten.

»Und wo ist der Dolch?«

Dr. Gibbs räusperte sich und sah Lord Kinsfell an. Der Marquis saß mit gesenktem Kopf und hängenden Schultern da, völlig in sich gekehrt. Der Arzt langte nach dem blutigen Gegenstand, den ein Lakai auf eine Serviette gelegt hatte, und reichte ihn dem Friedensrichter.

»Aha, das also«, sagte Mr. Elliot mit gespitztem Mund. »Eine tückische Klinge, nicht wahr?«

Keine Erwiderung schien dieser Bemerkung angemessen, aber es wurde anscheinend auch keine erwartet.

»Und Sie, Sir, sind –?«

»Dr. Gibbs aus der Milsom Street«, antwortete der Mohr. »Ich habe die Ehre, Ihre Gnaden zu behandeln.«

»Dann wage ich anzunehmen, daß Sie den Herrn für tot erklären, nicht wahr, Dr. Gibbs? Wieviel Blut hier auch geflossen ist!«

Mr. Elliot lehnte sich auf seine mächtigen Schenkel zurück und betrachtete die Leiche mit traurigen Blicken. »Ein solches Ende zu nehmen, und das in solcher Kleidung! Ich vermute, *Sie* würden nicht in ähnlichem Stil enden wollen, was, Gibbs? – In ähnlichem *Stil,* verstehen Sie?« Der dicke Friedensrichter lachte schallend. »Na, das ist sehr gut.«

In einem plötzlichen Wirbel von Röcken flog die schwarzhaarige Medusa wütend auf ihn zu.

»Mr. Elliot – wenn *das* Ihr Name ist –, ich würde Sie bitten, sich etwas anständiger und respektvoller zu benehmen! Ein Mensch ist brutal ermordet worden, und Sie machen hier Witze über seine Kleidung? Das ist nicht zu ertragen, Sir! Ich muß Sie auffordern, sich sofort zu entschuldigen!«

»Entschuldigen?« Mr. Elliot stellte sich mühsam auf die Füße und sah Maria Conyngham durchdringend an. »Und bei wem muß ich mich entschuldigen, bitte schön? Denn den fraglichen Herrn interessiert das nicht mehr, meine Liebe. Und nun sagen Sie es mir. Sind Sie nicht Maria Conyngham vom Theatre Royal?«

»Das bin ich, Sir.«

»Als Viola haben Sie mir ausgezeichnet gefallen. Und nun seien Sie artig und treten Sie beiseite. Euer Gnaden?«

»Ja, Mr. Elliot?«

»Ich möchte den Ablauf dieser Abendunterhaltung erfahren.«

Die Herzoginwitwe sah sich hilflos um.

»Ich werde es ihm berichten, Großmutter«, schaltete sich Lady Desdemona ein. Sie hatte sich zu ihrem Bruder gesetzt und hielt seine Hand, und nun erhob sie sich mit entschlossener Miene, bleich, aber gefaßt. »Mr. Portal ist der Direktor des Theatre Royal, dessen Truppe wir zur Feier dieses Abends eingeladen hatten. Der Maskenball dauerte schon einige Stunden an, als wir in den Genuß kamen, eine Rezitation aus ›Macbeth‹ von Mr. Hugh Conyngham zu hören ...«

»Wo ist Mr. Conyngham?«

»Zu Ihren Diensten, Mr. Elliot«, antwortete der Schauspieler und trat vor.

»Und bei der Rezitation standen Sie wo?«

»Im Salon nebenan, vor dem Kamin.«

»Und die Zuhörer Ihnen gegenüber?«

»Natürlich.«

»Und Mr. Portal war –?«

Lady Desdemona unterbrach ihn mit einem ärgerlichen Ausruf. »Aber das wollte ich Ihnen doch gerade sagen!«

Ihr Bruder stand plötzlich auf. »Mr. Portal befand sich in dem Vorzimmer, wo seine Leiche jetzt liegt. Ich weiß das, weil ich mitten in Mr. Conynghams Vortrag die Tür aufriß und ihn leblos auf dem Boden fand. Sein Angreifer muß durch das Vorzimmerfenster entkommen sein.«

Lord Kinsfells Blicke loderten, als er dem Friedensrichter diese Information mitteilte, aber am Ende schluckte er schwer. Ich vermutete, daß er mit einer heftigen Gemütsbewegung zu kämpfen hatte, die durch ihre Beherrschung noch mehr Mitleid erregte.

Mr. Elliot sah den Ritter von oben bis unten an. »Habe ich die Ehre, mit dem Marquis von Kinsfell zu sprechen?«

»Sehr wohl, Sir.«

»Dem Erben des Herzogstitels von Wilborough?«

»Das darf ich von mir sagen.«

»... und dem Besitzer des Dolchs, mit dem Mr. Richard Portal ermordet wurde?«

Nach kurzem Zögern senkte Lord Kinsfell den Kopf. »Ja, der Dolch befindet sich schon seit langem im Besitz unserer Familie. Es ist eine Zierklinge aus Bengalen, die mein Vater von den Direktoren der Ostindischen Gesellschaft als Geschenk erhielt.«

Der Friedensrichter sah verblüfft aus. »Könnte irgend jemand anders ebenso leicht an ihn herankommen wie Sie selbst, Mylord?«

»Das ist anzunehmen. Der Dolch war gewöhnlich auf dem Kaminsims in diesem Zimmer ausgestellt.« Lord Kinsfell wies auf einen kleinen Teakuntersatz, ideal zur Aufstellung einer Zierklinge, der jetzt einsam und leer über dem Kamin stand.

»Gehe ich recht in der Annahme, Mylord, daß Sie die Klinge aus Mr. Portals Brust zogen?«

Maria Conyngham entrang sich ein unterdrückter Aufschrei.

»Das stimmt, Sir«, erwiderte Lord Kinsfell mit einem Blick auf die Schauspielerin, »aber ich war nicht derjenige, der sie ihm ins Herz gestoßen hat.« Er fuhr sich mit zitternder Hand über die Stirn. »Ich wurde entdeckt beim Versuch, ihm zu helfen und ihn ins Leben zurückzurufen, aber ich hätte lieber seinen Mörder verfolgen sollen.«

»Ach ja, der Mörder.« Mr. Elliot kehrte dem Marquis den Rükken und ging zum Kamin, wobei seine Blicke die getäfelten Wände zu beiden Seiten absuchten. »Der Kerl, der, wie Sie sagen, aus dem Fenster sprang. Ein Mensch müßte schon Flügel haben, Mylord, um aus dieser Höhe heil auf dem Pflaster zu landen. Aber vielleicht kam der Mörder heute abend als Vogel verkleidet. Oder als Abgesandter der Hölle, um eine Seele zu rauben. Wir müßten uns fragen, wohin sich Mr. Portal von hier begeben hat, nicht wahr?«

»Mr. Elliot!« rief Maria Conyngham. »Bedenken Sie, wo Sie sich befinden, Sir!«

Der Friedensrichter verneigte sich gemütlich und ging hinüber zum Vorzimmerfenster. Nach einem kurzen Blick auf den Boden draußen winkte er einen Konstabler heran.

»Sie da, Shaw – zu den Sänftenträgern, aber schnell! Fragen Sie sie, ob einer von ihnen eine Flucht aus diesem Fenster beobachtet hat.«

»Jawohl, Sir.«

»Mr. Elliot«, warf die Herzoginwitwe ein, »meine Bediensteten Jenkins und Samuel versuchten den Angreifer wenige Augenblicke nach seiner Flucht zu verfolgen. Da sie aber nicht wußten, wie er aussah oder wohin er sich gewandt hatte, konnten sie ihn leider nicht finden.«

»Natürlich nicht«, erwiderte Elliot mit kritischer Miene. »Ihre Hausschuhe sind für eine Verfolgung auch nicht sehr geeignet. Lord Kinsfell …«

»Mr. Elliot?«

»Aus welchem Grunde folgten Sie Mr. Portal in dieses Zimmer?«

»Ich folgte Portal nirgendwohin«, verwahrte sich der Marquis erregt. »Ich dachte, man hätte ihn bereits hinausgeworfen.«

»Ach so? Und mit welcher Begründung?«

Ein kurzes Schweigen trat ein, es wurden Blicke gewechselt. Lady Desdemona versuchte eine Antwort zu geben.

»Mr. Portal hatte sich so weit vergessen, Mr. Elliot, daß er sich vor den Gästen Ihrer Gnaden ausgesprochen ungebührlich benahm. Mein Bruder hielt es für das beste, daß man ihn auf die Straße schickte, bevor sein Verhalten unerträglich würde.«

»Das ist eine grobe Entstellung«, fuhr Hugh Conyngham auf. »Hätte Ihr Bruder es nicht für angezeigt gehalten, den armen Portal zum Duell zu fordern, Mylady, dann wäre er vielleicht noch am Leben!«

»Ein Duell?« erkundigte sich Mr. Elliot interessiert. »Und was könnte wohl zu einem Duell geführt haben, bitte schön?«

Lord Kinsfell richtete sich zu seiner ganzen, nicht unbeträchtlichen Größe auf. Er ist ein sehr gut gebauter junger Mann. »Es steht mir nicht frei, das zu sagen, Mr. Elliot. Es war eine ziemlich delikate Angelegenheit.«

»Kurz gesagt, ein Ehrenhandel.«

»Wie alle solche Angelegenheiten.«

»Davon, Mylord, bin ich keineswegs überzeugt. Sich duellieren gilt als Mord, wie Sie wissen.«

»Vielleicht in den Fällen, in denen einer der Gegner getötet wird«, erwiderte der Marquis wegwerfend.

»Und sind Sie sich Ihres Zielens so sicher, Mylord, daß Sie absichtlich fehlen wollten? Oder schätzten Sie Mr. Portals Fähigkeit so gering ein?«

Lord Kinsfell gab keine Antwort, doch das Blut stieg ihm in die Wangen. »Es spielt absolut keine Rolle, was ich beabsichtigte, denn Portal ist tot, und er starb von unbekannter Hand.«

»Ist das wirklich so? Und warum, darf ich Sie fragen, Euer Gnaden«, fuhr der Friedensrichter fort und starrte unter buschigen Brauen die Herzogin an, »wurde Mr. Portal *nicht* auf die Straße geschafft?«

»Ungeachtet der Gefühle meines Enkels hielt ich es für notwendig, mich so zu verhalten, wie es sich für eine Gastgeberin geziemt«, erwiderte Eugenie mit Würde. »Es erschien mir angemessener, Mr. Portal etwas Ruhe und Erholung zu gewähren, bis ein Mitglied seiner Truppe ihn nach Hause geleiten könnte.«

»Ja, ich verstehe.« Die dunklen Knopfaugen des Friedensrichters, die an zwei in einen Plumpudding gedrückte Korinthen erinnerten, glitten zwischen dem Marquis und der Herzoginwitwe hin und her. »Und Sie, Lord Kinsfell, betraten also dieses Zimmer während der Rezitation Mr. Conynghams?«

»Ja.«

»Und zu welchem Zweck?«

»Ich wollte hindurchgehen in den hinteren Salon und von dort aus in meine Zimmer. Ich war gänzlich erschöpft, wenn Sie das wissen müssen, und sehnte mich nach Ruhe.«

Mr. Elliot blickte sich um. »Und *wo* wollten Sie weitergehen, Mylord? Denn ich sehe keine andere Tür als die, durch die Sie gekommen sind.«

Lord Kinsfell schritt ungeduldig zur anderen Seite des Kamins und drückte auf eine Täfelung der Wand. Mit einem Knarren schwang sie nach innen, eine kaum erkennbare Tür. »Sie ist als Abkürzung für die Dienerschaft gedacht, aber sie bildet einen nützlichen Durchgang, wenn die Haupttür zum Korridor versperrt ist.«

»So wie sie es während der Rezitation Mr. Conynghams war?«

»Offenkundig. Die Tür vom Salon zum rückwärtigen Korridor befindet sich zur Rechten von Mr. Conynghams Standort. Ich hätte mir einen Weg durch den größten Teil der Zuhörer bahnen müssen, um dorthin zu gelangen. Das wollte ich aber nicht.«

»Das war sicher sehr lobenswert. Mr. Conyngham wird es jedenfalls so sehen«, sagte Mr. Elliot bedächtig und langte mit seiner wohlgepolsterten Hand nach der lautlos schwingenden Tür. »Sehr geschickt gemacht. Darf ich um eine Kerze bitten, Euer Gnaden?«

Die Kerze wurde vom Kamin gebracht; der Friedensrichter hielt sie hoch, beugte sich vor, sah in den Gang hinein und schnaufte bedauernd. »Was für eine Enttäuschung, muß ich schon sagen. Kein Fäßchen Gold sehe ich, auch keine entführte Prinzessin –

nichts als einen sauber gefegten Gang von vielleicht einem Dutzend Metern, wie man ihn in jedem ordentlichen Haushalt findet. Sie sind offensichtlich keine Freundin von Intrigen und Romanzen, Euer Gnaden. Denn was nützt einem ein Geheimgang, wenn er nicht dumpfig und voller Spinnweben ist und jäh hinab in ein unterirdisches Gemach führt?«

Nicht einmal Maria Conyngham fand die Kraft, dagegen zu protestieren, aber sie sah nicht eben zufrieden aus. Sie verfolgte jede Bewegung Mr. Elliots, als er die Tür schloß und die Kerze ins Feuer warf. Schließlich wandte er sich an Lord Kinsfell und fragte ihn: »Und wer im Haushalt Ihrer Gnaden kennt diesen Gang, Mylord?«

»Jeder, nehme ich an«, antwortete der Marquis.

»Sehr wohl, Mylord – setzen Sie sich bitte. Mr. Conyngham!«

»Mr. Elliot?«

»Hatten Sie schon lange vor, Ihren Abschnitt aus ›Macbeth‹ zu deklamieren, oder hat Sie eine Augenblickslaune dazu veranlaßt?«

»Um diesen Auftritt ersuchte mich die Herzoginwitwe, als die Einladung nach Laura Place ausgesprochen wurde.«

»Der Plan war also einige Wochen in Vorbereitung, wenn ich Sie recht verstehe?«

»Eine Rolle zu rezitieren, die ich derart beherrsche, dazu brauche ich nur sehr wenig Vorbereitung, Sir«, antwortete der Schauspieler pikiert.

»Gewiß, gewiß – aber Sie haben mich mißverstanden, Mr. Conyngham. Der Zeitabschnitt des Vortrags war als Teil der Unterhaltung des Abends vorgesehen – kurzum, er war *geplant?«*

»Das war er.«

»Ausgezeichnet! Und wie lange haben Sie geschwätzt und posiert?«

»Mr. Elliot!«

»Ach, um Gottes willen, Mann – beantworten Sie meine Frage!«

Hugh Conynghams verächtliche Miene verzog sich deutlich mehr. »Ich schätze, daß ich nicht weniger als fünf Minuten gesprochen habe und nicht länger als zehn Minuten, Sir.«

»Und während dieser Zeit fand Mr. Portal sein Ende.«

»Das müssen wir annehmen.«

»Keine Schreie? Kein Kampf?«

»Nichts dergleichen – das heißt, bis Lord Kinsfell den Raum betrat.«

Mr. Elliot seufzte tief und ließ seine Masse auf ein kleines Sofa sinken. Es ächzte unter seinem Gewicht. Eine Hand streichelte mit dicken Fingern das Kinn, die andere ruhte schlaff auf dem Knie. Er schien auf etwas zu warten – auf eine göttliche Eingebung? Aber nein, es war nur die Rückkehr des Konstablers Shaw. Der Mann erschien und hatte sofort die Aufmerksamkeit des Friedensrichters.

»Nun, mein guter Mann? Wurde unser Teufelsbote beobachtet?«

Konstabler Shaw schüttelte den Kopf. In einem so gespannten Augenblick hatte die Geste zwangsläufig eine große Wirkung. Ich spürte, wie meine Hoffnungen sanken.

»Lord Kinsfell!«

Der Ritter neigte den Kopf.

»Sie weigern sich weiterhin, eine Erklärung für Ihr Verhalten abzugeben?«

Das Gesicht des Marquis war gerötet, und ich entdeckte Spuren von Besorgnis darin. »Ich verstehe Sie nicht, Mr. Elliot. Ich habe die einzige Erklärung abgegeben, die unter den vorliegenden Umständen möglich ist.«

»Unsinn!« knurrte der Friedensrichter und schlug sich entschlossen aufs Knie. »Nun gut – kommen Sie mit, Mylord.«

»Wie bitte, Sir?«

»Ins Gefängnis!«

Die Herzoginwitwe schrie entsetzt auf und wankte an der Schulter ihrer Enkelin. Lady Desdemona stützte sie mit einem Arm, sprach aber kein Wort.

»Es tut mir sehr leid, Euer Gnaden«, fuhr der Friedensrichter fort, »aber so ist das nun – wir müssen Lord Kinsfell ins Gefängnis bringen! Denn ein Mensch ist tot, wie Sie wissen, und ein anderer muß dafür bezahlen. In Abwesenheit des ungesehenen Burschen am Fenster fällt mir niemand ein, der dafür geeigneter wäre als Seine Lordschaft!«

»Aber ich bin unschuldig!« rief der Marquis aus.

»Vielleicht sind Sie es, Mylord«, erwiderte Mr. Elliot freundlich. »Vielleicht sind Sie es wirklich. Aber was bedeutet das schon, wenn Sie es nicht beweisen können?«

Kapitel 3
Der springende Tiger

12. Dezember 1804, Forts.

An diesem Morgen erwachte ich später, als es meine Gewohnheit ist, denn die Ereignisse des vorigen Abends und die Müdigkeit nach meiner Rückkehr von Laura Place hatten mich ganz durcheinandergebracht. Deshalb ging ich ins Frühstückszimmer in der Erwartung, es ganz leer zu finden. Aber hier trog mich meine Voraussicht, denn beim Geräusch meiner Schritte wandten mir alle versammelten Austens ihre Gesichter zu, in denen sich geheuchelte Unschuld spiegelte. Ihre erwartungsvollen Blicke verrieten, daß die Nachricht von dem Mord mir zuvorgekommen war.

»Nun, meine Liebe«, rief meine Mutter und wedelte aufgeregt mit ihrer Serviette, »beeil dich! Beeil dich! Wir warten schon eine Viertelstunde auf dich. Ich habe keine Ruhe, bis ich es von deinen eigenen Lippen vernommen habe. Ein Eifersuchtsdrama, heißt es in Mr. Austens Zeitung, aber unter Theaterleuten könnte es genausogut ein Scherz gewesen sein. Über den Geschmack von Schauspielern läßt sich nicht streiten.«

»In diesem Fall allerdings«, bemerkte ich, während ich meinen Stuhl zurückzog, »ist es der Direktor, der tot ist.«

»Da haben wir's!« Meine Mutter klopfte triumphierend auf den Tisch. »Und damit haben wir also keine Hoffnung, von *ihm* die Wahrheit zu erfahren. Der ganze Streit ist zu Ende. Aber ganz kann ich zu dem Thema nicht schweigen, Jane. Ich vermag nicht über das Verhalten meiner jüngsten Tochter hinwegzusehen. Wie *kannst* du nur Gefallen an solchen Dingen finden ...«

»Gefallen, Ma'am?«

»Du hast eine entschiedene Vorliebe für Gewalt, mein Kind, und wenn du diese Gewohnheit nicht ablegst, wird kein achtbarer Herr dich ernsthaft in Erwägung ziehen. Denke doch daran«, ermahnte sie mich mit einer gezielten Geste mit ihrem Buttermesser, »daß du nicht jünger wirst, Jane.«

»Das werden wir alle nicht.«

»Jane, Liebes, ich gieße dir Schokolade ein«, sagte meine Schwester Cassandra eilig und langte nach meiner Tasse.

»Nein, lieber Tee, denn ich habe schreckliche Kopfschmerzen.«

»Herren mit Urteilsvermögen«, fuhr meine Mutter fort, die sich bei diesem Thema ereifern konnte, »vertragen es nicht, wenn eine junge Dame mit Blut umgehen kann. Ich war immer der Meinung, daß ein Mädchen so wenig von Blut verstehen sollte wie möglich, selbst wenn es leidenschaftlich gern jagt. Wenn der Fuchs erlegt wird, dann ziemt es sich für eine Dame, daß sie sich in dem Moment mit ihrem Pferd beschäftigt oder eine hübsche Bemerkung über die malerische Landschaft macht. Das war immer meine Überzeugung, und unser James teilt sie, und der jagt mit der Meute von Vyne*, wie du weißt, und erfährt bei jeder Gelegenheit, was vornehmes Verhalten ist. Blut und zerfetztes Fleisch kann man nur als vulgär bezeichnen. Bist du nicht auch meiner Meinung, Mr. Austen? War es nicht sehr ungezogen von Jane, an einem solchen Ort zu bleiben, nachdem die Messer gezückt waren?«

»Ach, darüber kann es gar keine geteilte Meinung geben, meine Liebe«, erwiderte mein Vater mit einem ironischen Blick. »Ein Messer ist immer vulgär, besonders im Salon. In der Küche und im Speisezimmer ist es am richtigen Platz, aber wenn es sich so hoch versteigt wie in den Salon einer Herzogin – selbst einer Herzoginwitwe –, dann stehen wir vor dem Ausbruch einer Revolution.«

»Liebe Mutter«, warf ich ein, »seien Sie versichert, daß ich Laura Place so bald verließ, wie es möglich war. Der allgemeine Aufbruch der Gäste machte die Sänften ganz rar, und es dauerte eine volle Stunde, bis Henry eine geeignete Fahrgelegenheit beschaffen konnte – eine Kalesche, die er aus seinem Gasthof holen ließ –, und die setzte erst Madam Lefroy in der Russell Street ab, bevor sie zu den Green Park Buildings fuhr. Wir eilten so schnell nach Hause, wie es uns unsere Mittel erlaubten. Haben Sie lieber

* The Vyne in Sherborne St. John, Hampshire, war der Stammsitz der Familie Chute und ihrer Majoratserben; Janes ältester Bruder, James Austen, war von 1791 an dort Gemeindepfarrer und nahm häufig an den Jagden teil, die William-John Chute, der Master der Fuchsjagdmeute von Vyne, veranstaltete. -*Die Herausgeberin.*

Mitleid mit Henry und Eliza, den Armen, die eine noch viel längere Fahrt zu ihren Zimmern im White Hart vor sich hatten, ehe sie in den Genuß ihrer Betten kamen. Sie werden wohl kaum vor vier Uhr angelangt sein.«

»Nun«, sagte meine Mutter mit einiger Schärfe, »da in der Angelegenheit nichts mehr zu retten ist – die vulgäre Geschichte passiert ist –, kannst du uns wenigstens mit einem Bericht über die Affäre entschädigen.«

»Wurde Lord Kinsfell wirklich wegen Mordes verhaftet?« erkundigte sich Cassandra. Soviel hatten die Zeitungen also gemeldet.

»Ja«, antwortete ich traurig, »denn der Dolch war vor hundert Zeugen seiner Hand entfallen. Der Direktor des Theatre Royal, Richard Portal, lag blutend vor Kinsfells Füßen, sein Leben gänzlich ausgelöscht. Die Dolchspitze war ihm ins Herz gedrungen. So sagte es jedenfalls Dr. Gibbs, der die Leiche untersuchte. Er ist der Arzt der Herzoginwitwe und war gestern abend als Gast Ihrer Gnaden anwesend, als Mohr verkleidet.«

»Aber ist es denn wahrscheinlich, daß der Marquis von Kinsfell sich so weit erniedrigt, einen gewöhnlichen Schauspieler zu ermorden?« Mein Vater war voller Verwunderung.

Ich nippte an meinem Tee und stellte fest, daß er enttäuschend abgekühlt war. Die tugendhaften Austens hatten lange bei Tisch gewartet, um meine Neuigkeiten zu erfahren.

»Mr. Portal war kaum ein gewöhnlicher Schauspieler, Vater. Er war der Direktor der Truppe schon zu Mrs. Siddons' Zeiten und genoß die Achtung von ganz Bath. Unter Portals Leitung und auf seine Kosten wird das neue Theater am Bedford Square gebaut.*

Mr. Portal war temperamentvoll und von guter Lebensart – ein recht hübscher Mann auf dem Höhepunkt seines Lebens. Ich kann es kaum glauben, daß er ermordet wurde, und noch weniger, daß Lord Kinsfell es getan haben soll; aber ich nehme an, daß der Friedensrichter, Mr. Elliot, das sehr bald herausbekommen wird.«

»Du gehst nicht im geringsten davon aus«, erwiderte mein Vater ärgerlich. »Du verabscheust Richter leidenschaftlich, wie ich

* Es wurde trotz Portals Tod mit der Saison 1805 eröffnet. – *Die Herausgeberin.*

nur zu gut weiß. ›Es geht ihnen nur darum, einen Beweis gegen ein paar Unschuldige zusammenzubekommen, während der wahre Schuldige ungeschoren davonkommt.‹ Ist das nicht ein Zitat aus einem deiner eigenen Briefe, meine liebe Jane? Einem Brief aus Scargrave Manor?«

»Ich behaupte nicht, daß ich eine uneingeschränkte Bewunderung für das englische Rechtswesen hege«, rechtfertigte ich mich, »und damals habe ich mich vielleicht etwas heftig ausgedrückt. Solche ehrenwerten Herren wie Sir William Reynolds* verabscheue ich keineswegs. Auch nehme ich nicht an, daß Mr. Elliot völlig unfähig ist. Er ist zweifellos ein eigenartiger Mensch, derb in seinem Humor und abstoßend in seinem Äußeren, aber trotzdem besitzt er einen scharfen und durchdringenden Verstand.«

»Wenn man den Dolch bei Lord Kinsfell fand«, bemerkte Cassandra naiv, »welchen Zweifel kann es denn da noch geben? Leugnet Seine Lordschaft den Mord?«

»Natürlich!« sagte ich und widmete meinem Teller mehr Aufmerksamkeit, als er verdiente. »Es wäre töricht, wenn er es nicht täte, ob er nun schuldig ist oder nicht.«

»Obgleich er eine falsche Aussage machen würde? Was für eine Schlechtigkeit!«

Es bedeutet schon etwas, sein ganzes Leben in der Gesellschaft einer Dame zu verbringen, die so durch und durch *brav* ist wie Cassandra. Wenn auch eine falsche Aussage in einer solchen Situation nicht mit dem tatsächlichen Vergießen von Blut zu vergleichen ist, so bereitet doch schon das geringste Fehlverhalten meiner Schwester Schmerz. Es war vielleicht gut, daß das unzeitige Dahinscheiden ihres geliebten Verlobten sie in ihrem unverheirateten Stand zurückgelassen hat. Die Wechselfälle einer Ehe mit diesem fehlbarsten aller Wesen, einem *Mann*, hätten sie sicherlich ins Grab gebracht.

»Lord Kinsfell behauptet, er sei mitten in Hugh Conynghams Rezitation einer Stelle aus ›Macbeth‹ von der Hitze und dem Alkoholgenuß so angegriffen gewesen, daß er sich durch das kleine Vorzimmer an einer Seite des großen Salons in sein Schlafzimmer

* Sir William Reynolds, ein Studienkamerad von Jane Austens Vater in Oxford, war der erfolglose Friedensrichter in *Jane and the Unpleasantness at Scargrave Manor* (Jane Austen und der dunkle Engel). – *Die Herausgeberin.*

zurückziehen wollte. Als er die Flügeltür öffnete, sah er Mr. Portal in seinem Harlekinkostüm am Boden liegen und einen gräßlichen Dolch aus seiner Brust ragen. Kinsfell stieß einen Schrei aus und lief zu Portal hin. Er fühlte nach dem Puls und zog den Dolch heraus, wurde aber im nächsten Moment von zwei kräftigen Männern überwältigt, die von seinen schlimmen Absichten überzeugt waren. Erst von da an beobachtete ich ihn selbst.«

»Und dieser Portal? War er dir vorher schon aufgefallen?«

»Ja, das war er.« Die Erinnerung an Lord Kinsfells heftigen Wortwechsel mit Richard Portal ließ mich die Stirn runzeln. Ich schob meine Tasse mit lauwarmem Tee beiseite und aß lustlos von dem Brot. Die Köchin hatte es wieder alt werden lassen.

»Und verriet er irgendwelche düsteren Ahnungen?« fragte Cassandra.

»Wovon, meine Liebe?«

»Von seinem bevorstehenden Tod! Verhielt er sich wie ein gezeichneter Mensch?«

»Aber Cassandra, ich glaube, du liest zu viele von diesen schrecklichen Romanen! Portal sah auch nicht gezeichneter aus als jeder heiratsfähige Herr in einer Gesellschaft voller Damen!« Ich hielt inne und überlegte, wieviel ich verraten sollte. »Ich habe allerdings beobachtet, daß er mit Lady Desdemona Trowbridge, Lord Kinsfells Schwester, tanzte und etwas später dem größten Teil der Gesellschaft ein ziemlich streitlustiges Bild bot.«

»Er wollte sich also schlagen, wie? Und mit wem?« erkundigte sich mein Vater.

»Mit Lord Kinsfell, muß ich leider sagen.«

Mit abgewandtem Blick führte er die Serviette an die Lippen.

»Ein Schauspieler! Also so was!« rief meine Mutter, als nähme sie einen längst verlorenen Gesprächsfaden wieder auf. »Die schlagen sich doch andauernd, mit Degen oder Pistolen oder mit Hilfe von angeheuerten Banditen. Das sieht man doch ständig in der Orchard Street – ›Hamlet‹ ist nichts weiter als eine ausgedehnte Schlägerei, obwohl das Stück angeblich vom Ehebruch handelt. Immer, wenn ich aus dem Theater komme, habe ich das Gefühl, ich sei von oben bis unten gepufft worden.«

»Aber hat denn Kinsfell niemand anderen in dem Zimmer gesehen?« fragte mein Vater.

»Nein. Er bleibt bei seiner Überzeugung, der Mörder sei durch das Vorzimmerfenster entkommen, das offenstand, als Portal gefunden wurde.« Ich sah dem Pfarrer Austen ernst in das gefurchte, freundliche Gesicht. In seinen dreiundsiebzig Jahren hatte mein Vater viel von dem gesehen, was Menschen Übles tun können, selbst von einem so abgelegenen Standpunkt aus, wie ihn ein Pfarrhaus in Hampshire darstellt. »Aber Lord Kinsfells Behauptungen stehen nicht außer Zweifel, Vater. Keiner der auf der Straße unter dem Fenster versammelten Sänftenträger hat erklärt, er habe eine derartige Flucht beobachtet; hätten sie den Mann gesehen, hätten sie ihn sicherlich festgehalten. Außerdem beträgt die Entfernung vom Fenster bis zum Erdboden mindestens neun Meter. Dort im Dunkeln und in Eile hinunterzuspringen wäre Wahnsinn. Der Mann hätte sich bestimmt ein Bein gebrochen.«

»Aber du vergißt den tiefen Schnee, mein Kind. Wenn dort eine Wehe den Fall gemildert hätte ...«

»Die Diener der Herzogin haben für die Gäste fleißig das Pflaster gekehrt«, sagte ich müde. »Es scheint unwahrscheinlich, daß jemand auf so gewagte Weise das Haus verließ.«

Es trat ein kurzes Schweigen am Frühstückstisch ein, und ich erinnerte mich wieder an das Entsetzen der Herzogin, als Kinsfell abgeführt wurde. Ohne Lady Desdemonas Unterstützung, meine ich, wäre Eugenie Wilborough zu Boden gesunken, und ihre siebzig Jahre hätten ihr plötzlich im Gesicht gestanden.

»Noch etwas Toast, meine Liebe? Oder lieber Muffins?«

»Ich glaube, ich mache einen Spaziergang, Mama.« Ich schob meinen Stuhl zurück. »Die frische Luft wird meinem Kopf guttun.«

Trotz des starken Schneefalls vom Abend zuvor strahlte jetzt die Sonne so sehr, daß sie mich blendete. Ich mußte feststellen, daß meine armen Augen, von jahrelanger Näh- und Schreibarbeit beim unsicheren Licht einer Kerze im Wohnzimmer geschwächt, diese Helligkeit kaum ertragen konnten, und hielt sie deshalb nach unten auf die Pflastersteine gerichtet. Hier begann der Schnee zu schmelzen, und in den Rinnsteinen bildeten sich kleine Bäche. In meinen schwerfälligen Holzschuhen stapfte ich um die Pfützen herum und klapperte dabei genauso wie jede andere junge Dame, die mutig genug war, sich nach draußen zu wagen. Die Sydney Gardens wären an einem solchen Tag wohl unpassierbar, und meinen gewohnten Gang am Kanal entlang mußte ich auf trockeneres Wetter verschieben. Deshalb verzichtete ich auf alle Straßen, die zum Fluß hinunterführten, und entschied mich für die viel kürzere Strecke über den Queen Square zu den Edgars Buildings.

Die Edgars Buildings sind schöne, ansehnliche Gebäude mit Wohnungen für angesehene Familien, die jedes Jahr auf der Suche nach Gesundheit und heiratsfähigen jungen Männern nach Bath kommen. In den Erdgeschossen befinden sich aber auch viele ansehnliche Läden, und in einem davon war mir ein bezaubernder Turban aus aprikosenfarbenem Sarsenett mit Straußenfedern aufgefallen, den man zu einem Kleid derselben modischen Farbe tragen könnte. Genau so ein Kleid schwebte mir gerade vor, ich hatte es sogar schon in Teilen bei einer in ganz Bath für ihre Kunst berühmten Schneiderin zu liegen. Meine Kreation aus pfirsichfarbener Seide, ein Kleid, das sich hervorragend für einen Ball der Herzogin oder für einen Theaterabend oder für ein Konzert im Oberen Kurhaus eignen würde, hingegen viel zu fein wäre für die geistlosen Kartenabende meiner Tante Leigh-Perrot, war die einzige Ausbeute meines kürzlichen Mißgeschicks. Vor knapp zwei Monaten hatte ich den Stoff von Schmugglern in Lyme gekauft. Durch dieses kleine Opfer an Klugheit und Ehrbarkeit, das Miss Austen gebracht hatte, war ein hinterhältiger Mörder gefaßt worden, und ich gestehe, daß ich keine Hemmungen hatte, meinen Gewinn dabei zu genießen.

Ohne Schwierigkeiten und nur gelegentlich behindert durch eilige Kutscher und ihre mächtigen, spritzenden Gäule gelangte ich bald zu den Edgars Buildings. Meine Nachfrage nach dem Preis eines aprikosenfarbenen Turbans mit raffiniertem Federschmuck dauerte nur einen Augenblick, und im nächsten Augenblick war mir klar, daß er für meine Mittel zu hoch war. Ich kehrte um und erwog, wie ich einen ähnlichen Kopfputz aus den Resten meiner Seide und geliehenen Federn meiner Schwester Eliza herstellen könnte, als laute Rufe von der Straße her meine Aufmerksamkeit erregten.

Vorreiter in prächtigen Livreen in Schwarz und Gold mit leichten Quastenmützen, Reiter auf den Sattelriempferden* in ähnli-

* Sattelriempferde heißen bei einem Viererzug die beiden Pferde, die der Kutsche am nächsten eingespannt sind. – *Die Herausgeberin.*

cher Kleidung und eine prunkvolle Kutsche mit vier nachtschwarzen, glänzenden Rappen bespannt, die schnaubten und die Köpfe temperamentvoll hochwarfen, als sie in die Milsom Street einbogen, sicherlich auf dem Wege zum Bear oder zum White Hart. Ich versuchte das Wappen auf der Tür der Kutsche zu erkennen, aber es war mir unbekannt. Jedenfalls war es *nicht* das Wappen der Wilboroughs, also saß Lord Harold sicherlich nicht in der Kutsche. Daß er nach Bath eilen würde, sobald er am frühen Morgen die Nachricht von seiner Mutter erhalten hatte, daran hegte ich keinen Zweifel. Vielleicht kam er zusammen mit seinem Bruder, dem Herzog.

»Des Teufels jüngster Sproß«, brummte ein Herr keine drei Schritte entfernt von mir. Wie ich war er stehengeblieben und blickte der ungestüm schaukelnden Kutsche nach.

»Wer issen das, Alter?« rief ein kleiner Junge, der vor Aufregung umherhüpfte.

Der Herr wandte sich zornig und beleidigt ab und ging schnell zur Gay Street weg. Sein kleiner Verfolger hielt mit ihm Schritt und wich mit müheloser Gewandtheit den Hieben mit dem Spazierstock aus. »Na los! Sag uns schon, wer's is, Alter! Prinny vielleicht? Oder die Königin?«

»Der Graf von Swithin, du Unglückswurm«, schnaufte sein Opfer, »und jetzt mach, daß du wegkommst. Swithin wirft dir bestimmt keinen Penny hin, wenn du abladen hilfst. Eher frißt er dich zum Frühstück.«

Der Straßenjunge kicherte, zog seine Mütze und sauste in Richtung auf die Cheap Street davon.

Nach kurzer Überlegung schlug ich in gemessenem Schritt denselben Weg ein.

Meine Schwester Eliza hatte sich in einer Suite im White Hart bequem eingerichtet. Ihre Zofe Manon und ihr kleiner Hund Pug nahmen eine ganze Hälfte der Zimmer ein, und die übrigen – je ein Schlafzimmer für sie und für Henry und ein Wohnzimmer dazwischen – schien ebenfalls Eliza zu beherrschen, denn von meinem Bruder konnte ich kaum eine Spur entdecken. Solche Räumlichkeiten im White Hart müssen *sehr* teuer sein, und ich wunderte mich über den Aufwand und darüber, daß mein Bruder nicht eine Wohnung an einem ruhigen Platz gemietet hatte. Die Familie

Henry Austen wollte drei oder vier Wochen in Bath bleiben, und in solchen Fällen war es nicht üblich, länger als ein paar Tage im Hotel zu wohnen. Doch Eliza ist zwar an Luxus gewöhnt, schert sich aber herzlich wenig um die Konventionen, wahrscheinlich infolge ihrer unruhigen Kindheit. Sie war mit ihrer Mutter, meiner Tante, von Indien nach England übergesiedelt und von hier auf den Kontinent, bis sie sich schließlich in der Nähe von Versailles niederließen. Selbst in London hält es Eliza selten lange an einem Ort aus; sie hat meinen Bruder schon zu verschiedenen Umzügen veranlaßt und will diese Gewohnheit so lange beibehalten, bis sich ein zufriedenstellendes Domizil anbietet.

Selbst das Grab, vermute ich, wird sie nur als einen vorübergehenden Aufenthaltsort ansehen.

»Meine liebe Jane!« rief sie jetzt, warf ihre Filetarbeit beiseite und ordnete ihr Haar. »Hast du dich schon ganz von der Gesellschaft bei der Herzogin erholt? Ich wollte mich gerade auf den Weg zur Trinkhalle machen. Begleitest du mich?«

Sie trug heute ein flaschengrünes Kleid, viel zu fein für den Vormittag, mit kleinen Puffärmeln und tief ausgeschnitten. Ein großer grüner Stein funkelte an ihrem Finger.

»Ist das ein Smaragd, was ich da sehe, Eliza?«

»Ach wo«, rief sie, »das ist nichts dergleichen. Nur ein Turmalin, ein Geschenk von meinem Patenonkel Mr. Hastings. Wir trafen ihn erst in der vorigen Woche. Du wirst nie drauf kommen, Jane, wer hier im Hotel abgestiegen ist.«

»Der Graf von Swithin?«

»Der Graf von Swithin! Woher weißt du das? Du hast wohl seine Kutsche gesehen, vermute ich, mit dem Wappen des fauchenden Tigers. Die Swithins haben ihr Vermögen in Indien erworben, weißt du – meine Mutter war mit seiner Mutter befreundet und Lady Swithin war eine von wenigen, die Mama die Aufmerksamkeiten von Mr. Hastings nicht zum Vorwurf machten –, und der Tiger war schon immer ihr Sinnbild. Dieses Wappen würde ich überall wiedererkennen. Er ist ein sehr gutaussehender junger Mann. Aber auch nicht zu jung. Ich würde ihn auf dreißig schätzen.«*

* Eliza Austen war eine geborene Eliza Hancock, die Tochter von Philadelphia Austen (der Schwester des Pfarrers George Austen) und Tysoe Saul Hancock, einem Arzt bei der Ostindischen Gesellschaft. Dem Gerücht

»Eliza«, sagte ich mit gespieltem Vorwurf, »du wirst doch nicht mitten in einem Hotel einen Flirt anfangen. Nimm dich in acht!«

Meine Schwester zuckte mit ihren schönen Schultern. »Ich habe mich nur etwas an der Treppe aufgehalten, um seinen Einzug besser zu beobachten, und ich muß gestehen, daß mich jetzt *nichts* dazu bringen könnte, das Hotel mit einer Mietwohnung zu vertauschen, wenn sie auch noch so groß ist und am Camden Place liegt!«

»Du kannst sicher sein, daß Lord Swithin das tun wird.«

»Dann müssen wir uns beeilen, meine Liebe, wenn wir noch einen Blick auf ihn werfen wollen! Ich habe gehört, wie er seinem Diener befahl, auf seine Rückkehr aus der Trinkhalle zu warten!«

In Wahrheit ist es also die Trinkhalle, nur wenige Schritte vom White Hart entfernt, die das Hotel für Eliza so angenehm macht. Sie schaut ständig dort hinein, trifft sich mit ihren Bekannten oder beäugt die Neuankömmlinge. Meine Mietwohnung an einem abgelegenen Platz wäre für die kleine Comtesse unerträglich langweilig, und ich verstand meinen Bruder Henry nun besser. Eine gelangweilte Eliza ist eine schnippische Eliza, eine jammernde und dahinwelkende Eliza, die sich einbildet, an allen möglichen rätselhaften Krankheiten zu leiden. In der Zurückgezogenheit würde sie es keine zwei Wochen aushalten.

Es sind schon viele Monate vergangen, seit ich die Trinkhalle zuletzt betreten habe, denn da ich dem Brunnen nicht sehr zugetan bin, habe ich nichts in diesem Teil der Stadt zu tun, außer in dem hohen Raum müßig herumzuspazieren. Daß der größte Teil von Bath genau damit beschäftigt war, begriff ich bei dieser Gelegenheit sofort. Das Gewirr einer lebhaften Unterhaltung erhob sich über dem Geklapper von Holzschuhen und Halbstiefeln, während die bunt gekleidete Menge der Weihnachtsbesucher sich auf den kahlen Holzdielen des Fußbodens erging.

Fahles, wintriges Licht strömte durch die Fenster herein. Als ich zuletzt in der Trinkhalle war, erinnerte ich mich jetzt, hatten sich

nach hatte sich Philadelphia in Indien »Mr. Hastings ergeben«. Warren Hastings, Generalgouverneur von Bengalen 1772–1785, stand Pate bei Eliza und hinterlegte 10 000 Pfund für sie; später nannte Eliza ihren einzigen Sohn Hastings. Es wurde allgemein angenommen, doch niemals zugegeben, daß Eliza die Tochter von Warren Hastings war. – *Die Herausgeberin.*

in der Augusthitze die Staubteilchen in Gold verwandelt. Ich hatte mich von einer Freundin verabschiedet, bevor ich südwärts nach Lyme reiste.

»Jane!«

Ich riß mich aus meiner Träumerei und sah Eliza bei einem Wärter stehen, ein Glas Brunnenwasser in der Hand.

»Willst du denn nicht den Brunnen versuchen?« rief sie.

»Wie kannst du das von mir erwarten, meine Liebe?« erwiderte ich. »Du vergißt das Beispiel meines Onkels Leigh-Perrot, der seit über zwanzig Jahren jeden Tag seine zwei Glas trinkt. Niemals hat Wasser so wenig dabei geholfen, eine angegriffene Gesundheit zu stärken oder eine hartnäckige Gicht zu kurieren. Ich setze meine Hoffnung eher auf einen täglichen Spaziergang. Der bietet den Vorteil, daß man die Gegend genießen kann, und er schadet der Verdauung nicht.«*

»Ach was. Komm und sieh dir das Buch an«, antwortete Eliza lässig und blätterte die Seiten eines ledergebundenen Bandes um, in dem die kürzlich eingetroffenen Besucher ihre Namen und Anschriften eingetragen hatten. »Wir müssen feststellen, wer nach Bath gekommen ist, um sich zu amüsieren. Mr. John Julius Angerstein und Mrs. Angerstein. *Aha.* Also haben sie ihr Heim in Blackheath geräumt und die Prinzessin von Wales ihren skandalösen Liebhabern überlassen. Der Ehrenwerte Matthew Small, Kapitän in der Königlichen Marine. Na, mit *dem* wollen wir nichts zu tun haben, nicht wahr? Ein Marineoffizier kann an Land nie sehr unterhaltsam sein, meine ich. Offiziere leiden immer an einer Verwundung oder an einem Gichtanfall. Mr. und Mrs. Jens Wolff. Wunderbar! Er ist der dänische Konsul, weißt du, und sie ist eine richtige Schönheit. Sie wohnen in der Rivers Street. Ich habe Isabella Wolff eine Ewigkeit nicht gesehen!«

Während Eliza so plapperte und grübelte, ließ ich meine Gedanken wieder schweifen. Auch meine Blicke ließ ich umherwandern auf der Suche nach einem Edelmann von imponierendem Aussehen. Mir fehlte zwar Elizas Kenntnis der Vergangenheit des

* James Leigh-Perrot war der Bruder von Mrs. Austen. Er hatte den Namen Perrot seinem Namen Leigh hinzugefügt, um das Vermögen der Perrots zu erben. Sein Hauptwohnsitz war zwar Scarlets, ein Besitztum seiner Frau in Berkshire, doch aus gesundheitlichen Gründen verbrachte er die Hälfte jedes Jahres in den Paragon Buildings in Bath. – *Die Herausgeberin.*

Grafen von Swithin, aber ich hatte genug davon gehört, in welchem Ruf der Herr stand, um ihn für streng und unerbittlich zu halten. Seine Werbung hatte Lady Desdemona Trowbridge aus ihrem Heim in London vertrieben – vielleicht sogar in die Arme von Mr. Richard Portal, der nun tot war. Denn was sonst als eine Ungebührlichkeit des Theaterdirektors gegenüber der Dame hätte ihren Bruder derart in Harnisch bringen können?

»Verzeihen Sie, Ma'am, aber wenn ich mich nicht irre, sind Sie Mrs. Henry Austen?«

Wir wandten uns um und erblickten einen Herrn von mindestens sechzig Jahren und einem ganz ungewöhnlichen Aussehen. Er war klein und beweglich und mit Sorgfalt gekleidet. Er trug ein himmelblaues Seidenjackett, eine lavendelfarbene Seidenweste mit bronzefarbenen Kirschen verziert und helle Pantalons, die in glänzenden Reitstiefeln steckten. Die steifen weißen Spitzen seines Vatermörders verdeckten sogar noch seine Ohren und machten es ihm unmöglich, den Kopf zu wenden. Die Anordnung seiner Krawatte aber mußte wohl an die Kunst des Beaus heranreichen.* Aber all das bedeutete nichts – lediglich die Aufmachung eines Dandys, die einem halb so alten Herrn mehr angestanden hätte – im Vergleich zu der außerordentlichen Häßlichkeit seines Gesichts. Der Mann besaß größte Ähnlichkeit mit einem Pavian.

»Aber das ist ja Mr. Cosway!« rief die kleine Comtesse und streckte ihm mit allem Anschein des Entzückens die Hand entgegen. »Was für ein Glück, daß ich hier nicht *ganz* ohne Freunde bin! Wie kommt es denn, lieber Herr, daß Sie St. James in dieser Jahreszeit verlassen?«

»Ein Anfall von Gicht, Mrs. Austen, dem ich entgegenwirken muß – wenn ich auch zugeben muß, daß es jetzt, da das Ende der Welt so nahe bevorsteht, kaum noch der Mühe wert ist.«

»In der Tat«, erwiderte Eliza gewandt und zuckte kaum mit der Wimper bei dieser eigenartigen Rede des Herrn. »Man sollte jeder Möglichkeit, ob außergewöhnlich oder alltäglich, in bestmöglicher Gesundheit begegnen. Aber ich *muß* mir die Ehre geben, Sie mit der Schwester meines Gatten, Miss Austen bekannt-

* Jane meint damit den berühmtesten Dandy dieser Zeit, George Bryan »Beau« Brummell (1778–1840), der die Herrenmode bestimmte. – *Die Herausgeberin.*

zumachen. Jane – Mr. Richard Cosway, der bevorzugte Maler Seiner Majestät des Prinzen von Wales.«

Ich war hellwach, denn wenn ich auch den Prinzen mit jeder Faser meines Herzens verachte, so geht meine Abneigung doch nicht so weit, daß ich keinen Klatsch hören möchte. Wortlos knickste ich vor Mr. Cosway. Jetzt erkannte ich das Gesicht und die Gestalt wieder – nach den Karikaturen in den Zeitungen aus mehreren Jahrzehnten. Das also war der außerordentliche Cosway, dessen raffinierte Porträtmalerei, vor allem in der Miniatur, die vornehme Welt im Sturm erobert hatte, dessen wöchentlicher Salon in der Pall Mall die einzige Unterhaltung in den letzten beiden Dekaden war, deren Besuch sich für die Mondänen lohnte, dessen hübsche kleine Frau, volle zwanzig Jahre jünger als er, die Großen der Welt mit ihrem Können an der Harfe und an der Staffelei hingerissen hatte. Dies war der Richard Cosway, der ein Anhänger Mesmers war und Versuche mit tierischem Magnetismus und allen Arten abergläubischer Torheit unternahm und nun an der Schwelle zum Greisenalter stand.* Meine liebe Eliza kannte natürlich jeden berühmten Sonderling im ganzen Königreich!

»Und haben Sie Nachrichten von Ihrer entzückenden Gattin?« erkundigte sich meine Schwester mit geziemender Besorgnis. »Ich fürchte, Maria ist wie eine Gefangene am Hof des korsischen Ungeheuers?«

»Ja, leider, das stimmt wohl, und augenblicklich ist der ganze Verkehr zwischen England und dem Kontinent zum Stillstand gekommen. Der Ausbruch der Feindseligkeiten hat die Bemühungen der armen Maria völlig zunichte gemacht. Sie hatte es unternommen, wie Sie zweifellos wissen, zum Nutzen der Menschheit die riesige Sammlung in Bonapartes Louvre zu zeichnen. Es war ein so bewundernswertes Projekt – der Prinz von Wales hat selbst dafür gespendet, liebe Mrs. Austen –, aber nun ist es fehlgeschlagen. Deshalb hat Mrs. Cosway Paris verlassen.«**

* Nach dem Historiker Roy Porter machten Maria und Richard Cosway die Mode des Hypnotismus mit und spendeten für die Vorlesungen von John B. de Mainauduc, einem Schüler des Arztes Dr. Mesmer (1734 bis 1815), der die Theorie vom »tierischen Magnetismus« aufgestellt hatte. - *Die Herausgeberin.*

** Napoleons umfangreiche Beschlagnahmungen großer Kunstwerke in ganz Europa und ihre Sammlung in Paris hatten zu Maria Cosways Pro-

»Doch wann wird sie zurückkehren? Kann man denn nichts zu ihrer Unterstützung unternehmen?«

Mr. Cosway zögerte. Seine Blicke schweiften im Raum umher, als suche er nach Bekannten. »Ich darf sagen, daß meine Frau nicht mittellos ist. Sie hat das beste aus ihrer Situation gemacht und ist nach Lyon gegangen. Dort will sie eine Schule für katholische junge Damen eröffnen. Sie wissen sicher, daß sie in Italien geboren wurde und immer der römischen Kirche angehörte.«

»Ja, gewiß«, erwiderte Eliza zweifelnd. »Und wie lange beabsichtigen Sie, Sir, Bath mit Ihrer Anwesenheit zu erleuchten?«

»Nicht länger als drei Monate, kann ich Ihnen versichern. Zu Ostern muß ich in Brighton sein.«

»Wie wunderbar!« rief Eliza. »Ich sehne mich nach einem Besuch in Brighton! Was für Intrigen und Zerstreuungen – und die Wagenrennen auf dem Strandkies! Die Frühstücke im Freien! Die Feuerwerke und Ausflüge – und das Gedränge auf den Bällen! Wie viele Bekanntschaften man im Gefolge des Prinzen pflegen muß. Ich fürchte, da ist man ständig beansprucht.«

»Die Vergnügungen von Brighton bedeuten *mir* gar nichts, denn ich leide unter dem Mangel an Zurückgezogenheit, der sich bei einer solchen Geselligkeitsreise einstellt, aber ich kann nicht umhin, dem Prinzen *zu Diensten* zu sein«, bemerkte Mr. Cosway mit einem grotesken Lächeln. »Die Dekoration des Pavillons, die Ordnung seiner Sammlungen, die Anforderungen der Kunst sind die höchsten Ziele meines Lebens. Meine eigenen armen Schildereien zählen daneben überhaupt nicht. Ich habe keinen Sinn für Eigennutz, gebe ich zu, ich widme mich ganz den Menschen, die ich liebe.«

»Das macht Ihnen sicherlich alle Ehre, Mr. Cosway«, erwiderte die Comtesse mit einer, wie ich fand, bewundernswerten Nachsicht. »Wir hoffen, vielleicht ein wenig häufiger Ihre Gesellschaft zu genießen, solange Sie in Bath weilen.«

Mit einer Verbeugung und einem Schwenken seines schönen grauen Meltonhuts verließ uns Mr. Richard Cosway.

jekt geführt, jedes Stück in dem kürzlich eröffneten Louvre für die Nachwelt zu zeichnen. Sie begann Ende 1801 damit. Selbst eine Künstlerin von Rang, war Mrs. Cosway zu dieser Zeit ihrem Gatten entfremdet. Sie kehrte erst 1817 nach England zurück, als Cosway schon senil war. – *Die Herausgeberin.*

»Was für eine lächerliche Erscheinung, wirklich«, erklärte mir Eliza, »aber dabei recht tüchtig in seinem Metier.«

»Wie hast du ihn kennengelernt, Eliza?«

»Mein Pate, Mr. Hastings, saß Cosway vor einigen Jahren für ein Miniaturporträt«, antwortete sie leichthin, »aber eine echte Freundschaft schloß ich mit der entzückenden Mrs. Cosway. Ganz London lag Maria zu Füßen, weißt du, damals in den achtziger Jahren. Wir begegneten uns zuerst in Frankreich, erinnere ich mich, 1791 oder 1792, bald nach der Geburt ihrer kleinen Tochter, deren Erziehung sie dann ihrem Gatten überließ.«*

»Wie seltsam!«

»Das war es auch. Er war von Marias Untreue überzeugt und meinte, das Kind sei von jedem anderen, nur nicht von ihm. Also verließ sie ihn für fast vier Jahre.«

»Vier Jahre! Und das Kind?«

»Es starb am Fieber bald nach Marias Rückkehr – so um 1796 herum.« Die Stimme meiner armen Eliza klang gepreßt, denn sie wußte, was es hieß, das einzige Kind zu verlieren.

»Ich habe oft festgestellt, Eliza, daß Menschen, die in ihrem Leben hohes Ansehen und jeden Komfort genießen oder mit Glücksgütern gesegnet sind, dahinter oft den tiefsten Schmerz verbergen«, bemerkte ich. »Was für ein Unglück für die ganze Familie!«

»Gewiß – aber da Cosway keine Tragödie erleben kann, ohne einen Nutzen daraus zu ziehen, malte er ein äußerst ergreifendes Porträt des Kindes auf dem Totenbett, und hätte Maria es ihm nicht untersagt, hätte er Kupferstiche davon sogar noch auf der Straße verkauft! Dieser Mann ist der Inbegriff der Eigenwerbung, Jane, er hat die Kunst in den Sumpf der Käuflichkeit hinabgezogen, und dabei bringt er es fertig, zu behaupten, er sei ganz Selbstlosigkeit und Opferbereitschaft! Wäre ich gräßlich ungezogen, hätte ich laut herausgelacht! Aber es ist nicht mehr wichtig. Nachdem ihn seine Frau verlassen hat, schneiden ihn jetzt auch alle seine vornehmen Freunde, glaube ich.«

»Doch der Prinz scheint ihn immer noch zu halten.«

»Der Prinz! Ach ja, das tut er wohl. Was Mr. Cosway sonst auch

* Als sie sich in den 1790er Jahren in Paris aufhielt, bezauberte Maria Cosway keinen Geringeren als Thomas Jefferson, der sich (platonisch) in sie verliebt haben soll. Ihr Briefwechsel ging noch jahrelang weiter, nachdem beide in ihre jeweiligen Länder zurückgekehrt waren. – *Die Herausgeberin.*

sein mag, Unheilsprophet, Apokalyptiker und Anhänger allen möglichen Aberglaubens, dessenungeachtet besitzt er den feinsten Geschmack in der Inneneinrichtung und ist ein Kunstkenner ersten Ranges. Es heißt, ohne ihn wäre der Prinz völlig ratlos und würde viel mehr Geld mit viel weniger Erfolg ausgeben, als er es ohnehin schon tut.«

»Tatsächlich«, erwiderte ich. »Und wie gelangt ein bloßer Maler zu so einer hohen Stellung?«

Eliza zögerte nicht, meine Dummheit zu tadeln. »Richard Cosway! Ein *bloßer* Maler! Sprichst du etwa, meine Liebe, von dem großen Cosway, der ein Abbild von Mrs. Fitzherbert schuf, das sich der Prinz um den Hals hängen konnte? Von dem kunstvollen Miniaturmaler, dessen in Elfenbein gefaßte Porträts die große Mode sind? Sag mir nur nicht, daß du *das* auch nicht weißt, wie so vieles von der vornehmen Welt!«*

Wir spazierten in Gesellschaft von ganz Bath in dem Saal herum, und ich achtete kaum auf Elizas Strafpredigt, so begierig war ich, den Grafen von Swithin zu erblicken.

»Jane! Hörst du überhaupt zu?«

»Ich gestehe, daß ich den Prinzen und sein ganzes Gefolge so wenig mag, daß ich nie versucht habe, in irgendeiner Weise seinem Beispiel zu folgen, Eliza. Das kann eigentlich niemanden verwundern, selbst dich nicht.«

»Aber Cosways Geschmack hat den der ganzen Epoche bestimmt!« protestierte sie. »Er mag aussehen wie ein Affe, mein liebes Kind, aber er ist ein schlauer Bursche, auf seine Art sogar genial. Cosway hat verlangt, daß jedes Kunstwerk, jede Vorhangfalte, jeder Hauch von Vergoldung im Carlton House nur nach seinen Anweisungen angebracht wird.** Es gibt vermutlich nur wenige, die sich mit Recht rühmen können, derart die Mode beeinflußt zu haben. In früheren Jahren wurde das auch anerkannt, und kaum ein Träger eines großen Namens unterließ es, ihm auf-

* Der Prinz von Wales schloß 1786 eine illegale Ehe mit der katholischen und zweimal verwitweten Maria Fitzherbert. Zehn Jahre später heiratete er seine Kusine Caroline von Braunschweig, die Prinzessin von Wales wurde. Es war allgemein bekannt, daß die beiden nicht miteinander auskamen, und Mrs. Fitzherbert blieb die Favoritin des Prinzen. – *Die Herausgeberin.*

** Carlton House war der Londoner Wohnsitz des Prinzen von Wales. Es ist jetzt Teil des British Museum. – *Die Herausgeberin.*

zuwarten und seinen Rat einzuholen. Aber jetzt, seit Maria ihm davongelaufen ist, sucht ihn kaum noch jemand in Stratford Place auf.«

»Aber was bietet er für einen Anblick! Es wäre passender für ihn, ohne Sattel bei Astley's zu reiten, als in Bath zu promenieren!«*

»Er legt in der Tat zuviel Wert auf Fragen der Kleidung«, gestand Eliza. Das war ein wunder Punkt bei ihr, denn mindestens seit zwanzig Jahren ist es ihre größte Sorge im Leben, wie sie sich anzieht. »Ich habe erst im vorigen Monat erfahren, daß er nicht weniger als vierzig Westen besitzt.«

»Da trifft es sich bestimmt glücklich, daß er viel im Carlton House verkehrt, wo solche Verschwendung vielleicht nicht auffällt.«

»Aber du mußt zugeben, Jane, daß die Idee, das Abbild eines Auges in Öl zu malen, einzigartig ist. Darin zumindest mußt du Cosways besondere Begabung anerkennen. Denn das war einzig und allein seine Erfindung, glaube ich.«

»Das Abbild eines *Auges?* Das ist nun seine spezielle Kunst geworden?«

»Natürlich! Er fing an mit Maria Fitzherbert. Der Prinz verbirgt das Bild ihres Auges in einem goldenen Medaillon, das er auf dem Herzen tragen soll. Selbst *du* mußt doch wissen, daß solche vertrauten Bildnisse eines geliebten Wesens, am Körper getragen, heute der letzte Schrei der Mode sind. Schau mal.« Sie knöpfte ihren dunkelgrauen pelzbesetzten Mantel auf und zog eine lange Kette hervor. »Ich trage jetzt selbst ein Auge.«

»Eliza! Das darfst du doch nicht!«

Die Comtesse zuckte mit unendlicher Grazie die Schultern. »Es ist nichts anderes, als was jede Dame der guten Gesellschaft tut, das versichere ich dir. Und sieht es nicht schick aus? Richard Cosway ist allerdings zu hoch für mich, aber ich meine, mit Engleheart kann man sich auch sehen lassen.** Ich bewundere

* Astley's Amphitheatre, das Jane Austen mehrmals mit ihrem Bruder Edward und seinen Kindern besuchte, war eine Reitarena in London, die sich auf Reitvorführungen ähnlich wie ein Zirkus spezialisiert hatte. – *Die Herausgeberin.*

** George Engleheart (1750–1829) machte aus der Porträtierung von Augen einen wahren Beruf und dehnte die Mode vom englischen Hochadel bis auf den Landadel und später auf das Bürgertum aus. – *Die Herausgeberin.*

besonders die Form der Augenbrauen. Ein richtiger Schlingel muß er gewesen sein.«

»Wer bitte?«

»Der Herr, der für das Miniaturporträt saß, natürlich.«

»Dann kennst du ihn überhaupt nicht?«

»Natürlich nicht!« erwiderte sie fröhlich. »Traust du mir etwa zu, daß ich deinen liebsten Bruder hintergehe?«

»Aber, Eliza, solch ein Zeichen läßt doch alle Welt vermuten, daß du ein Andenken an einen Geliebten trägst! Ich wundere mich, daß Henry das duldet!«

»Aber Henry hat es mir doch geschenkt«, erwiderte Eliza gelassen. »Und er findet, es sei eine lustige Idee, das kann ich dir versichern.« Die Belustigung schwand aus ihrer Miene, und ich merkte, daß ihr Interesse von etwas anderem gefesselt wurde. In freudiger Erregung ergriff sie meinen Arm. »Dort, Jane! Beim Gästebuch! Das ist der Graf! Aber mit wem spricht er denn mit solcher Dringlichkeit?«

Ich folgte ihrem Blick. »Mit Mr. Hugh Conyngham, Eliza – dem führenden Schauspieler des Theatre Royal.«

Kapitel 4
Das fragliche Auge

12. Dezember 1804, Forts.

Der Graf von Swithin im Gespräch mit Mr. Hugh Conyngham! Waren sie denn miteinander bekannt? Und war es nur wegen des Schauspielers, daß Lord Swithin so eilig die Trinkhalle aufgesucht hatte?

Ich stand wie angewurzelt auf den breiten Dielen des Fußbodens. Ein Strahl winterlichen Lichts fiel wie eine Segnung direkt auf den blonden Kopf des Grafen. Der Herr war nur mittelgroß, aber kräftig gebaut und von guter Haltung. Er bot eine imponierende Erscheinung, sportgestählt und bis zum letzten Muskel durchtrainiert. Lord Swithins Gesicht hätte man schön nennen können, denn es wies keinen unangenehmen Zug auf, wäre da nicht eine Kälte in dem Blick der hellblauen Augen und ein Anflug von Bitterkeit um den Mund gewesen. Das war ein Mann, der seine Pläne nicht leicht durchkreuzen ließ, und es wunderte mich nicht, daß Lady Desdemona lieber nach Bath geflohen war, als sich dem Zorn zu stellen, den ihre Abweisung bei ihm erregt hatte.

»Jane!« zischte Eliza. »Bitte reiß deine Augen von Seiner Lordschaft los, sonst werden wir beide noch bei der gröbsten Ungehörigkeit ertappt!«

Aber ich achtete nicht auf Elizas besorgte Blicke, so stark interessierten mich der Graf und sein Gesprächspartner. Wie sie so die Köpfe zusammensteckten und Reden von offensichtlicher Dringlichkeit wechselten, *konnten* die beiden nur den Mord in Laura Place erörtern.

»Eliza«, flüsterte ich, »erinnert sich der Graf noch an eure Bekanntschaft vor vielen Jahren in Bengalen?«

»Das glaube ich nicht«, erwiderte sie bestimmt. »Es war seine Mutter, weißt du, die meine Mutter besuchte. Ich meine, er war noch gar nicht geboren, als wir Indien endgültig verließen.«

»Das ist auch gut. Schlendern wir doch im Raum umher mit einer möglichst unbeteiligten Miene.«

»Wir können zu schlendern versuchen, Jane, aber auf die unbeteiligte Miene sollten wir von vornherein verzichten. Dazu bist du nicht in der Lage, mein Liebling. Dir fehlt die notwendige Übung in der Verstellung.«

»Unsinn«, flüsterte ich heftig. »Erzähl mir was Unterhaltsames.«

»Ich habe *gehört«*, bemühte sich Eliza sofort darum, »daß der Titel des Grafen von Swithin zwar von altem Adel ist, sein beträchtliches Vermögen aber durch Handel erworben wurde.«

»Damit kannst du *mich* nicht schockieren, meine Liebe. Ich halte nichts von solchen hochmütigen Ansichten. Deswegen bleibt er doch ein Gentleman.«

»Aber vielleicht überrascht dich die Art des Handels doch. Der Graf verfrachtet Opium von Bengalen nach China und benutzt seine eigenen Schiffe dazu. Er hat diese Gewohnheit von seinem Vater übernommen, und nach dem Tode dieses Herrn hat er das Geschäft noch erheblich ausgeweitet. Das hat Henry erst vorige Woche beim Essen im Boodle's Club gehört.«*

»Der Graf? Ein Opiumhändler? Das kann ich kaum glauben!«

Elizas dunkle Augen funkelten vor Entzücken. »Tu nicht so erstaunt, meine liebe Jane. Du mußt doch wissen, daß die Ehrenwerte Gesellschaft seit langem Opium als Gegenmittel gegen Tee einsetzt.** Wir importieren soviel Tee und können so wenige Waren günstig in China absetzen, daß unsere Handelsschuld – oder unser Handelsdefizit, wie Henry sagt – über viele Jahre hinweg uns fast ruinierte. Aus unserem Reich strömte das Gold heraus wie Blut aus einer offenen Wunde, aber in letzter Zeit hat sich das wieder geregelt, und zwar durch den Appetit der Chinesen auf Opium. Deshalb müssen wir Männern wie dem Grafen dankbar sein, auch wenn die Regierung offiziell ihr Tun verurteilt. Und so schließt sich nun der Kreis: Wir importieren Tee aus China, China importiert Opium aus Indien, und Indien importiert

* Dies war (und ist noch) ein ausschließlich Männern vorbehaltener Klub. – *Die Herausgeberin.*

** Eliza meint die Ehrenwerte Ostindische Gesellschaft. Diese private Handelsgesellschaft beherrschte praktisch Indien im ganzen achtzehnten Jahrhundert und dem Anfang des neunzehnten. Elizas Geburt in Indien und ihre Verbindung zu Warren Hastings, dem einflußreichsten und tüchtigsten Gouverneur, den die Gesellschaft je ernannte, erklären wahrscheinlich ihre Kenntnis dieses Handels. – *Die Herausgeberin.*

Wollstoffe aus Manchester! Ist es nicht zu bewundern, auf welche Weise die Sehnsüchte und die Laster der Massen Lord Swithin zu einer so tollen vierspännigen Kutsche verhelfen?«

»Zu bewundern oder nicht, sehr angenehm kann es dennoch nicht sein, den Opiumhandel als seinen Beruf anzugeben«, bemerkte ich. »Ich frage mich, ob Seine Gnaden der Herzog von Wilborough vom Treiben des Grafen unterrichtet ist?«

Wir hatten uns einer Stelle gegenüber dem Gästebuch genähert, wo der Graf und der Schauspieler immer noch im Gespräch vertieft waren. Ich hielt in unserem Spaziergang inne und wandte den beiden den Rücken zu. Ihre Stimmen drangen sehr leise an mein Ohr – nur dann und wann ein Wort. »Sprich bitte weiter, Eliza, aber sprich über Spitzen oder den Preis des Musselins so hörbar, wie du kannst.«

Von allen möglichen Aufgaben war meine Schwester *dieser* am ehesten gewachsen. Sie verbreitete sich glücklich über die Zahl der Volants, die ein modisches Abendkleid haben müsse, und über das Auftauchen von Epauletten, das sie der verstärkten Hinwendung zu einem militärischen Stil zuschrieb, die in den gegenwärtigen Zeitläuften unvermeidlich sei, während ich mich bemühte, die Unterhaltung unserer Nachbarn zu belauschen. Als erste erkannte ich die markante, tiefe Stimme des Grafen.

»… muß die Briefe haben.«

»Ich sage Ihnen doch, sie sind nicht …« (es folgten unverständliche Worte) »… und … ist im Moment sehr unangenehm. Ich kann Eurer Lordschaft nicht versprechen … Einfluß auf sie.«

»Dann muß ich selbst mit ihr reden.«

»Das wäre … unklug. Ich kann nicht garantieren …«

»… steht mir zu! Ich habe … verschwendet … bis auf eine Handbreit zum Galgen!«

»… Zeit.«

»Ich habe genug von Ihrer *Zeit!* Die Zeit hat mir nur Kummer und Ärger eingebracht, Sir!« Diese letzten Worte wurden fast herausgeschrien, so daß der erboste Graf verschiedene empörte Blicke in der Trinkhalle auf sich zog. Nach einem gereizten Seufzen senkte er die Stimme wieder. Die nächsten Worte waren fast unhörbar.

»… erwarte von Ihnen … Weg, sich meiner … zu versichern …«

Hatte ich das wirklich richtig gehört? Sich wessen zu versichern – der Freiheit des Grafen? Seines Rufes? Seiner Interessen?

Seiner Briefe?

»... gut. Ich wünsche einen guten Tag, Mylord.«

»Guten Tag.« Nachdem die geheimen Verhandlungen beendet waren, fand der Graf zu einem höflicheren Ton zurück. »Und grüßen Sie Ihre Schwester von mir, Conyngham. Ich werde morgen in die Orchard Street kommen.«

Der Schauspieler verbeugte sich, der Graf nahm diese Aufmerksamkeit mit einer leicht irritierten Miene an, und damit trennten sie sich. Lord Swithin verließ die Trinkhalle durch die Tür unmittelbar gegenüber dem Gästebuch und wollte offensichtlich zum White Hart zurückkehren. Hugh Conyngham eilte zum entgegengesetzten Ende des riesigen Raumes. Sein Gesicht trug einen Ausdruck der Besorgnis und Verzweiflung, der mir nicht gefiel.

»Ich muß dich verlassen, Eliza«, sagte ich. »Entschuldige bitte. Meine herzlichen Grüße an Henry – wir sehen euch hoffentlich heute abend in den Green Park Buildings zum Tee, wenn ihr keine andere Verabredung habt.«

»Was hast du gehört, Jane?« forschte Eliza.

»Das weiß ich kaum. Alles – oder nichts. Wer kann das sagen?«

»Jane ...« Meine Schwester legte mir die Hand auf den Arm und hielt mich zurück, als ich gehen wollte. »Solltest du solche Sachen nicht lieber dem Friedensrichter Mr. Elliot überlassen?«

»Ich verstehe dich nicht, Eliza«, erwiderte ich.

»Und was den Tee angeht ...«

Die Henry Austens wollten an diesem Abend ein Konzert im Oberen Kurhaus besuchen, bei dem Mrs. Billington* italienische Liebeslieder in der Originalsprache sang, und Eliza lud Cassandra und mich dringend ein, uns ihnen anzuschließen. Wenn ich auch gern mal ein schottisches Lied auf dem Klavier spiele,

* Elizabeth Billington (1768–1818) war zu Jane Austens Zeit eine gefeierte Sopranistin, die in Bath gewöhnlich in Konzerten auftrat, die Vincenzo Rauzzini (gest. 1810) dirigierte. Ungeachtet ihrer Abreden besuchte Jane diese Konzerte oft, wie aus ihren Briefen hervorgeht. Sie fanden im allgemeinen mittwochabends statt, damit sie nicht mit dem Theater am Dienstag und Donnerstag und den Bällen am Montag und Freitag kollidierten. – *Die Herausgeberin.*

bin ich ganz allgemein keine Musikfreundin. Gesang, muß ich gestehen, ruft bei mir eine Langeweile hervor, der ich nur durch intensives Studium der Kleidung und der Gespräche meiner Nachbarn begegnen kann. Und im Augenblick verblaßte alles Interesse an Liebesliedern, italienischen oder anderen, vor der fesselnden Frage, ob der Graf und der Schauspieler gemeinsam in eine Intrige verwickelt seien.

Aber ich versprach Eliza getreulich, den Plan meiner Schwester zu unterbreiten, und nach einem Kuß auf ihre Wange lief ich dankbar davon.

In verhältnismäßiger Einsamkeit überquerte ich den Queen Square, wo der erste goldene Glanz einer unmodern frühen Dinnerstunde jetzt aus den bescheidenen Fenstern strahlte. Meine Mutter sehnt sich immer noch nach diesem Platz, weil er in ihrer Jugendzeit die erste Adresse in Bath war, aber die kleinen Wohnungen dort würden für eine so große Familie wie unsere niemals ausreichen. So muß sie sich damit begnügen, einmal in der Woche die Queen's-Kapelle zu besuchen, wo wir sonntags zum Gottesdienst gehen, und durch den Park zu spazieren, wenn sie ihr Weg in diesen Teil der Stadt führt. Jeden Tag jedoch zählt sie uns alle Vorteile des Queen Square auf, und wir müssen zugeben, daß er besser ist als jede andere Gegend in Bath, wenn wir den Hausfrieden bewahren wollen.

Im Augenblick aber verbannte ich meine Mutter aus meinen Gedanken und stellte mir wieder den Grafen von Swithin vor. Was konnte ein solcher Mann von so hoher Stellung, gerade erst in der Stadt angekommen, mit Hugh Conyngham zu besprechen haben? Denn der ist trotz seiner bewundernswerten schauspielerischen Fähigkeiten ein Mime aus der Provinz, den weder Geburt noch Beziehungen auszeichnen. Ich hatte erwartet, Richard Portals Namen zu hören oder wenigstens den von Lord Kinsfell, doch statt dessen hatten die beiden nur von Briefen gesprochen. Wessen Briefe? Und wer war die mysteriöse *Sie?*

Maria Conyngham?

Die prachtvolle Figur der Schauspielerin zeichnete sich auf den Pflastersteinen vor meinen Füßen ab wie eine Zauberin, die sich aus gewöhnlichem Schnee und Schmutz erhebt, und ich wußte sofort, daß sie eine Frau war, für deren Besitz ein Mann sein

Leben riskieren würde. Maria Conyngham hatte Feuer, Schönheit und den Geist, den man bei einer Frau erwarten konnte, die nicht von den Konventionen der Gesellschaft eingeengt wurde. Es hätte mich nicht gewundert, wenn ihr Zauber schon viele mir bislang unbekannte Verehrer eingefangen hätte – nicht zuletzt den imponierenden Grafen.

Und dann seufzte ich. Mir wurde klar, daß ich nie die Freude haben würde, die Wahrheit zu erfahren, denn meine Rolle bei dem Drama war ja sicher schon beendet. Da der Graf so eilig nach Bath gekommen war und Lord Harold ihm bald folgen mußte, wäre meine Aufgabe als stille Anstandsdame für Lady Desdemona überflüssig. Das unglückliche Mädchen würde sicher nach London geschickt werden, sobald man die Zeit dafür fand, während alle Anstrengungen ihrer Verwandten sich darauf richten mußten, den Erben des Titels zu verteidigen. Die Mordanklage gegen Simon, Lord Kinsfell, mußte alle persönlichen Probleme seiner Schwester völlig in den Schatten stellen.

Und so war ich in nicht gerade bester Stimmung, als ich in Green Park Buildings 27 die Glocke zog und darauf wartete, daß das Hausmädchen Mary mir öffnete. Sie riß die Tür schon auf, bevor der letzte Ton verhallt war.

»Ooch, Miss«, sagte sie mit einer Miene, in der sich Schrecken und Ehrfurcht mischten, »da ist ein Herr hier, der ist soo vornehm. Er wartet schon mehr als 'ne halbe Stunde auf Sie.«

»Im Wohnzimmer, Mary?«

»Ja, Miss. Im Sessel des Herrn Pfarrers.«

Ich eilte die Treppe hinauf, um meinen Besucher zu erlösen, und dort stand niemand anders als Lord Harold Trowbridge, aufrecht und schweigend am Fenster mit dem Rücken zum Zimmer. Mein armer Vater starrte ihn hilflos an, während meine Mutter beim Thema von Schauspielern und ihren Schlägereien in vollem Zuge war und ungehemmt drauflosredete.

»Sir!« fuhr ich dazwischen. »Das ist fürwahr eine Ehre!«

Er wandte sich um, zog eine Augenbraue hoch und verbeugte sich. »Miss Austen. Die Ehre ist ganz auf meiner Seite.«

Der Ernst in seiner Stimme hätte mich nicht so beeindruckt, wenn er nicht zugleich in seiner beherrschten Miene gelegen hätte. Lord Harold war nicht in der Stimmung für Höflichkeiten oder Torheiten, und ich beschloß, meine Mutter so schnell aus dem Zimmer zu entfernen, wie es die Schicklichkeit gestattete.

»Jane, meine Liebe«, sagte mein Vater, »deine Mutter und ich haben dich schon vor einer halben Stunde erwartet, wie wir Lord Harold versicherten. Was *kann* dich nur so lange aufgehalten haben?«

»Nur eine Bekanntschaft Elizas in der Trinkhalle, Vater«, erwiderte ich mit dem Blick auf dem Schwerenöter. »Und das allgemeine Gerede über einen Neuankömmling. Der Graf von Swithin ist nach Bath gekommen. Stellt euch das nur vor!«

»Der Graf von Swithin? Und was geht der Graf von Swithin *uns* an, bitte schön? Nun komm, Mrs. Austen.« Mein Vater erhob sich langsam aus einem hochlehnigen Sessel in einiger Entfernung vom Kamin – das war nicht sein gewohnter Platz. »Wenn wir noch ein wenig frische Luft genießen wollen, ehe die Köchin die Dinnerglocke läutet, dann müssen wir gehen!«

»Ich bin sicher, daß die Zeit dafür nicht mehr reicht«, wandte meine Mutter ein, »und daß ich mich dabei erkälte. Außerdem ist die Dunkelheit nicht sehr einladend. Wir werden über die eigenen Füße stolpern, wenn wir auf das Pflaster kommen.«

»Im Dezember ist das immer so, meine Liebe, aber ich brauche meinen Ausgang. Mr. Bowen besteht darauf.«

Da gab meine Mutter nach, denn die in letzter Zeit angegriffene Gesundheit meines Vaters ist unsere große Sorge, und sein Arzt, Mr. Bowen, legt großen Wert auf einen täglichen Gang an der frischen Luft.

Lord Harold verneigte sich vor beiden, und mit spürbarer Erleichterung hörte ich die Wohnzimmertür hinter ihnen zufallen.

»Dies ist eine gemütliche Wohnung«, sagte er und blickte sich im Zimmer um.

»Das stimmt. Allerdings ein bißchen feucht, besonders die Küche und die Wirtschaftsräume.«*

»Wohnen Sie schon lange hier?«

* Green Park Buildings war neu gebaut, als die Austens sich dort einmieteten, und bekannt für den hohen Grundwasserstand an den Fundamenten. Jane selbst hatte 1801 die Wohngegend als ungeeignet abgelehnt, als ihre Familie nach Bath zog, aber die hohen Kosten ihrer ersten Wohnung am Sydney Place 4 zwangen sie später zum Umzug. – *Die Herausgeberin.*

»Erst ein paar Monate – seit wir aus Lyme zurück sind.«

»Ach ja, Lyme.« Die leichte Andeutung eines Lächelns verzog seine Mundwinkel. »Ich darf Ihnen mitteilen, Miss Austen, daß unsere Freunde sicher nach Amerika gelangt sind. Sie haben sich im Staat New York niedergelassen.«

Eine Woge von Gefühl wallte plötzlich in mir auf und verebbte ebenso schnell. Geoffrey Sidmouth und seine Verwandten könnten sich genausogut auf dem Mond befinden, was die Wahrscheinlichkeit betraf, daß ich sie je wiedersehen würde.*

»Das ist wirklich eine sehr gute Nachricht«, brachte ich hervor und merkte, wie meine Wangen glühten.

»Aber Sie können sich nicht so darüber freuen, wie Sie möchten«, sagte Lord Harold ruhig, »weil Sie Grund haben, die Bekanntschaft zu bedauern – oder vielleicht den Herrn. Ich verstehe.«

Verlegen wandte ich den Blick ab. »Wollen Sie sich nicht setzen, Sir?«

»Nein, danke. Ich habe heute schon lange genug gesessen.«

»Sie sind von London hergereist.«

»So schnell mich eine vierspännige Kutsche bringen konnte. Ich bin erst vor wenigen Stunden angekommen.« Er verschränkte die Arme hinter dem Rücken und wandte sich vom Fenster ab und dem Kamin zu. Lord Harold hatte immer als ein wohlgebauter Mann gegolten. Er ist recht groß, schlank von viel körperlicher Bewegung, und sein kluges Gesicht gefällt einem immer besser, je länger man es kennt. Seine Silberlocken zeigt er mit derselben Selbstverständlichkeit wie die Narbe eines Säbelhiebs, die sich über eine Wange hinzieht, und obgleich er volle fünfundvierzig Jahre alt ist, läßt einen sein jugendliches Verhalten immer an dieser Zahl zweifeln. Doch als ich seine Gestalt betrachtete, die sich dunkel vor dem lodernden Kaminfeuer abzeichnete, spürte ich eine kaum merkliche Veränderung. Wenn ein Mann in drei Monaten um ein Jahr altern konnte, dann hatte Lord Harold das bestimmt getan.

Seit unserer letzten Begegnung in der Septemberfrühe auf dem regengepeitschten Kiesstrand von Charmouth hatten die Schul-

* Janes Begegnung mit Geoffrey Sidmouth wird in dem zweiten Tagebuch, *Jane and the Man of the Cloth* (New York, Bantam Books 1997), beschrieben (*Jane Austen und die Herren der Nacht*, Aufbau Taschenbuch Verlag 1998). – *Die Herausgeberin.*

tern des Schwerenöters eine müde Haltung eingenommen, und sein scharfgeschnittenes Gesicht spiegelte etwas, das dem Schmerz nahekam. Seine halb verdeckten Augen hatten zwar immer kalt und unbewegt auf das Böse geblickt, aber sie hatten auch immer vor Vergnügen funkeln können; jetzt jedoch schien alles Gefühl aus ihnen gewichen zu sein. Diese feinen Veränderungen konnte man, so vermutete ich, den Sorgen zuschreiben, die das Unglück seines Neffen Kinsfell ihm verursachten. Die Strenge in Lord Harolds Zügen erinnerte an einen Asketen – oder einen Büßer. Es schien, als hege der Lord einen geheimen Kummer oder leide an unendlicher Reue. Während ich ihn noch anschaute, ergriff er den Schürhaken und rührte heftig im Feuer herum – was seine innere Unruhe verriet. Eine Rastlosigkeit hatte ihn gepackt, das offensichtliche Verlangen, *etwas zu tun.* Ich durfte seine Geduld nicht mit leeren Freundlichkeiten strapazieren, sondern mußte sogleich zur Sache kommen. Ich setzte mich auf das Sofa.

»Wenn Sie sich eine Stunde Zeit genommen haben für diesen Besuch, Sir«, begann ich, »dann gehe ich davon aus, daß Sie erfahren möchten, was ich Ihnen über die Ereignisse in Laura Place gestern abend berichten kann. Aber zuvor möchte ich Ihnen mein herzliches Mitgefühl für Ihre Familie aussprechen angesichts des furchtbaren Unglücks, das sie getroffen hat.«

Ein Lächeln huschte über sein schmales Gesicht. »Ich danke Ihnen, Miss Austen. Ich bin wirklich zu Ihnen gekommen in der Hoffnung, etwas zugunsten meines Neffen zu erfahren. Ich kenne Sie zu gut, als daß ich befürchten müßte, irgend etwas von dieser unglückseligen Angelegenheit sei Ihrer Aufmerksamkeit entgangen. Aber erst sagen Sie mir noch etwas anderes. Ist es wahr? Ist Swithin wirklich nach Bath gekommen?«

»Ich muß leider gestehen, daß ich nicht das Vergnügen habe, mit Seiner Lordschaft bekannt zu sein. Aber wenn er in großem Stil reist, mit dem Wappen eines fauchenden Tigers auf einer ebenholzschwarzen Kutsche …«

»Das tut er. Haben Sie ihn selbst gesehen?«

»Ich habe einen großen, wohlgebauten Mann mit blondem Haar und einer hochmütigen Miene auf einem vornehmen Gesicht gesehen, einen Gentleman von Geschmack und offenkundiger Kultiviertheit, der wie selbstverständlich alle Blicke in einem Zimmer auf sich zieht. Er besitzt die Macht, würde ich meinen, zu tun, was ihm beliebt, und ist gewohnt, sie häufig zu benutzen.«

»Das ist er«, sagte Lord Harold befriedigt. »Aber wie hat Swithin so schnell von unserem Unglück erfahren? Und mit welcher Absicht ist er hergekommen? Er verabscheut Bath. In dieser Gegend gibt es nichts, was ihn interessiert. Außer ...« Das silbergraue Haupt neigte sich nachdenklich, und im nächsten Moment fuhr Lord Harold herum. »Er will meine Nichte zwingen, sich ihm zu stellen.«

»Wirklich? Und wird er das schaffen?«

»Das kann ich nicht voraussagen. Aber kein Mann kann sich so rücksichtlos durchsetzen wie Swithin. Meine Nichte Lady Desdemona ist so weit gegangen, seinen Antrag abzulehnen; sie hat seine ehrgeizigen Pläne durchkreuzt; *sie hat ihm aufs Auge gespuckt,* und die ganze Welt hat es gesehen. Er ist nicht der Mann, ein solches Verhalten hinzunehmen. Er will sie zähmen.«

Bei der beiläufigen Härte seines Tones wurde mir das Herz schwer.

»Aber das werden Sie doch nicht zulassen!« erwiderte ich mutig. »Man muß merken, daß Sie sich dem widersetzen.«

»Ich widersetze mich allem, was mir als ein ungebührlicher Einfluß auf die Menschen erscheint, die mir am nächsten stehen. Sie können versichert sein, Miss Austen, ich werde nicht dulden, daß Mona geopfert wird.« Er ließ sich in den Sessel meines Vaters sinken und starrte nachdenklich ins Feuer. »Nun lassen Sie uns die ganze Geschichte hören. Erzählen Sie mir alles, was Sie wissen.«

Also gab ich ihm den genauesten Bericht über den Ball der Herzogin, zu dem ich in der Lage war, einen Bericht ohne alle Mutmaßungen oder Verdachtsannahmen. Als ich geendet hatte, schwieg Lord Harold einige Augenblicke.

»Sie haben keine Ahnung, was den Streit zwischen meinem Neffen und Mr. Portal verursacht hat?« fragte er schließlich.

»Nein. Ich nahm freilich an, er sei aus einer Beleidigung entstanden, einer Beschimpfung oder Tätlichkeit. Lord Kinsfell nannte Portal einen Schuft, glaube ich.«

»Damit könnte man alle möglichen Arten von anstößigem Verhalten bezeichnen, vom Betrug beim Kartenspiel bis zur Frechheit gegenüber einer Dame. Ich werde dieses Eingeständnis aus

Simon selbst herausholen müssen, obgleich das ein hartes Stück Arbeit wird.«

»Kann Lady Desdemona Sie nicht darüber aufklären?«

»Das ist leider nicht möglich. Sie versuchte lediglich, die beiden zu trennen, als ihr Benehmen zu maßlos wurde, und mußte dabei selbst einiges einstecken, wie ich hörte.«

»Mr. Portals Verhalten schien sie wirklich zu kränken. Sie verließ den Raum in Tränen. Aber ich kann nicht glauben, daß ihr Kummer den Anlaß zu einer Mordtat Lord Kinsfells gab, wie Mr. Elliot anscheinend annimmt.«

»Aber bedenken Sie die Eigenartigkeit dieses Überfalls!« widersprach Lord Harold. »Wenn jemand Richard Portal umbringen wollte, warum zog er dann nicht den Dolch in irgendeiner dunklen Gasse? Es gibt hundert Orte, an denen man eine solche Tat begehen könnte, im stinkenden Hinterzimmer einer Kneipe, im Schatten der Westgate Buildings oder auch am Ufer des Avon.* Warum dann im Salon einer Herzogin? *Es sei denn,* der Dolch wurde spontan im Zorn und in der Trunkenheit gezogen. Ich sehe es fast schon so wie Mr. Wilberforce Elliot und hätte meinen Neffen ohne Zögern verhaftet.«

»Aber wenn Portal mit Vorbedacht ermordet wurde – und mit Vorbedacht *im Hause der Herzogin* –, dann muß es dem Mörder um die Öffentlichkeit gegangen sein«, bemerkte ich. »Er kann es darauf abgesehen haben, Ihrem Neffen die Schuld zuzuschieben. Oder er könnte hoffen, Lord Harold, daß Ihre *Nichte* darunter leiden würde, daß ihr Verehrer ein solches Ende genommen hat.«

Es trat ein Schweigen ein. »Lord Swithin«, sagte Trowbridge schließlich.

»Der Gedanke ist mir auch schon gekommen.«

»Sie meinen, Miss Austen, er sei so von Eifersucht und Groll zerfressen, daß er die Ermordung eines Rivalen planen würde? Und unter Monas Augen?«

»Ist die Vorstellung so abwegig?«

»Er war weit weg von Bath.«

* Westgate Buildings ist am bekanntesten als Wohnort von Anne Elliots Schulfreundin Mrs. Smith in *Persuasion.* Es galt schon 1804 als ein ungesundes und gefährliches Viertel am Fluß Avon, voller Ratten, Taschendiebe und Prostituierter; in den 1830er Jahren wütete dort die Cholera. – *Die Herausgeberin.*

»Und er ist ein Mann, der unzählige Gefolgsleute hat, die seine Befehle befolgen und die er aus jeder Entfernung diesseits des Ozeans herbeirufen konnte!«

»Aber würde er zum Mord greifen?« erwiderte Lord Harold. »Das kann ich nicht glauben. Viel eher wäre es Swithins Stil, einen Rivalen zum Duell zu fordern und ihn auf Lebenszeit zum Krüppel zu machen. Jemanden maskiert zu erstechen ist überhaupt nicht seine Art.«

»Und doch«, beharrte ich, »habe ich ihn heute kaum eine Viertelstunde nach seiner Ankunft schon in der Trinkhalle im Gespräch mit Hugh Conyngham beobachtet.«

»Mit dem Schauspieler? Jetzt verstehe ich, weshalb Swithin so schnell von dem Mord erfuhr. Ich wußte nicht, daß Seine Lordschaft mit der Truppe des Theatre Royal verkehrt.«

»Der Graf legte großen Wert auf das Gespräch mit Conyngham, und etwas davon habe ich mitgehört. Anscheinend hatte der Schauspieler einen Auftrag für Lord Swithin zu erfüllen, bei dem es um die Wiederbeschaffung einiger Briefe ging. Der Graf war ganz außer sich darüber, daß Conyngham das noch nicht bewerkstelligt hatte: Er erklärte, er befände sich nur noch eine Handbreit vom Galgen entfernt! Eigentümliche Worte, nicht wahr?«

Lord Harold saß ganz still da. Das flackernde Licht des Kaminfeuers huschte über seine scharfgeschnittenen Züge. »Und was meinen Sie, Miss Austen – war Lady Desdemona in Mr. Portal verliebt? Hinreichend genug, um Swithin zu beunruhigen?«

»Verliebt? Ich gestehe, das kann ich nicht beurteilen! Sie war gern bereit, mit ihm zu tanzen, aber ein besonderes Zeichen der Zuneigung ist mir nicht aufgefallen. Hätten Sie nach Maria Conyngham gefragt ...« Ich hielt inne.

»Ja?«

»Sie schien von Portals Tod so sehr erschüttert, wie es eine Frau nur sein kann.«

»Ich verstehe. Das hätte ich freilich auch erwarten sollen. Ich habe gehört, daß sie in enger Beziehung zu dem Mann stand. Vielleicht ein Motiv für den Mord, falls er seine Liebe jemand anders zugewandt hatte.«

Zum Beispiel Lady Desdemona. »Weiß Ihre Gnaden nichts von einer Zuneigung Ihrer Nichte zu Mr. Portal?«

Lord Harold schüttelte den Kopf. »Meine Mutter betrachtete den Theaterdirektor als einen alten Bekannten. Sie hatte keine Ahnung davon, daß er um Desdemona anhalten könnte. Viel wichtiger war ihrer Ansicht nach die Freundschaft, die Portal kürzlich mit meinem *Neffen* geschlossen hatte.«

»Aber ich dachte, Lord Kinsfell verachtete Portal!«

»So endet manche Freundschaft unter Ungleichgestellten.«

»Also war dieser öffentliche Ausbruch unfreundlicher Gefühle etwas ganz Außerordentliches.«

Lord Harold erhob sich und schritt vor dem Kamin auf und ab. »Wie auch der gewaltsame Tod des Direktors. Ich schlage vor, wir betrachten die Ereignisse ganz rational. Es ist möglich, Eifersucht als ein Motiv für diesen Mord sowohl bei Swithin als auch bei Miss Conyngham anzunehmen, abhängig allerdings von den Neigungen meiner Nichte. Es mag jedoch noch andere Motive für unbekannte Personen geben. Aber wie wurde die Tat ausgeführt?«

»Es bieten sich uns mindestens zwei Möglichkeiten, Mylord. Erstens, daß Richard Portal von jemandem erstochen wurde, der durch das Vorzimmerfenster flüchtete.«

Lord Harold schüttelte den Kopf. »Das ist ein gefährlicher Sprung.«

»Einverstanden. Aber ich habe darüber nachgedacht. Wenn ein Fahrzeug unter dem Fenster hielt – ein gewöhnlicher Bauernwagen mit Heu gefüllt –, konnte dann nicht ein Eindringling aus dem Haus auf die Straße springen, ohne sich zu verletzen?«

»Falls der Wagen eine Weile stehenbleiben konnte, ohne daß sein Zögern auffiel.«

»Vielleicht durch eine Auseinandersetzung mit den Sänftenträgern, die in dieser Nacht Laura Place so gut wie unpassierbar machten, weil sie auf die Gäste der Herzogin warteten. Der Konstabler hat nicht nachgeforscht, ob es fast zur Prügelei mit einem Fuhrmann gekommen ist. Er hat lediglich gefragt, ob jemand eine vermummte Gestalt aus dem Fenster springen sah.«

»Das stimmt. Ich werde mich bei den verschiedenen Sänftenständen in der Stadt erkundigen. Aber Sie haben *zwei* Möglichkeiten erwähnt, Miss Austen – bitte fahren Sie fort.«

»Portals Mörder kann durch den Gang des Vorzimmers verschwunden sein und das Fenster zur Ablenkung offen gelassen haben. Dann brauchte er nur in den Salon zurückzukehren und mit uns anderen zusammen die Leiche zu entdecken.«

»In dem Falle kann jeder der Mörder sein. Es waren gestern abend wohl an die hundert Gäste anwesend.«

»Aber ein paar dutzend flüchteten, bevor die Konstabler eintrafen, und von denen, die dablieben, kommen nur wenige in Betracht. Ich würde davon ausgehen, Mylord, daß der Mörder in der Truppe des Theatre Royal oder unter den Freunden der Conynghams zu finden ist.«

»Was veranlaßt Sie zu dieser Behauptung?«

»Haben Sie die *Art* des Tötens bedacht? Ein Erdolchen, und das mitten in Hugh Conynghams Rezitation aus ›Macbeth‹, in der genau das beschrieben wird. Es ergibt einen bösen Sinn: ›Wär's abgetan, so wie's getan ist, dann wär's gut, man tät' es eilig‹...«

»So etwas möchte meine Mutter auch annehmen«, gestand Lord Harold mit ganz leichter Belustigung. »Sie empfand die Szene als ein grausiges Beispiel dafür, wie das Leben die Kunst nachahmt, und solche Sachen müssen sie natürlich beeindrucken, weil sie seit siebzig Jahren diese Dinge miteinander verwechselt.«

»Die Rede könnte als Stichwort für einen Helfer unter den Gästen gedient haben, deshalb brauchen wir nur die Schauspieler zu prüfen, um der Angelegenheit auf den Grund zu kommen.«

»Aber wird Mr. Elliot, der Friedensrichter, damit einverstanden sein?« überlegte Lord Harold. »Was halten Sie übrigens von Mr. Elliot?«

»Ich bemerkte an Mr. Elliot eine verwirrende Mischung von Eigenschaften. Er ist mit einem unglücklichen Mangel an Takt und einem Übermaß an Witz behaftet, seine Manieren und seine Erscheinung sind abstoßend, aber sein Verstand ist recht scharf. Ich würde ihn für träge und amoralisch halten und ihm auch nicht den geringsten Respekt für den Adel zutrauen, und ich würde höllisch auf ihn aufpassen. Das Leben Ihres Neffen könnte davon abhängen.«

Lord Harold zog ironisch die Augenbrauen hoch. »Ein hartes Urteil, meine liebe Miss Austen, aber wie ich meine, nicht aus der dünnen Luft der Vermutungen gegriffen oder von unangebrachter Bosheit gefärbt. Ich kenne Ihren Scharfsinn von früher her. Ihre Einsicht läßt sich von keinem Scharlatan täuschen und von keinem Schmeichler verschleiern. Kaum ein Zug der menschlichen Natur entgeht Ihrem bewundernswerten Scharfblick. Es war der Hauptzweck meines Besuches in den Green Park Buildings, Ihre Meinung über diesen Mann einzuholen. Ich werde Mr. Elliot mit der größten Vorsicht begegnen und danke Ihnen, daß Sie sich die Mühe gemacht haben, mich vorzuwarnen.«

Ich verglich den Schwerenöter und den bäurischen Friedensrichter und kam zu dem Ergebnis, daß trotz ihrer offenkundigen Unterschiede Lord Harold und Mr. Elliot ebenbürtige Gegner sein könnten. Jeder würde mit Begeisterung versuchen, den anderen zu täuschen und zu verblüffen. »Sie kennen den Friedensrichter noch nicht, nehme ich an?«

Lord Harold neigte den Kopf. »Ich bedaure, daß ich dieses Vergnügen noch nicht hatte – obwohl ich ihm heute vormittag meine Bekanntschaft hätte aufdrängen können. Als ich ankam, befand sich Mr. Elliot im Hause und durchsuchte Lord Kinsfells persönliche Papiere. Anscheinend glaubte er, Schuldbeweise in einer Schublade voller unbezahlter Rechnungen zu finden.«

»Und welche Absichten hat er Ihrer Meinung nach mit dem Marquis?«

Lord Harold zuckte die Achseln. »Ich habe mir noch keine Meinung gebildet, die von Ihrer abweichen würde, aber ich nehme im allgemeinen nicht viel Rücksicht auf Friedensrichter. Mr. Elliots Aufgabe ist einfach: Er braucht nicht Portals Mörder zu finden, sondern nur hinreichende Beweise gegen meinen Neffen. Wenn die Wahrheit ans Licht kommt, dann wahrscheinlich nicht durch Mr. Elliots Bemühungen.«*

»Haben Sie Lord Kinsfell schon gesehen, Mylord?« Ich hätte beinahe den Marquis selbst erblickt, dachte ich, während ich seinen Onkel betrachtete, denn abgesehen von dem Unterschied im Alter waren die beiden sich in Gestalt und Gesicht bemerkenswert ähnlich. Als ich jedoch Lord Kinsfell zuletzt gesehen hatte, wie er in der wenig eleganten Unbequemlichkeit seines Ritterkostüms ins Gefängnis geschafft wurde, da stand ihm die Kränkung aller seiner Empfindungen deutlich ins Gesicht ge-

* Die Strafgerichtsbarkeit war zu Jane Austens Zeit noch etwas einfacher als heute. Wer eines Kapitalverbrechens beschuldigt wurde, galt als schuldig, sofern nicht seine Unschuld erwiesen wurde. – *Die Herausgeberin.*

schrieben. Lord Harold hingegen, meinte ich, würde ein solches Gefühl niemals verraten, selbst wenn er im Tower von London vor dem Richtblock knien müßte. Er trug seine Unergründlichkeit wie andere ihre Hofkleidung, er legte sie an, wenn die Umstände es erforderten.

»Ich fuhr sofort nach meiner Ankunft in Bath zum Gefängnis«, erwiderte er. »Simon wird nicht lange dort bleiben. Die Leichenschaukommission tritt am Freitag zusammen, und ihr Urteil steht außer Zweifel. Danach wird er nach Ilchester überführt und erwartet dort die Gerichtsverhandlung.«

Eine Leichenschau. Natürlich. Ich kannte die peinliche Korrektheit von Leichenschaukommissionen zu gut, als daß ich ihnen zugetraut hätte, sich die Ereignisse vorzustellen. Wenn solche einfachen Menschen, wie sie der Coroner berufen würde, erfuhren, daß Lord Kinsfell mit einem Dolch in der Hand über der Leiche Mr. Portals stehend angetroffen wurde, dann mußten sie den Spruch auf Mord gegen ihn fällen.

»Und in welcher Stimmung ist der Marquis?«

»In einer sehr gedrückten, fürchte ich. Er war tief in Melancholie und Verzweiflung verfallen und trug immer noch sein Ritterkostüm. Nachdem ich nach Laura Place zurückgekehrt war, habe ich als erstes einen Diener mit anderer Kleidung zu ihm geschickt.« Lord Harold wandte sich abrupt seinem Wintermantel zu und suchte in den Taschen. »Und nun kommen wir zu dem merkwürdigsten Umstand bei diesem Mord, Miss Austen. Bitte sehen Sie sich genau an, was ich Ihnen jetzt zeige.«

Er holte einen in braunes Papier gewickelten kleinen Gegenstand hervor und legte ihn mir in den Schoß. »Packen Sie es bitte aus.«

Eifrig öffnete ich das Päckchen. Darin lag, im Kerzenlicht trübe blinzelnd, das Porträt eines *Auges,* dunkelgrau mit dichten Wimpern, ebenso fesselnd wie das schelmische Schmuckstück, das meine liebe Eliza am Halse trug. Es war ein länglicher Anhänger von der Größe einer Guinee. Er hing an einer Goldkette und war mit schönen und zweifellos teuren Zuchtperlen eingefaßt. Ich hob ihn hoch und ließ ihn vor der Kerze pendeln, aber eine Erklärung fiel mir nicht ein. Das Auge erwiderte meinen Blick mit einem so leidenschaftlichen Ausdruck, wie ihn Farbe und Kunst nur vermitteln konnten.

»Mein Neffe berichtete mir, er habe das auf Portals Brust dicht neben der Wunde gefunden, als ob es der Mörder als stummen Zeugen hinterlassen habe. Simon hing es sich unbemerkt um den Hals, und so gelang es ihm, es ins Gefängnis mitzunehmen.«

»Aber warum ließ er es nicht liegen, damit Mr. Elliot es finden konnte?« rief ich aus. »Denn diese Miniatur kann doch nichts mit Lord Kinsfell zu tun haben! Im Gegenteil, sie hätte den Verdacht von ihm ablenken können!«

»Dafür habe ich keine Erklärung.« Lord Harolds Stimme klang bedrückt. »Aber ich nehme an, daß Kinsfell uns nicht *alles* gesagt hat. Ich konnte nichts weiter über das Porträt oder seine Bedeutung aus ihm herausbekommen; er blieb nur bei der Bitte, es nicht in die Hände des Friedensrichters fallen zu lassen – und daraus schließe ich, daß er jemand anderen deckt, den das Porträt verraten könnte. Er war nur bereit, es mir zu überlassen, weil er fürchtete, im Gefängnis könnte es bei ihm gefunden werden.«

»Und erwartet er auch von Ihnen, daß Sie diese Person decken? Oder steht es Ihnen frei, sich an den Friedensrichter zu wenden, obgleich Lord Kinsfell das nicht wollte?«

»Da wir das Auge Mr. Elliot nicht *sogleich* anvertraut haben, können wir es jetzt nicht ungestraft zum Vorschein bringen«, sagte Lord Harold nachdenklich. »Mr. Elliot würde es verständlicherweise für ein törichtes Täuschungsmanöver halten und ihm nicht mehr Aufmerksamkeit schenken als dem offenen Vorzimmerfenster. Nein, Miss Austen, wenn wir die Bedeutung des Porträts ergründen wollen, dann müssen wir es selbst tun.«

»Bedenken Sie nur, Mylord, welches Erstaunen sein Verschwinden hervorgerufen haben muß«, meinte ich leise. »Der Mörder ging davon aus, daß das Porträt entdeckt würde, und wahrscheinlich wollte er damit die Schuld jemand anderem zuschieben. Aber der Friedensrichter hat keine Spur des Schmuckstücks gefunden!«

»Dann können wir hoffen, daß die Besorgnis des Schurken ihn zu falschen Schritten zwingt«, erwiderte Lord Harold mit stiller Befriedigung.

Ich wendete das Porträt wieder vor der Kerzenflamme hin und her und spürte, wie sein Blick sich bewegte, als wäre es lebendig. »Es ist wirklich ein schönes Stück und muß teuer gewesen sein. Ich denke, sein Wert übersteigt die Mittel der meisten Menschen.«

»Die Fassung ist sehr edel, die Perlen sind gut, und das Porträt selbst ist ausgezeichnet. Ich weiß, daß Mr. George Engleheart für eine ähnliche Miniatur über fünfundzwanzig Guineen verlangt, und dazu kommt dann noch die Juwelierrechnung. Solch ein Schmuckstück liegt tatsächlich nicht im Bereich gewöhnlicher Leute. Ich muß zu Engleheart nach London, Miss Austen, denn ich glaube, er führt Buch über seine Aufträge, und wenn dieses Porträt von seinem Pinsel stammt, dann kann er uns verraten, wen es darstellt. Das wäre Gold wert für die Untersuchung, warum Portal ermordet wurde.«

»Moment!« rief ich und sprang auf. »Wozu nach London, wenn der führende Maler solcher Miniaturen schon nach Bath gekommen ist?«

Lord Harold sah mich scharf an. »Von wem sprechen Sie?«

»Mr. Richard Cosway! Ich habe ihn gerade heute vormittag kennengelernt, als ich in der Trinkhalle promenierte. Er will sich längere Zeit hier aufhalten – drei Monate, glaube ich. Ich brauche mich nur bei meiner Schwester Eliza zu erkundigen, dann weiß ich seine Anschrift!«

»Hervorragend. Wir werden ihn morgen aufsuchen – sagen wir um zwei Uhr. Hätten Sie dann Muße für diesen Besuch?«

»Meine Zeit steht Ihnen zur Verfügung, Mylord.«

»Das ist sehr schön, Miss Austen, denn ich möchte Sie um einen weiteren Gefallen bitten. Es gibt noch einen anderen Besuch, den ich für nötig halte.«

Lord Harold setzte sich zu mir und erfaßte meine Hand. Diese Vertraulichkeit nahm mir beinahe den Atem, und ich fürchte, meine Finger zitterten in seinem Griff. Er sagte: »Wir müssen so bald wie möglich ins Theatre Royal gehen. Ich nehme an, der Friedensrichter wird Mr. Portals Wohnung durchsuchen, aber ich glaube nicht, daß er gleich an das Büro des Direktors im Theater selbst denkt. Eine Durchsicht von Portals persönlichen Papieren könnte uns viel verraten.«

»Seine Papiere?« fragte ich stirnrunzelnd. »Für einen solchen Einbruch in sein Privatleben gibt es doch kaum einen Grund.«

»Ich habe schon oft genug mit Erpressungen zu tun gehabt, meine liebe Miss Austen«, bemerkte Lord Harold trocken, »und kann die Anzeichen dafür in dieser unglückseligen Geschichte nicht verkennen.«

»Erpressung!« rief ich und löste meine Finger aus seinem Griff.

»Ich spüre sie überall in Richard Portals traurigem Ende. Lord Swithins Befürchtungen wegen einiger Briefe, die Sie selbst in der Trinkhalle gehört haben; Lord Kinsfells Streit mit Portal und seine Behauptung, der Mann sei ein Schuft; sein Widerstreben, sich über die Ereignisse jenes Abends offen zu äußern; und schließlich nun das merkwürdige Porträt, das wie eine falsche Münze zu Portals Brust zurückkehrte. Erpressung, Miss Austen, das ist so deutlich, wie man dunkle Machenschaften nur sehen kann!«

»Ich gestehe, daran habe ich überhaupt nicht gedacht«, sagte ich.

»Sie müssen verstehen, daß ich dieses Verfahren aus langer Erfahrung kenne. Ich habe es selbst schon angewendet«, erklärte Lord Harold gelassen, »wenn kein anderes Mittel mehr half, und ich bin auch meinerseits schon der Gegenstand aufdringlicher Forderungen gewesen – ein hirnloser Versuch seitens des Erpressers, denn es gibt kaum jemanden, der so wenig Wert auf die öffentliche Meinung legt oder ihre Maßstäbe so verachtet wie Harold Trowbridge.«

»Einen härteren Gegenstand kann ich mir nicht vorstellen.« Trotz des Ernstes seiner Worte war ich belustigt.

»Aber nichtsdestotrotz verlockend.« Er sprang auf und ging ruhelos vor dem Kamin auf und ab. »Ich habe in der Vergangenheit Handlungen begangen, die man verwerflich finden mag. Ich habe den guten Ruf meiner Verbündeten, meiner Geliebten, meiner besten Freunde der Verfolgung jener Ziele geopfert, die *allein in meiner Überzeugung* ein solches Opfer erforderten. Kurzum, es war mir gleichgültig, wie man meinen Charakter beurteilt, mit einer Ausnahme: Daß ich mir das Vertrauen und die Achtung gewisser Männer in hohen Regierungskreisen bewahrte. Es ist mein Lebensinhalt, die Fortführung dieser Tätigkeit zu sichern, die allein unter den vielen Aktivitäten in meinem Leben mein Interesse fesselt und die unsägliche Langeweile meiner Existenz durchbricht.« Bei diesen Worten belebte eine Bewegung Lord Harolds Stimme, aber es war eine Bewegung kältesten Zorns. »Sollte jemand versuchen, meine Beziehungen zur Krone oder zu den wenigen Männern, die ihre Geschäfte führen, zu stören, wäre ich ihm völlig ausgeliefert. Das ist bisher noch niemals eingetreten, und ich bete zu Gott, daß es niemals geschieht. Denn in diesem Fall könnte ich für nichts einstehen.«

Ein Blick auf sein erstarrtes Gesicht genügte, und ich schlug die Augen nieder. Wurde Lord Harold aus der Bahn geworfen, wurde ihm sein Lebensinhalt von Gefahr und Intrige entzogen, dann raubte man ihm damit seine Seele. Dem Mann, der das versuchte, möchte ich mich nicht einmal auf zwanzig Schritte nähern.

»Aber meine Vertrautheit mit der Kunst der Erpressung hat mich wenigstens eines gelehrt«, fuhr er fort. »Bei denen, die nicht in der Lage sind, die Meinung oder die Moral der Öffentlichkeit zu mißachten, ist sie das geeignetste Mittel der Überredung. Es sind mehr Leben zerstört und mehr Seelen getötet worden durch die Furcht vor müßigem Gerede und Gerücht als auf Napoleons Schlachtfeldern, Miss Austen. Portals Tod kann das Ergebnis eines ähnlichen Manövers sein.«

Und wäre das so, dachte ich, dann könnte die Woge des Skandals auch die herzogliche Familie erreichen. »Ich verstehe, was Sie meinen, Mylord. Ich würde mich freuen, Ihnen mit allen den Mitteln zu helfen, die mir zur Verfügung stehen.«

Er nahm seinen Hut und strich die feine Wollkrempe glatt. »Würden Sie mir die sehr große Ehre erweisen, Miss Austen, morgen abend der Theateraufführung in der Loge der Wilboroughs beizuwohnen?«

»Mit Vergnügen«, antwortete ich.

»Es wäre – wenn Sie verzeihen – eine gewisse List Ihrerseits nötig.«

»Ich stehe Ihnen zu Diensten, Mylord.«

»Sie werden verstehen, daß alle Mitglieder der Familie Trowbridge der Truppe des Theaters bekannt sein müssen. Selbst wenn Simon nicht wegen Portals Tod verhaftet worden wäre, hätte unsere Freundschaft mit den Conynghams und unsere Protektion des Theatre Royal uns allen vertraut gemacht, und gegenwärtig richtete sich ein Ausbruch des Unwillens gegen uns alle. Doch was Sie betrifft ...«

»Natürlich. Was soll ich für Sie tun?«

»Ich möchte am Ende der Aufführung hinter die Kulissen gehen. Meine Hoffnung ist, daß Sie in dem Moment eine kleine Aufregung verursachen – durch eine Ohnmacht, einen Fehltritt oder sonst etwas in der weiblichen Art –, die die Aufmerksamkeit der Hauptbeteiligten auf Sie lenkt.«

»Und in dem Durcheinander wollen Sie das Zimmer des Direktors durchsuchen?«

»Genau.«

Ich senkte den Kopf, um einen Lachanfall zu verbergen. »Ich habe immer davon geträumt, im Theatre Royal zu spielen, Lord Harold. Auf der Bühne zu stehen war der größte Ehrgeiz meiner entschwundenen Mädchenjahre. Ich hoffe, ich mache Ihnen Ehre.«

»Sie haben mich noch nie im Stich gelassen. Es wird mir schon eine Freude sein, Sie in unserer Loge zeigen.«

Es lag eine Härte in seinem Ton, die ich gut verstand. Ganz Bath würde hoffen, einen Blick auf die berüchtigten Trowbridges zu werfen, die so tief und so öffentlich in einen schrecklichen Mord verstrickt waren, und das Erscheinen Lord Swithins in Bath mußte die Spekulationen neu anfachen. »Sie hoffen also, den Klatschmäulern tapfer die Stirn zu bieten?«

»Und ihre Augen zu verfluchen.«

»Sir!« rief ich. Bisher hatte ich nur wenig Erfahrung mit dem Fluchen gemacht, wenn ich auch meine literarischen Geschöpfe dem ausgesetzt hatte.*

»Aber, aber, meine liebe Miss Austen – kommen Sie mir jetzt nicht altjüngferlich, nach allem, was wir durchgemacht haben!« Trowbridge nahm seinen Mantel und seine Handschuhe. »Erwarten Sie mich morgen um zwei Uhr zur Vernehmung von Mr. Cosway!«

* Jane denkt wahrscheinlich an Catherine Morland aus *Northanger Abbey,* eine Pfarrerstochter, die das Fluchen eines Bewerbers sehr peinlich berührt, oder an Mary Crawford, die Nichte eines Admirals in *Mansfield Park,* deren flüchtige Bekanntschaft mit Ehebruch, Sodomie auf See und dem Matrosenjargon dazu gedacht ist, ihren unschuldigeren ländlichen Bekanntenkreis zu schockieren. – *Die Herausgeberin.*

Kapitel 5
Ein Besuch in Camden Place

Donnerstag, 13. Dezember 1804

Das Theatre Royal in der Orchard Street ist keineswegs so großartig wie Covent Garden oder Drury Lane, sondern äußerst beengt und überheizt. Da es nur einen Eingang hat, entsteht zu Beginn und am Schluß jeder Aufführung dort immer ein schreckliches Gedränge. Der unzureichende Platz für das Theater hat dazu geführt, daß ein neues Gebäude am Beauford Square unmittelbar neben den Chandos Buildings errichtet wird, in dem das Theater in der nächsten Saison eröffnet werden soll. Doch weder die unbequeme Art seiner derzeitigen Unterbringung noch die Aussicht, daß mein Kleid beschmutzt oder zerrissen werden könnte, ehe ich zu meinem Sitz in Lord Harolds Loge gelangte, konnte mich von dem Vorsatz abbringen, an diesem Abend so elegant wie möglich zu erscheinen. Wenn Lord Harold sich dazu herabließ, eine Miss Austen ins Theater zu führen, dann sollte er nicht über ihr Aussehen erröten müssen.

Ich besitze nur drei Kleider, die für eine Abendveranstaltung geeignet sind: ein hellblaues Musselinkleid, ein weißes Batistkleid mit Puffärmeln und das schon erwähnte pfirsichfarbene Seidenkleid, das im Augenblick noch in Teilen bei meiner modischen Schneiderin lag. Doch *dieses* wollte ich unbedingt tragen, denn es war nach der neuesten Mode gearbeitet, mit einem viereckigen Ausschnitt, der sich fast bis zum Busen erstreckte, einem Unterkleid aus cremefarbenem Sarsenett und kleinen Fledermausärmeln. Es war das Kleid, mit dem ich am meisten Ehre einlegen konnte, und deshalb ging ich am nächsten Tag sofort nach dem Frühstück zu Madame LeBlanc in der Bath Street.

Die arme Frau rang die Hände und erklärte, sie könne mein Verlangen unmöglich erfüllen, das Kleid könne höchstens in zwei Wochen fertig werden; doch als sie erfuhr, daß ich im Lichte der Öffentlichkeit in der Loge der Wilboroughs erscheinen sollte, stimmte sie schließlich zu, drei ihrer Schneiderinnen an die Fertigstellung des Kleides zu setzen.

Ich blickte auf ihre Uhr, sah, daß es noch eine halbe Stunde vor dem Mittag war, und strebte mit eiligen Schritten dem White Hart zu. Ich mußte Eliza aufsuchen, bevor ich Lord Harold empfing, und an einem so schönen Vormittag hätte ich Glück, wenn ich die kleine Comtesse zu Hause anträfe.* Wäre ich an ihrer Stelle und hätte keine Verpflichtungen in einer Stadt, die sich ganz dem Vergnügen gewidmet hat, so würde ich in den Sydney Gardens die Runde machen oder den Crescent entlangspazieren oder Henry beauftragen, eine Kutsche für einen Ausflug ins Umland zu besorgen.

Als ich das White Hart erreichte, bestätigten sich meine Ahnungen, wie schlimme Ahnungen das meistens tun, denn in den Zimmern der Austens war nicht einmal ihr kleiner Hund Pug zu finden. Ich wollte gerade verärgert wieder gehen und mein Glück mit der Trinkhalle versuchen, als ich einen leichten Schritt auf der Treppe vernahm und Elizas herrliches Lachen heraufklang.

»Meine Güte, Mylord, müssen Sie immer so schmeicheln? So etwas habe ich nicht mehr gehört, seit ich Versailles verließ. Sie sind zu schlimm für Bath, vor Ihnen werden noch die ehrbaren Invaliden in ihren Sänften die Flucht ergreifen, und ich werde keine Ruhe finden, ehe Sie nicht Ihre Wohnung bezogen haben und uns in Frieden lassen!«

Es folgten ein undeutliches Murmeln einer Männerstimme und ein weiteres musikalisches Gelächter, und dann trippelte die kleine Comtesse fröhlich auf ihre Zimmer zu, mit einem enormen Muff auf ihrer zarten Hand und einem von Lebensfreude glühenden Gesicht.

»Jane!« rief sie und blieb auf dem Treppenabsatz stehen. »Was für ein Glück! Ich wollte dich aufsuchen, und nun ersparst du mir die Mühe. Aber du ersparst mir ja immer eine Menge Mühe, nicht wahr? Eine entzückende Eigenschaft bei einer Verwandten.«

* Jane Austens Bezeichnung »Vormittag« mag den heutigen Leser verwirren. Das Wort »Nachmittag« war 1804 noch nicht allgemein gebräuchlich, denn der Vormittag zählte vom Aufstehen bis zur Dinnerstunde, die irgendwann zwischen vier und sieben Uhr nachmittags lag. Der Abend begann mit dem Tee eine Weile nach dem Dinner und dauerte bis zum Abendbrot, einer leichten Mahlzeit, die bis elf Uhr abends eingenommen werden konnte. Ein Vormittagsbesuch fand also im allgemeinen zu einer Zeit statt, die wir als Nachmitag bezeichnen würden. – *Die Herausgeberin.*

»Guten Morgen, Eliza«, erwiderte ich. »Du siehst wunderbar aus. Sicher hat dir ein hübscher Galan den Kopf verdreht.«

»Nur der Graf von Swithin«, vertraute sie mir schelmisch an. »Ich *liebe* die enge Nachbarschaft in Gasthäusern! Ich werde untröstlich sein, wenn er zum Laura Place geht.«

»Laura Place? Will Lord Swithin der Lady Desdemona einen Besuch abstatten?«

»Er will mitten auf ihrem Schoß landen, meine Liebe. Der Graf bezieht für die Dauer seines Aufenthalts eine Wohnung gegenüber vom Haus der Herzogin.«

»Was für eine Unverschämtheit!«

»... von einem Mann von Swithins Stellung und Reichtum, ein Haus an einem der vorzüglichsten Plätze der Stadt zu mieten? Ich verstehe dich nicht, Jane. Camden Place mag natürlich eleganter aussehen, aber ...« Eliza rauschte an mir vorbei und öffnete die Tür zu ihren Zimmern.

»Eliza! Bedenke doch nur! Wie ein Raubvogel auf der Schwelle einer Dame zu hocken, die ihn abgewiesen hat! Selbst Lord Swithins Dreistigkeit sollte irgendwo eine Grenze haben!«

»Aber vielleicht hat sein Geschmack für Beleidigungen keine. Man fragt sich, warum er überhaupt nach Bath gekommen ist.« Sie legte ihren Muff ab und übergab ihre Jacke der Zofe. »Aber befürchte nichts von den Machenschaften des Grafen, liebe Jane. Jetzt, wo dein Lord Harold angereist ist, um sich in diesem prachtvollen Kurort zu amüsieren, kann ich nichts an Swithin finden, wovor Lady Desdemona Angst haben müßte.«

»Er ist nicht *mein* Lord Harold«, erwiderte ich ärgerlich, »doch wenn ich der Graf wäre, würde ich es mir überlegen, ehe ich mich an dem Platz dieses Herrn einniste.«

Elizas Lächeln wurde breiter. »Also ist er doch gekommen! Ich hörte das Gerücht in der Trinkhalle. Und hast du Trowbridge schon gesehen, Jane? Ist er darauf aus, die Feinde seines Neffen in die Flucht zu schlagen? Hast du eine Möglichkeit, deine Energien für diesen Zweck einzusetzen? Ich gestehe, daß ich große Hoffnungen darauf setze, damit unterhalten zu werden. Es gab nichts besseres als die Scargrave-Geschichte vor ein paar Jahren, um die Sinne wunderbar anzuregen und Abwechslung in die langweilige Routine des Alltags zu bringen. Selbst Henry konnte dank deiner ausführlichen Berichte wochenlang auswärts speisen!«

»Eliza, Eliza ...«

Sie sank auf einen der harten Holzstühle des Gasthauses und seufzte erleichtert. »Himmel, Jane! Die Länge dieser Treppe ist wirklich eine Strapaze!«

»Wenn du nicht so schnell drauflosreden würdest, hättest du genug Atem für tausend solcher Treppen!«

»Aber Zimmer im Erdgeschoß wären auch nicht gut«, überlegte sie. »Der Lärm und der Rauch – und ob du es glaubst oder nicht, erst gestern abend hat eine Frau in der Küche ein Kind geboren!«

»Du eignest dir immer die Gebrechen des Alters an, meine Liebe, damit du die Familie deines Mannes verwirren und ungehindert deine Flirts betreiben kannst«, schalt ich sie liebevoll. »Mach mir nichts vor. Ich durchschaue deine schlauen Pläne und weiß, was du uns vorspielst. Du hast nie besser ausgesehen, und ich bin sicher, daß du es nur zu gut weißt. Denn der Graf von Swithin hat es bestimmt nicht unterlassen, deine Schönheit zu erwähnen.«

Sie lachte und strich sich vorsichtig übers Haar. Es war zwar im vorigen Sommer lächerlich kurz geschnitten worden, wuchs aber jetzt nach, und sie trug die kurzen Locken hinten hochgekämmt und die ganze Frisur im griechischen Stil mit einem Stirnband gekrönt. Ich käme mir albern vor, wenn ich diesen Stil nachahmen wollte, und halte ihn eher bei einem jungen Mädchen angebracht, das halb so alt ist wie Eliza, aber ich kann nicht leugnen, daß er zu ihren zarten Zügen sehr gut paßt.

»Hast du Hunger, Jane? Soll ich kalten Braten und Käse kommen lassen?«

»Für dich auf jeden Fall, aber mach dir keine Mühe meinetwegen. Ich muß gleich wieder fort und bin nur gekommen, um dich um einen Gefallen zu bitten, Eliza.«

Sie richtete sich sofort auf. »Aber natürlich. Alles, was in meiner Macht steht.«

»Wäre es dir wohl möglich, einen Empfehlungsbrief für mich zu schreiben?«

»Nichts leichter als das. Aber an wen? Denn dein Bekanntenkreis in Bath muß doch größer sein als meiner.«

»An Mr. Richard Cosway.«

»Richard Cosway!« rief Eliza aus. »Jane, du verblüffst mich!

Hast du wirklich die Absicht, einen so schönen Vormittag in der Gesellschaft eines so langweiligen Menschen zu verbringen?«

»Aber ich dachte, er sei ein erstklassiger Maler.«

»Das ist er auch.«

»Und ein berühmter Sammler.«

»Was das anbetrifft ...«

»Ich möchte dringend seinen Rat einholen, Eliza, in einer für mich sehr wichtigen Angelegenheit.« Das war die reine Wahrheit, und diese Worte konnte ich ohne Gewissensbisse so aussprechen.

»Ich merke, worauf du hinauswillst, Jane«, antwortete die Comtesse mit einem schalkhaften Augenzwinkern. »Mr. Richard Cosway soll deine *schönen Augen* so sehr bewundern, daß du es ihm nicht verweigern kannst, sie zu malen. Ich weiß auch, wie es weitergeht. Bald darauf wird Lord Harold Trowbridge das Tagesgespräch der vornehmen Welt bilden, weil er so ein hübsches Andenken an seiner Weste trägt. Aber ich warne dich, Jane: Mr. Cosways Dienste sind teuer.«

»Ich habe nicht die Absicht, Mr. Cosway für mein Porträt zu sitzen«, protestierte ich, »ich will mich nur nach seiner Technik und seinen üblichen Honoraren erkundigen.« Es schien mir unmöglich, den merkwürdigen Anhänger zu erwähnen, den Lord Kinsfell auf der Brust des ermordeten Portal gefunden hatte, ohne zugleich die Art seiner Entdeckung zu enthüllen, und solche Offenheit durfte ich mir selbst Eliza gegenüber nicht erlauben.

»Ich könnte dich begleiten, wenn du mir eine Stunde Zeit gibst«, meinte Eliza nach einem Blick auf die Wanduhr. »Cosway ist zwar ein wunderlicher Mensch, aber seine Konversation besitzt immerhin den Reiz des Absonderlichen, und ich würde sehr gern einen Blick auf seine Wohnung am Camden Place werfen.«

Aber so willkommen mir die Gesellschaft der kleinen Comtesse auch im allgemeinen war, in diesem Augenblick kam sie mir völlig ungelegen, denn wenn Lord Harold den Dritten im Bunde machte, so würde das ihre schlimmsten Einbildungen bestätigen. Ich fuhr auf und legte ihr die Hand auf den Arm.

»Das ist unmöglich, Eliza – ich meine – ich bin verabredet – ich will ...«

»... mit einem ungenannten Herrn in einem stillen Hain in den Sydney Gardens promenieren? Ach, Jane, du bist schon ein verschwiegenes Wesen! Ich werde es nicht um tausend Pfund wagen, dein Gespräch mit Mr. Cosway mitanzuhören. Aber ich möchte doch einen heimlichen Blick auf dein Andenken werfen, wenn er es gemalt hat. Deine Augen sind denen meines liebsten Henry so ähnlich, daß ich das Porträt bestimmt hinreißend finden werde.«

Sie erhob sich, ging hinüber zu einem Reiseschreibpult, das auf dem Tisch stand, und holte Papier und Feder hervor. In wenigen Zeilen versicherte sie Mr. Cosway ihre Wertschätzung und bat ihn, einige Augenblicke seiner Zeit ihrer Schwester Miss Austen zu schenken, deren Bekanntschaft er, wie er sich vielleicht erinnerte, gestern in der Trinkhalle gemacht hatte. Sie schloß mit einigen sehr hübschen, wenn auch unaufrichtigen Komplimenten für seinen Geschmack und seine Person und bat ihn, ihre Grüße an seine Gattin auszurichten, sobald er der lieben Maria wieder schreiben würde.

»Na also! Wenn das nicht das Herz dieses Halunken erweicht und dir einen triumphalen Einzug in sein Atelier und seinen Salon sichert, dann habe ich mein Können grob überschätzt.« Eliza faltete den Brief zusammen und siegelte ihn mit einer Oblate. »Geh mit Gunst und Glück, meine Liebe – und verlaß dich drauf, ich werde kein Wort verraten!«

Camden Place nimmt eine erhabene, würdige Position am Südosthang des Beacon Hill ein, wie es sich für einen Mann in gehobener Stellung geziemt. Es wurde vor mehr als fünfzehn Jahren erbaut, doch wurde die Bebauung jäh eingestellt, als es eine Reihe von Erdrutschen in der Gegend gab. Der Teil des Crescent, der auf solidem Fels steht, ist gegenwärtig bewohnbar, bietet aber der Welt einen lächerlichen Anblick, da vierzehn Häuser links von dem zentralen Punkt errichtet wurden und rechts nur vier. Der Pavillon an der Nordostseite blieb als malerische Ruine auf der Spitze der Felskuppe erhalten als stummer Zeuge des Sieges der Natur über den Schöpfergeist des Menschen.*

Der Fragment gebliebene Crescent wurde nach dem Marquis von Camden benannt, dessen Elefantenwappen über dem Schlußstein der Türwölbung fast eines jeden Hauses angebracht ist, als habe sich eine ganze Herde bereitgefunden, in Bath zu überwintern. Während ich an Lord Harolds Seite die lange Zufahrt hin-

* Nach der Zeit Jane Austens wurde die Ruine abgerissen. – *Die Herausgeberin.*

aufstieg und mich über die körperliche Bewegung freute, betrachtete ich die Häuser und ihre Bewohner. Der unsichere Boden des Camden Place kann sehr wohl als Metapher für alle die Menschen dienen, die unechten Prunk einer stabileren Grundlage vorziehen.*

»Ein ausgezeichneter Vormittag für einen Ausgang, Miss Austen.«

»Das ist er wirklich, Mylord.«

»Ich hatte überlegt, ob ich mein Karriol oder ein Paar Sänften holen sollte, aber dann meinte ich, daß man weder von Mensch noch von Tier verlangen sollte, sich mit uns als Last die ganze Länge dieses Hügels hinaufzuquälen. Ich war mir sicher, daß Sie es genauso sehen würden.«

»Besitzen Sie also die Gabe, meine Gedanken und Gefühle im voraus zu kennen?«

Lord Harold warf mir einen wissenden Blick zu. »Ich bilde mir das Gegenteil ein. Sie sind und bleiben eine der wenigen Damen, deren Gedanken ich *nicht* lesen kann. Aber da ich das schon einmal als einen Vorteil empfand, verlängere ich vielleicht diesen Zustand zu meiner Freude, während er in Wirklichkeit nur noch eine Illusion ist.«

»Dann sagen Sie mir bitte, worüber ich *jetzt* nachdenke.«

»Sie kritisieren mich als einen sehr unhöflichen Begleiter, weil ich weder eine Kutsche noch eine Sänfte besorgt habe, um Ihre Stiefeletten vor Schaden zu bewahren«, erwiderte er.

»Sie dürfen Ihre Illusion noch eine Weile aufrechterhalten«, antwortete ich befriedigt. »In Wirklichkeit erwog ich den bevorstehenden Umzug des Grafen von Swithin in ein Haus gegenüber dem Ihrigen.«

»Diese wenig bedeutsame Nachricht kreist wohl in ganz Bath, nehme ich an«, meinte Lord Harold, »ebenso wie die Fuhrleute des Grafen heute morgen den Laura Place umkreisten. Lord Swithins Einzug ist meiner Aufmerksamkeit nicht entgangen – ebensowenig wie die Tatsache, daß jeder Verkehr auf Rädern sofort zum

* Jane Austen mag sich an diese Sinnbildlichkeit von Camden Place erinnert haben, als sie es zum zeitweiligen Wohnsitz von Sir Walter Elliot in *Persuasion* machte – eines Mannes, dessen Betonung seines persönlichen Aufstiegs die Tatsache außer acht ließ, daß sein Vermögen auf einer etwas unsicheren Basis ruhte. – *Die Herausgeberin.*

Stillstand kommt, wenn Laura Place auch nur von einem Fahrzeug blockiert wird. Denn die Straßen im neueren Teil der Stadt sind zwar etwas breiter als die innerhalb der alten Stadtmauern, aber immer noch sehr eng, und um das Recht der Vorfahrt kann es leicht zu Schlägen kommen. Am Abend der Gesellschaft Ihrer Gnaden muß die Ansammlung der Sänften den Platz so ziemlich verstopft haben.«

»So war es wohl.«

»Auf diese Weise angeregt durch das Schauspiel, das der Graf geboten hatte, machte ich mich bald nach dem Frühstück auf, um die Sänftenträger zu befragen.«

»Ausgezeichnet reagiert, Mylord. Sie haben die Stall Street aufgesucht?«*

»Sowohl den Stand bei der Trinkhalle als auch den näher zur Abtei. Ich fragte jeden anwesenden Sänftenträger aus, doch vergeblich. Von denen, die zwei Nächte zuvor im Laura Place waren, konnte sich keiner an eine Auseinandersetzung mit einem Fuhrwerk oder einer Kutsche erinnern, deshalb wandte ich meine Schritte dem Gravel Walk zu.«

»Um besser über das Problem nachdenken zu können?«

»Um besser die Sänftenträger in ihren Rasthütten entlang der Queen Place Parade überprüfen zu können, meine Liebe.** Dort standen mindestens zehn von ihnen im Glanz ihrer blauen Mäntel und Schirmmützen um die beiden Feuer herum und wärmten sich ihre aufgesprungenen Hände.«

Ich blieb einen Augenblick stehen, um nach meinen Anstrengungen Atem zu schöpfen, aber zugleich auch, um Lord Harolds Worte zu überdenken. »Und was haben sie Ihnen verraten, Mylord?«

»Inmitten von vielen Widersprüchen, Beschimpfungen und

* Sänftenträger warteten in der Stall Street auf Kunden in ähnlicher Weise wie heutzutage die Taxis – in »Ständen« oder Reihen. Der letzte Sänftenträger in Bath ging erst 1949 in den Ruhestand. – *Die Herausgeberin.*

** Der Gravel Walk durchschnitt die Royal Crescent Grounds, den üblichen Flanierpark der vornehmen Welt von Bath. In *Persuasion* läßt Jane Austen Anne Elliot und ihren geliebten Kapitän Frederick Wentworth den Gravel Walk aufsuchen, um sich ungestört zu unterhalten. Die Rasthütten, die Lord Harold beschreibt, sind noch an der Queen Place Parade zu sehen: Zwei kleine Hütten mit Kaminen, die den Sänftenträgern Schutz boten. – *Die Herausgeberin.*

Flüchen – und nach einer beträchtlichen Ausgabe von Münzen, möchte ich hinzufügen – doch etwas, was von nicht geringer Bedeutung ist. Einer der Sänftenträger, ein breitschultriger Ire, der weit hinten in der Menge stand am Ende des Balls meiner Mutter, behauptet, etwas gesehen zu haben, was für uns spricht. Er bleibt dabei, daß in den ersten Stunden des Mittwochs eine offene Kutsche versuchte, den Laura Place zu überqueren, der Kutscher aber nach kurzem Zögern gezwungen war, abzusteigen, die Pferde am Zügel zu nehmen und die Kutsche rückwärts die Straße zurückzubugsieren. Die Sänftenträger vor der Tür der Herzogin haben dieses Schauspiel wahrscheinlich gar nicht sehen können, und das erklärt die Unkenntnis der Männer, die ich in der Stall Street befragte.«

»Eine offene Kutsche? Aber es schneite doch!«

»Das haben die Sänftenträger auch gesehen. Sie meinten, es müßten wohl Leute gewesen sein, die vom Wetter überrascht wurden, die nicht an Schnee gedacht hatten, als sie beschlossen, einen Ausflug aufs Land zu unternehmen. Aber da sie über viele Decken verfügten, in die sich zumindest ein Insasse tief eingewickelt hatte, können wir annehmen, daß sie keinen großen Schaden genommen haben.«

»Unser Mörder!« rief ich aus. »Er brauchte nur vom Fenster der Herzogin in die offene Kutsche zu springen, während sich der Kutscher mit den Sänftenträgern herumstritt, und konnte sich unter den Reisedecken verbergen. Haben sich die Sänftenträger wenigstens das Gesicht des Kutschers gemerkt?«

»Er hatte sich wegen des Schnees gut verhüllt, was nicht ungewöhnlich war. Er kam aber zu ihnen und verlangte von ihnen mit den übelsten Schimpfworten, sie sollten einen Weg freimachen, und damit zog er ihre Aufmerksamkeit so sehr auf sich, daß sie nichts über den Insassen der Kutsche sagen konnten.«

»Und das Fahrzeug selbst?«

»In jeder Hinsicht unauffällig. Kein Wappen oder Motto an der Tür, sondern eine gewöhnliche schwarze Kutsche, wie man sie in jedem Gasthof mieten kann.«

»Das kann man tatsächlich«, erwiderte ich nachdenklich. Wir gingen einige Schritte schweigend weiter, dann fügte ich hinzu: »Wenn der Mörder das Vorzimmer wirklich durchs Fenster verließ, verliere ich jedes Interesse an dem verlockenden Durchgang. Ich glaube, Lord Harold, wir sollten ihn bei nächster Gelegenheit gründlich untersuchen, um ihn dann unbesorgt außer acht lassen zu können.«

»Das soll sofort geschehen, wenn wir Ihren Mr. Cosway konsultiert haben, meine Liebe. Ich hätte es schon eher getan, wenn ich nicht geglaubt hätte, daß Mr. Wilberforce Elliot ihn schon geprüft hätte.«

»Mr. Elliots Nachforschungen können mich nicht zufriedenstellen«, erwiderte ich bestimmt, aber für weitere Erörterungen blieb keine Zeit. Wir hatten unser Ziel erreicht.

Mr. Richard Cosway hatte seine Wohnung in dem prächtigsten Haus am Camden Place genommen, das sich durch den breiten Ziergiebel in der Mitte und das Wappen des Marquis von Camden darüber auszeichnete. Der Geschmack des Künstlers, so hatte mir Eliza versichert, sei wie in allen Dingen auch hierin erlesen.

Wir stiegen die Stufen hinauf, zogen die Klingel und wurden sogleich in die Halle eingelassen, die von einer zum Salon emporführenden Wendeltreppe beherrscht wurde. Ein Diener in himmelblauer Livree mit einer eisigen Miene nahm Lord Harolds Karte zusammen mit Elizas eilig hingeworfenem Briefchen entgegen und schritt feierlich hinauf in den ersten Stock.

Ich nutzte die Zwischenzeit, um meine Umgebung zu betrachten, und fand sie sehr verschieden von allem, was ich bisher kennengelernt hatte. Selbst ein so bescheidener Ort wie dieser Vorraum verriet die Hand des Sammlers. Offensichtlich wertvolle flämische Wandteppiche beträchtlichen Alters hingen von der Decke herab, und ihre leuchtenden Farben erstrahlten im Licht der Deckenfenster. Zwei Sessel, geschnitzt und vergoldet wie Throne, boten den Müden ihre damastbezogenen Sitzflächen, und vor ihnen ergoß sich eine wahre Flut türkischer Teppiche von ebenso kunstvollen wie verwirrenden Mustern. War das Haus möbliert vermietet worden? Oder nahm Mr. Cosway seine Besitztümer auf Reisen mit wie ein orientalischer Potentat?

»Mr. Cosway ist zu Hause«, eröffnete uns der Diener mit einer Verbeugung. Lord Harold neigte den Kopf, ich nahm meinen Pompadour, und wir folgten dem Mann nach oben.

Das Wohnzimmer selbst glich mehr einer Verzauberung als alles, was ich sonst kannte – als ob das Serail Mr. Mozarts Wirklichkeit geworden wäre. Überall standen kleine Ebenholztruhen und mit wertvollen Steinen belegte Mosaiktischchen herum, deren Füße in den Formen von Phantasietieren geschnitzt waren. Gruppen von Ottomanen mit kostbaren Damastbezügen wurden durch japanische Wandschirme aufgelockert, eine Fülle von Perserteppichen erstreckte sich über die ganze Länge des Marmorfußbodens, und erlesene Bronzefiguren, Wachs- und Terrakottamodelle und antikes Porzellan aus Sèvres, China und Meißen wetteiferten um die Aufmerksamkeit des Betrachters. Ich blinzelte und sah mich staunend um, und schließlich erfaßte mein Blick das vergnügte Lächeln des Malers selbst, der so gemütlich dasaß wie ein Affe in seinem selbstgeschaffenen Dschungel. Richard Cosway war halb von einer Ritterrüstung verdeckt, doch ein Sonnenstrahl ließ seine kirschrot und gelb gemusterte Weste aufleuchten und verriet ihn damit meinem Blick, wie einen verborgenen Vogel sein exotisches Gefieder verrät.

»Lord Harold«, sagte er und trat mit einer Verbeugung näher, »und die entzückende Miss Austen.« Er war von so winziger Gestalt, und seine Züge waren so abstoßend, daß er aussah wie ein von den Pfeilern der Kathedrale von Winchester herabgestiegener Wasserspeier, doch ich machte ihm einen Knicks und nahm die Hand, die er mir zum Gruß entgegenstreckte. »Es ist eine Freude, Sie wiederzusehen.«

»Das Vergnügen ist ganz auf meiner Seite, Sir«, erwiderte ich. »Sie sind sehr gütig, daß Sie uns auf eine so geringe Nachricht hin empfangen, und wir wissen es zu schätzen, daß Sie uns Ihre Zeit schenken.«

»Eine Nachricht der Comtesse de Feuillide – Verzeihung, von Mrs. Henry Austen – kann niemals gering sein«, versicherte er mir mit vollendeter Höflichkeit. »Sie ist eine der wenigen Damen der Gesellschaft, die sich sowohl ihren Verstand als auch ihr Herz bewahren – und das ist so wertvoll wie das seltenste Prozellan.«

»Ich sehe, Sie schätzen sie ebenso hoch wie ich.«

Er neigte den Kopf und wies auf zwei der mächtigen Sessel. »Mein tiefstes Mitgefühl, Lord Harold, mit dem gegenwärtigen Unglück Ihres Neffen. Empörend, wie wenig man sich in einer solchen Angelegenheit auf die Behörden verlassen kann! Jedoch wird jede irdische Autorität in sehr kurzer Frist einer Höheren Macht weichen müssen, worauf ich auch Seine Königliche Hoheit hinzuweisen gewagt habe. Alle Kümmernisse der Sterblichen sind nur von vorübergehender Natur, wenn das Ende der Welt nahe ist.«

Lord Harold sah mich fragend an, machte dem Maler eine Verbeugung und setzte sich wortlos.

»Die Comtesse deutet an, Miss Austen, daß Sie Ihr Porträt als Miniatur gemalt zu haben wünschen, und da Sie wissen, daß dies mein Hauptberuf ist, bemühen Sie sich um mein Geschick und meinen Rat.«

»Ich fürchte, Sir, darin hat sie Sie etwas getäuscht«, entgegnete ich schnell. »Wir sind nicht wegen meines Porträts gekommen, sondern wegen eines anderen.«

Der große Künstler erlaubte sich, eine Augenbraue hochzuziehen, und ließ sich dann auf einer Ottomane nieder, wobei er seine Rockschöße sorgfältig ordnete. Mir wurde klar, daß er seinen Sitz bewußt gewählt hatte wegen seiner kurzen Beine, die von der Höhe des Sessels, auf dem ich hockte, herabgebaumelt hätten.

»Bitte lassen Sie mich wissen, womit ich Ihnen dienen kann.«

Lord Harold zog das kleine Päckchen aus der Tasche und legte es auf einen in der Nähe stehenden Tisch. »Wir hatten gehofft, Mr. Cosway, daß Sie dieses Schmuckstück erkennen – und vielleicht auch wissen, wen es darstellt.«

Die etwas törichte Miene verschwand sofort und wich dem Ausdruck äußersten Interesses. Cosway öffnete das Päckchen, nahm eine Lupe und prüfte seinen Inhalt sehr eingehend.

»Ja«, überlegte er, »zweifellos ein hübsches Stück. Wahrscheinlich ein Frauenauge – Sie werden die zarte Braue, die überaus langen Wimpern und den herausfordernden Blick bemerkt haben. Ich würde es für eine französische Arbeit halten.«

»Französisch?«

»Betrachten Sie die leichte Eintrübung am Rande des Porträts, die andeuten soll, das Auge schwebe in einer Nebelwolke. Es scheint fast zu verschwimmen, wie ein Traumbild. Natürlich habe ich diesen Stil entwickelt, als ich Mrs. Fitzherberts Auge für Seine Königliche Hoheit malte, doch die englischen Maler haben ihn längst aufgegeben und sich einer realistischeren Darstellung zugewandt. Jetzt ist es üblich, das Auge mit einer Haarlocke einzurahmen oder einen Nasenrücken anzudeuten.«

»Könnte es nicht ein älteres Porträt sein?« erkundigte sich

Lord Harold. »Vielleicht in den achtziger oder neunziger Jahren angefertigt?«

»Solche Sachen waren damals noch nicht in Mode«, sinnierte Mr. Cosway, »denn ich habe Mrs. Fitzherberts Auge erst 1790 gemalt. Stammte das Porträt aus einer so frühen Zeit, hätte ich es sofort als meine eigene Arbeit erkannt. Natürlich übernahm Engleheart diese Technik und machte aus dieser Kunst beinahe ein Geschäft: Ein von Engleheart gemaltes Auge kann *jeder* billig bekommen. Doch er arbeitet meist auf Emaille, und dies ist offensichtlich ein Aquarell auf Elfenbein. Außerdem malt Engleheart in einem viel realistischeren Stil und signiert auf der Rückseite mit G. E.«

»Also würde eine Nachforschung in dieser Richtung nichts für uns bringen«, sagte ich ziemlich enttäuscht.

Der Maler schüttelte den Kopf. »Darf ich fragen, Mylord, wie Sie zu dem Stück gekommen sind?«

»Durch den Tod seines Besitzers«, antwortete Lord Harold ohne zu erröten, und seine Worte entsprachen ja auch fast der Wahrheit. »Ich hielt es für möglich, daß die Dame, deren Auge hier abgebildet ist, vom Hinscheiden des Herrn erfahren möchte und daß ich mit der Rückgabe an sie versuchen könnte, meinem Freund einen letzten Dienst zu erweisen. Miss Austen war so freundlich, vorzuschlagen, daß ich mich an Sie wenden sollte als an den anerkannten Experten auf diesem Gebiet.«

»Und dieser *Freund* hat Ihnen vor seinem Tode nichts über die Geschichte des Porträts verraten?«

»Nein, das tat er nicht. Es kam sozusagen aus dem Schweigen des Grabes zu mir.«

»Wie schade. Wir müssen also annehmen, daß der Herr die Umstände der Bestellung des Porträts geheimhalten wollte. Das ist nicht ungewöhnlich bei Miniaturen dieser Art, Mylord, das darf ich sagen. Sie wurden als Andenken für unerlaubte Liebschaften erfunden, und so mancher Besitzer hat den Namen des oder der Dargestellten mit ins Grab genommen. Bitte verzeihen Sie – ich wage eine außerordentliche Dreistigkeit –, aber warum geben Sie sich solche Mühe, die Verschwiegenheit des Grabes zu brechen?«

»Mein Freund starb plötzlich in der Blüte der Jugend, und ich bin sicher, daß er nicht gewollt hätte, daß seine Geliebte nichts von seinem Tode erführe. Ein Vermächtnis, vielleicht anonym übermittelt – ich glaube, ich habe die Pflicht, *irgend* etwas zu tun.«

»Obwohl die Lage Ihres Neffen gegenwärtig so bedauerlich verworren ist?« Mr. Cosways hervorstehende Augen waren fest auf Lord Harolds Gesicht gerichtet. »Es ist seltsam, daß eine so aktive Wohltätigkeit zugunsten einer Person, die zu Ihrem Unglück in keiner Beziehung steht, Sie in einer solchen Zeit so in Anspruch nimmt.«

»Und nun meine ich, Sir, daß Sie wirklich eine Dreistigkeit begehen«, erwiderte Lord Harold gelassen.

»Das ist sehr wahrscheinlich. Aber ich kann nicht glauben, daß Sie mir auch nur mit der geringsten Offenheit begegnen, Mylord, und jede Art von Täuschung ist mir verhaßt. Ich wünsche Ihnen einen guten Tag – und auch Ihnen, Miss Austen. Meine Komplimente an die Comtesse.«

»Mr. Cosway ...« Ich sprang mit meiner flehentlichsten Miene auf. »Bitte erlauben Sie mir noch ein Wort. Lord Harold ist vielleicht zu diskret. Aber ich darf Ihnen mitteilen, daß eine bessere Kenntnis der Zusammenhänge des Porträts dazu führen könnte, sehr schnell das Unheil von seinem Neffen abzuwenden.«

»Das hielt ich für möglich«, antwortete Mr. Cosway mit einem leichten Lächeln. »Aber mir mißfällt der Mangel an Vertrauen, den Seine Lordschaft verrät.«

»Verzeihen Sie bitte, Mr. Cosway«, rang sich Lord Harold ab und bedachte mich mit einem vernichtenden Blick. »Ich sprach vielleicht etwas unbedacht.«

Es trat eine längere Pause ein, während der der Maler die Miniatur noch einmal in die Hand nahm und genau untersuchte. Schließlich legte er sie beiseite und faltete die Hände auf den Knien.

»Ich hätte einen Weg für die Nachforschung vorzuschlagen, Mylord.«

»Bitte tun Sie es ohne Zögern.«

»Meine Gattin Maria, von der Sie vielleicht gehört haben ...«

»Wer hätte das nicht? Sie ist als Künstlerin fast so berühmt wie Sie selbst«, erklärte Lord Harold.

Mr. Cosway verbeugte sich. »Meine Gattin Maria hält sich gegenwärtig in Frankreich auf, und sie ist mit den führenden Malern des Kreises um den Kaiser bekannt. Sie wohnt zwar augenblicklich in Lyon, aber ich weiß, daß sie oft die Hauptstadt aufsucht und leicht Erkundigungen über Ihr Porträt einziehen könnte. Sie könnte zunächst feststellen, von wem das Bild stammt, und von ihm erfahren, wen es darstellt.«

»Ich fürchte, es steht nicht in meiner Macht, mich von dem Schmuckstück zu trennen«, sagte Lord Harold stirnrunzelnd. »Die Situation ist so prekär, daß ich es nicht einer Beschlagnahme durch ein unglückliches Kriegsereignis aussetzen darf.«

»Aber Sie brauchen es mir nur für eine Stunde zu überlassen«, rief Mr. Cosway. »Ich werde Vorder- und Rückseite des Stückes zeichnen und das Ganze mit Wasserfarben kolorieren, und dann können wir diese Skizze mit dem nächsten Postschiff absenden!«

Lord Harold überlegte noch, doch Mr. Cosways Begeisterung hatte ein beachtliches Ausmaß erreicht. Er ließ seinem ersten Vorschlag schnell einen weiteren folgen.

»Sie kennen sich in den Kreisen der Regierung aus, Mylord. In der vornehmen Gesellschaft heißt es überall, niemand könne Himmel und Hölle so leicht in Bewegung setzen wie Lord Harold Trowbridge, und für einen so einflußreichen Mann wie Sie wäre es doch die Sache eines Augenblicks, einen Brief in dem Postsack eines der Schiffe unterzubringen, die insgeheim trotz Blockade und Schießereien den Kanal überqueren!«*

»Ihr Vorschlag hat sehr viel für sich, Cosway«, erwiderte Lord Harold und erhob sich, »und ich glaube, ich werde davon Gebrauch machen. Ich werde das Porträt in genau einer Stunde wieder abholen und von Ihnen eine farbige Skizze mit einem erläuternden Begleitbrief für Ihre Gattin erhalten – und darf ich fragen, mein lieber Herr, ob die Regierung Seiner Majestät der Dame zum Ausgleich irgendeine Gunst erweisen kann? Vielleicht einen Geleitbrief für eine Reise nach England?«

»Ich werde Ihr Angebot mit Freude und Dankbarkeit übermitteln«, sagte Mr. Cosway, doch eine Traurigkeit beschlich sein häßliches Gesicht, und ich glaubte nicht, daß seine Maria einen Geleitbrief für nötig halten würde. »Es ist schon eine große Erleichterung, daß sie so schnell Nachricht von daheim bekommt! Die

* Trotz des Kriegszustandes wechselten nicht nur Post, sondern auch Passagiere häufig zwischen Frankreich und England hin und her. Geleitbriefe gestatteten es Zivilpersonen, den Kanal auf Postschiffen zu überqueren, die von den Kriegsschiffen beider Seiten bewußt ignoriert wurden. – *Die Herausgeberin.*

Schwierigkeiten mit der Auslandspost haben mir viel Kummer bereitet, und so erweisen wir uns gegenseitig einen Gefallen, Mylord. Ich erwarte Sie in einer Stunde!«

Er läutete seinem Diener und folgte uns mit Verbeugungen zur Tür. Ich verließ Camden Place mit gestiegener Achtung vor Mr. Richard Cosway. Denn auch ein Mann, der wie ein Pfau stolziert und wie ein Affe grinst, kann ein Herz und ein verwundbares Gefühl besitzen.

Kapitel 6
Liebesschwüre

13. Dezember 1804, Forts.

Der Tag war schon recht fortgeschritten, als wir Camden Place verließen. Ich hatte vereinbart, noch vor dem Dinner zur letzten Anprobe zu Madame LeBlanc zu kommen, Lord Harold mußte in einer Stunde wieder Cosway aufsuchen, und das Theater lockte zur abendlichen Nachforschung. Deshalb war es nicht möglich, nach Laura Place zu gehen und den Gang hinter der getäfelten Tür gründlich zu untersuchen. So trennten wir uns also in der Lansdowne Road mit eiligen Versicherungen des Dankes und des guten Einvernehmens auf beiden Seiten.

Madame LeBlanc hatte inzwischen mit meiner pfirsichfarbenen Seide Wunder bewirkt. Ich betrachtete mich wie jemand, der von einer guten Fee verwandelt worden ist, und machte mich in gehobener Stimmung auf den Heimweg zum Dinner. Die Stunde danach benutzte ich dazu, diese Gedanken in meinem kleinen Buch festzuhalten, und Punkt sechs Uhr, als ich schon unruhig zu werden begann, erschien ein Bote in den Green Park Buildings mit Madame LeBlancs wunderbarer Schachtel unter dem Arm. Entgegen aller Etikette riß ich die Verpackung auf und enthüllte das Kleid den staunenden Augen der Austens.

»Das ist aber unartig von dir, muß ich schon sagen«, rief meine Mutter, als sie mich vor Freude über das schöne Gewand erröten sah. »Du hast bestimmt dein ganzes Kleidergeld für dieses Vierteljahr auf einmal ausgegeben, Jane, und spielst nun monatelang die Mittellose. Und du gehst also aus – und ohne einen Gedanken an den Rest deiner lieben Familie! Du warst schon immer ein eigensinniges und eigensüchtiges Mädchen! Ich bin sicher, so würde sich Cassandra niemals benehmen. Hättest du geziemende Rücksicht genommen und Lord Harold um die Einladung gebeten, hätten *wir* vielleicht auch gehen können. Die Loge der Wilboroughs faßt sicherlich acht Personen. Warum muß denn die Herzogin ausgerechnet *Jane* so bevorzugen? Ich gestehe, *ich* könnte niemals ein Vergnügen genießen, das anderen verwehrt bliebe, aber ich wurde auch immer für meinen zartfühlenden Charakter gerühmt.«

»Lord Harold also?« fragte mich mein Vater mit einem listigen Blick. »Hast du eine Eroberung gemacht, meine Liebe? Er ist ein sehr ansehnlicher Mann, muß ich sagen, wenn auch ein wenig ungesprächig. Ich glaube, ich habe noch nichts von ihm gehört, was einen nicht beunruhigt, nach der Meinung der Welt ist er ein richtiger Wüstling und obendrein noch volle fünfzehn Jahre älter als du, aber ich erinnere mich, daß du den alten Mr. Evelyn offen bewundert hast, also kommt das vielleicht nicht sehr überraschend.«*

»Aber, Vater, ich schulde Lord Harold größte Dankbarkeit für die Rettung meiner geliebten Isobel, wie du sicher weißt«, erwiderte ich. »Ohne seine Bemühungen wäre sie bestimmt gehängt worden, und eine lebenslange Wiedergutmachung durch Theaterbesuche in der Loge der Wilboroughs wäre wohl nicht unangebracht.«

»Wenn es denn auch deine Isobel wäre, die ihnen diese Aufmerksamkeit erwiese.« Die Belustigung meines Vaters hielt unvermindert an, doch der Blick, den er mir zuwarf, war forschend. Er wußte ein wenig von meinen Abenteuern in Lyme: Genug, um Befürchtungen für meine Sicherheit zu hegen, doch zu wenig, um zu erkennen, wie weit Lord Harold auch in diese Intrigen verwickelt war; und es war möglich, daß er einen Verdacht wegen unseres gegenwärtigen Unternehmens gefaßt hatte. Über den Mord in Laura Place wurde so viel geredet, auf den Straßen und in den Zeitungen, daß meine plötzliche Vertrautheit mit der betroffenen Familie auch einen weniger scharfen Verstand als den meines Vaters beunruhigt hätte. Ich beeilte mich, den Strom der Unterhaltung in eine andere Richtung zu lenken, damit er mich nicht überwältigte.

»Ich würde wirklich um nichts in der Welt gehen, wenn ich nicht

* William-Glanvill Evelyn (1734–1813) war ein alter Freund der Familie Austen. Er besaß eine zweite Wohnung in der Queen's Parade in Bath und stand im Verdacht, Ehebruch zu begehen. Jane hatte ihn fast ebenso gern wie seinen entzückenden Zweispänner und erging sich in Späßen darüber, wie ihr Ruf darunter leide, wenn sie allein mit Mr. Evelyn ausfahre. – *Die Herausgeberin.*

diese Verpflichtung empfände. Und man muß auch an Henry denken.«

»Henry?« erkundigte sich meine Mutter.

»Henry«, sagte ich bestimmt. »Er setzt große Hoffnungen auf das Vermögen der Wilboroughs. Er hat Lord Harold einige Dienste auf finanziellem Gebiet geleistet, und wenn ich mit der ganzen Familie besser bekannt werde, könnte das Henrys Interessen weiter fördern.«

»Ach, in dem Fall solltest du lieber hingehen«, rief meine Mutter. »Eliza ist eine so schlechte, unbedachte Haushälterin und gibt soviel Geld aus auf ihre Art, und der arme Henry hatte nie viel Sinn fürs Geschäftsleben. Nur erzähl das bitte nicht der Herzogin, Jane. Du mußt für deinen Bruder tun, was du nur kannst. Denn ich fürchte, wenn du das nicht machst, dann wird unser Henry am Ende noch sich im Savoy verbergen oder für das Parlament kandidieren müssen. Und wir können keine Politiker in der Familie gebrauchen. Sie sind so wenig gesprächig, weil sie endlose Reden halten müssen, und davon bekomme ich immer furchtbare Kopfschmerzen.«*

Und mit dieser rätselhaften Bemerkung eilte meine Mutter hinaus, um meine Handschuhe ausbürsten zu lassen.

Punkt sieben Uhr fuhren die Kutschen der Wilboroughs vor – eine vierspännige Kalesche mit der Herzogin, ihrer Enkelin und ihrer Gesellschafterin Miss Wren, und ein Karriol, das Lord Harold lenkte. Er stieg selbst aus, um mich abzuholen, und in seinen modischen schwarzen Pantalons und passendem Rock dazu bot er eine zugleich so elegante und so gewagte Erscheinung, daß sich die ernste Miene meines Vaters noch verdüsterte. Meine Mutter war beinahe überwältigt, und meine Schwester ließ sich nur ganz kurz vorstellen und verschwand dann in ihrem Zimmer.

Hätte sich die Familie Trowbridge nicht in einer so schwierigen Lage befunden, wäre ich in bester Stimmung gewesen, doch die Bedrücktheit ließ sich nicht überwinden. Lord Harold besaß

* Wer wegen Schulden verfolgt wurde, konnte jederzeit und überall festgenommen werden, *außer* im Freibezirk des Savoy, einigen wenigen Häuserblöcken im Herzen Londons, wo Schuldner Asyl genossen. Ebenso konnte ein Parlamentsmitglied nicht wegen Schulden verhaftet werden. – *Die Herausgeberin.*

zwar bewundernswerte Fähigkeiten, doch war er nicht für überschäumende Fröhlichkeit bekannt. Er war ernst, und ich hielt mich zurück; und so wurden auf der Fahrt zum Theater nur wenige Sätze gewechselt. Ich erlaubte mir die Frage, ob Mr. Cosway seinen Auftrag erfüllt habe, und erfuhr zu meiner Befriedigung, daß Lord Harold nur noch auf die nötigen Papiere wartete, die von einem Eilboten aus London geholt wurden, bevor er das Päckchen nach Portsmouth abschickte.

Als erstes Stück sollte Kotzebues »Liebesschwüre« aufgeführt werden mit Miss Conyngham in der Rolle der Agatha, während ihr Bruder den Frederick spielte.* Der Geschmack des Publikums für deutsche Sentimentalität, den vor einigen Jahren Mrs. Siddons und ihr Bruder Kemble im »Fremden« geweckt hatten, herrscht in Bath noch ungebrochen. Ich gestehe jedoch, daß ich Sheridans Komödien oder Shakespeares Werke mit ihrem erhabenen Ausdruck und ihrem feineren Gefühl vorziehe. Bei Kotzebue spürt man eine weinerliche Note, die ans Vulgäre grenzt, und eine Künstlichkeit der Rede und einen Überschwang der Gefühle, die mir nicht gefallen. Mein Theatergeschmack war jedoch diesmal nicht gefragt, und da der Zweck der Abendunterhaltung so weit über den Genuß des Stückes hinausging, beschloß ich, nur meine Zufriedenheit zu erkennen zu geben und mich weniger der Bühne als der Beobachtung Lady Desdemonas zu widmen.

Die Orchard Street war völlig verstopft, und die Equipagen der Wilboroughs mußten sich lange abmühen, bis sie den Eingang erreichten.

»Ich fürchte, die ohnehin schon große Begeisterung des Publikums für das heutige Stück ist durch die traurige Berühmtheit der Schauspieler noch gewachsen«, bemerkte Lord Harold. »Die Sensation des Todes des armen Richard Portal hat viele, die normalerweise nie den Weg in die Orchard Street finden, veranlaßt, heute abend herzukommen.«

* Es war damals im Theater üblich, zwei Aufführungen an jedem Abend zu veranstalten. »Liebesschwüre« wurde in den Jahren, in denen Jane in Bath wohnte, nicht weniger als sechsmal inszeniert. Ihre Abneigung gegen das Stück ebenso wie ihre Vertrautheit damit und seine ungeheure Popularität veranlaßten sie wahrscheinlich, es für die Amateuraufführung der Familie Bertram in *Mansfield Park* zu verwenden. In diesem Roman spielt Mary Crawford die Amelia, und Edmund Bertram wird die Rolle des mürrischen Geistlichen Anhalt aufgeschwatzt. – *Die Herausgeberin.*

»Das erinnert mich an einen Abend mit der Siddons in Drury Lane, als sie zum ersten Mal die Isabella spielte«, antwortete ich. »Dabei mußte ich dieser Dame wegen solche Kränkungen auf mich nehmen, um einen anständigen Platz zu ergattern, wie man es sonst wohl nur bei einer öffentlichen Hinrichtung durch Erhängen in Tyburn erlebt.«*

Lord Harold wandte sich mir zu und zog eine Augenbraue hoch. »Dann sind Sie also eine erprobte Anhängerin der Muse des Dramas? Ich hätte es mir denken können, Miss Austen. Sie besitzen ein ausgesprochenes Talent, eine Rolle zu spielen.«

»Während meiner jungen Jahre in Steventon war es in meiner Familie Brauch, zu Weihnachten eine Amateuraufführung zu veranstalten. Manchmal benutzten wir unsere Scheune als Theater, gelegentlich boten uns unsere Nachbarn, die Lefroys, ihre beiden Salons als Bühne und Zuschauerraum an. Für mich sind Drama und Weihnachtszeit auch heute nicht zu trennen.« Ich unterließ es jedoch, zu erwähnen, daß ich versucht hatte, ein oder zwei Stücke zu verfassen, und eingesehen hatte, daß mir diese Kunst nicht besonders lag – denn über meine Schriftstellerei sprach ich niemals mit Lord Harold.

»Was halten Sie von der göttlichen Siddons?« erkundigte er sich und widmete seine Aufmerksamkeit halb mir und halb der turbulenten Straße.

»Sie verfügt über eine entschieden majestätische Haltung, der niemand sonst im tragischen Fach nahekommt. Nichts läßt sich meiner Meinung nach mit ihrer Lady Macbeth vergleichen. Aber ich weiß nicht, ob ich ihre Gesellschaft auf einer weniger gehobenen Ebene ebenso genießen würde – in einem Salon zum Beispiel statt auf der Bühne? Sie scheint eine kühle Natur zu sein. Und ihr Bruder Kemble ist noch schlimmer! Wie er auf den Brettern deklamiert und stolziert, mit so viel Gefühl wie ein Marmorblock! Bevor ich ihn in ›Pizarro‹ spielen sah, gefiel er mir gar nicht, aber dort zeigte er mehr Lebendigkeit.«

»Vielleicht ist die Tragödie nicht Ihr Lieblingsfach. Denn es

* Öffentliche Hinrichtungen durch Erhängen in Tyburn (jetzt Marble Arch) waren 1804 nur Erinnerung, denn die meisten Hinrichtungen fanden nun vor dem Tor des Newgate-Gefängnisses statt, doch Jane bezieht sich auf das Gedränge und das Gerangel um Plätze, das es früher dabei gab. – *Die Herausgeberin.*

können wohl wenige Rollen so gut verkörpert werden, wie Kemble den Hamlet spielt.«

»Ich muß gestehen, Lord Harold, daß ich mich angesichts soviel Kummers im täglichen Leben – vielleicht Tragödien in kleinerem Maßstab – nur fragen kann, weshalb wir so oft Geld bezahlen dafür, daß wir sie im Theater erleiden. Wenn ich mich dazu aufraffe, ins Theater zu gehen, dann möchte ich entrückt werden und solche Leiden und Enttäuschungen hinter mich lassen. Ich neige tatsächlich dazu, Mrs. Jordan vorzuziehen.«

»Ach, den fröhlichen Kobold«, erwiderte mein Begleiter. »Sie ist auch nicht gerade Kembles Freundin – aber da sie sich der Protektion noch größerer Männer erfreut, macht ihr das wohl nicht viel aus. Vielleicht wird unsere Miss Conyngham auch einmal in der Meinung der Welt so hoch steigen.«*

Wir hatten den Theatereingang erreicht. Lord Harold sprang ab und reichte die Zügel einem wartenden Diener. Mit Geschick und Anstand erfüllte er seine verschiedenen Pflichten seiner Familie und mir gegenüber, und nachdem wir uns im Gedränge des Foyers gegenseitig vorgestellt hatten, ließen wir bald die Garderobe hinter uns und gelangten in die relative Ruhe der Loge.

Lord Harold sorgte dafür, daß ich neben seiner Nichte saß, und nahm selbst neben der Herzoginwitwe Platz. So war Miss Wren genötigt, allein und am weitesten von der Bühne entfernt im stillen zu leiden. Sie ist die Art von armer Verwandter, die ich, wie ich mir mit Schaudern vorstelle, vielleicht auch einmal werde: abhängig, alternd und abgehärmt aussehend. Sie ist ein unglückliches Wesen von mittlerem Alter, ohne den Schutz einer starken Zuneigung oder Sicherheit und so bedürftig, daß sie für ihr tägliches Brot die Launen der Herzogin ertragen muß. Ihre eingefallenen Wangen, ihre scharfe Nase und ihr konventionelles graues Musselinkleid machen Miss Wren zu einem Abbild unterwürfiger Anständigkeit, und ich wandte meine Augen von diesem bedauernswerten Anblick ab, damit ihre Situation mir nicht die kurze Freude an meinem neuen Kleid verdürbe.

* Dorothy Jordan, eine hochberühmte Schauspielerin des komischen Fachs, spielte in den 1780er und 1790er Jahren gegen ihren Willen zusammen mit der Familie Kemble im Drury Lane. Sie war die Geliebte des Herzogs von Clarence, des dritten Sohnes König George III., und gebar ihm zehn Kinder, bis er sie im Alter verließ. – *Die Herausgeberin.*

»Sie sehen heute abend sehr elegant aus, Miss Austen«, bemerkte Lord Harold, während er den Blick über seine Nichte und über mich gleiten ließ. »Sie müssen immer genau diese Farbe tragen, ohne Rücksicht auf Wetter oder Jahreszeit. Sie paßt ausgezeichnet zu Ihrem dunklen Haar und Ihren dunklen Augen.«

Ich errötete und erwartete jeden Moment einen finsteren Blick der Herzoginwitwe aus Besorgnis über die Aufmerksamkeit ihres Sohnes einem bloßen Niemand gegenüber, aber die Befürchtung ging sofort vorüber. Eugenie war in das Programm vertieft und hatte die Bemerkung Lord Harolds überhört, als sei sie gar nicht gefallen. Sie glänzte an diesem Abend mit Brillanten und ebenholzschwarzer Spitze, hielt sich sehr gerade und trug ihr scharfgeschnittenes Gesicht erhoben, und als sie sich vorbeugte, fest auf ihren Ebenholzstock gestützt, kniff sie ihre strahlenden Augen in einer Art zusammen, die mir überraschend bekannt vorkam.

»Harry«, erklärte sie gebieterisch, »ich kann Miss Conyngham nicht im Programm finden. Sollte sie etwa indisponiert sein?«

»Vielleicht hat der Tod ihres Kollegen sie zu sehr angegriffen.«

»Das würde mich sehr wundern. Ich muß sagen, ich habe in dem Fall keine Liebe festgestellt.«

»Wirklich?« Lord Harolds Interesse war erwacht. »Dann habe ich bisher an einer falschen Vorstellung gelitten. Ich hatte geglaubt, sie hätten ein Liebesverhältnis.«

»Aber Lord Harold!« quiekte Miss Wren. »Wir können Sie nur so etwas sagen! Und das vor jungen Damen!«

»Die meisten Leute in Bath haben das auch gedacht«, erwiderte seine Mutter trocken, als hätte Miss Wren kein Wort gesagt, »aber ich bleibe dabei, da war kein Gefühl im Spiel. Mir erschien es immer nur als eine Vernunftbeziehung. Wir müssen uns hinter die Bühne begeben, Harry, wenn das Stück aus ist, und Hugh Conyngham ausfragen, wie es ihr geht.«

Miss Wren quiekte wieder und hopste vor Aufregung beinahe hoch. »Würde denn der Anstand das erlauben, Euer Gnaden? Das kann ich kaum glauben, besonders im Hinblick auf Lady Desdemona ...«

»Ich stehe Ihnen zu Diensten, Madam«, antwortete Lord Harold seiner Mutter. »Ich gestehe, ich bin selbst sehr am Befinden von Miss Conyngham interessiert.«

Offensichtlich im Bestreben, das Thema zu wechseln, fragte

mich Lady Desdemona: »Und Sie sind so glücklich, Miss Austen, Bath Ihre Heimat nennen zu können?«

Ich unterdrückte eine bissige Antwort – denn Bath war nun wirklich der letzte Ort, den ich mit dieser Bezeichnung beehren würde – und nahm Zuflucht zu der Bemerkung, daß ein Kurort am geeignetsten wäre, einen Menschen von seinen Sorgen abzulenken. Hatte Lady Desdemona viele Bekannte in Bath? Nein, die hatte sie nicht, und sie gestand, sich recht einsam zu fühlen.

»Dann ist es sicher ein Glück, daß Ihr Onkel nun den Kreis um Ihre Gnaden vergrößert«, bemerkte ich. »Wenn ein solcher Herr Sie ins Theater und in die Kurhäuser von Bath ausführt, werden Sie ein größeres Vergnügen daran finden.«

»Ach ja«, erwiderte die Dame mit einem dankbaren Blick auf Lord Harold, der jedoch damit beschäftigt schien, die Menge durch sein Opernglas zu betrachten. »Ich schätze meinen Onkel sehr! Er kümmert sich nicht im geringsten um die langweiligen Konventionen – ganz im Gegensatz zu Papa, der mir ständig predigt, was sich für eine Dame schickt –, und in seiner Gesellschaft fühle ich mich immer sehr wohl.«

»Er ist ein ausgezeichneter Mensch.«

»Meinen Sie wirklich?« Sie lachte erfreut. »Das tut mir gut. Ich höre sonst nur Skandalgeschichten über Onkels Verhalten und vermutete schon, daß er von der Welt nur sehr wenig bewundert wird.«

»Dann müssen wir annehmen, daß man ihn nicht richtig kennt. Denn wer die Tiefe seines Charakters begreift, muß ihn dafür auch ehren.« Die Worte kamen mir aus dem Herzen, und ich merkte zu meinem Bedauern zu spät, wie deutlich ich mich ausgedrückt hatte.

»Aber natürlich!« rief Lady Desdemona. »Das hatte ich ganz vergessen. Sie sind ja *Onkels* Bekannte, nicht Großmutters.« In ihre grauen Augen, die denen Lord Harolds so ähneln, trat ein berechnender Ausdruck, und ich wußte, daß sie sich über meine Freundschaft mit dem Mann und alle ihre möglichen Aspekte wunderte. Mit fast dreißig und selbst in meiner eigenen Meinung niemals sehr schön, ohne die Vorzüge einer hohen Geburt oder des Reichtums kam ich wohl kaum für einen Trowbridge in Frage.

Ich beeilte mich, sie aufzuklären.

»Unsere Bekanntschaft ist erst von kurzer Dauer. Mein Bruder

Mr. Henry Austen darf sich eher einer Freundschaft mit Seiner Lordschaft rühmen. Ich habe Ihren Onkel erst vor wenigen Wochen kennengelernt« – (das stimmte zwar nicht, aber ich hatte keine Lust, die tragischen Ereignisse in Scargrave wiederzugeben) –, »und zwar in Henrys Londoner Wohnung. Ich kann nur vermuten, daß Lord Harold erfahren hat, daß ich eine große Bewunderung für Kotzebue hege, und daß er deshalb seine freundliche Einladung ausgesprochen und mich in Ihre Gesellschaft einbezogen hat.«

»Dann freut es mich, daß Sie dabei sind«, antwortete sie einfach. »Ich hätte mich fast geweigert, mich heute abend in der Öffentlichkeit zu zeigen, aber man kann sich ja nicht immer verstekken. Die Angelegenheiten des armen Kinny stehen so schlecht ...« Sie stockte und preßte die Lippen zusammen.

»Ich bin sicher, daß Lord Harold sie bald wieder in Ordnung bringen wird.«

»Habe ich richtig gehört, daß Sie Großmutters Abendgesellschaft auch besuchten?«

»Ich hatte die Ehre, lange vor dem Abendessen mit Ihrem Bruder zu tanzen.«

Ihre Miene hellte sich auf. »Dann müssen Sie es doch auch so sehen wie ich! Dann wissen Sie, wie unmöglich es Kinny ist, jemandem einen Schaden zuzufügen!«

»Hielt er sich schon lange vor den traurigen Ereignissen des Dienstags in Laura Place auf?«

»Er war erst zwei Wochen zuvor eingetroffen.«

»Lord Kinsfell«, warf Miss Wren mit wichtiger Miene ein, »kam im Auftrage Seiner Gnaden des Herzogs. Er hatte die Absicht, Lady Desdemona aus Bath fortzubringen, und mir jedenfalls tut es sehr leid, daß er sich damit nicht durchsetzen konnte!« Dabei warf sie der Herzoginwitwe einen vernichtenden Blick zu, und ich schloß daraus, daß Eugenie sich geweigert hatte, ihre Enkelin preiszugeben. »Aber ich habe in meinen vierzig Jahren oft erlebt, wieviel Unheil aus einer zu großen Nachsicht gegenüber einem eigensinnigen Trotz entsteht. Ich ...«

»Ach, zum Kuckuck, Wren, wollen Sie wohl damit aufhören?« rief Lady Desdemona mit spürbarem Ärger aus. »Wollen Sie mich denn gegen meinen ausgesprochenen Wunsch fortschicken lassen? Zurück in dieses fürchterliche Gefängnis?«

»Wilborough House ist sicherlich recht zugig, und seine Einrichtung stammt aus einer vergangenen Epoche, aber es weist weder vergitterte Fenster auf noch Schließer an den Türen«, erwiderte Miss Wren mit deutlichem Vorwurf. »Währenddessen kann Bath deinem Ruf nur schaden, meine liebe Mona, so wie die Meinung hier jetzt ist. Du hast in deiner ersten Saison einen guten Anfang gemacht, aber man darf nicht in Selbstgefälligkeit verfallen. Es wäre gut, wenn du ergreifen würdest, was die Gelegenheit dir bietet. Keiner von uns wird jünger.«

Lady Desdemona zitterte vor Empörung, und Röte stieg ihr in die Wangen. Ich muß sagen, daß sie mir an diesem Abend vorteilhafter erschien, ganz in Weiß gekleidet und mit Perlen im Haar, als inmitten der Abendgesellschaft. Mit achtzehn war ihre Figur schon voll ausgebildet, sie war feingliederig und anmutig geformt, und ihr Gesicht glühte von der Kränkung ihrer Gefühle.

»Großmutter«, bat sie mit einer Hand auf dem Arm der Herzoginwitwe. »Es ist gemein von Wren, so mit mir zu sprechen – als ob Kinnys Unglück ganz allein meine Schuld wäre! Sag ihr, daß sie sich da nicht einmischen soll. Sag ihr, daß ich immer bei dir bleiben kann.«

»Natürlich, mein Liebling«, antwortete die Herzoginwitwe nachsichtig. »Du sollst in Zurückgezogenheit alt werden – ja, du kannst, wenn nötig, auch in ein Kloster gehen –, um Lord Swithin abzuschrecken. Nicht ein neues Kleid sollst du bekommen und kein Vergnügen haben, bis ein anständigerer Mann um deine Hand anhält.«

»Aber Lord Swithin ist ein Mann von Talenten!« sprudelte Miss Wren los. »Ich verstehe nicht, Mona, wie du einen Herrn von seiner Bedeutung zurückweisen kannst, doch so ist das immer bei der dickköpfigen Jugend. Du weißt noch nicht, was in deinem Interesse liegt.«

»Und ist denn das *Interesse* die einzige Erwägung, nach der ich urteilen soll, wie ich glücklich werde?« rief Lady Desdemona mit wachsender Erregung. »Lord Swithin ist ein Mann von *viel zu vielen* Talenten, meiner Meinung nach, und er hat sie viel zu weit in London verstreut.«

»Mona!« rief Miss Wren schockiert. »Was soll denn nur dein Onkel denken?«

»Der Graf mag die Fähigkeit für Intrigen besitzen und für Ausschweifungen und zum Schmieden von Plänen der übelsten Art, aber was ein anständiges Benehmen angeht und ein Verhalten, das ihm die Liebe *irgendeiner* Frau erringen würde ...«

»Bravo, meine Liebe«, meinte die Herzoginwitwe gemütlich. »Du sprichst deine Rolle gut. Wie sehr ich mir wünsche, daß eine Enkelin von mir in Ehren auf der Bühne stünde!«

»Mit Respekt, Euer Gnaden«, warf Miss Wren ein, »der Herzog von Wilborough findet an Lord Swithin nichts auszusetzen, und zu *meiner* Zeit hätte die Zustimmung des Vaters genügt. Es gehört sich nicht für eine Dame, so hartnäckig für sich selbst zu denken. Es ist ein Zeichen von Verstocktheit und Launenhaftigkeit, und beides kann sie nicht dem stärkeren Geschlecht empfehlen. Wenn du erst mit soviel Erfahrung gesegnet bist wie ich, meine liebe Mona ...«

»... werde ich zweifellos glücklicher sein, weil ich meinem Herzen gefolgt bin«, schloß Lady Desdemona. »Ich darf mich wohl fragen, Wren, warum Sie trotz Ihrer *zu Ihrer Zeit* so folgsamen Natur keinen Ehemann gefunden haben.«

Diese letzte Bemerkung war zugegeben eine schockierende Kränkung, dennoch konnte ich mir weder ein Lächeln versagen noch einen raschen Blick auf Lord Harold, dessen Gesicht eine unterdrückte Bewegung verriet. Die unglückliche Wren zog sich eilig in würdevolles Schweigen zurück und verkündete nur mit ihren Blicken, daß für sie das ganze Vergnügen an diesem Abend vorbei sei. Ein Augenblick der Überlegung schien Lady Desdemona zu ernüchtern; ihre Wangen röteten sich, sie senkte den Blick, und der Vorhang hob sich.

Wie es sich zeigte, war Miss Conyngham keineswegs indisponiert.

Zum Ergötzen der Herzoginwitwe spielte sie die Agatha meisterhaft – abwechselnd kokett, zu vertraulich und vulgär – mit einer Farbigkeit und einer Vielfalt der Intonation, die auch das steinernste Herz ergreifen mußte. Wie ich bemerkte, studierte Lord Harold die Dame sehr genau und folgte ihr den ganzen ersten Akt hindurch mit seinem Opernglas.

Wir hatten die unterschiedlichen Schicksale der Einwohner eines kleinen deutschen Dorfes mit durchlitten, ihre inzestuöse Nähe, ihre phantastischen Zweifel, hatten Liebe erklärt, zurückgewiesen, verleugnet und zu guter Letzt erhört gefunden und hatten schließlich wenigstens zu *meiner* Erleichterung die Pause erreicht. Lord Harold ließ endlich sein Glas sinken, und zu meiner Überraschung bot sein Gesicht ein Bild des Nachdenkens. Welche Eigenschaft an Maria Conyngham konnte seine Gedanken so fesseln?

»Wenn du mich entschuldigst, Mutter, gehe ich mal an die frische Luft«, sagte er plötzlich und verließ die Loge unter Verbeugungen.

»Der Teufel Tabak«, erklärte Eugenie mit einem nachsichtigen Lächeln. »Es ist das einzige Laster, dessen er nicht Herr wird.«

»Sitzen Sie bequem, Euer Gnaden?« erkundigte sich Miss Wren besorgt. »Sicher ist Ihnen warm. Es ist ganz entschieden überheizt und schrecklich stickig, und vom Parkett steigen solche Gerüche auf ...«

»Ehrlich gesagt, Wren, mir ist ein wenig kalt«, erwiderte Eugenie ungerührt. »Vielleicht holen Sie mir mein Tuch.«

Das Tuch der Herzoginwitwe, ein mächtiges Viereck aus Kaschmir, hing derzeit in der Garderobe. Miss Wren entfuhr ein resignierter Seufzer, dann machte sie sich zur Treppe auf.

Ich wandte mich Lady Desdemona zu. »Die ausgezeichnete Vorstellung heute abend macht Mr. Portal alle Ehre. Man könnte meinen, die Truppe habe sich zur Würdigung seines Gedächtnisses besondere Mühe gegeben.«

»Ja, wirklich«, erwiderte die junge Dame. Sie schaute ihre Großmutter an, die hinter ihrem Fächer zu träumen schien, und senkte die Stimme. »Ist es nicht schade, daß es ihm nicht mehr vergönnt war, diesen glanzvollen Abend zu erleben? Der Erfolg des Theaters ging ihm über alles, und Kotzebue war sein Lieblingsautor. Es ist nicht zu fassen, daß er nicht mehr unter uns weilt – er war so voller Leben, so erfüllt von Hoffnungen auf die neue Saison und das neue Theater am Beauford Square! Mr. Portal erwartete von der Inszenierung der ›Liebesschwüre‹ die endgültige Sicherung seines Erfolgs, denn sie sollte ohne Zweifel die Ränge füllen.«

»Und das ist ja auch eingetreten. Durch das einfache Mittel, auf so sensationelle Weise zu sterben, hat Mr. Portal ganz Bath in die Orchard Street gelockt«, bemerkte ich mit absichtlicher Kälte. »Hätte er vor dem Bankrott gestanden, könnte man den Verdacht hegen, er habe seinen Tod lediglich aus Profitgründen arrangiert!«

»Miss Austen!« rief Lady Desdemona entsetzt, aber das Entsetzen verwandelte sich schnell in Belustigung. Lord Harolds Nichte hegte keine verletzten Gefühle wie Miss Conyngham, und diese Tatsache allein verriet mir schon viel. Sie blickte wieder auf die schlummernde Herzoginwitwe und senkte die Stimme zu einem Flüstern. »Hätte Mr. Portal geahnt, daß damit Geld zu machen sei, wäre ihm zweifellos diese Idee gekommen. Denn Reichtum schätzte er über alles – vielleicht noch höher als den Ruhm seiner Truppe.«

»Tatsächlich? Und besaß er beträchtliche Mittel?«

»Das kann ich nicht sagen. Jedenfalls wurde er nicht wegen seiner Geldbörse ermordet, wenn Sie das meinen, Miss Austen, denn die wurde bei seiner Leiche gefunden.«

»Ich fragte mich nur, wie solch ein Mann, der einen guten Ruf, Reichtum und alle Annehmlichkeiten der guten Gesellschaft genoß, sich Feinde gemacht haben sollte. Denn jemand muß ihn so gehaßt haben, daß er ihm das Leben nahm. *Sie* waren doch mit dem Herrn bekannt, Mylady, sicher haben Sie dazu eine Meinung. Was könnte Mr. Portal getan haben, daß er so einen gewaltsamen Tod fand?«

»Ich weiß es nicht«, antwortete Lady Desdemona. Sie furchte die Stirn. »Ich habe mich mit diesem Problem herumgeschlagen wie ein Terrier mit einem Knochen. Meine Bekanntschaft mit Mr. Portal war nicht so intim, als daß ich mehr als ein flüchtiges Urteil über seinen Charakter abgeben kann. Er befand sich ständig in gehobener Stimmung, er liebte die Geselligkeit und den Wein, er besaß Energie für zehn und war selten so gewählt in seinen Meinungen oder seiner Ausdrucksweise, daß man sich in seiner Gesellschaft sicher fühlen konnte. Kurzum, er war überschäumend und ungeschliffen und litt an einem traurigen Mangel an Takt.« Sie schüttelte den Kopf. »Ich könnte mir vorstellen, daß er viele Leute beleidigt hat, ohne das im geringsten zu wollen, und daß er die Kränkungen ebenso leicht vergaß wie seine Verabredungen – und das tat er oft, wie ich Ihnen versichern kann.«

»Erklärt dieser Mangel an Takt dann auch den Streit des Herrn mit Lord Kinsfell?«

Ihr Blick glitt zur Seite. »Darüber kann ich noch weniger sagen.

Denn Kinny nimmt nicht leicht übel, besonders unter Freunden nicht, deshalb glaube ich, daß die Beleidigung besonders ernst gewesen sein muß. Mein Bruder war tief gekränkt.«

»Mr. Portal erscheint eigentlich nicht als der ideale Liebhaber für Miss Conyngham«, überlegte ich. »Ich frage mich, was sie wohl in ihm gesehen hat, das seine Werbung begünstigte?«

»Sollte er sie denn heiraten? Wie haben Sie das erfahren?« Ihr Interesse belebte sich, und ihre Wangen röteten sich leicht. »Von diesem Gerücht hatte ich noch nichts gehört.«

»Ich auch nicht. Ich stelle nur Vermutungen an. Miss Conyngham wurde von dem Mord an Mr. Portal sehr erschüttert, sie muß den Verlust tief empfunden haben.«

»Allerdings nicht so tief, daß sie auf die heutige Vorstellung verzichtet hätte«, erwiderte Lady Desdemona. »Der Göttin des Erfolgs würde sie alles opfern, glaube ich.«

»Sie haben keine hohe Meinung von ihr.«

Meine Gefährtin zuckte die Achseln. »Ich kann nicht behaupten, die Dame gut zu kennen. Aber ich habe festgestellt, Miss Austen, daß es Menschen, die ihr Brot mit dem Spielen einer Rolle verdienen, oft schwerfällt, die Bühne zu verlassen. Sie verstellen sich sozusagen in allem, und ihr wahrer Charakter ist schwierig zu erkennen. Ich wäre mir niemals sicher, ob Miss Conyngham aus Gram über Mr. Portals Tod stirbt oder ob sie das genaue Gegenteil empfindet.«

Solchen Scharfblick hatte ich bei einem achtzehnjährigen Mädchen nicht erwartet, aber sie war schließlich die Nichte Lord Harolds.

»Sie empfinden nicht einen solchen Verlust?« erkundigte ich mich vorsichtig.

»Die Lage meines Bruders ist in der Tat traurig, aber ich sehe keinen Grund zum Verzweifeln. Jetzt, da Onkel gekommen ist, wird bald alles wieder in Ordnung gebracht werden.«

Ich konnte dieses interessante Thema nicht weiter verfolgen, denn von der Tür der Loge her erklang ein diskretes Hüsteln. Lady Desdemona fuhr herum, ihre grauen Augen weiteten sich, und unwillkürlich packte sie meinen Arm.

Meinen Augen begegnete der starre, kühle blaue Blick eines blonden Herrn in vollem Glanz hellbrauner Kniehosen und eines flaschengrünen Rocks. Lord Swithin in eigener Person. Er bot eine stattliche Figur, doch das gute Aussehen seines Gesichts wurde zweifellos beeinträchtigt durch die Arroganz, die es überlagerte.

»Lady Desdemona.« Er verbeugte sich mit vollendetem Anstand, aber der Hochmut in seinem Blick hätte eine Kerze löschen können. »Ich bin sehr erfreut, Sie zu sehen. Euer Gnaden ...«

Die Herzoginwitwe schreckte aus dem Schlaf auf, sah sich um und streckte mit allem Anschein von Herzlichkeit die Hand aus. »Swithin! Sieh mal an! Es entspricht ganz Ihrer Unverfrorenheit, zu einem solchen Zeitpunkt nach Bath zu kommen. Ich wünschte, *alle* unsere Bekannten würden sich so wenig um die Konventionen scheren.«

Wenn er die Zweideutigkeit in ihren Worten spürte, so verriet der Graf das mit keiner Miene. Er beugte sich tief über die Hand der Herzoginwitwe.

Eugenie klopfte auf den leeren Platz neben ihr, mit einem Blick auf Lady Desdemona, die steif und aufrecht in ihrem Sessel saß. »Setzen Sie sich doch bitte, Lord Swithin. Wir haben uns seit einer Ewigkeit nicht unterhalten.«

»Ich fürchte, diese Ehre kann ich im Augenblick nicht annehmen, Euer Gnaden. Ich muß mich um einen großen Kreis von Freunden kümmern.«

»Von Damen, meinen Sie?« rief Lady Desdemona und hob ihr Opernglas, um das Theater damit abzusuchen. »Wo ist denn Ihre Loge? Ich würde mir zu gern das Verbrecheralbum ansehen, das Sie im Gefolge haben.«

»Sie haben mich noch nicht mit Ihrer Freundin bekanntgemacht, Mona«, sagte der Graf im Ton bezwingender Strenge.

»Und haben Sie denn diese Höflichkeit verdient, Lord Swithin? Davon bin ich nicht ganz überzeugt. Doch da Sie mich durch Beschämung zur Gefälligkeit zwingen: Miss Austen, darf ich Ihnen den Grafen von Swithin vorstellen. Lord Swithin – Miss Austen.«

Der Herr verbeugte sich und schlug die Hacken zusammen. »Sie sind zu Besuch in Bath, Miss Austen?«

»Zu einem ziemlich langen Besuch, Mylord«, antwortete ich lässig, »denn er erstreckt sich nun schon über mehr als drei Jahre. Sie sind gerade angekommen, vermute ich?«

»Ja.«

»Für die Weihnachtsferien?«

»Vielleicht bleibe ich so lange. Das kann ich noch nicht sagen.«

»Sie wollen also nicht die Brunnenkur versuchen? Denn ihre Heilwirkung setzt erst nach zwei Monaten ein, wie man mir versichert hat.«

Meine brillante Plauderei hatte meine geistigen Kräfte nicht so sehr in Anspruch genommen, daß ich nicht bemerkt hätte, wie wütend Lady Desdemona den Grafen anstarrte und wie intensiv er diese Blicke zurückgab. Auch die offensichtliche Beunruhigung der Herzoginwitwe, die das Paar beobachtete, war nicht geeignet, meine Besorgnis zu verringern. Doch alle Versuche, einen Streit zu verhindern, waren vergebens, denn statt auf meine sanften Fragen einzugehen, platzte der Graf plötzlich heraus: »Was zum Teufel hatten Sie eigentlich vor, Lady Desdemona, als Sie sich einem gewöhnlichen Emporkömmling an den Hals warfen, der sich dann auch noch im Hause Ihrer Großmutter ermorden ließ und uns alle in einen Skandal übelster Sorte verwickelte?«

»*Skandal*? Werfen Sie das jetzt mir vor?« erwiderte Lady Desdemona empört. »Und was, darf ich wohl fragen, haben *Sie* sich dabei gedacht, Mylord Swithin, als Sie vor noch nicht einem Monat Ihren Handschuh dem armen Easton vor die Füße warfen, nur weil er die Ungehörigkeit beging, Ihre Geliebte vor meinen Ohren zu nennen!«

»Easton ist ein Narr«, erklärte der Graf verächtlich. »Er sieht mich mit einer verheirateten Frau im Park reiten und deutet die schlimmste Verleumdung an. Wenn ich bedenke, welchen Schaden der dumme Hund Mrs. Trevelyan zugefügt hat, dann hätte ich ihn töten sollen, als die Gelegenheit da war. Aber eine solche Rache ist selbst in einem Ehrenhandel unter meiner Würde. Da ich kein Verlangen danach hatte, wegen Easton außer Landes gehen zu müssen, habe ich den Kerl auf zwanzig Schritt Entfernung lediglich angeschossen.* Und wieso überhaupt Easton? Es ist doch nicht *Easton*, der mich nach Bath getrieben hat! Ihr Ver-

* Die Austragung von Duellen wie dem zwischen Oberst Easton und dem Grafen war zwar zu Jane Austens Zeit als Mittel zur Entscheidung eines Streites allgemein üblich, dennoch bereits illegal. Wurde ein Duellant tödlich verwundet, drohte dem Gegner eine Anklage wegen Mordes. Es war üblich, dem durch eine Flucht auf den Kontinent aus dem Wege zu gehen, doch seit sich England im Kriege mit Frankreich befand, waren diese Möglichkeiten im Schwinden. – *Die Herausgeberin.*

halten und Ihre Ungehörigkeit, Madam, haben meinen Ruf so beschädigt, daß ich gezwungen bin, eine Erklärung zu verlangen.«

»Und die werde ich Ihnen bestimmt nicht geben!« rief Lady Desdemona. Sie war bleich vor Zorn. »Ich wüßte nicht, auf welche Weise meine persönlichen Angelegenheiten einen Herrn *beschädigen* könnten, der meinem Interesse und meinem Glück so fernsteht wie Sie. Wenn ich jemals Ihre Meinung über die Bewohner von Laura Place wissen möchte, Sir, werde ich nicht versäumen, Sie danach zu fragen.«

»Sie mögen versuchen, mit Ihrem Trotz durchzukommen, Mona«, gab der Graf in warnendem Ton zurück, »aber Sie werden es nicht schaffen, wenn Sie Ihre Freunde beleidigen. Sie werden in den nächsten Wochen so viele brauchen, wie Sie nur aufbieten können. Denken Sie daran, wenn die Kleinmütigen Sie im Stich lassen. Ich könnte sehr viel für Kinsfell tun, wenn ich wollte. Sie täten gut, auch daran zu denken.«

»Ihre Sorge um meinen Bruder überwältigt mich, Lord Swithin«, bemerkte Lady Desdemona spöttisch. »Hätten Sie nicht die Absicht, aus dem Unglück des Marquis Ihren Nutzen zu ziehen, hätte ich fast geglaubt, Sie meinten es ehrlich.«

Der Graf verbeugte sich mit eisiger Förmlichkeit und wandte sich zur Tür der Loge.

»Was man auch von Richard Portal sagen mag«, schleuderte Lady Desdemona ihm nach, »er versuchte wenigstens den Gentleman zu *spielen* – in welcher Rolle Sie, Mylord, als bloße Karikatur erscheinen!«

Kapitel 7
Auftritt einer Naiven

13. Dezember 1804, Forts.

»Ach, Großmutter, wie ausgesprochen *widerlich* ist doch dieser Swithin!« seufzte Lady Desdemona verzweifelt, als der Graf uns verlassen hatte. »Daß ein Mann wie die Vornehmheit in Person aussehen und Verstand, Bildung und Weltkenntnis besitzen und doch so gänzlich *abscheulich* sein kann!«

»Er ist wirklich ein widerwärtiger Bursche«, antwortete die Herzoginwitwe und streichelte sie beruhigend. »Er möchte, daß wir alle ihn bis zum Wahnsinn fürchten und lieben, und das verzeiht ihm keiner.«

»Vielleicht«, meinte ich nachdenklich, »wenn er diese Bewunderung etwas weniger *erwarten* würde ...«

»Ich bin sicher, daß ich ihm keinen Grund zu einer solchen Erwartung gegeben habe«, erklärte Lady Desdemona fest. »Ich habe mich nach Kräften bemüht, ihm meine Gleichgültigkeit deutlich zu machen.«

»Und dadurch wirktest du so kratzbürstig wie eine Katze«, meinte die Herzoginwitwe. »Deine Bemerkung über sein Verbrecheralbum ging viel zu weit, mein Schatz. Ich sehe in der Loge der Swithins keine anderen Damen als seine Schwestern Louisa und Augusta. Du achtest viel zu sehr auf die Gesellschaft, in der er sich bewegt. Ich würde dir raten, meine arme Mona, daß das beste Mittel, einen Mann zur Weißglut zu bringen, was du ja wohl vorhast, immer noch darin besteht, ihn völlig zu ignorieren.«

»Das sollte wohl nicht schwierig sein«, gab ihre Enkelin zurück.

»Ach, Wren«, sagte die Herzoginwitwe, »da sind Sie ja endlich.«

Miss Wren stand mit dem Tuch Ihrer Gnaden im Arm erschöpft an der Tür der Loge, und so ließ man das interessante Thema der Herzensangelegenheiten Desdemonas fallen.

Die junge Dame selbst sank in ihren Sessel und verlor sich in die Betrachtung der leeren Bühne. Ich vermutete, daß sich ihre Gedanken in den Bahnen bewegten, die ihre hilfreiche

Großmutter vorgezeichnet hatte. Schließlich versuchte sie, mit einem Blick auf mich, sich in eine bessere Stimmung zu versetzen.

»Sie müssen mich für schrecklich zänkisch halten, Miss Austen! Ich habe mich eben so unhöflich wie nur möglich benommen. Ich merke, ich kann Swithin nicht sehen, ohne ihn gräßlich zu beschimpfen.«

»Ich kann nicht feststellen, daß sich Lord Swithin besser benahm, und an ihn muß man höhere Maßstäbe anlegen. Schließlich ist er gut zehn Jahre älter als Sie – und doch scheinen Sie ihn in die Zanksucht eines Schuljungen zurückversetzt zu haben!«

»Ich fürchte mich davor, ihm zu begegnen«, gestand Lady Desdemona. »Es ist äußerst peinlich, den Weg eines Mannes zu kreuzen, dem man einen Korb gegeben hat! Gerade um solche Szenen zu vermeiden habe ich London verlassen. Und nun kommt Swithin nach Bath! Welche Absicht mag er damit verfolgen?«

»Vielleicht hofft er, Sie davon zu überzeugen, welch glänzende Aussichten sein Antrag Ihnen bietet«, deutete ich vorsichtig an.

»Dann werde ich alles tun, was in meiner Macht steht, um ihm meine Gleichgültigkeit zu beweisen!«

»Indem Sie die Aufmerksamkeiten anderer Herren ermutigen, zum Beispiel?«

Sie fuhr erregt auf, als wolle sie protestieren, sank aber in ihren Sessel zurück. »Daran hatte ich gedacht«, murmelte sie.

»Und Sie erwählten Richard Portal als ihr Hauptziel?«

»Mr. Portal scheint allerdings Swithin richtig in Wut versetzt zu haben, nicht wahr? Das ist wirklich köstlich! Dieser widerwärtige Graf beschuldigt *mich*, ich hätte einen Skandal erregt – und das mit solch einem Mann!«

Jede Antwort, die ich hätte geben können, wurde dadurch abgeschnitten, daß Lord Harold in die Loge zurückkehrte und die Glocke die Fortsetzung der Aufführung ankündigte.

Als sich der Vorhang über den »Liebesschwüren« gesenkt und zur Befriedigung der Eitelkeit der Schauspieler wieder gehoben hatte und sich zuletzt endgültig vor dem Bild jenes verlassenen deutschen Dorfes schließen mußte, da stellte sich die Herzoginwitwe mit einiger Mühe und der Hilfe ihres Ebenholzstockes auf die Füße. »Wren!« rief sie. »Schnell! Beeilen Sie sich! Hinter die

Bühne bitte mit unseren Glückwünschen für Miss Conyngham! Lord Harold und ich folgen Ihnen.«

Ich hängte mich bei Lady Desdemona ein, und gemeinsam schritten wir auf die Treppe zu.

Was für eine hochragende Unendlichkeit kann sich hinter einem Bühnenvorhang verbergen! Was für sich wandelnde Welten auf gleitenden Kulissen, was für ein geschäftiges Treiben hin und her eilender Gestalten im Dienste des Stücks, welche Gerüche von Bienenwachs, Puder, Farbe und Parfüm! Ich stand an der Schwelle zu den Kulissen und empfand sie als die Grenze einer anderen Welt. Der demokratischsten Welt von allen – denn auf diesen bescheidenen Brettern kann sich jeder zur Größe erheben. Die Kunst verleiht einen Adel, den die bloße Geburt nicht kopieren kann, wie Mrs. Siddons und ihr Bruder bewiesen haben. Würde Maria Conyngham einmal einen ähnlichen Aufstieg nehmen und in Wort und Tat gefeiert werden? Oder würde sie als eine verlassene Schlampe enden, voller enttäuschter Hoffnungen und zerstörter Träume und Vergessenheit aus der Ginflasche trinkend?

»Euer Gnaden«, rief eine Stimme aus der Dunkelheit einer Kulisse.

Wir wandten uns um und entdeckten Hugh Conyngham, noch geschminkt und in Hofkleidung, ein beeindruckender Frederick. Er war schlank und geschmeidig und trug eine Perücke mit schwarzen Locken in der modischen Brutusfrisur; sein Mund schmollte etwas, und seine ruhelosen blauen Augen hatten die Farbe des Meeres. Er verbeugte sich förmlich, sprach aber kein weiteres Wort.*

»Unsere aufrichtigsten Glückwünsche, Mr. Conyngham«, rief die Herzoginwitwe mit dem ganzen Eifer einer Theaterliebhaberin. »Es wurde hervorragend gespielt, Sir: Sie machen unserem Kotzebue alle Ehre, meine ich.«

* Zu Jane Austens Zeit existierten die Theater nur mit Genehmigung des Monarchen. Demzufolge erwartete man, daß die Schauspieler und Schauspielerinnen Hofkleidung trugen, als befänden sie sich in der Gegenwart des Königs. In Theatern wie Covent Garden und Drury Lane ging man schon zu zeitgenössischer Kleidung über, aber sonst war es noch üblich. Männer mit Brutusfrisur trugen das Haar an den Schläfen nach vorn gekämmt wie die Römer zu Cäsars Zeit. – *Die Herausgeberin.*

»Und auch Mr. Portal, hoffe ich«, erwiderte der Schauspieler. Sein Blick war auf Lord Harold gerichtet, doch schien ihm an einer Vorstellung nichts zu liegen. Mir schien, als wünschte sich der Schauspieler überall zu sein, nur nicht in der Gegenwart des Wilborough-Clans.

»Ich bin Lord Harold Trowbridge«, führte sich der Schwerenöter gewandt ein. »Ich schließe mich den Glückwünschen meiner Mutter an. Für eine so tief in Trauer gestürzte Truppe haben Sie eine ausgezeichnete Leistung geboten. Ich war besonders beeindruckt von Miss Conynghams Spiel. Sie war so wenig von Trauer gezeichnet wie die Muse der Komödie selbst.«

»Das verdanke ich meinem künstlerischen Können, Mylord.« Maria Conyngham verließ eine kleine Gruppe von Schauspielerinnen am anderen Ende der Bühne und stellte sich neben ihren Bruder. Ihr Gesicht war gerötet und ihre Miene aufgebracht. »Ich würde Sie der gröbsten Anmaßung für schuldig halten, Mylord, wäre ich nicht schon gewohnt, sie von der Familie Trowbridge zu erwarten. Daß jemand von Ihnen es wagt, sich hier zu zeigen, *muß* ja Gerede nach sich ziehen, und wir stehen schon viel zu sehr im Licht der Öffentlichkeit!«

»Maria ...«

Sie brachte Hugh Conyngham mit einem Blick zum Schweigen. »Mein Bruder ist zu vornehm, um Ihnen Vorwürfe zu machen, Mylord. Aber ich erhebe keinen Anspruch auf eine so bewundernswerte Zurückhaltung. Ihre Familie hat uns in unser gegenwärtiges Unglück gestürzt, hat uns beinahe ruiniert – und dennoch drängen Sie uns Ihre Aufmerksamkeiten auf! Das ist nicht sehr freundlich von Ihnen, Sir, und kann nicht mit Höflichkeit beantwortet werden. Ich möchte Sie bitten, das Theater so schnell wie möglich zu verlassen. Jedes Kompliment von den Mördern Richard Portals ist eine Beleidigung seines Andenkens.«

Ihre braunen Augen glänzten vor Empörung und vielleicht auch sich sammelnden Tränen, aber die wunderbare Haltung ihres Kopfes – mutig, ungebeugt, entschlossen – hätte auch den Unverschämtesten gezähmt.

Lord Harold öffnete den Mund, um zu sprechen, mit einem seltsamen Ausdruck auf seinem Gesicht – aber in diesem Moment sprang Maria Conyngham vor und hatte die Trowbridges vergessen.

»Mylord!« rief sie und versank in einem vollendeten Knicks. »Sie erweisen uns eine große Ehre.«

Der Graf von Swithin schob sich an uns vorbei, den Blick auf die Schauspielerin gerichtet, einen Strauß Gewächshausblumen in der Hand. »Meine liebe Miss Conyngham«, sagte er lächelnd, »ich kann mich nicht erinnern, daß mich eine Theateraufführung jemals so glücklich gemacht hätte. Ihr Diener, Madam.«

Und vor den Augen der Herzoginwitwe, die völlig verblüfft war von den unzähligen Unhöflichkeiten, die an diesem Abend auf das Haus Wilborough niedergingen, nahm ihre bevorzugte Naive die Blumen mit einem Freudenschrei und einem feurigen Blick entgegen. Mr. Conyngham war jedoch über die Aufmerksamkeiten des Grafen weit weniger erfreut; er erblaßte, trat einen Schritt zurück und schluckte krampfhaft.

Aber alle Spekulationen mußten warten, denn neben mir war Lady Desdemona am Kochen. »Was für eine unerträgliche Unverfrorenheit!« murmelte sie und ballte die Fäuste in ihren zarten Handschuhen. »Was für eine jämmerliche Vorstellung!«

Ob sie damit die Schauspielerin oder den Grafen meinte, konnte ich nicht mehr feststellen, denn wenn es einen Zeitpunkt für einen weiblichen Zwischenfall gab, dann war er jetzt gekommen. Hinter uns hatte sich eine Schar von Gratulanten in den Kulissen gesammelt und mußte uns im nächsten Moment gänzlich überschwemmen.

Ich ging um Lord Harold herum und eilte mit gespielter Atemlosigkeit nach vorn, als wäre ich von der Nähe der Großen beinahe überwältigt, stürzte, Lobesworte hervorsprudelnd, auf Mr. Conyngham zu, trat auf den Saum meines neuen Kleides (solche Opfer muß eine Heldendarstellerin bringen) und fiel ihm jäh vor die Füße. Ein Entsetzensschrei und ein Griff an meinen Knöchel vollendeten das malerische Bild.

Ich wurde mit einem Chor von Ausrufen und dem sofortigen Absenden eines Souffleurjungen, der Kompressen und Eis holen sollte, belohnt. Maria Conyngham legte ihre Blumen beiseite und rang verzweifelt die Hände. Im Gesicht des Grafen von Swithin spiegelten sich Empörung und Verachtung, und Mr. Conyngham selbst trug mich in seine Garderobe, die am nächsten lag. Lady Desdemona Trowbridge folgte ihm auf dem Fuße.

»Ich hoffe, hier befinden Sie sich etwas wohler, Miss ...«

»Austen«, ergänzte ich in bescheidener Dankbarkeit, während mich Conyngham auf ein Sofa legte. »Ich weiß auch nicht, wie es kam, daß ich mir so fürchterlich den Fuß verrenkt habe. Aber ich war so hingerissen von Ihrer hervorragenden Darstellung, Sir – ich kann mir nur denken, daß das berauschende Erlebnis – meine *ungemeine* Freude an Kotzebue – mich ganz aus dem Gleichgewicht gebracht haben. Ich werde mich erst wieder ins Theater wagen, wenn ich meine Gefühle besser zu beherrschen gelernt habe.«

Hugh Conyngham kniete bei meinen Füßen nieder, dann zögerte er. »Ist es gestattet, zu prüfen, ob ein Knochen gebrochen ist?« fragte er.

»Ich glaube nicht, daß das nötig ist, Sir«, schaltete sich Lady Desdemona ein. »Wir werden uns um Miss Austen kümmern, sobald wir sie in die Kutsche gebracht haben. Mein Onkel holt sie gerade, glaube ich, und läßt sie an dem Ausgang vorfahren, der den Kulissen am nächsten ist.«

Das gute Kind! Diese Unwahrheit wurde notwendigerweise in aller Unschuld geäußert, aber ich war mir sicher, daß Lord Harold seinen Plan ausführte, das Büro Mr. Portals zu durchsuchen. Ich mußte Hugh Conyngham um jeden Preis noch länger festhalten.

»Wenn ich etwas Wasser bekommen könnte, Sir«, sagte ich mit meiner schwächsten Stimme.

»Natürlich – Smythe! Sie da – Smythe!«

Die Tür wurde aufgerissen, und ein mächtiger, bärtiger Kerl betrat den Raum. Wohl kaum ein Schauspieler, denn ihm fehlte selbst das bißchen Benehmen, über das ein Schauspieler verfügen mußte, vielleicht ein Bühnenarbeiter, der Kulissen zimmerte. Smythe sah erst Conyngham, dann mich und schließlich Lady Desdemona mit dem bösartigsten Ausdruck an, und ich fuhr unter seinem Blick unwillkürlich zusammen. Denn der Mann bot einen höchst seltsamen Anblick, weil er ein braunes und ein blaues Auge hatte. Vor hundert Jahren hätte man das als ein Teufelsmal bezeichnet, und in den abgelegeneren Dörfern des Landes betrachtete man es wohl heute noch so.

»Ein Glas für die Dame. Schnell, Mann!«

Smythe drehte sich wortlos um und schlug die Tür hinter sich zu.

»Und jetzt fällt mir ein – vielleicht auch etwas Brandy?« rief Mr. Conyngham.

»Der Schmerz geht wirklich durch und durch. Ein bißchen könnte vielleicht nicht schaden ...«

»Ich müßte hier noch eine Flasche bei der Hand haben, irgendwo in diesem Chaos von Requisiten.« Er suchte in den Stapeln von Theaterzetteln und Degen, Pferdeköpfen und Königszeptern herum, die den winzigen Raum ausfüllten. Lady Desdemona saß trostlos neben mir und war mit ihren Gedanken weit entfernt.

Der Graf und Miss Conyngham, stellte ich fest, hatten es nicht für angebracht gehalten, uns in die Garderobe ihres Bruders zu folgen. Der Mann namens Smythe kehrte jedoch zurück, stellte geräuschvoll mehrere Gläser auf einem kleinen Tisch ab und verließ uns schnell wieder.

»Ausgezeichnet«, erklärte Mr. Conyngham und hob eine Flasche. »Die letzte aus meinem Vorrat aus Frankreich. Brandy, Miss Austen?«

Ich nahm ein Glas aus seiner ausgestreckten Hand. »Es ist sehr freundlich von Ihnen, daß Sie sich solche unendliche Mühe mit mir geben, Mr. Conyngham, und das inmitten all Ihrer Prüfungen und Kümmernisse. Die Truppe ist vermutlich tief niedergeschlagen über Mr. Portals trauriges Hinscheiden?«

»Wie könnte es anders sein?«

»Selbstverständlich. Eine schreckliche Geschichte. Wie ich höre, geschah es völlig unvermutet?«

»Aber natürlich, Madam! Welche andere Möglichkeit gäbe es denn in einem solchen Fall?«

Ich zuckte die Achseln und nippte an meinem Brandy. »Wenn jemand ermordet wird, kann man annehmen, daß er einen Feind gehabt hat.«

»Einen mindestens, dessen können wir sicher sein«, antwortete der Schauspieler mit einem schmerzlichen Blick auf Lady Desdemona.

Sie errötete heftig. »Wenn Sie damit meinen Bruder, den Marquis, meinen, Mr. Conyngham, muß ich feststellen, daß Sie sich irren. Lord Kinsfell ist völlig unschuldig.«

»Ich frage mich, Sir, ob Sie für Lady Desdemona und mich nicht einige Dinge klarstellen könnten«, sagte ich mit einem verschwörerischen Lächeln. »Sie standen doch sehr günstig, als der Mord geschah, nicht wahr? Denn während *wir* auf Sie schauten und Ihrer Deklamation lauschten – die übrigens bewundernswert war, wie jede Ihrer Darbietungen –, blickten *Sie* in das Vorzimmer. Sahen Sie noch jemand anderen als Lord Kinsfell dort hineingehen, bitte?«

Er wurde blaß und richtete den durchdringenden Blick seiner blauen Augen auf mein Gesicht, als wolle er meine Gedanken lesen, dann schüttelte er den Kopf. »Nein.«

»Wie schade. Vielleicht sollten wir Ihre Schwester danach fragen. Aber ich vermute, sie ist im Augenblick mit dem charmanten Grafen beschäftigt. Sie kennen sich wohl schon länger, nehme ich an, denn Lord Swithin ist ja erst kürzlich nach Bath gekommen. *Hier* kann er Miss Conyngham nicht kennengelernt haben.«

»Nein – das heißt – ich glaube, sie wurden im vorigen Sommer in Ramsgate miteinander bekannt«, erwiderte Mr. Conyngham und zog sich zur Tür zurück, »und ich danke Ihnen, daß Sie mich an meine Pflicht erinnert haben. Ich darf nicht versäumen, dem Grafen für seine Aufmerksamkeit zu danken, und die Pantomime wird auch gleich beginnen. Verzeihen Sie, wenn ich Sie verlasse, Miss Austen, und nehmen Sie meine besten Wünsche für eine schnelle Genesung entgegen ...« Und damit flüchtete er aus dem Zimmer.

»Ach, wo bleibt denn nur mein Onkel?« rief Lady Desdemona. »Hat man je einen so gräßlichen Abend erlebt? Ich brenne darauf, von hier wegzukommen!«

»Und das sollst du auch, Mona, nur noch eine kleine Weile«, sagte Lord Harold, der gerade in der Tür auftauchte. »Die Kutsche fährt eben jetzt herum zum Bühneneingang, und ich bringe Miss Austen nun dorthin.«

Meinem forschenden Blick entging es nicht, daß seine halb verdeckten grauen Augen vor Befriedigung funkelten. Also hatte er im Büro des Direktors etwas Wertvolles entdeckt.

»Legen Sie mir die Arme um den Hals«, flüsterte er, während er mich aufhob, »und denken Sie gar nicht erst daran, zu erröten. Das wäre zuviel an Verstellung, meine Liebe, selbst für jemanden mit Ihren beträchtlichen Talenten.«

»Was für eine ausgedehnte Korrespondenz unser Mr. Portal aber auch führte.« Lord Harold ergriff die Leinen, nickte dem Jungen zu, der die Pferde an den Zäumen hielt, und setzte das Gespann in Bewegung. Wir hatten gerade so lange in den Kulissen gewartet, bis der größte Teil der heimflutenden Menge fort war, und nun war die Orchard Street einigermaßen frei. »Übrigens, Sie sind doch nicht wirklich verletzt, hoffe ich?«

»Nur in meinem Stolz, kann ich Ihnen versichern. Morgen früh können wir die Sache herunterspielen, und ich werde sagen, daß sich mein Knöchel wesentlich gebessert hat dank der sofortigen Bemühungen Mr. Conynghams und seines zufällig vorhandenen Brandys.«

»Er kümmert sich mehr um Fremde als seine Schwester.«

»Allerdings. Sie war von den Aufmerksamkeiten ihrer Freunde in Anspruch genommen – und vor denen scheint sich Mr. Conyngham etwas zu scheuen.«

Ein schneller, scharfer Blick voller Interesse. »Sie meinen, er sei kein Freund des Grafen?«

»Ich meine, daß er sich in Lord Swithins Gegenwart sehr unbehaglich fühlt. Er trat dem Herrn bestimmt nicht unbefangen gegenüber, und ich glaube, er fürchtet den Einfluß des Lords auf Miss Conyngham. Ich erkundigte mich zufällig, wann die beiden miteinander bekannt wurden, und meine Neugier stürzte Mr. Conyngham in solche Verwirrung, daß er eilends den Raum verließ.«

»Sie setzen mich in Erstaunen, Miss Austen. Ich hatte Mr. Conyngham nicht beobachtet, als der Graf eintrat.«

»Natürlich nicht. Ihr Blick war auf die Dame gerichtet.«

Lord Harold schien antworten zu wollen, stockte aber und nahm Zuflucht zum Lockern der Leinen.

Also war ihm Maria Conyngham nicht gleichgültig. Zu meiner äußersten Überraschung und Verärgerung spürte ich, wie ein leiser Schauer von Eifersucht mein Rückgrat entlanglief.

»Ich nutzte die Gelegenheit, um Hugh Conyngham zu fragen, ob er gesehen habe, daß mitten in seinem Vortrag jemand das Vorzimmer betrat, und aus seiner entsetzten Reaktion schließe ich, daß es so war, aber es erfordert eine größere Kunst als meine, ihn vom Leugnen abzubringen. Aber erzählen Sie mir bitte vom Büro des Direktors – was haben Ihre Nachforschungen dort erbracht?«

»Es war so, wie ich es vermutet hatte«, erklärte Lord Harold befriedigt. »Der Friedensrichter hat so wenig an seine Existenz gedacht, wie er zum Mond gereist ist. Ich kann nicht behaupten, ich wäre der erste gewesen, der sich dort hineingewagt hat, aber ich darf mich dazu beglückwünschen, daß ich die kleinen Requisiten bei mir hatte, die erforderlich waren.«

»Ich verstehe Sie nicht, Mylord.«

»Ich vermute, daß einige aus der Truppe schon Mr. Portals persönliche Habseligkeiten durchgegangen sind. Es wäre in der Tat erstaunlich, wenn sie dieser Versuchung nicht nachgegeben hätten. Einige versuchten sich an seiner Geldkassette, die die Zeichen entschieden naiver Bemühungen an ihren Schlössern trägt, allerdings ohne Erfolg, denn es ist ein mächtiges Ding und ganz unangreifbar, während andere zwischen den Büchern und Papieren herumstöberten, die er offen liegen ließ. Ich hätte Zeit gebraucht, um den Schaden gründlich zu ermessen, und die hatte ich eben nicht, also richtete ich meine Anstrengungen auf Mr. Portals raffinierten kleinen Schreibtisch.«

»Seinen Schreibtisch! Aber hatten sich nicht schon andere darangemacht?«

»Möglicherweise. Aber ich allein besitze die Mittel, ihn zu öffnen.« Lord Harold nahm die Leinen in die linke Hand und suchte mit der rechten in der Tasche seines Wintermantels. Ein schmaler eiserner Ring landete in meinem Schoß.

»Eine Anzahl von Dietrichen, meine liebe Miss Austen«, erklärte er triumphierend. »Man sollte niemals ohne sie verreisen. Es ergeben sich immer wieder Gelegenheiten, in denen dieses einfache Werkzeug Gold wert ist. Und das war es heute abend bestimmt.«

»Ihre vielseitigen Begabungen setzen mich in Erstaunen, Mylord«, erwiderte ich mit bewußter Ironie. »Kann irgendeine Heimlichkeit beanspruchen, Ihrem forschenden Geist unzugänglich zu sein?«

»Wenn sie der Tugend entspringt, dann vielleicht«, gestand er. »Aber ich würde Ihnen raten, niemals eine absichtliche Täuschung bei mir zu versuchen, meine liebe Miss Austen, denn von meinen Verbündeten verlange ich die rückhaltlose Wahrheit.«

Etwas in seinem Ton – eine härtere Note, als ich sie gewohnt war – ließ mich ihm ins Gesicht schauen.

Im schwachen Licht des von Wolken bedrängten Mondes waren seine scharfen Züge nicht zu deuten, sie waren so starr wie eine Totenmaske.

»Also haben Sie den Schreibtisch geöffnet?«

»Er hatte ein ausgezeichnetes Schloß – ein französisches, glaube ich –, und ich mußte fünf verschiedene Dietriche probieren, aber schließlich gab es nach.«

»Dann lassen Sie mich schnell an Ihren Entdeckungen teilhaben, Mylord! Wir sind schon fast bei den Green Park Buildings angekommen!«

Lord Harold gestattete sich ein kurzes belustigtes Schnauben, denn in Wahrheit hatten wir gerade erst die Cheap Street erreicht, und ringsum glühten die Lichter des White Hart. »Ich hatte das Glück, Miss Austen, ein verschnürtes Bündel zu finden, das auf den ersten Blick harmlos aussah. Eine schnelle Durchsicht des Inhalts zeigte jedoch, daß es Kopien von Mr. Portals Briefen enthält. Ich konnte nur kurz darin blättern, aber ich sah, daß viele davon an einen Herrn unserer Bekanntschaft adressiert sind.«

»Spannen Sie mich bitte nicht auf die Folter.«

»An den Grafen von Swithin.«

»Von dem wir wissen, daß er sich große Sorgen um gewisse Briefe macht. Und was teilt ihm Mr. Portal darin mit?«

»Das kann ich erst sagen, wenn ich die Dokumente im Zusammenhang gelesen habe. Nach dem Klang von Portals Worten scheint es mir jedoch, daß sie alle einen Hauptzweck verfolgen: auf Geld als Lohn der Verschwiegenheit zu drängen.«

»Ein Erpresser, wie Sie vermuteten.«

»Konnten Sie daran zweifeln?«

»Aber wie niederträchtig!«

»Sagen Sie lieber *gewöhnlich,* dann stimme ich Ihnen völlig zu.«

»Dann haben wir unseren Mann!« erklärte ich in plötzlicher Hoffnung. »Es ist der Graf, der den Tod Portals geplant haben muß – und die größten Befürchtungen hegt, daß diese Briefe entdeckt werden! Das also war die Bedeutung seines dringenden Auftrags an Hugh Conyngham, den ich selbst gestern in der Trinkhalle mitangehört habe.«

»Nicht so hastig bitte, meine Liebe«, ermahnte mich Lord Harold. »In den Seiten des Bündels werden noch andere in schlechten Ruf gebracht. Mein Neffe Lord Kinsfell gehört auch dazu.«

»Aber was sollte denn Mr. Portal Schlimmes über Ihren Neffen gewußt haben?« rief ich und versuchte zu spät, die unvorsichtige Äußerung zu unterdrücken. »Verzeihen Sie, Lord Harold. Die Angelegenheiten des Marquis gehen mich nichts an.«

In der Dunkelheit neben mir neigte er sein silbergraues Haupt. »Ich fürchte jedoch sehr, daß sie *meine* ganze Aufmerksamkeit erfordern. Wenn Simon übel darin verwickelt ist, werde ich nicht ruhen, bis ich das Ganze durchschaue. Aber vielleicht hat er seine Meinung über sein Schweigen geändert, und ich erfahre noch vor der morgigen Verhandlung etwas Günstiges.«

Ich verfiel in Nachdenken über Leichenschauen und den flotten Mr. Portal, seine fröhliche Miene, seine Vorliebe für Wein und seine unbegrenzte Geselligkeit. Daß sich hinter diesem offenherzigen Äußeren das Herz eines Erpressers verbergen sollte! Das beunruhigte mich sehr und bestätigte meine allgemeine Beobachtung der Menschen: Daß die, die viel zu durchschaubar erscheinen, insgeheim von Bosheit verzehrt werden.

»Das Bündel Briefe stellt sicher schon einen Schatz dar, aber ich hatte das Glück, noch einen anderen interessanten Fund zu machen«, fuhr Lord Harold mit einem Blick in meine Richtung fort. Er lenkte das Karriol vorsichtig um die Ecke der Charles Street in die Seymour Street hinein, und im Hintergrund tauchte die Masse der Green Park Buildings auf. »Einen kleinen ledergebundenen Band, in dem ich nach einem flüchtigen Blick das Kontobuch Mr. Portals vermute.«

»In dem er sicherlich die Ergebnisse seiner Korrespondenz verzeichnet hat.«

»Ja, darauf hoffe ich.«

»Und Sie haben das alles mitgenommen?«

Lord Harold klopfte auf die Brusttasche seines Wintermantels. »Hier habe ich es. Den größten Teil der Nacht werde ich mit den Abrechnungen des Direktors verbringen.« Er ließ die Pferde im Schritt gehen und hielt vor meinem Hause an.

»Ich möchte wünschen, Sir, daß Ihre Bemühungen Ihnen mehr Nutzen bringen als dem unglücklichen Direktor«, sagte ich leichthin, als ich ihm die Hand reichte. Er half mir vom Tritt des Karriols herunter, doch sein Gesicht war plötzlich ernst geworden.

»Wünschen Sie mir lieber viel Mut, Miss Austen. Ich habe Angst vor dem, was ich da finden mag. Denn wenn wir die Pandorabüchse einmal geöffnet haben, können wir sie nicht wieder zumachen.«

Kapitel 8
Der gefährliche Mr. Lawrence

Freitag, 14. Dezember 1804

Ich verbrachte den ersten Teil dieses Vormittags – des Tages der Verhandlung gegen Lord Kinsfell – mit dem Abfassen meines Berichts über den gestrigen Abend im Theatre Royal und dem Eintragen in mein kleines Buch. Ich hatte jedoch beschlossen, einige Stunden nach dem Frühstück der Gesellschaft meiner Schwester Cassandra zu widmen und dabei eine Flanellweste zu besticken, die ich meinem Vater zu Weihnachten schenken wollte. Ich besitze ein beträchtliches Geschick in der Flachstickerei und kann meine Arbeiten ohne Zögern oder Erröten dem größten Kenner vorlegen, und wenn ich auch im allgemeinen Flanell verabscheue, so ist doch die Feuchtigkeit im Januar in Bath so durchdringend – und die Gesundheit meines Vaters so angegriffen –, daß kein anderer Stoff in Frage kam. Also nahm ich meinen Handarbeitskorb und suchte meine Schwester in dem kleinen Ankleidezimmer auf, das neben unseren Schlafzimmern liegt.

Cassandra saß über eine selbst entworfene Musselinhaube gebeugt, die für meine Mutter bestimmt ist.

»Du hast also nicht viel von den ›Liebesschwüren‹ gehalten«, erkundigte sich meine Schwester, »obwohl die Conynghams gestern abend in großer Form waren?«

»Vor mir aus hätte die ganze Truppe schwänzen können, Cassandra, und ich glaube, das weißt du auch. Ich mag Kotzebue nicht.«

Cassandra antwortete nicht darauf und hielt die Augen auf die Haube gerichtet. Ihre Nadel flog nur so. »Lord Harold ist ein sehr – ein sehr imponierender Herr.«

»Imponierend? Ja, das ist er wohl bei flüchtiger Bekanntschaft. Aber mit der Zeit werden seine Manieren lockerer.«

»Sind sie denn auch angenehm, Jane?« Meine Schwester musterte mich mit einem Blick, der zugleich bittend und enttäuscht war. »Sind sie derart, daß sie deine Zuneigung wecken könnten?«

»Meine Zuneigung! Aber Cassandra, ich kann mir nicht vorstellen, daß Lord Harold meine Zuneigung zu seinem Wohlbefinden benötigt. Er ist sich selbst genug ...«

»Warum nimmst du dann seine Einladungen an? Warum suchst du seine Gesellschaft? Das ist weder für dein Herz gut noch für deinen Ruf, Jane. Er ist ein Mann, über den von der Welt im allgemeinen alles Schlechte gesagt werden kann und auch gesagt worden ist. Man beschuldigt ihn der übelsten Vergehen in allen möglichen Dingen, des Ehebruchs, des Betrugs und sicherlich auch des Landesverrats!«

»Wohl kaum des Landesverrats, Cassandra«, bemerkte ich sanft, »denn sonst würde ihn nicht die Regierung mit Aufträgen betrauen, die zu heikel sind, als daß man darüber sprechen dürfte. Zu allem anderen kann ich nichts sagen. Es stimmt, daß er in Ehrenhändeln als ein gefürchteter Gegner gilt, und solche Duelle werden selten ohne triftigen Grund ausgetragen.«

»Wie kannst du nur so leichtfertig reden, Jane! Ich glaube allmählich, daß ich meine eigene Schwester nicht kenne!«

Ich sehnte mich in diesem Augenblick nach Elizas viel weitherzigerer Stimmung. Cassandras Tugendhaftigkeit grenzt mit zunehmendem Alter schon an Prüderie, und so ehrbar die Motive meiner Schwester in diesem Fall auch waren, so erinnerten doch ihre Methoden an das Schulzimmer.

»Und du weißt, daß er weit über unserem Stande steht«, beharrte sie. »Für so einen hohen Herrn kann eine *Miss Austen* lediglich Gegenstand einer Liebelei sein. Du bist zu klug, um dich zum Narren zu machen, meine Liebe, wenn auch seine Stellung dir Befriedigung verschafft und seine Aufmerksamkeit deiner Eitelkeit schmeichelt. Du weißt, welchem Schicksal du dich aussetzt: Von der Welt wegen enttäuschter Hoffnungen oder wegen Schlimmerem verachtet zu werden.«

»Cassandra! Das sind schwere Vorwürfe! Von wem kannst du denn Schlimmes über Lord Harold gehört haben?«

»Von dir selbst, Jane. Erst vor zwei Jahren.«

Diese grausame Wahrheit verschloß mir den Mund.

»Es gab eine Zeit, erinnere ich mich, als du ihn ohne Bedenken als den schlechtesten Menschen im ganzen Land bezeichnet hast«, fuhr Cassandra fort. »Haben dich seine Vornehmheit und sein Reichtum so verblendet? Hast du solche Angst, als alte Jungfer zu enden, Jane, daß du dir die Achtung der Menschen verscherzt, die dich lieben, nur um am Arm eines solchen Mannes zu gehen?«

»Meine Liebe …« Damit legte ich die Weste beiseite. »Erstens zweifle ich sehr daran, daß Lord Harold beabsichtigt, mich zum Gegenstand einer Liebelei zu machen. Er sucht meine Gesellschaft lediglich im Interesse seiner Nichte, die nicht viele Bekannte in Bath hat und sehr unter dem gegenwärtigen Unglück ihres Bruders leidet. Ich kann dir versichern, daß ich für Lord Harold kein wärmeres Gefühl hege als Freundschaft. Ich habe mit der Zeit gelernt, ihn zu achten, und zwar aus Gründen, über die ich nicht sprechen kann, und wenn die Welt in unaufgeklärter Ignoranz gegenüber seinem anständigen Charakter verharren will, dann Schande über die Welt!«

»Aber aus solcher Ignoranz heraus, Jane, wird die Welt dich in ihre Verachtung einschließen. Deine warmherzige Natur und deine impulsive Zuneigung haben dich schon früher irregeleitet, und du hast es bereut. Sind denn die Freuden einer überfüllten Abendgesellschaft oder eines mäßigen Theaterstücks im Glanz der Loge der Wilboroughs das Risiko einer solchen Verurteilung wert?«

Sie ließ sich nicht überzeugen. Für sie war schon der bloße Name Lord Harolds von Übel, und ich gab es auf.

»Wir müssen dabei bleiben, Cassandra, daß wir zu diesem Thema unterschiedlicher Ansicht sind. So lange wie mein Vater und meine Mutter die Gesellschaft Lord Harolds nicht verurteilen, werde ich sie weiterhin dankbar annehmen, und ich hoffe, daß eine nähere Bekanntschaft mit dem Herrn auch deine Achtung und Wertschätzung für ihn erhöhen werden.«

»Das wird wohl kaum möglich sein, Jane – denn ich habe nicht die Absicht, mit Lord Harold näher bekannt zu werden.« Bei diesen Worten riß sie ihren Faden heftig entzwei, warf die Haube beiseite und verließ das Zimmer.

Noch später am Tag wunderte ich mich über das Benehmen meiner Schwester, während ich auf die Pulteney Bridge zuschritt. Im schwachen Licht einer unbeständigen Sonne nahmen die Kalksteinfassaden von Bath einen hellen Gelbton an. Die Stadt zeigte ein mattes, wie von der Ruhr gezeichnetes Gesicht, als habe sie sich zu lange in einem ungesunden Klima aufgehalten. Aber ich muß gestehen, daß ich keine feurige Bewunderin von Bath bin und seine Schönheiten mir niemals im rechten Licht erscheinen. Mein Herz stemmte sich vom ersten Augenblick an dagegen, als wir hier Wohnung nahmen, und ich habe die Gewohnheiten und Frivolitäten des Kurorts nun fast vier Jahre ertragen wie andere ein Exil. Auf dem Lande lebe ich am glücklichsten, die Bräuche eines einfachen Lebens passen am besten zu meiner zurückhaltenden Art, doch solange mein Vater lebt, werden wir in Bath bleiben. In dieser Stadt hat er meine Mutter geheiratet, und hier haben sie die erste Zeit als Mann und Frau verbracht, deswegen hat George Austen mit dem Rest seiner schwindenden Kräfte Zuflucht in Bath gesucht, so wie andere Zuflucht zu ihrer Kindheit nehmen.

Ich erreichte die Brücke und nahm mir keinen Augenblick Zeit für ihre Geschäfte, sondern blickte über die Schulter zurück auf die Berge und die verschlungenen Halbmonde der Straßen, dann wandte ich mich dem Laura Place und dem Wohnsitz der Herzoginwitwe zu. Cassandra würde schaudern, wenn sie mich hier sähe, das wußte ich, aber woher kam ihre entschiedene Mißbilligung? Aus einer lobenswerten Besorgnis um mein Ansehen in der Welt oder aus Neid und der Furcht, verlassen zu werden? Wir waren in der größten Liebe und Freundschaft aufgewachsen – meine Mutter hatte in unserer Kindheit oft gesagt, wenn man Cassandra den Kopf abschlüge, würde ich darum bitten, mit mir dasselbe zu tun –, und jedes Anzeichen einer Unstimmigkeit in unseren Meinungen und Gedanken war in höchstem Maße beunruhigend. Aber vielleicht hatte das Phantom von Lord Harold – von seiner hohen Stellung, die mich völlig verblendete – bewirkt, daß Cassandra ihren Sinn änderte?

Ich hatte mich für diesen Gang nach Laura Place sorgfältig gekleidet, mit einem rosenroten Musselinkleid und einer kurzen Jacke, die mir recht gut standen. Ich meinte, daß die sehr höfliche Anteilnahme Lady Desdemonas am vorigen Abend und die Leutseligkeit der ganzen Familie Trowbridge eine ähnliche Anstrengung meinerseits verdient hatten, indem ich ihnen zur frühesten schicklichen Zeit einen Vormittagsbesuch abstattete. Ich muß allerdings gestehen, daß ich auch auf den Verlauf der Leichenschau und auf Einzelheiten über das weitere Schicksal Lord Kinsfells gespannt war. Da es nun fast ein Uhr war, glaubte ich Lady Desdemona mit Sicherheit zu Hause und auf Besucher eingerichtet zu finden. Also holte ich tief Atem und zog die Türglocke.

Im Tageslicht erwies sich der Wohnsitz der Herzoginwitwe als ein prächtiges Gebäude aus Cotswoldstein, ohne Zweifel von Baldwin erbaut und so gut instandgehalten, wie es reichliche Mittel eben erlauben.* Das Innere fand ich jedoch so, wie ich es von der verhängnisvollen Abendgesellschaft her in Erinnerung hatte, allerdings viel angenehmer ohne die Hitze und die Fülle von Menschen.

Ich reichte einem Diener meine Karte und fragte, ob die Dame zu Hause sei. Er ging und kehrte sehr schnell zurück, gefolgt von Lady Desdemona in Person. Sie war gekleidet wie für einen Ball, in einem bestickten weißen Musselinkleid, rosa Tanzschuhen und langen seidenen Handschuhen. In ihrem Haar glitzerten Brillanten. Es hätte mich sehr überrascht, wenn sie an diesem Vormittag mit einer Silbe an die Verhandlung ihres Bruders gedacht hätte.

»Miss Austen! Und ganz wiederhergestellt von Ihrem Mißgeschick gestern abend!« rief sie lebhaft. »Wie wundervoll! Sie kommen gerade zur rechten Zeit, um Mr. Lawrence zuzusehen!«

»Mr. Lawrence?«

»Dem Maler! Er ist oben im Salon und mit meinem Porträt beschäftigt.«

Ich errötete verwirrt. »Ich hatte keine Ahnung, daß mein Besuch der Familie so ungelegen käme, Lady Desdemona. Bitte lassen Sie sich durch mich nicht stören! Ich möchte Ihnen nur meinen herzlichen Dank aussprechen für das Vergnügen des gestrigen Abends und für Ihre angenehme Gesellschaft. Ich besuche Sie ein andermal wieder, wenn die Zeit günstiger ist dafür.«

»Unsinn! Sie könnten mich etwas unterhalten, während er malt! Es ist schon das Alleräußerste an Langeweile, muß ich sagen, wenn man stundenlang dieselbe Stellung einnehmen muß. Bestimmt

* Der führende Architekt von Bath war John Wood (1704–1754). Er und sein gleichnamiger Sohn (gestorben 1782) erdachten und erbauten die Hauptzüge der Stadt, die Halbmonde von Häusern aus gleichem Material, die so angelegt waren, daß sie wie ein einziger großer Besitz aussahen. Laura Place wurde jedoch erst lange nach der Zeit der Woods im Jahre 1788 erbaut, nach Plänen von Thomas Baldwin. – *Die Herausgeberin.*

juckt einen mal die Nase, und man darf dem Drang auf keinen Fall nachgeben. In solchen Dingen ist Mr. Lawrence äußerst streng – ich traue mich nicht, mich nur einen Zoll zu bewegen! –, und er kann *solch* eine spöttische Miene aufsetzen. Ich gestehe«, fügte sie in einem verschwörerischen Flüstern hinzu, »daß er mich ganz verrückt macht mit seinem durchdringenden Blick.«

Und damit wandte sie sich um und eilte die Treppe hinauf, und ich sah mich genötigt, ihr zu folgen.

Ich hatte natürlich schon von Mr. Thomas Lawrence gehört. Ich hatte mir sogar seine gefeierten Porträts angesehen, als ich die Ausstellungen der Royal Academy in den letzten Jahren mit Henry und Eliza besuchte. Wer könnte sein Porträt der Königin vergessen oder das der Schauspielerin Elizabeth Farren oder gar das von Sarah Siddons? Dies sind vielleicht seine berühmtesten Bilder, aber auch viele weniger bekannte Köpfe hatten sich dem Blick von Lawrence gestellt und waren als ihr erkennbares Selbst auf der bescheidenen Leinwand wieder erschienen. Plötzlich wünschte ich mir Cassandra herbei, die als einzige von den Austens ein Zeichentalent besitzt. Sie hätte von der Begegnung mit dem großen Mann profitieren und die Art seiner Pinselführung studieren können.

»Mr. Lawrence«, sagte Lady Desdemona, als sie das Zimmer betrat, und zu meiner Überraschung erwies sich der Angeredete als ein recht junger Mann von angenehmer Gestalt und mit einem vornehmen Kopf, vielleicht kaum über dreißig.* Ich hatte angenommen, daß Ruhm in der Welt der Kunst an vorgerückte Jahre, wenn nicht sogar an das Greisenalter gebunden wäre, und man sah mir mein Erstaunen am Gesicht an. Mr. Lawrence trug einen sehr schönen Wollrock, sehr moderne Hosen, eine sorgfältig geknüpfte Halsbinde und einen Kragen von mäßiger Höhe – und das letztere wies ihn in meinen Augen als einen Mann von gesundem Verstand aus. Er hätte eher ein Bewerber um die Hand Lady Desdemonas sein können als ein Maler von Ölgemälden, und mir wurde plötzlich klar, daß ein Mitglied der Royal Academy, das die ganze Welt nur zu gern engagieren möchte, einen

* Thomas Lawrence (1769–1830) war im Jahre 1804 allerdings schon fünfunddreißig. Jane Austen beschreibt zwar seinen vornehmen Kopf, und ein erhaltenes Selbstporträt zeigt ihn als sehr gutaussehend, doch später wurde er kahl. – *Die Herausgeberin.*

eigenen Rang besitzt, der dem Burschen fehlt, der gewohnt ist, Wirtshausschilder zu malen oder das erfolgreiche Rennpferd eines Landadligen auf die Leinwand zu bringen.

»Miss Austen, darf ich Ihnen Mr. Thomas Lawrence vorstellen. Mr. Lawrence, meine Freundin Miss Austen.«

»Es ist mir eine Freude, Madam.« Er verbeugte sich kurz und wandte sich wieder seiner Staffelei zu. »Lady Desdemona, ich wäre Ihnen sehr dankbar, wenn Sie wieder Ihren Platz einnehmen würden. Ich bin nie mit einem Überfluß an Zeit gesegnet und habe heute schon mehr davon verbraucht, als unbedingt nötig gewesen wäre.«

»Aber natürlich, Sir«, erwiderte die Dame mit unterdrückter Heiterkeit und setzte sich in einen Sessel.

»Wenden Sie sich etwas nach links – von *mir* aus links, Lady Desdemona – heben Sie das Kinn an – und nun schauen Sie mich bewundernd an, als wäre ich der einzige Mann, den Sie jemals schätzen könnten – ja, so ist es hervorragend ...« Und mit diesen Worten griff Mr. Lawrence nach einem Kohlestift und ließ seine Hand schnell über die Leinwand gleiten.

Ich war darauf gefaßt, mich einige Zeit geziemend still zu verhalten, aber es dauerte nur wenige Minuten, bis ich eine erste Andeutung der Gestalt Lady Desdemonas erkennen konnte. Es war atemberaubend, diesen Mann zu beobachten, so mühelos, so sicher arbeitete sein Stift, und das Ergebnis war außerordentlich. Während die Tochter des Herzogs mit einem gefrorenen Lächeln dasaß und nur die Augen bewegte, wenn es wirklich nötig war, erfaßte der Meistermaler sozusagen ihren Geist. Vielleicht zwanzig Minuten vergingen, dann gab Mr. Lawrence sie frei.

»Das genügt für heute, Mylady«, verkündete er und trat einen Schritt zurück, um seine Leinwand zu betrachten. »Es würde nicht besser, wenn ich noch zwei Wochen daran arbeiten würde.«

»Aber malen Sie mich denn nicht in Öl?«

»Lady Desdemona«, sagte Mr. Lawrence im Ton größter Nachsicht, »es ist nicht meine Gewohnheit, ein Porträt so schnell fertigzustellen, wie Sie es wünschen. Ich bin viel zu sehr mit Aufträgen überhäuft. Ich bin zu Ihnen gekommen von niemand Geringerem als der Prinzessin von Wales, deren Porträt jetzt gerade in ihrem Salon in Blackheath trocknet; morgen muß ich in London einen Herrn meiner Bekanntschaft aufsuchen und noch vier oder fünf andere dazu, und dann gibt es da noch eine endlose Reihe von Kleinkindern, die auch nicht jünger werden, fürchte ich, bevor ich sie porträtiere. Das Journal, in dem ich meine Aufträge verzeichne, ist so lang, muß ich gestehen, daß ich mich frage, ob irgend jemand in England nicht darin steht! Sie haben das halbe Honorar bezahlt, ich habe die Vorzeichnung gemacht, und zu gegebener Zeit werden wir eine geeignete Gelegenheit für weitere Sitzungen finden.«

»Natürlich, Mr. Lawrence. Ich bin Ihnen zutiefst verbunden.«

Der Maler warf mir einen Blick zu und runzelte die Stirn. »Ihre Meinung von dem Werk, Miss Austen? Denn Sie können es doch sicher beurteilen.«

»Aber nein!« Ich riß meine Augen von der Leinwand los und war verwirrt. »Ich bin einfach verblüfft von der Schnelligkeit und Gewandtheit seiner Ausführung.«

»Aber ist es auch ähnlich?« Lady Desdemona trat heran, um ihr Abbild zu prüfen. »Ich gestehe, ich kann es nicht sagen.«

»Ich kann Ihnen versichern, meine Liebe«, sagte ich herzlich, »es zeigt Sie so, wie Sie in Träumen aussehen und wie Sie sich in vielen Jahren begeistert betrachten werden, wenn die Frische Ihrer achtzehn Jahre Sie ganz verlassen hat.«

Ein Blick dankbarer Überraschung von Lawrence wie von der Dame war meine Belohnung.

»Er sieht verteufelt gut aus, nicht wahr?« meinte Lady Desdemona leise, als Mr. Lawrences Gehilfe die Staffelei vorsichtig zusammengeklappt hatte und seinem Herrn auf die Straße gefolgt war. »Mir wird fast schwach bei dem Gedanken, daß ich Stunden unter seinem scharfen Blick verbringen soll.«

»Er sieht wirklich gut aus, Mylady«, antwortete ich, »aber wer sind seine Eltern? Welche Beziehungen hat er? Welchem Stand gehört er an?«

»Sein Vater führte ein Wirtshaus in Devizes – ›Zum Bären‹, Sie müßten es eigentlich kennen ...«

»Ja-a«, meinte ich zweifelnd.

»Aber er machte vor vielen Jahren Bankrott und starb nicht lange danach. Lawrence sorgt für seine Mutter und seine Schwestern, glaube ich. Er wohnt recht stilvoll in Piccadilly und hat ein Atelier gleich daneben.«

»Ich verstehe. Also ein Mann von einigem Vermögen.«

»Aber sicher! Er wird meinem Vater volle zweihundert Guineen allein für mein Porträt berechnen – und er muß jedes Jahr Dutzende davon malen!«

Mir wurde etwas schwach. Soviel Geld nur für ein Porträt in Öl! Als ob er der verstorbene Mr. Reynolds in Person wäre! »Aber können Sie denn hoffen, daß das Projekt Fortschritte macht, während Sie in Bath wohnen? Sicher hat Mr. Lawrence nicht vor, zu jeder Sitzung herzukommen?«

»Nein«, gab sie zu und legte die Stirn in Falten. »Wenn ich ihm das Bild abringen will, muß ich das in London tun. Vielleicht nach Neujahr, wenn ich mich nach Vergnügungen sehne. Mr. Thomas Lawrence eignet sich gut als Objekt für einen Flirt ohne Herz.«

Mein Entsetzen muß mir wohl anzusehen gewesen sein, denn Lady Desdemona brach in Gelächter aus und nahm meine Hand in ihre beiden. »Ich habe Ihnen jetzt Angst gemacht, meine liebe Miss Austen, und das ganz ohne Sinn und Zweck. Sie können sicher sein, daß ich mich nicht wegen Mr. Lawrence zum Narren machen werde – obwohl ich es keiner jungen Dame verübeln könnte, die das täte. Für meinen Geschmack liebt er es zu sehr, Leute herumzukommandieren, und eine solche Behandlung hielte ich keine zwei Wochen aus.«

»Bestimmt nicht.«

»Aber selbst die vorsichtigsten Überlegungen ändern nichts daran, daß er bezaubernd aussieht und auch im Salon der Herzoginwitwe bestehen kann. Er war übrigens ebenfalls auf der unglückseligen Abendgesellschaft meiner Großmutter.«

»Dem Maskenball?«

»Ja. Er kam als Harlekin – allerdings in einem rotschwarzen Kostüm, anders als der arme Mr. Portal. Ich glaube, er schlüpfte hinaus, bevor die Konstabler kamen.«

»Dann habe ich Mr. Lawrence tatsächlich gesehen«, sagte ich langsam, »das fällt mir jetzt wieder ein. Er unterhielt sich mit einer sehr lieben Freundin von mir, Madam Lefroy. Kennen Sie die Dame?«

»Ich hatte noch nicht das Vergnügen. Sie ist sicher eine von Großmutters guten Bekannten. Wohnt sie auch in Bath wie Sie?«

»In Hampshire, zu meinem großen Bedauern. Ich zähle den

Verlust der Gesellschaft Madam Lefroys zu den Hauptübeln, die unser Wegzug aus jener Gegend mir gebracht hat.« Das sagte ich aus vollem Herzen.

»Und hat sie sich auch von Mr. Lawrence porträtieren lassen?«

»Das halte ich für unwahrscheinlich! Sie ist keine Dame der großen Welt – das heißt, ihr fehlt ein so beträchtlicher Besitz, wie er nötig sein muß, um die Honorare des Herrn bezahlen zu können. Aber sie pflegt den Umgang mit Künstlern und Literaten aller Art – oder tat es jedenfalls bis zu ihrer Verheiratung. Ihr Bruder ist der Romancier Mr. Egerton Brydges.«

»Der Autor des ›Fitz-Albini‹?«

»Ja, der. Ich halte diesen Roman allerdings nicht für das Klügste, was er geschrieben hat. Er sollte ein geschickt verhülltes Abbild seiner frühen Prüfungen und Enttäuschungen werden, doch leider waren sowohl das Geschick als auch die Verhüllung mangelhaft. Er brachte es damit fertig, mehrere seiner besten Freunde zu beschimpfen und die übrigen zu kränken. Ich kann sagen, daß es das einzige Werk ist, dessen sich seine Familie zutiefst schämt.«*

»Ich meinte, es böte ziemlich wenig Handlung«, bemerkte Lady Desdemona, »und die auch noch auf eine seltsame, zusammenhanglose Art.«

»Dann wollen wir keinen weiteren Gedanken auf Mr. Brydges verschwenden. Ich erwähnte ihn nur als ein Beispiel von Madams Bekanntenkreis. Vielleicht hat sie Mr. Lawrence durch ihren Bruder kennengelernt.«

Lady Desdemona kam zu keiner Antwort, denn die Tür des Salons wurde mit ziemlicher Heftigkeit aufgerissen. Der Graf von Swithin betrat den Raum mit zusammengezogenen blonden Brauen und blitzenden blauen Augen.

»Lady Desdemona«, erklärte er, die Hacken zusammenschlagend. »Geht es Ihnen gut? Nein, Sie brauchen mir nicht zu antworten. Ich sehe, es geht Ihnen sehr gut. Sie sind in so ausgezeich-

* Diese Beschreibung von Sir Egerton Brydges' Roman *Arthur Fitz-Albini* ähnelt sehr derjenigen, die Jane Austen in einem Brief an Cassandra gibt, den sie kurz nach seiner Veröffentlichung 1798 schrieb. George Austen hatte das Buch gekauft, und Jane las es mit etwas schlechtem Gewissen, da sie wußte, welche schlechte Meinung Madam Lefroy davon hatte. Siehe Brief Nr. 12 in *Jane Austen's Letters*, herausgegeben von Deirdre LeFaye, London (Oxford University Press) 1995. – *Die Herausgeberin.*

neter Stimmung, daß Sie, obwohl Ihnen Ihr einziger Bruder genommen wurde, den verachtenswürdigen Mr. Lawrence empfangen haben.«

Lady Desdemonas Knicks war so eisig wie ihre Miene. »Lord Swithin. Ich bin sehr erstaunt, daß Sie so unangemeldet bei mir eindringen. Was kann Sie denn überhaupt zum Laura Place führen?«

»Die Bequemlichkeit«, erwiderte er. »Hätten Sie an etwas anderes gedacht als nur an Ihre eigenen Angelegenheiten, Mona, hätten Sie die Kutscher und Frachtwagen gegenüber bemerkt.«

Sie betrachtete ihn nachdenklich, dann ging sie rasch hinüber zu einem Fenster, das sich zum Platz hin öffnete. Die Vorhänge flogen beiseite, und ihr Umriß zeichnete sich vor den Scheiben ab. Dann fuhr sie herum und sah den Grafen an.

»Also haben Sie gegenüber Wohnung genommen mit der ausgesprochenen Absicht, mir nachzuspionieren?«

»Kein anderes Haus war zu mieten, nicht um alles Geld der Welt, und ich bin nicht gesonnen, die erbärmliche Unterkunft im White Hart auch nur einen Tag länger zu ertragen.«

»Ich kann nicht glauben, Sir, daß Sie so ohne jede Bekanntschaft in Bath sind, daß Sie einen Palast mieten müssen zur Befriedigung Ihrer Bedürfnisse. Sicherlich wäre doch irgendeine Dame – vielleicht Miss Maria Conyngham? – bereit gewesen, ein Zimmer für Sie zu suchen.«

Ein Lächeln huschte über die strengen Züge des Grafen, aber es war kein wohlwollendes. »Auge um Auge, meine Liebe. Miss Conyngham um Mr. Portal. Oder sollte ich lieber Mr. Lawrence sagen? Sie sehen übermäßig elegant aus für diese frühe Tageszeit.«

»In Laura Place werde ich mich kleiden, wie ich will, und empfangen, wen ich will, Mylord, auch wenn Sie in meinen Salon hineinsehen können. Es wird Sie befriedigen, zu erfahren, daß auch Oberst Easton mir heute morgen einen Besuch abgestattet hat. Er erholt sich allmählich von der Wirkung Ihrer Pistole. Ich freute mich, feststellen zu können, daß der unglückliche Oberst, den Sie mit so schockierender Brutalität behandelten, trotzdem ein Muster an Ritterlichkeit geblieben ist.« Sie betrachtete Lord Swithin mit leichter Heiterkeit. »Easton ist irgendwo seinen Bakkenbart losgeworden und sieht erstaunlich gut aus.«

Der Graf tat den unglücklichen Obersten mit einer Handbewegung ab. »Glattrasiert oder nicht, das spielt keine Rolle. Ich kenne Sie zu gut, meine liebe Mona, als daß ich so einen grünen Jungen als einen Rivalen ansehen würde. Aber ich möchte Ihnen raten, sich vor Mr. Thomas Lawrence in acht zu nehmen. Er ist ein charmanter Halunke, das gebe ich zu, und sieht auch ganz gut aus, aber er hat eine Vorliebe für verheiratete Frauen oder ruiniert junge Damen, die noch nicht in die Gesellschaft eingeführt sind. Sie haben sicher von Lady Caroline Upton gehört?«

»Wenn Sie Mrs. James Singleton meinen – ja, Mylord, das Vergnügen hatte ich.«

»*Und wenn dein Opfer an sein Ende schon gerät/und wütend um Erhörung dich anfleht,/dann spiel die scheue und naive Maid,/ die gar nicht weiß, welch Unheil sie bereit'*«, deklamierte Swithin. »Das ist aus der ›Kühlen Koketten‹. Ein ernüchternder Vers, nicht wahr? Besonders für junge Damen, die zu gern flirten.«

»Ich kenne den Dichter nicht, Sir, aber ich hoffe, daß er für seinen eigentlichen Beruf besser geeignet ist als zum Verseschmieden.«

»Sie kennen Mr. Lawrence nicht? Aber er ist doch erst vor ein paar Minuten um Sie herumgetanzt! Das sind Knittelverse Ihres Malers, Mylady, gerichtet als Vorwurf an Lady Caroline Upton, weil sie vor gut zwei Jahren seinen unverschämten Vorschlag ablehnte, sich von ihm entführen zu lassen.«*

»Das muß eine grobe Verleumdung sein!« rief Lady Desdemona, und ihr Gesicht rötete sich.

»Verzeihung, aber das ist es nicht. Ich habe es aus guter Quelle, von Templetown selbst, dem Bruder der jungen Dame, als er zuviel Wein intus hatte. Wie ich sehe, ist Lawrence gut über die Sache hinweggekommen, und von der Tochter eines Grafen ist er nun zur Tochter eines Herzogs übergegangen.«

»Er zeichnet mich lediglich für ein Porträt, Lord Swithin, im Auftrag Seiner Gnaden. Das ist schließlich Mr. Lawrences Beruf.«

Der Graf lachte rauh und warf sich in einen Sessel nahe dem Kamin. »Wenn er ihn nur mit größerer Treue ausüben würde. Aber statt dessen bemüht sich Mr. Lawrence, den Mann von Welt

* Das Porträt der Lady Caroline Upton mit der Mode entsprechender griechischer Frisur, von Thomas Lawrence 1801 gemalt, hängt im Sterling and Francine Clark Art Institute in Williamstown, Massachusetts. – *Die Herausgeberin.*

zu spielen, läßt sich auf alle möglichen Intrigen und die Zurschaustellung von Luxus ein und ist in große finanzielle Schwierigkeiten geraten. Er muß sehr bald eine vorteilhafte Ehe schließen, Mona, wenn er das durchstehen will. Der alte Coutts, sein Bankier in London, macht ihm schon seit drei Jahren Vorhaltungen, aber ohne Erfolg. Seine Gläubiger sitzen ihm im Nakken. Er wird seine Bekanntschaft mit Ihnen mißbrauchen, wenn Sie das zulassen.«

»Ich glaube, es sind Sie, Lord Swithin, der meine Bekanntschaft mißbraucht«, entgegnete Lady Desdemona ruhig. Zwei rote Flekken brannten auf ihren Wangen, und ihre Augen waren dunkel vor Zorn. »Dieser Mißbrauch hält schon einige Monate an, aber ich wünsche nicht, daß er fortgesetzt wird.«

Ich langte hastig nach meinem Pompadour. »Ich habe Ihre Freundlichkeit schon zu lange in Anspruch genommen, Lady Desdemona. Ich hoffe ...«

»... daß Lord Swithins unerwartetes Erscheinen mich nicht davon abhält, mit Ihnen spazierenzugehen?« ergänzte sie schnell. »Auf keinen Fall, Miss Austen. Ich werde Sie sofort begleiten. Bitte bleiben Sie nur, bis ich mich umgezogen habe, und dann gehen wir aus wie vorgesehen. Sie entschuldigen mich, Lord Swithin, aber es ist mir leider ganz unmöglich ...«

»Stellen Sie sich nicht so dumm, Mona«, antwortete der Herr müde. »Wir haben sehr viel zu besprechen. Ich war zur Verhandlung gegen Ihren Bruder.«

Lady Desdemona setzte sich abrupt auf ein Sofa, ihr war der Wind völlig aus den Segeln genommen. Der Anstand verlangte zwar, daß ich mich entfernte, doch ich blieb, um Lord Swithins Neuigkeiten zu hören.

»Warum ist mein Onkel noch nicht gekommen?« fragte Lady Desdemona mit kaum hörbarer Stimme. »Ich erwarte ihn schon seit einer halben Stunde. Nun, Swithin? Wie lautete das Urteil?«

»Die Jury erhob Anklage wegen Mordes gegen Lord Kinsfell. Er soll in wenigen Tagen nach Ilchester gebracht werden.«

Sie schrie auf und bedeckte das Gesicht mit den Händen. Ich eilte zu ihr und beschimpfte innerlich den Grafen als einen Flegel und Trottel.

»Die Jury konnte kaum anders entscheiden«, fügte Lord Swithin rücksichtslos hinzu. »Tod durch Unglücksfall kam nicht in

Frage und Mord durch eine unbekannte Person ebensowenig. Aber vorerst kann Kinny nichts passieren, meine Liebe, bis zum Geschworenengericht, und das kann frühestens Mitte Januar zusammentreten. Das gibt Ihrem Bruder mehrere Wochen Zeit.«

Unaufgefordert tauchte das Porträt eines glühenden grauen Auges aus meinem Gedächtnis auf. »Wurden neue Beweismittel vorgelegt, Mylord?« erkundigte ich mich.

Seine kühlen blauen Augen ruhten nachdenklich auf mir. »Das kann ich nicht sagen, da ich bei der Abendgesellschaft nicht dabei war und daher nicht weiß, was an dem Abend vor sich ging. Lord Kinsfell wurde aufgerufen und nach seiner Entdeckung der Leiche befragt, danach ein Dr. Gibbs, Arzt in der Milsom Street, der den Toten untersuchte, und schließlich zwei Gäste Ihrer Gnaden, die den armen Kinsfell festhielten, als er Mr. Portal wiederzubeleben versuchte – und schließlich noch ein Sänftenträger, den Ihr Onkel, Mona, von der Straße hereingeholt hatte und der sehr erbost war über diese Störung seines Geschäfts.«

»Ein Sänftenträger!« Sie hob das Gesicht, in dem Überraschung und Hoffnung miteinander stritten. »Was kann sich Onkel Harold wohl dabei gedacht haben?«

Der Graf zuckte höchst graziös mit den Schultern. »Er wollte wohl beweisen, daß ein Mörder *tatsächlich* vom Fenster auf eine offene Kutsche gesprungen sein könnte und auf diesem Wege Bath verlassen hätte. Der Sänftenträger behauptete, er habe eine solche Kutsche an jenem Abend am Laura Place gesehen, aber er konnte weder die Zeit beschwören noch mit Sicherheit sagen, daß jemand die Kutsche anders als durch die Tür betreten habe, er wußte auch nichts über die Insassen, und im ganzen waren seine Erscheinung und seine Ausdrucksweise so wenig vertrauenerweckend, daß er der Sache Lord Kinsfells mehr schadete als nützte. Ich fürchte, seine Aussagen wurden so gut wie übergangen.«

»Der arme Kinny«, murmelte Lady Desdemona. »Und hatte er denn nichts zu seiner Verteidigung vorzubringen?«

»Der Leichenbeschauer fragte ihn ziemlich gründlich nach der Art seines Streits mit Mr. Portal aus«, sagte der Graf und richtete den Blick fest auf Lady Desdemona, »aber er bekam nichts aus ihm heraus außer einer Abhandlung über seine geheiligte Ehre.«

»Kinny? *Ehre?*« Lady Desdemona sprang von ihrem Sitz auf

und schritt vor dem Kamin auf und ab in genau der gleichen Art wie ihr Onkel Lord Harold, so daß ich fast erwartete, die Stimme dieses Herrn zu vernehmen. »Dann muß eine Dame dabei im Spiel sein.«

Swithin lächelte, aber seine Miene war unfroh. »Diese Dame werden doch nicht etwa Sie selbst sein?«

Lady Desdemona hob den Kopf in großartiger Haltung und starrte ihn an, bis er den Blick senkte. »Sie sind ein verächtlicher Kerl, Swithin. Meinen Sie, ich würde zögern, wenn ich meinem Bruder mit irgendeiner Information helfen könnte? Ihre Bosheit macht Ihnen keine Ehre. Sie läßt Sie Torheiten begehen.«

»Gentlemen sprechen doch meistens von *Ehre,* wenn sie sich durch einen Eid oder ein Versprechen gebunden fühlen, nicht wahr?« warf ich rasch dazwischen.

»So ist es«, erwiderte Lord Swithin, »und meistens sind sie auch bereit, für solche Versprechen ihr Leben einzusetzen. So verstehe ich auch Lord Kinsfells Entschlossenheit in dem gegenwärtigen Fall. Ich fürchte sehr, daß er lieber schweigend zum Galgen gehen wird, als sein geheiligtes Versprechen zu brechen.«

»O Gott!« stöhnte Lady Desdemona und preßte eine Hand an die Stirn. »Wo bleibt denn nur mein Onkel?«

»Du brauchst nur nach ihm zu fragen, meine Liebe, und schon ist er da.« Lord Harold sagte es von der Tür des Salons her. Zu meiner lebhaftesten Überraschung und Neugier stand Mr. Wilberforce Elliot hinter ihm. »Miss Austen – ein Vergnügen. Lord Swithin – eine Ehre, die ich kaum erwartet hatte. Sie kennen sicher Mr. Wilberforce Elliot noch nicht. Er ist Friedensrichter in Bath.«

Nachdem alle Vorstellungen gemacht waren, fuhr Lord Harold fort: »Heute vormittag haben Sie auf die Erzeugnisse des Gewächshauses verzichtet, Swithin. Aber vielleicht ist Ihre Zurückhaltung auch als Huldigung der bescheidenen Einfachheit meiner Nichte aufzufassen. Sie gehört nicht zu denen, die an einem prunkvollen Aufwand Gefallen finden. Sie haben ganz recht, meine ich, wenn Sie Ihre Blumen anderweitig verschenken. Andere haben vielleicht einen weniger feinen Geschmack als Mona.«

»Ausgenommen, vermutlich, wenn sie ihrem Porträtmaler sitzt«, erwiderte Lord Swithin.

Lord Harolds Augenbrauen fuhren in die Höhe. »Aber, Mylord,

soll das eine Beleidigung oder ein Vorwurf sein? Wäre die Dame mit Ihnen verlobt oder würde sie – verzeihen Sie – Ihnen auch nur ihr Wohlwollen schenken, dann könnte man diesen kleinen Ausfall als Ihr Recht betrachten. Aber unter den gegenwärtigen Umständen ist er völlig unangebracht.«

»Dann nennen Sie einen Termin, Mylord, und ich werde mit Freude meinen Sekundanten benennen.«*

Lord Harold lächelte herablassend. »Sie sind erstaunlich schnell bei der Hand mit einer Forderung, Swithin – aber vielleicht erwarten Sie, daß ich die Gelegenheit suche, meinen Mut zu beweisen, wie der arme Oberst Easton. Darin erliegen Sie allerdings einer Täuschung, fürchte ich. Ich würde niemals mit einem jungen Burschen Scherz treiben, der mein Sohn sein könnte – besonders dann nicht, wenn ich seine Mutter so gut gekannt habe wie Ihre.«

Der Graf wurde blaß und trat einen Schritt zurück. »Bitte denken Sie daran, wo Sie sich befinden, Mylord. Ihre Nichte ...«

»Ach, wollt Ihr wohl beide aufhören«, rief Lady Desdemona ärgerlich aus. »Was habe ich überhaupt damit zu tun? Ihr umkreist euch wie zwei Jungen auf dem Schulhof, und derweil schmort der arme Kinny im Gefängnis!«

»Und dort wird er wohl kaum herauskommen, Mona, solange Ihr Onkel seine Sache führt«, erklärte der Graf verächtlich und nahm seinen Hut und seine Handschuhe. »Ich habe nicht die Absicht, dort zu bleiben, wo man mir mit solcher Unhöflichkeit begegnet. Guten Tag, Lord Harold. Ihr Diener, Miss Austen. Heute abend werde ich Sie wohl kaum im Unteren Kurhaus antreffen, Lady Desdemona?«

»Und warum in aller Welt nicht?«

»Sie wollen also tanzen, während Lord Kinsfell seiner Freiheit beraubt ist?«

»Ich glaube kaum, daß ich ihm damit helfen kann, daß ich still zu Hause sitze! In einer solchen Lage gehört es sich für die Familie Wilborough, sich stilvoll zu verhalten! Außerdem brennt der arme Easton darauf, mit mir zu tanzen.«

* Ein Mann, der in ein Duell verwickelt war, benannte immer einen Sekundanten, der die Bedingungen des Duells mit dem Sekundanten des Gegners vereinbarte und in außergewöhnlichen Fällen auch für ihn kämpfen konnte. – *Die Herausgeberin.*

Lord Harold lächelte, der Graf schnaubte zornig und verließ den Raum ohne ein weiteres Wort.

»Ausgezeichnet!« rief Lord Harold und winkte den Friedensrichter in einen Sessel. »Wir sind eine gefährliche Ablenkung losgeworden. Mona, mein Liebling, würdest du bitte deine Großmutter herholen – ich brauche sie dringend hier.«

»Onkel«, sagte sie und eilte zu ihm, »die Verhandlung! Es ist alles so schrecklich!«

»Ja, meine Liebe, aber ich hoffe doch, daß noch nicht alles verloren ist. Du siehst, daß ich den Friedensrichter mitgebracht habe. Sein Interesse ist aufs höchste geweckt durch die Möglichkeit, daß eine offene Kutsche einige Zeit unter dem Vorzimmerfenster gehalten hat, und wenn es auch unmöglich zu beweisen ist, daß der Mörder sich durch einen Sprung in die Tiefe in Sicherheit brachte, so ist Mr. Elliot doch bereit, den Fall neu aufzurollen.«

»Ihr Diener, Mylady«, sagte Mr. Elliot mit einem freundlichen Lächeln, holte ein Taschentuch aus seiner Brusttasche und schnaubte sich sehr energisch die Nase.

Lady Desdemona ging auf die Suche nach der Herzoginwitwe, und Eugenie unterbrach ihr Briefschreiben und strebte langsam, auf Miss Wren gestützt, dem Salon zu. Noch keine fünf Minuten waren vergangen, als ein erwartungsvoller Kreis Lord Harold schweigend anblickte.

»Sie kennen sicherlich Ihre Gnaden, Mr. Elliot«, meinte er, »aber mit Miss Austen und Miss Wren sind Sie wohl noch nicht bekannt.«

Der Friedensrichter sah mich scharf an und nickte einmal. »Die Schäferin«, sagte er.

»Miss Austen ist eine besondere Freundin meiner Nichte. Miss Wren ist so freundlich, Ihrer Gnaden als Gesellschafterin zu dienen.«

»Es ist wirklich eine *Ehre*, nicht eine Freundlichkeit, Lord Harold«, säuselte Miss Wren. »Wenn ich an das Ausmaß der Güte Ihrer Gnaden denke ...«

»Nun gut.« Lord Harold klatschte energisch in die Hände. »Ich möchte vorschlagen, wir vergnügen uns mit einem neuen Gesellschaftsspiel – einer Amateuraufführung, wenn Sie so wollen. Spielen wir den Mord an Mr. Portal nach.«

»Ich denke, nicht einmal die *eine* Aufführung dieser Tragödie hat uns Vergnügen bereitet, Harry«, protestierte die Herzoginwitwe streng. »Was soll da eine zweite?«

»Zu wissenschaftlichen Zwecken, liebe Mutter. Mr. Elliot hat den Samen des Zweifels in seine mächtige Seele säen lassen, und wir müssen alles tun, was in unserer Macht steht, damit dieser Same wächst. Miss Austen!«

»Mylord.«

»Bitte nehmen Sie die Haltung Hugh Conynghams vor dem Kamin im Salon ein. Desdemona! Du spielst Miss Conyngham. Ihre Gnaden bleibt wie immer Ihre Gnaden. Ich bin Portal. Mr. Elliot schaut nur zu und zieht bitte alle Schlußfolgerungen, die er will. Und Sie, Wren – Sie sind der arme Simon.«

»So etwas werde ich nicht tun!« erklärte sie erregt. »Einen größeren Mangel an Geschmack habe ich noch nicht erlebt. Der Marquis ist seiner Freiheit beraubt, und wir treiben ein Spiel mit seiner Lage!«

»Tun Sie, was Lord Harold Ihnen sagt, Wren«, befahl die Herzoginwitwe. Sie packte ihren Stock fest mit der linken Hand und Lord Harold mit der rechten. »Du solltest dich bemühen zu torkeln, Harry, wenn ich dich in das Vorzimmer führe.«

»Warte noch, Mama – ich muß erst ein Wort mit Mona reden.« Lord Harold nahm die Dame auf die Seite und flüsterte ihr ein paar Sätze zu, worauf sie nickte und vor Aufregung rosa anlief. »Sehr wohl, Euer Gnaden – führen Sie mich nun meinem Schicksal entgegen.«

Die Herzoginwitwe geleitete ihren Sohn auf unsicheren Füßen in den kleinen, in Preußischblau gehaltenen Salon und ließ ihn in offensichtlicher Benommenheit auf dem Sofa liegend zurück.

Ich genoß meine Rolle, als ich zur Stirnseite des Zimmers schritt, mich vor dem Kamin aufstellte und – mit manch ungeschicktem Stottern und Versprechen – aus »Macbeth« deklamierte.

Lady Desdemona bewegte sich zur Tür des Vorzimmers und ging hinein, Lord Harold gab ein gewichtiges Stöhnen von sich, und bevor ich noch die Hälfte von Hugh Conynghams Rede vorgetragen hatte, stand die Dame wieder vor mir, allem Anschein nach hingerissen von meiner Kunst. Sie war durch den Gang hinter der getäfelten Tür wieder in den Salon gelangt.

In diesem Moment marschierte Miss Wren, auf ein Zeichen der Herzoginwitwe, in das Vorzimmer und warf sich mit Ausrufen des Schreckens und Entsetzens auf den sterbenden Lord Harold, der erdolcht auf dem blaugoldenen Teppich lag.

»Das ist geschafft«, sagte er lebhaft, sprang auf und zog seine Kleidung zurecht, »und zwar mit bewundernswerter Raschheit. Ich glaube, wir brauchen nicht zu forschen, ob eine Dame unter Zeitdruck und von Erregung beflügelt es nicht noch schneller bewerkstelligt hätte.«

»Und die Menge der Gäste verdeckte selbst Maria Conyngham, trotz ihres roten Kostüms«, überlegte ich. »Denn ich muß gestehen, daß ich an dem fraglichen Abend nicht bemerkte, daß sich Lord Kinsfell der Tür des Vorzimmers näherte.«

»Ich auch nicht«, ergänzte Lady Desdemona. »Ich merkte nichts, bis sich das Geschrei erhob, da wandte ich mich um und sah Kinny über Portals Leiche gebeugt stehen. Viele Gäste hätten von einem Zimmer ins andere gehen können, ohne daß die Mehrzahl es bemerkt hätte. Aber warum hast du es auf Miss Conyngham abgesehen, Onkel? War sie nicht in Mr. Portal verliebt? Sie kann ihm doch kaum Gewalt angetan haben!«

»Nur Miss Conyngham weiß, ob diese Vermutung richtig ist«, erwiderte er, und seine halb verdeckten Augen waren unergründlich. »Aber ich würde meinen, Mona, daß ihr plötzliches Niederfallen zu Mr. Portals Füßen vor den Augen der versammelten Menge, ihr heftiges Weinen und ihr rotes Kostüm darauf berechnet waren, ihre Anwesenheit im Salon dem Gedächtnis der Beobachter einzuprägen. Miss Conyngham lenkte unsere Aufmerksamkeit auf ihre Person erst *nachdem* Portals Leiche entdeckt worden war – und in diesem Augenblick muß die Szene, die sie spielte, beeindruckend gewesen sein.«

»Das ist alles schön und gut, Mylord«, warf Mr. Elliot milde ein, »aber Sie können die Schuld der Dame nur beweisen, wenn Sie ihr ein Geständnis entlocken. Und die Benutzung des Ganges befördert nicht Ihre Theorie von der offenen Kutsche.«

»Das stimmt, mein guter Mann – aber ich war auch nicht glücklich mit der Idee vom Sprung aus dem Fenster, ehe ich nicht den Gang geprüft hatte. Und er ist durchaus nicht ungeeignet, wie ich zuerst annahm. Es war reichlich Zeit gegeben, die Tat auszuführen, und für eine Dame, die es gewohnt ist, sich auf einer abgedunkelten Bühne zu bewegen, war das Verschwinden durch einen schwach erleuchteten Gang nicht schwierig. Sie hätte es zweimal so schnell tun können wie Desdemona.«

»Sie können es aber nicht beweisen, Mylord«, sagte Mr. Elliot wieder und kratzte sich hingebungsvoll seinen schwarzen Haarzopf. »Und bedenken Sie das Risiko! Denn Miss Conyngham konnte nicht damit rechnen, daß ihre Bewegungen unbeachtet bleiben würden. Jeder beliebige Gast konnte sich mitten im Vortrag ihres Bruders umdrehen und sehen, daß sie das Vorzimmer betrat.«

»Aber Sie vergessen eins, mein lieber Elliot. Sie konnte auch nicht voraussehen, daß Lord Kinsfell durch das Zimmer gehen würde. Miss Conyngham erwartete, daß die Tat einige Stunden verborgen bleiben würde und man Mr. Portal erst entdecken würde, wenn die Abendgesellschaft zu Ende war und die letzten Gäste gingen.«

»Das überzeugt mich nicht, Mylord«, sagte der Friedensrichter lächelnd, »und wenn ich auch keine formelle Ausbildung als Rechtsanwalt habe, so glaube ich doch nicht, daß Sie eine Jury finden, die Ihnen beistimmt. Halten Sie sich an das offene Fenster und die Kutsche darunter, wenn Sie beweisen wollen, daß der Marquis nicht schuldig ist, aber lassen Sie Miss Conyngham bitte in Ruhe!«

»Würden Sie in den Gang mitkommen, Miss Austen?« fragte Lord Harold und ignorierte die Spitzen Mr. Elliots. Er nahm eine Kerze und öffnete die Tür.

Wir schritten den ganzen Gang zwischen dem Vorzimmer und dem hinteren Salon ab und prüften, wohin er überall führte: nach links zu den Dienstbotenzimmern und der Treppe zur Küche, nach rechts zu der rückwärtigen Tür zum Salon. Dann kehrten wir auf demselben Weg zurück und suchten den Fußboden ab. Nichts war zu sehen, nicht einmal Staub.

»Sie hofften wohl auf ein Stück Stoff?« fragte ich.

»Vorzugsweise in Rot.«

Lord Harold zog die getäfelte Tür zu – und dort im Winkel zwischen der Tür und der Wand des Ganges glitzerte im schwachen Licht der Kerze etwas Goldenes.

Lord Harold pfiff leise und kniete sich hin. Dabei ging die Kerze aus und tropfte ihr letztes Wachs auf seine Finger. Er murmelte einen Fluch und zog die Tür wieder auf, was uns beide von der bedrückenden Dunkelheit erlöste.

»Bitte sieh einmal her, Mama«, sagte er lässig. »Gehört diese Brosche zu den Juwelen der Wilboroughs?«

Die Herzoginwitwe drehte die Brosche hin und her und runzelte leicht die Stirn. »Bestimmt nicht, mein lieber Harry. Ich habe sie noch nie zuvor gesehen.«

»Mona?«

Sie blickte auf die Brosche, erblaßte und ließ sich auf das Sofa im Vorzimmer fallen. »Mein Gott, Onkel, was hat das zu bedeuten?«

»Vielleicht sollten wir deinen Freund danach fragen«, antwortete Lord Harold, aber seine ernste Miene strafte seinen lockeren Ton Lügen.

Denn was er in der Hand hielt, war ein fauchender Tiger aus Gold mit Rubinen als Augen – das Sinnbild des Grafen von Swithin.

Kapitel 9
Ins Labyrinth

14. Dezember 1804, Forts.

Hätte Lord Harold die Kunst des Zauberns beherrscht, er hätte keine verblüffendere Wirkung erzielen können. Denn dreißig Sekunden lang fiel kein Wort, während er uns alle mit ironischem Schweigen ansah, und dann trat Mr. Wilberforce Elliot vor.

»Ich nehme an, daß diese Brosche einem Bekannten von Ihnen gehört?«

»Dem Grafen von Swithin – obwohl ich sie zuletzt bei seiner bemerkenswerten Mutter gesehen habe«, antwortete Lord Harold und betastete den Tiger vorsichtig.

Die Augen des Friedensrichters in seinem breiten Gesicht wurden größer. »Derselbe Graf, der vorhin das Haus verließ?«

»Seine Lordschaft ist kaum sehr weit gegangen. Wenn Sie ihn sprechen wollen, brauchen Sie nur im Haus gegenüber nach Lord Swithin zu fragen. Seine Schwester, Lady Louisa Fortescue, führt ihm gegenwärtig den Haushalt und wird Sie sicherlich mit allen Annehmlichkeiten versehen.«

»Sie sind sehr mit sich selbst zufrieden, Mylord«, bemerkte Mr. Elliot trocken, »aber Sie wissen auch, daß das nicht genügt. Der Graf kann das Schmuckstück zu jeder Zeit in diesem Hause verloren haben und braucht nicht das geringste mit dem Tode Mr. Portals zu tun zu haben.«

»Dem würde ich sofort zustimmen, Elliot«, nickte Lord Harold, »wenn Seine Lordschaft vor seinem Besuch heute morgen jemals einen Fuß in das Haus Ihrer Gnaden gesetzt hätte. Kam Swithin dem Gang irgendwie nahe, Mona, während er sich mit dir unterhielt?«

»Ganz bestimmt nicht«, sagte sie mit schwacher Stimme. Sie war blaß, aber gefaßt, und ihr Gesicht verriet ihre fieberhaften Gedanken. »Miss Austen? Können Sie sich erinnern, ob er sich dem Vorzimmer näherte?«

Ich schüttelte den Kopf.

»Dann war er vielleicht bei einer früheren Gelegenheit anwesend, ohne daß wir es wußten – vielleicht verkleidet als einer der Gäste bei der Abendgesellschaft Ihrer Gnaden, so daß er sich in der Maske unerkannt bewegen konnte«, sagte Lord Harold. »Mr. Portals Tod läßt sich leicht erklären, Mr. Elliot, wenn die Tat von einem eifersüchtigen Liebhaber begangen wurde. Sie müssen nämlich wissen, daß die Bemühungen des Toten um meine Nichte – die der Graf heiraten möchte – an jenem Abend nicht zu übersehen waren.«

Der Friedensrichter schwieg einen Augenblick. »Ist es ausgeschlossen, daß eine ähnliche Nadel von jemand anderem getragen wurde?«

»Es ist Swithins Sinnbild. Sie finden die Figur des Tigers auch auf den Türen seiner Kutsche.«

»Aber Sie können nicht *beweisen*, daß dieser Gegenstand Seiner Lordschaft gehört.«

»Beweisen, beweisen – Sie gehen einem langsam auf die Nerven mit Ihren Beweisen, Mr. Elliot. Das ist schließlich die Sache des Friedensrichters und nicht meine.« Lord Harold sah Lady Desdemona an. »Ich könnte schwören, daß die verstorbene Gräfin von Swithin den Tiger trug – aber hast du die Brosche je bei dem jetzigen Grafen gesehen, meine Liebe?«

Sie schüttelte den Kopf. »Obwohl mir niemand einfällt, der ein ähnliches Wappen führt, und ich wüßte auch nicht, wer das Stück in Großmutters Haus hinterlassen haben sollte.«

»Und das ist schließlich die entscheidende Frage«, erwiderte ihr Onkel nachdenklich. »Nun gut, Mr. Elliot – es wäre wohl der einzig richtige Weg, den Grafen zu befragen, ob er diese Tigerbrosche je gesehen hat, und dann festzustellen, wo er sich in der fraglichen Nacht aufgehalten hat. Wenn man Seine Lordschaft in London mit den unentwegtesten Klubgängern bei White's hat Whist spielen sehen zu genau der Stunde, als Portal ermordet wurde – dann will ich den raffinierten Tiger als ein Trugbild ansehen, das meinem Verlangen entsprungen ist, meinen unglücklichen Neffen zu entlasten. Aber wenn der Graf nicht in der Stadt war …«

»… dann wäre ich sehr erfreut, Mylord«, ergänzte Mr. Elliot zu meinem Erstaunen. »Ich hatte Anlaß, an der Richtigkeit meiner Verhaftung zu zweifeln, wie überhaupt an dem ganzen Zusammenhang des Falles, denn es ist schon sehr merkwürdig, daß ein

Herr einen Gast in seinem eigenen Hause ermordet haben soll, bei einer Abendgesellschaft, selbst nach reichlichem Weingenuß und hitzigem Streit. Viel zu einfach, könnte man sagen, aber welche andere Wahl hatte ich denn, als den Marquis festzunehmen, da man ihn mit dem Dolch in der Hand antraf?«

»Ich verstehe Ihre Schwierigkeiten völlig«, erwiderte Lord Harold, »und wenn Sie nur diese Nachforschungen in London in Gang setzen, Mr. Elliot, vergebe ich Ihnen gern Ihr vorschnelles Urteil und erweise Ihnen jedes Entgegenkommen, das in meiner Macht steht.«

»Zum Beispiel die Kosten für die Postkutsche?« Mr. Elliots kleine schwarze Augen schätzten Seine Lordschaft schlau ab. »Ich nähme gern gleich ein paar Konstabler mit, und dann sind da noch die Unterkunft und die Verpflegung zu bedenken.«

»Das allerdings«, meinte Lord Harold verbindlich. Er holte ein Bündel Banknoten aus der Tasche und nahm mehrere für den Friedensrichter heraus. »Wenn Sie sich beeilen, Mr. Elliot, haben Sie auch noch Zeit, den Grafen auf der anderen Straßenseite aufzusuchen, bevor Sie beim White Hart die letzte Postkutsche nach London erreichen.«

»Die hätte ich, Mylord, das könnte ich.« Er sah sich strahlend im Zimmer um und fragte dann beiläufig: »Und wo in London finde ich den Wohnsitz des Grafen? Denn ich möchte nicht ihn selber danach fragen und damit das Überraschungsmoment verlieren.«

»Am St. James Square«, antwortete Lady Desdemona. »Fortescue House. Es gibt viele Leute, die Ihnen bereitwillig den Weg dahin zeigen.«

Der Friedensrichter verbeugte sich und ging ungesäumt davon. Sehr zufrieden mit den Ereignissen des Vormittags, wenn auch einer gewissen Verzweiflung in Lady Desdemonas Miene bewußt und um ihre Stimmung besorgt, tat ich sehr bald das gleiche.

Lord Harold hatte den Wunsch geäußert, mich nach Hause zu den Green Park Buildings zu begleiten, aber wir hatten kaum gemeinsam die Straße betreten, da steuerte er mich vom Fluß weg. »Kommen Sie, Miss Austen! Wir müssen einen Gang durch die Sydney Gardens machen«, sagte er. »Schönes Wetter ist in Bath so selten wie der Schnee am Dienstag, und wir können die Gelegenheit zu einem Spaziergang nicht ungenutzt verstreichen lassen.«

Den augenblicklich ziemlich verhangenen Himmel würde ich zwar nicht als *schön* bezeichnen, aber mit einem Mann von Lord Harolds Verstand würde ich nie darüber streiten. Er suchte ein Zwiegespräch und hatte die Gärten dafür ausgewählt.

Sydney Gardens Vauxhall ist einer der wenigen Teile von Bath, die ich mit Zufriedenheit und Freude betrachte. Drei Jahre lang wohnte ich ganz glücklich in Sydney Place Nr. 4, genau gegenüber vom Eingang zu den Gärten, und konnte fast täglich einen Gang durch die Anlagen machen und die verschiedenen Wasserfälle und Pavillons und die chinesischen Brücken über die Kanäle bewundern. Auf die nachgemachte Burg kann ich schmerzlos verzichten und habe auch keine Vorliebe für die verschiedenen Schaukeln oder Bowlingrasen, und selbst die Merlingrotte mag ich nicht, aber ohne das Labyrinth geht es nicht. Welche Heldin könnte denn auch ein so natürliches Vergnügen verschmähen, das sich zu den wunderbarsten Verabredungen eignet, auf das Mithören höchst aufregender Gespräche, auf die unerwartete Begegnung an einer Wegbiegung mit einem Unbekannten Herrn von vornehmem Aussehen? Viele Spaziergänge durch das Labyrinth habe ich unternommen und mich dabei in die angenehmen Träumereien verloren, die das besondere Entzücken junger Damen sind, und als wir am Eingang unseren Sixpence entrichtet hatten, führte ich nun auch Lord Harold dorthin.

»Ich muß gestehen, die Entdeckung der Nadel Seiner Lordschaft hat mich überrascht«, meinte ich, »aber Sie halten sie anscheinend nicht für so ungewöhnlich.«

»Das liegt vielleicht daran, daß ich mir eine gewisse Kenntnis der Angelegenheiten des Grafen erworben habe«, erwiderte mein Begleiter grimmig, »nämlich dadurch, daß ich seine Briefe gelesen habe. Ich wollte das Ausmaß von Swithins finanziellen Schwierigkeiten und seinen Machenschaften nicht vor meiner Nichte enthüllen, Miss Austen. Es genügte, Mr. Elliot auf diese bestimmte Fährte zu setzen, aber Ihnen kann ich ohne Bedenken alles offenbaren.«

»Sie meinen, daß Lady Desdemona mehr für Swithin empfindet, als sie zugibt?«

»Sie hat jedenfalls den Beweis seines Betrugs nicht ungerührt aufgenommen. Was meinen Sie zu diesem Thema?«

»Ich muß gestehen, daß ich ratlos bin. Sie behauptet, sie sei absolut dagegen, ihn zu ermutigen, und tut dann genau das, indem sie häufig den Ärger und die Eifersucht verrät, die die Anzeichen dafür sind. Über *sein* Herz bin ich mir noch weniger im klaren. Nach außen hin zeigt er Kälte und Gereiztheit und eine verletzende Tendenz, andere vor ihren Augen zu bevorzugen, doch dann kehrt er nach Laura Place zurück so wütend wie ein Stier beim Gedanken an einen Rivalen!«

»Ein solches Verhalten kann man auf verschiedene Art interpretieren«, sagte Lord Harold ruhig. »Vielleicht hofft Swithin nur aus Gründen persönlicher Bereicherung darauf, sich meine Nichte zu sichern.«

»Sie unterstellen ihm gewinnsüchtige Motive? Aber ich dachte, er lebe im Wohlstand. Meine Schwester Eliza ...« Ich hielt inne, als mir einfiel, welchen Handel der Graf betrieb.

»Die Bekanntschaft Ihrer Schwester Eliza möchte ich schon seit langem machen«, bemerkte Lord Harold. »Sie scheint eine sehr interessante Dame zu sein. Sie ist mit der ganzen vornehmen Welt vertraut, aber zu klug, um sich von ihr täuschen zu lassen.«

»Eliza wußte einiges über das Vermögen der Swithins in Indien, glaube ich. Sie ist selbst dort geboren.«

»Und hat sie auch erfahren, auf welche Weise sich dieses Vermögen gegenwärtig vergrößert?« fragte Lord Harold eindringlich.

»Sie meinte, durch den Opiumhandel mit China.«

»So ist es. Ich kann hinzufügen, daß Swithin seine Profite aus dem Opiumverkauf in den schönsten Edelsteinen anlegt, die die Ostindische Gesellschaft zu bieten hat, und die sendet er auf Handelsschiffen nach Großbritannien. Aber ich fürchte sehr, daß sein Reichtum durch die Politik gefährdet ist.«

Ich runzelte die Stirn. »Will die gegenwärtige Regierung den Opiumhandel unterbinden?«

Lord Harold schüttelte den Kopf. »Aber Bonaparte wird das ohne Zögern tun, fürchte ich. Lord Swithins Reichtum ist gefährdet, weil er den Indischen Ozean durchqueren muß. Sie haben vielleicht von Ihren Brüdern bei der Marine gehört, daß die Franzosen mehrere Inseln in dieser Gegend besitzen und in den letzten Monaten unserem Seeverkehr viel Schaden zugefügt haben.«

Ich bemühte mich, mir die französischen und die britischen Besitzungen im Indischen Ozean zu vergegenwärtigen. »Die Ile de France, nicht wahr? Die wir Mauritius nennen?«

»Genau die. Wir müssen die französischen Stützpunkte in jenen Gewässern zerstören, wenn der Handel mit Indien ungehindert vonstatten gehen soll, und vom Schicksal des Indienhandels hängt ein ganzes Netzwerk von Investitionen und Vermögen ab, das fast jede bedeutende Familie im Königreich berührt. Die Kosten des Krieges mit Frankreich könnten nicht mehr bestritten werden, um nur ein Beispiel zu nennen. Aber in letzter Zeit ist ohne viel Aufsehen eine Menge englischer Waren und Gold dem französischen Empire in die Hände gefallen. Ich fürchte, daß Swithins Schiffe ein ähnliches Schicksal erlitten haben. Wenn die Gerüchte stimmen, hat man seit mehreren Monaten von den Handelsschiffen des Grafen nichts mehr gehört.«

»Und würde Lady Desdemonas Vermögen allein denn genügen, um Seine Lordschaft vor dem Ruin zu bewahren?«

»Es würde wenigstens seinen gegenwärtigen Mangel beheben. Meine Nichte besitzt nicht weniger als fünfzigtausend Pfund. Ein Mann könnte auch für weniger einen Mord begehen. Und hinzu kommt noch der Beweggrund, seinen Erpresser zum Schweigen zu bringen! Der Graf erfährt, daß Mona die Aufmerksamkeiten Portals genießt, er spürt, daß sein Einfluß auf sie schwindet, einmal hat sie ihn schon abgewiesen, also erledigt er den gefährlichen Rivalen mit einem Schlag und überläßt es Kinsfell, seinen Platz einzunehmen. Dieser Trick gefällt mir.«

Wir hatten das Labyrinth erreicht, zögerten einen Moment an seinem Eingang und wagten uns dann hinein.

»Ist dies einer Ihrer bevorzugten Spazierwege?« erkundigte sich Lord Harold.

»Ja, Mylord. Ich kann ohne Übertreibung sagen, daß ich mich an diesen verschlungenen Irrgängen schon mindestens hundertmal versucht habe. Wie Sie habe auch ich meine Freude an geschickten Täuschungen und Listen, was Sie sicherlich verstehen werden.«

»Und haben Sie auch das Zentrum des Irrgartens ergründet, meine liebe Miss Austen?«

»Aber das würde einem doch die Freude daran völlig nehmen!« erwiderte ich. »Man geht nicht ins Labyrinth, um sich darin zurechtzufinden – eher im Gegenteil. Erreichten wir das Zentrum schnell, würden wir ebenso schnell das Interesse daran verlieren.«

Wir kamen an eine Biegung und hatten zwei Wege zur Auswahl. Lord Harold entschied sich für den rechten.

»Und darin liegt vielleicht auch die Antwort auf die Frage nach Swithins Motiven«, schloß er. »Er mag aus Gewinnsucht um meine Nichte werben – oder einfach nur, weil sie ihm den Erfolg so beharrlich verweigert.«

»Er wäre nicht der erste Gentleman seit Urzeiten, der sich so absurd verhält. Aber sagen Sie mir, Mylord, zeigen Mr. Portals Briefe den Grafen in so gänzlich schlechtem Licht? Hat er alle Anständigkeit verloren, so daß Sie ihn jeder Schurkerei für fähig halten?«

Lord Harold schwieg einen Moment und überlegte. »Lord Swithin ist tief in die Beziehungen zu einer Dame verstrickt, deren Namen Mr. Portal nicht erwähnt, in der wir aber Maria Conyngham vermuten können, wegen der engen Verbindung des Direktors mit seiner Truppe und dem Erscheinen des Grafen in den Kulissen gestern abend.«

»Verzeihen Sie, Mylord«, sagte ich, »aber ist es nicht eine verbreitete Sitte, daß ein Edelmann eine aufstrebende Schauspielerin protegiert? In der Geschichte des Theaters gibt es doch zahllose Beispiele dafür, sowohl skandalöse als auch harmlose.«

»Wie ich sehr wohl weiß. Aber in welch ungünstigem Moment wäre die Enthüllung für den Grafen gekommen! Mr. Portals Vertrautheit mit Laura Place ließ ihn sicher erkennen, wie dringend Lord Swithin eine Verbindung mit Lady Desdemona wünschte, also konnte seine Drohung, die Liaison Seiner Lordschaft mit Miss Conyngham zu verraten, ihre Wirkung nicht verfehlen. Solches Wissen war in Portals Händen Gold wert.«

Der Weg, den wir eingeschlagen hatten, endete abrupt an einer undurchdringlichen Hecke, aber ich kannte die Stelle schon lange – mit einem Ausruf der Befriedigung zeigte ich Lord Harold einen Durchgang, der gänzlich hinter einer Pflanzenmauer verborgen war. Wir brauchten sie nur zu umgehen und fanden unseren Weg wieder. Ich erblickte darin eine nützliche Lehre.

»Denn was wie eine glatte Mauer aussieht, Mylord, enthält oft doch eine Tür.«

»Im Leben wie in einem Irrgarten«, sinnierte er.

»Welche Not kann denn Mr. Portal zur Erpressung von soviel Geld getrieben haben«, fragte ich.

»Bedrängte finanzielle Umstände. Ich hatte inzwischen Gelegenheit, Mr. Portals Kontobuch zu studieren. Ich stellte zu meiner Befriedigung fest, daß sein ganzer Besitz mehrfach mit Hypotheken belastet war. Die Truppe des Theatre Royal hat seit Monaten keine Gagen bekommen. Das Theater spielt natürlich mit Gewinn, aber Portal war ein übler Verschwender, und der Bau des neuen Theaters am Beauford Square erforderte immer mehr Mittel. Er stand vor dem Ruin und der Pfändung durch eine Menge Gläubiger, wenn er nicht für Entlastung sorgen konnte.«

»Und an wen sollte er sich besser wenden als an einen reichen Adligen? Nach den Worten des Grafen in der Trinkhalle ist es jetzt klar, daß die Briefe, die ihm Mr. Conyngham wiederbeschaffen sollte, dieselben sind, die Sie mit ihren raffinierten Dietrichen gestohlen haben. Ich fürchte, es gibt eine unliebsame Auseinandersetzung, wenn man feststellt, daß die Briefe verschwunden sind.«

»Was man wohl schon weiß. Ich habe den Schreibtisch unverschlossen hinterlassen, um den Komplizen Angst zu machen. Mr. Conyngham wird nach den Briefen suchen, er wird sie nicht finden können, und die Sorge, daß die Briefe entdeckt sind, wird ihn zwingen, Swithin das Ganze zu gestehen. Auf diese Weise können wir den Grafen vielleicht aus der Reserve locken.«

»Wenn wir ihn in dieser Verlegenheit beobachten können, erfahren wir wahrscheinlich vieles, was uns zustatten kommt«, meinte ich nachdenklich. »Es könnte uns endlose Bemühungen um Ihren Neffen ersparen, Mylord, wenn wir die Dinge ihren natürlichen Lauf nehmen lassen.«

»Ich neige auch zu Ihrer Meinung, Miss Austen.« Lord Harold zögerte vor zwei sich gabelnden Wegen, schlug den linken ein und schritt weiter. Sein Blick war auf den Kiesweg gerichtet, als könnte er die Zukunft in den Steinen lesen. »Ich wünsche mir nur, daß Swithin etwas verrät. Denn er hat die Angelegenheit wirklich mit erbärmlichem Ungeschick betrieben. Wäre es zum Beispiel nicht viel klüger gewesen, sich die belastenden Briefe zu sichern, *bevor* er den Schreiber mit einem Dolch erledigte? Und was hat er sich dabei gedacht, als er die Tat im Hause meiner Mutter arrangierte? Sollte Kinsfell in diese Falle gehen und sich die Schuld aufladen? Und wenn ja, wurde dann mein Neffe in das Vorzimmer gelockt, in dem Portals Leiche lag, etwa durch dieselbe Person, deren Namen er sich weigert preiszugeben? Ist das der Grund, weshalb der arme Simon sich hinter seinem Ehrbegriff verschanzt?«

»Aber welche Absicht verfolgt er mit dem Bestreben, Ihren Neffen völlig zu vernichten, Mylord?«

»Ich wage eine Vermutung. Maria Conyngham.«

Wir schlugen einen Weg ein, der uns zu einer geschlossenen grünen Mauer führte – offensichtlich eine Sackgasse. Lord Harold wandte sich um, ging eine Strecke zurück und sah sich nach einem besseren Weg um. Als er ihn gefunden hatte, winkte er mir zu. Ich schloß mich ihm eilig an.

»Ich verstehe Sie nicht, Mylord.«

»In Mr. Portals Briefen fanden meine unwilligen Augen gestern abend noch schlimmere Sachen, Miss Austen, als diese Verstrikkung des Grafen. Denn mein Neffe bemüht sich anscheinend heftig um ein Mitglied der Truppe. Um dieselbe Maria Conyngham.«

»Sie ist ja wirklich fleißig dabei, Bewunderung einzuheimsen! Vielleicht auf Geheiß Mr. Portals? Spielt sie auf unschuldige Art mit den Herzen der Männer – oder um einen Anteil an der Beute des Erpressers?«

»Das ist allerdings eine kluge Überlegung. Ich kann es nicht sagen.«

»Ihre augenblickliche Verachtung für Lord Kinsfell könnte ein Indiz sein.«

»Oder ein schlaues Mittel, den Verdacht von sich selbst abzulenken. So manch eine schuldige Frau hat schon Zuflucht zu rechtschaffener Empörung genommen.«

»Aber wie wollte man Ihren Neffen bearbeiten?«

»Mein Bruder Bertie plant für Kinsfell eine glänzende Heirat, und ungeachtet der Rücksicht auf die Herzoginwitwe und ihren früheren Beruf würde Seine Gnaden eine Schauspielerin für unter der herzoglichen Würde halten. Simon müßte sich alle Mühe geben, die Dame in höchst tugendhaftem und löblichem Licht erscheinen zu lassen, und wenn dann ihre Liaison mit Swithin verbreitet würde ...«

»Ich verstehe. Mr. Portals Plan war wirklich vollständig. Aber könnte *dies* der Anlaß zu seinem Streit mit Lord Kinsfell auf dem Maskenball der Herzoginwitwe gewesen sein?«

»Daran habe ich keinen Zweifel.«

Ich ging meine Erinnerung durch: Der aufgebrachte Marquis, seine Schwester in Tränen, sein Gegner betrunken. Im Schatten außerhalb dieses Kreises standen der Graf und Maria Conyngham wie Schachfiguren, die ihre Bauern betrachten. Hatte Lord Swithin oder ein Helfershelfer Portal den Dolch in die Brust gestoßen, damit er mit einem Schlag seinen Erpresser und seinen Rivalen um Lady Desdemonas Vermögen loswurde?

»Und da der Graf zweifellos eifersüchtig ist auf die Gunstbeweise seiner Geliebten«, sagte Lord Harold, als habe er meine Gedanken erraten, »und Kinsfells Bemühungen um Maria Conyngham äußerst übel aufnahm, ließ man meinen unglücklichen Neffen die Leiche finden und sich die Schuld an dem Mord an Portal zuziehen. Teuflisch schlau!«

Ich blieb stehen, meine Gedanken wirbelten im Kreise. »Aber das ist Wahnsinn, Mylord! Denn wir wissen doch, daß Miss Conyngham selbst mit Portal in Liebe verbunden war – das zeigt doch auch ihr jetziger Kummer.« Es sei denn ...

Ich erinnerte mich wieder an die scharlachrot gekleidete Medusa auf dem Ball am Dienstag, wie sie mit aufgelösten schwarzen Locken und von Gram entstelltem Gesicht über dem getöteten Harlekin wehklagte. In dem Moment mochte Maria Conyngham beinahe den Dolch gespürt haben, der ihre eigene Brust durchdrang wie die Portals, so groß war ihr Leiden. Aber war die Vorstellung, die sie bot, vielleicht nur der vollendete Ausdruck ihrer Kunst – war sie nur die Tragödin Conyngham, deren Hauptziel in Täuschung bestand?

»Vielleicht schätzte Mr. Portal den Reichtum weit höher als die Liebe«, vermutete Lord Harold. »Oder aber Miss Conyngham spielt diese Verbindung und ihren augenblicklichen Kummer nur vor, um ihre Feinde zu verderben. Sie beherrscht die Kunst der Verstellung, wie Sie sich erinnern.«

Ich schüttelte verwirrt den Kopf. »Und wie, Mylord, wollen Sie inmitten eines solchen Irrgartens weiter vorgehen?«

»Ich habe vor, meinerseits der Dame den Hof zu machen«, erklärte er energisch. »Denn bei Vertrautheit läßt sich vieles herausbekommen.«

»Sie wird aber wohl kaum jemanden aus der Familie Wilborough näher als eine Meile an sich heranlassen!«

»Da bin ich anderer Meinung, meine liebe Miss Austen. Wenn sie und ihr Bruder etwas von diesem Verbrechen wissen und eine Entdeckung befürchten, dann wird Miss Conyngham meine Aufmerksamkeiten so eifrig annehmen wie ein Wachhund. Sie wird mich als ein für ihren Frieden notwendiges Übel betrachten. Und ich werde diese Regung rücksichtslos ausnutzen.«

Sein Entschluß machte mir das Herz schwer. Selbst für Lord Harold konnte ich keine große Zuversicht hegen, wenn er einer so mächtigen Zauberin gegenüberstand, und ich mißtraute auch einem gewissen Etwas in seinem Ton und seinem Blick, das mich an das Theatre Royal erinnerte. Miss Conyngham hatte eigentümlich auf ihn gewirkt, als er in der Loge der Wilboroughs saß und sein Opernglas auf sie gerichtet hielt.

»Ich habe vor, bei einer größeren Annäherung eine Menge in Erfahrung zu bringen«, fuhr der Herr fort und ahnte nichts von meinen Sorgen, »und diese Aussicht würde mir auch dann Freude machen, wenn der Name meines Neffen bereits von allem Verdacht befreit wäre. Lord Swithin sucht den Zweikampf – aber es gibt viele Arten, die Ehre zu verteidigen, und dazu braucht man nicht immer Pistolen.«

Wir folgten einer scharfen Biegung im Irrgarten und sahen plötzlich das Tageslicht vor uns: Wir befanden uns genau im Zentrum des Labyrinths.

Nun mußten wir nur noch den Weg hinaus finden.

Kapitel 10
Der Genuß abkühlenden Tees

14. Dezember 1804, Forts.

Freitagabends beginnt der Tanz im Unteren Kurhaus genau um sechs Uhr und geht nicht länger als bis elf, und diesen Brauch verdanken wir den aristokratischen Neigungen des verstorbenen »Beau« Nash, jenes Schiedsrichters in allen Fragen des vornehmen Geschmacks in der guten Gesellschaft von Bath.* Demzufolge erschienen die Austens dort genau zehn Minuten vor sechs, wir machten dem jetzigen Zeremonienmeister Mr. King unsere Aufwartung, und dann verließ Ehrwürden George seine Damen und begab sich ins Kartenzimmer. Da mein Vater glücklich von einer begierigen Gruppe von Whistspielern mit Beschlag belegt wurde, konnten wir ungehindert in der Menge auf die Suche nach Bekannten gehen und fanden sie sogleich in Form von Henry und Eliza. Ich war erstaunt, die kleine Comtesse hier teilnehmen zu sehen, denn gewöhnlich diniert sie erst um sechs oder sieben, und der Zeitraum des Tanzabends muß ihr schrecklich provinziell vorkommen.

»Liebe Madam!« rief Eliza und begrüßte meine Mutter mit einem Kuß auf die Wange. »Das nenne ich Mut, sich ins Gedränge des Unteren Kurhauses zu wagen, und das an so einem kalten Abend! Und hier sind die Mädchen, einfach hinreißend sehen sie aus, finde ich!« Sie trat einen Schritt zurück, um mein hellblaues Kleid und Cassandras getüpfeltes Musselinkleid besser zu betrachten, und wandte sich hilfesuchend an ihren Ehemann. »Wir müssen hoffen, daß wir Lord Harold erspähen, Henry, wo Jane doch so gut aussieht.«

Ich errötete – denn es war der Gedanke an den Schwerenöter,

* Beau Nash war Zeremonienmeister in Bath bis zu seinem Tode im Jahre 1761 und glaubte für die Regeln des Verhaltens in der Öffentlichkeit zuständig zu sein. Allen, die die Kurhäuser besuchten, ob Herzogin oder einfacher Bürger, zwang er einen strengen Kodex von Etikette auf, der ihn volle fünfzig Jahre überlebte. – *Die Herausgeberin.*

der mich veranlaßt hatte, diesmal auf meine Haube zu verzichten und mir Bänder ins Haar zu flechten –, und ich spürte, wie Cassandra neben mir eine steife Haltung einnahm.

»Ich wundere mich, daß du das Werben Seiner Lordschaft unterstützt, Eliza«, wandte sie ein. »Er kann es doch nicht ehrlich meinen.«

»Pah! Und was schert mich das? Oder auch Jane? Solche langweiligen Burschen, die sich nur durch ihre Anständigkeit empfehlen, überlassen wir völlig dir, meine Liebe – und begnügen uns mit dem Widerschein der Tugend.«

Ich hob verlegen die Hand zum Hals und betastete mein Topaskreuz. »Du siehst heute abend sehr gut aus, Eliza. Lila ist eine Farbe, die nur wenige tragen können, aber dir steht sie ausgezeichnet.«

»Ach, dieses alte Ding«, meinte sie mit einem gleichgültigen Achselzucken. »In London, wo man es schon seit einer Ewigkeit kennt, würde ich mich damit nicht mehr hinauswagen, aber für Bath – na gut …« Ihre glänzenden Augen wanderten im Raum umher. Sie waren von einer Lebhaftigkeit erfüllt, die ihre dreiundvierzig Jahre Lügen strafte.

»Mrs. Austen!« rief eine hochgewachsene Frau mit einem langen weißen Hals, deren Haar ein bezaubernder Turban in Sèvresblau und Gold krönte. Sie beugte sich zu der winzigen Comtesse hinunter und drückte ihr die behandschuhte Hand. »Wie entzükkend, Sie zu sehen. Es ist schon eine Ewigkeit her!«

»Isabella Wolff, es ist nicht zu fassen!« erwiderte Eliza in der gleichen Art und packte die Schöne mit festem Griff. »Sie werden mit jedem Jahr hübscher. Jane, Cassandra – darf ich euch Mrs. Jens Wolff vorstellen, die Gattin des dänischen Konsuls. Meine Schwestern, die Miss Austens.«

Cassandra und ich knicksten.

»Darf ich Ihren Freundinnen Mr. Thomas Lawrence vorstellen, Mrs. Austen?« fragte Isabella Wolff ihrerseits, und als ich über Elizas Schulter spähte, erblickte ich den hübschen Maler. Er wartete auf Mrs. Wolff mit der Miene geduldiger Anbetung. Sie schien seinen strengen, beherrschten Zügen fremd zu sein und wirkte dadurch noch stärker.

Mr. Lawrence verbeugte sich, schien aber nicht geneigt, sich von der Aufmerksamkeit seiner Dame auch nur für die Zeit einer

Vorstellung zu trennen, und wir mußten uns mit einem unverständlichen Wort begnügen, das er in sein Halstuch murmelte. Wenn er sich an meine Vorstellung in Laura Place erinnerte, verriet er das mit keiner Silbe, und ich hielt es für wahrscheinlicher, daß er sie vergessen hatte, denn an jenem Vormittag waren alle seine Fähigkeiten davon in Anspruch genommen, das Bild Lady Desdemonas einzufangen.

»Und ist Mr. Wolff auch in Bath?«

»Gegenwärtig nicht.« Die Gattin des Konsuls war anscheinend nicht gewillt, weitere Erklärungen abzugeben.

»Aber beabsichtigen Sie selbst, sich länger hier aufzuhalten?« beharrte Eliza.

»Wenn es nach der *Absicht* ginge, würde ich vielleicht gar nicht nach London zurückkehren! Alles an Bath gefällt mir ganz ausgezeichnet.« Dieser Satz wurde von einem aufreizenden Lächeln für Mr. Lawrence begleitet, der den Anstand besaß, leicht zu erröten. »Sie müssen mich in den Bladuds Buildings besuchen, Eliza – oder bei einer Sitzung der Philosophischen Gesellschaft hereinschauen. Ich verlasse mich darauf ...«

Und mit einer Handbewegung und einem Kopfnicken in die Runde ging Isabella Wolff weiter und verbrachte den größten Teil des Abends damit, mit Mr. Lawrence zu tanzen, zum Ärgernis der Stadt.

»Nun frage ich mich, was *sie* vorhat«, überlegte Eliza, während sie dem Paar mit den Blicken folgte.

»Eine sehr schöne Dame«, sagte meine Mutter anerkennend, »wenn mir auch ihr Geschmack an Turbanen nicht gefällt. Sie könnte beinahe aus dem Zelt eines Orientalen stammen, scheint es mir!«

»Sie war nie glücklich mit Jens Wolff, und Mr. Lawrence sieht entschieden gut aus«, fuhr Eliza ungerührt fort. »Er macht auch einen düsteren, leidenschaftlichen Eindruck, nicht wahr? Ich könnte selbst leicht mein Herz an ihn verlieren, wenn ich auf Abwege gehen wollte.«

Meine Mutter fuhr zusammen und musterte die Comtesse scharf. »Ich glaube, ich gehe auf die Suche nach Henry, meine Liebe«, sagte sie entschlossen und verließ uns.

»Aber du willst ja gar nicht auf Abwege gehen«, erinnerte ich Eliza, die es nicht lassen konnte, hinter meiner Mutter her zu kichern, »und ich kann mir nicht vorstellen, daß Mr. Lawrence bei näherer Bekanntschaft so angenehm wäre. Ich habe aus recht guter Quelle gehört, daß er fast bankrott ist.«

»Und wer ist das nicht in der vornehmen Welt«, gab Eliza sorglos zurück, während sie ihre erhitzten Wangen fächelte. »Ein Mann kann jahrelang so weitermachen und jedem riesige Beträge schulden, solange er seinen Ruf wahrt.«

»Ich würde meinen, daß Mrs. Wolff in *dieser* Hinsicht mehr aufs Spiel setzt«, bemerkte Cassandra. »Ihr Ruf wird wohl ihren Besuch in Bath kaum heil überstehen.«

»Mr. Lawrence hat allerdings die Gewohnheit, Damen ihren Ehemännern zu entfremden, Jane«, gab Eliza zu. »Du hast sicher neulich den Brief in der ›Morning Gazette‹ gelesen.«

»Es ist eine Ewigkeit her, seit ich eine Londoner Zeitung gelesen habe«, erwiderte ich. Meine Neugier war geweckt. »Welchen Brief meinst du?«

»Den von Mr. Siddons.«

»Vom Ehemann der berühmten Sarah?«

»Ja, von dem. Er wohnt hier in Bath, weißt du, wegen seiner Gicht in den Beinen, und hat ganz mit seiner Frau gebrochen.«

»Das wußte ich nicht. Aber was ist mit dem Brief?«

Elizas Augen funkelten vor köstlicher Bosheit. »Mr. Siddons setzte nichts weniger als eine *Belohnung* für denjenigen aus, der ihm den Urheber der Verleumdungen seiner untadeligen Gattin nennen würde, die angeblich Ehebruch mit Mr. Lawrence begangen haben solle!«

»Aber sie galt doch immer als tugendhaft, und außerdem könnte sie dem Alter nach Mr. Lawrences Mutter sein!«

»Darin gebe ich dir völlig recht, meine Liebe. Isabella Wolff können wir wenigstens als seine Altersgenossin betrachten. Doch Mr. Lawrence hat Mrs. Siddons wohl zwanzigmal gemalt und damit größten Ruhm geerntet, und in früheren Jahren fand er großen Gefallen an der ganzen Familie, *Mr.* Siddons vielleicht ausgenommen.«

»Ich meine, diese Geschichte solltest du lieber deiner Freundin Mrs. Wolff berichten«, bemerkte Cassandra im Ton leichten Vorwurfs.

»Sie kennt sie bestimmt schon«, antwortete Eliza achselzukkend. Dann beugte sie sich zu meiner Schwester hinüber und sagte in verschwörerischem Flüsterton: »Ist das nicht Mr. Kemble, Cassandra? Dein alter Freund vom Ball in Chilham?«

Ein rundlicher Offizier in den Dreißigern, nur mittelgroß und mit schütterem braunem Haar, marschierte entschlossen auf uns los, und ich fürchtete um meine Schwester. Sie ist im allgemeinen von so sanftmütigem und widerstandslosem Wesen, daß sie häufig von Langweilern aller Art ausgenutzt wird, die ihre stille Schönheit und ihr winziges Vermögen für einen doppelten Vorteil halten, denn damit ist sie eine Dame, die ihnen als Partnerin Ehre macht, sie aber nicht in die Versuchung bringt, ihren ehelosen Stand aufzugeben. Auf dem Ball in Chilham, an den Eliza erinnerte, hatte meine Schwester eingewilligt, nicht weniger als *viermal* mit Mr. Kemble zu tanzen, und dabei hatte sie feststellen müssen, daß es ihm sowohl als Tänzer wie auch als Gesprächspartner sehr an Geschick mangelte. Er ist nicht mit der berühmten Schauspielerfamilie Kemble verwandt – ein solcher Vorzug würde selbst seine Langeweile noch erträglicher machen –, sondern ein Mitglied der Miliz von Kent und gut mit der Familie meines Bruders Edward in Godmersham bekannt. Mr. Kemble begeistert sich für die Jagd und findet reichen Gesprächsstoff in den Eigenschaften seiner Hunde und Jagdpferde.

»Nun, *das* ist wirklich ein achtbarer Herr, Jane«, erklärte meine Mutter, die gerade mit Henry im Schlepptau zurückkehrte. »Hier sieht man Anstand und guten Ruf.«

Meine Schwester seufzte hörbar.

»Gehen wir auf die Toilette?« fragte ich, aber es war zu spät. Mr. Kemble hatte sein Ziel erreicht.

»Miss Austen«, rief er herzlich und verbeugte sich so tief vor Cassandra, daß er fast ihre Knie berührte. »Entzückt! Großartig! Ich bin gerade erst in Bath angekommen, und schon finde ich meine alte Partnerin! Sie haben sich überhaupt nicht verändert, und dabei kennen wir uns doch schon mindestens drei Jahre, meine ich! Als hätte ich Chilham nie verlassen! Ich hoffe, Sie haben den ersten Tanz noch frei?«

»Ja, Sir«, erwiderte meine liebenswürdige Schwester mit einem Knicks.

»Hervorragend! Hervorragend! Dann werde ich den ganzen Abend mit Ihnen tanzen – werde es als Kompliment für Ihren ausgezeichneten Bruder Edward betrachten! –, denn eine Dame in Ihren reifen Jahren wird wohl nicht sehr gefragt sein. Wir werden uns glänzend miteinander amüsieren!«

Mr. Kemble bot Cassandra den Arm, und mit einem verzweifelten Blick zurück nahm sie ihn an. Als sie zur Tanzfläche gingen, hörte ich ihn sagen: »Mein Setter Daisy hat zweimal geworfen, seit Sie wegzogen! Wunderbare kleine Hündin! Und von einer Fährte nicht wegzukriegen!«

»Wie gut sie zusammen aussehen«, überlegte meine Mutter, während sie mit den Blicken ihre ältere Tochter zwischen den Paaren verfolgte. »Wenn sie auch in der Größe ihm vielleicht etwas zu nahe kommt für eine gute Unterhaltung.«

»Das ist aber wirklich schlecht von Cassandra«, meinte Eliza spöttisch. »Eine Dame sollte immer versuchen, kleiner zu sein als ihr Partner, wenn sie es irgend einrichten kann, und sonst besser sitzenbleiben. Aber *dir* wird eine solche Peinlichkeit erspart bleiben, Jane, denn Lord Harold ist ja recht groß. Tanzen wir, Henry?«

Die erste Tanzweise erklang, ich sah Cassandra wie eine Märtyrerin zwischen den Paaren und spürte die Gegenwart eines Herrn neben mir. Ich wandte mich um – und erblickte Hugh Conyngham.

Er hatte die Hofkleidung abgelegt und trug heute abend einen pflaumenblauen Rock aus sehr feinem Stoff, taubengraue Pantalons und eine Weste aus bestickter Seide. Die Falten seiner Halsbinde waren so kunstvoll verschlungen, daß das Auge ihnen kaum folgen konnte, und seine Kragenspitzen so steif, daß er das Kinn ständig hoch tragen mußte. Ich unterdrückte einen unbändigen Drang, laut aufzulachen – der Tragöde Hugh Conyngham als Dandy! –, und begrüßte ihn mit einem tiefen Knicks. Mag er auch den Pfau spielen, dennoch ist Mr. Conyngham mit seinem dunklen Lockenkopf und seinen hellblauen Augen ein hübscher Bursche, und ich muß nach außen hin seine Aufmerksamkeit würdigen.

»Miss Austen«, sagte der Schauspieler mit einer Verbeugung. »Ihr Knöchel ist wieder ganz heil, hoffe ich?«

»Völlig, Sir. Die Wiederherstellung meiner Gesundheit verdanke ich Ihrer großen Güte – und Ihrem ausgezeichneten Brandy.«

»Dann darf ich um diesen Tanz bitten?«

»Mit Vergnügen.« Meine Überraschung war nicht gering, doch ich folgte ihm ohne Murren zur Tanzfläche, während meine Gedanken sich überschlugen. Hatte er entdeckt, daß der Schreibtisch des Direktors durchsucht worden war, und sich an die seltsame Art meines Stolperns in den Kulissen erinnert?

»Ich bin ganz erstaunt, Mr. Conyngham, Sie hier im Unteren Kurhaus zu treffen«, sagte ich, als wir uns zwischen die Paare einreihten, die sich zum Menuett formierten. »Ich dachte, Ihre Truppe habe heute eine Aufführung in Bristol.«

»Das hat sie auch, aber in dem Stück, das heute gegeben wird, habe ich keine Rolle.« Er bewegte sich leicht, mit unbewußter Anmut, und sein Gesichtsausdruck war durchaus nicht finster. Vielleicht hatte ich seinen Wunsch, mit mir zu tanzen, doch falsch aufgefaßt. »Ich hatte gedacht, die Familie Ihrer Gnaden bei diesem Tanzabend zu treffen, aber vermutlich hat ihr gegenwärtiges Unglück sie veranlaßt, einen ruhigen Abend zu Hause zu verbringen.«

»Vielleicht. Obwohl ich meine, daß sie kommen wollten.«

»Lord Harold ist ein sehr einnehmender Herr. Ich hatte ihn noch nie gesehen, bevor er gestern abend in die Orchard Street kam.«

»Wirklich sehr einnehmend«, antwortete ich vorsichtig. »Und mit beträchtlichem Scharfsinn begabt. Er verkehrt in hohen Regierungskreisen, soviel ich weiß.«

Ein rascher, forschender Blick, der ebenso rasch weiterglitt. »Sie sind sehr gut bekannt mit der Familie?«

»Nicht näher als Sie selbst, Mr. Conyngham.«

»Ich?« Er gestattete sich ein Lächeln. »Als ob das möglich wäre! Nein, nein, Miss Austen – ich erhebe nicht die Ansprüche wie Mr. Portal. Ich richte meinen Ehrgeiz nicht auf eine herzogliche Familie.«

»Und hegte denn der Direktor wirklich Hoffnungen in dieser Hinsicht?«

»Das muß ich annehmen. Portal machte Lady Desdemona sehr eifrig den Hof.«

»Aber – verzeihen Sie – ich glaubte, er liebe Ihre Schwester.«

»Er bewunderte sie vielleicht – empfand Achtung und Zuneigung – aber Liebe? So würde ich es nicht nennen.« Er schüttelte den Kopf.

»Nein«, stimmte ich zu, »denn Liebende sehen sich nicht anderweitig um.«

»Wie meine Schwester seit langem weiß. Maria war nie so unvorsichtig, ihr Vertrauen in die Zuneigung eines Mannes zu setzen, und ich sehe mich nicht in der Lage, ihr einen anderen Rat zu geben. Wir Männer sind schon ein schlimmer Haufen, was die Damen angeht.«

»Sie urteilen zu streng über Ihr Geschlecht!«

Er lächelte bitter. »Vielleicht habe ich schon zuviel von unserer unbeständigen Natur erlebt, Miss Austen.«

»Aber Sie selbst können doch nichts von flüchtigen Affären wissen, Mr. Conyngham.« Ich zögerte, wagte dann fortzufahren. »Ich weiß es aus zuverlässiger Quelle, daß Ihr Herz einer Frau gehört, die schon im Grabe ruht.«

Er neigte bejahend den Kopf, schien aber sehr zerstreut und sagte plötzlich: »Sie haben offensichtlich etwas von meiner traurigen Geschichte gehört.«

»Von Ihrer Liebe zu der verstorbenen Miss Siddons? Ja, eine meiner Bekannten, die sie kennt, ließ etwas davon verlauten.«

Ein Erröten breitete sich auf Hugh Conynghams Wangen aus und verschwand ebenso schnell wieder. Eine solche Gefühlsempfindlichkeit überraschte mich nicht bei einem Mann, der sich dem Theater widmet.

»Ihr Verhalten findet meinen Beifall«, fuhr ich fort. »Solche Treue – sogar über den Tod hinaus – ist äußerst selten bei einem Herrn.«

Seine blauen Augen blickten einen Moment in meine, dann bewegte er sich in einer Tanzfigur um mich herum. »Es war Ihre Gnaden, die zufällig von dieser Geschichte sprach, muß ich wohl annehmen?«

»Im Gegenteil, es war eine alte Freundin Ihrer Familie, Madam Anne Lefroy.«

»Ich kann mich nicht erinnern ...«

»Sie werden die Dame wohl nicht kennen, glaube ich, aber Sie haben sie bestimmt schon gesehen. Madam besuchte die Abendgesellschaft Ihrer Gnaden als Königin Elizabeth kostümiert.«

»Ach ja«, rief der Schauspieler, als ihm die Erinnerung wiederkehrte. »Ich habe sie zufällig beobachtet. Sie unterhielt sich längere Zeit mit dem roten Harlekin.«

»Mr. Thomas Lawrence. Kennen Sie diesen Herrn?«

»Unsere Wege haben sich schon einmal gekreuzt«, erklärte Hugh Conyngham kurz. »Aber sagen Sie, Miss Austen: Wie kommt es, daß Ihre Freundin anscheinend etwas von meiner Vergangenheit weiß? Denn ich bin ihr vorher bestimmt noch nie begegnet.«

»Sie spielte zufällig in einer Amateuraufführung zusammen mit Ihren Eltern, soviel ich weiß, vor vielen Jahren auf dem Landsitz der Herzoginwitwe in Kent, und später hat sie viele Jahre lang Ihr Leben mit großem Interesse verfolgt. Musik, Theater und gute Literatur sind die Dinge, die Madam Lefroy über alles schätzt.«

Mr. Conyngham sah zerstreut aus, als sei er mit den Gedanken ganz woanders, aber er sammelte sich so weit, daß er sagte: »Eine begabte Dame, wie ich sehe. Wohnt sie in Bath? Denn ich würde sie gern kennenlernen und ihre Erinnerungen an meine Eltern von ihr hören.«

»Leider muß ich sagen, daß sie ihren Wohnsitz in Hampshire hat, in dem Dorf Ashe nicht weit von dem Ort, an dem ich den größten Teil meiner Kindheit verbracht habe.«

Als der Schauspieler bei der nächsten Tanzfigur meine Hand nahm, spürte ich, daß seine Hand leicht zitterte. »Aber Madam Lefroy ist sowohl mit Ihnen als auch mit der Familie Trowbridge bekannt?« erkundigte er sich. »Dann könnte ich sie im Laufe der Zeit doch kennenlernen.«

»Ich würde sie sehr gern wieder nach Bath einladen«, antwortete ich bewegt.

Wir tanzten einige Augenblicke schweigend weiter, dann hielt ich es für klug, auf unser erstes Thema zurückzukommen. Er hatte es beim ersten Anlaß gewechselt, und dieser Beunruhigung wollte ich nachgehen. »Selbst eine so vorsichtige Dame wie Ihre Schwester, Mr. Conyngham, muß doch einen gewissen Wert auf die Zuneigung eines Herrn legen. Denn sie erfreut sich, wie ich glaube, der Aufmerksamkeit des Grafen von Swithin. Sogar Lord Harold war ganz beeindruckt von der Liebenswürdigkeit des Grafen. Er sprach noch gestern abend davon.«

Daraufhin geriet Mr. Conyngham beim Tanzen ins Stocken. »Sie sind nur flüchtig miteinander bekannt, glaube ich. Maria besitzt sehr viele Anbeter, die mit allen möglichen Zeichen der Huldigung in den Kulissen erscheinen und ebenso schnell wieder verschwinden. Ich weiß nicht, was Lord Harold an ein paar Blumen so Besonderes findet.«

»Ich auch nicht«, erwiderte ich fröhlich, »aber so ein Mann, Sir, verfügt sicher über Informationsquellen, von denen wir keine Ahnung haben.«

An dieser Vorstellung konnte er wohl kaum Gefallen finden. Ich zweifelte nicht daran, daß er nun wußte, daß der Schreibtisch durchsucht worden war und von wem, und so ging unser Tanz ohne weitere Unterhaltung zu Ende.

»Es freut mich, Sie wiederzusehen, Lord Harold«, sagte meine Mutter mit erheblicher Mühe eine halbe Stunde später, als wir im Erfrischungsraum standen und auf Plätze hofften. »Mrs. Henry Austen kennen Sie wohl noch nicht, glaube ich.«

»Im Gegenteil, Madam, wir sind uns in London begegnet. Bei dem verstorbenen Sir Hugh Walpole, glaube ich.« Lord Harold verneigte sich.

»Sie haben ein erstaunliches Gedächtnis, Mylord«, rief Eliza. »Ich habe Lady Walpole schon ewig nicht mehr gesehen! Aber ich meine, wir haben uns auch auf der einen oder anderen Abendgesellschaft getroffen, als sie noch der vornehmen Welt die Stirn bot.«

»Sie befinden sich wohlauf, Lord Harold, so hoffe ich?« erkundigte sich meine Mutter.

»Gewiß, Madam. Und Sie erfreuen sich hoffentlich guter Gesundheit?«

»Es geht, es geht – doch Mr. Austens Gesundheit ist nicht so, wie ich es mir wünschen würde. Mr. Bowen besteht darauf, daß er auch bei kältestem Wetter ausgeht, wie Sie selbst gesehen haben, als Sie so freundlich waren, uns am Mittwoch in den Green Park Buildings zu besuchen, und wenn ihm die Bewegung auch guttun mag, so glaube ich doch nicht, daß der scharfe Wind sehr heilsam wirkt.«

»In der Tat nicht. Und hat Ehrwürden beschlossen, heute abend zu Hause zu bleiben?«

»Er spielt Whist, Sir. Mein Sohn Henry kümmert sich um ihn.«

»Jane«, flüsterte meine Schwester Eliza. »Ich bin ganz hingerissen von deinem Schwerenöter. Jetzt kann ich verstehen, daß

Lady Walpole mehrere Jahre lang Trowbridge sklavisch ergeben war. Es gab einen richtigen Skandal, weißt du, als sie Sir Hugh verließ.«

»Eliza«, wies ich sie zurecht, »er kann dich hören.«

Die dunklen Augen der kleinen Comtesse funkelten spottlustig. »Das ist mir gleich. Nichts wäre schöner, als die ganze Geschichte von Sir Harold selbst zu hören. Sir Hugh erschoß sich mitten auf der Pall Mall, weißt du, und Lady Walpole wagt schon ewig nicht mehr, sich zu zeigen. Lord Harold hat sie gänzlich fallenlassen, nehme ich an.«

»Eliza ...«

Aber meine Befürchtungen waren überflüssig. Lord Harold war völlig von der Leidensgeschichte meiner Mutter in Anspruch genommen. In seinem dunkelblauen Rock und den cremefarbenen Kniehosen, den Kopf leicht zur Seite geneigt, bot er ein Bild der Höflichkeit – als höre er sich an, was die Herzogin Georgiana von Devonshire über die Aussichten der Whigs bei der nächsten Regierungsbildung zu sagen hätte.

»Ehrwürden Austen litt an einem leichten Husten«, fuhr meine Mutter fort, »obwohl ich ihm ständig Senfumschläge in Flanell auf die Brust lege, und sein Stuhlgang macht mir auch Sorgen.«

»Aber, Mama«, protestierte ich, »Lord Harold ist doch kein Arzt und hat sicherlich kein Interesse an unserem – leichten Husten.«

»Im Gegenteil«, wandte er freundlich ein, »ich muß oft zur Gesundheit meiner Mutter meine Meinung äußern, und ich verlasse mich am meisten auf Dr. Charles Gibbs in der Milsom Street. Er ist ein ausgezeichneter Arzt und hat die Herzoginwitwe ganz vor der durchdringenden Feuchtigkeit von Bath geschützt.«

»Ich hatte noch nicht die Ehre, Dr. Gibbs kennenzulernen«, antwortete meine Mutter.

»Dann werde ich nicht versäumen, ihn zu den Green Park Buildings zu schicken. Ohne Gibbs kommen Sie nicht aus.«

Meine Mutter knickste und wandte sich plötzlich an mich. »Jane, meine Liebe, ich möchte nach Hause. Hast du noch nicht genug getanzt? Cassandra ist sehr ermüdet – das arme Kind hat vorigen Sommer eine arge Kopfverletzung erlitten, Lord Harold, als wir eine Reise nach Dorsetshire unternahmen –, und ich meine, daß die späte Stunde nicht gut für sie ist.«

»Mach dir um mich keine Sorgen, Mama«, antwortete ich gleichmütig. »Henry und Eliza lassen mich nicht im Stich. Bring du Cassandra nach Hause, und ich komme bald nach.«

Sie wollte protestieren – wäre lieber geblieben, als mich Lord Harold in ihrer Abwesenheit zu überlassen –, doch mein Bruder bestand darauf, daß sie uns verließ, und holte sogar unseren Vater, um ihren Abgang zu beschleunigen, so daß ihre Absichten völlig durchkreuzt wurden. Sie verabschiedete sich von unserer kleinen Gruppe mit wehenden Röcken, und mir war klar, daß mich am anderen Morgen eine Strafpredigt erwartete.

»Und nun können wir in Ruhe unseren Tee trinken«, verkündete Eliza. Mit bemerkenswerter Energie sicherte sie uns einen Tisch und wartete auf den Diener mit dem Teeservice.

»Ich hatte nicht mit dem Vergnügen gerechnet, Sie heute abend zu treffen«, sagte ich zu Lord Harold, als der ganze Wirbel der Familienangelegenheiten vorbei war.

»Ich konnte es mir nicht versagen, meine Nichte zum Tanzabend zu begleiten, in direktem Gegensatz zur Auffassung von Schicklichkeit des Grafen von Swithin. Ich stelle fest, daß *er* auch nicht zu Ehren meines Neffen zu Hause geblieben ist. Im Augenblick macht er gerade Miss Conyngham den Hof und achtet darauf, daß Desdemona es auch bemerkt. Mona ihrerseits ist in ein Gespräch mit Oberst Easton vertieft. Das ist alles ganz unterhaltsam.«

»Oberst Easton?«

»Er ist Offizier bei den Gardedragonern und schon seit einer Ewigkeit in meine Nichte verliebt. Mona geht morgen mit ihm zu Dash's zum Reiten.«*

»Ich kenne Oberst Easton nicht, hatte nur gehört, daß er kürzlich nach Bath gekommen sei. Und daß er in einem Duell verwundet wurde«, brachte ich heraus. »Infolge einer Beleidigung Lord Swithins.«

»So war es auch. Er trägt den rechten Arm noch in der Schlinge, sozusagen als Ehrenzeichen. Der Oberst und der Graf sprechen

* Dies war eine Reitschule in der Montpelier Street, bei der vornehme Leute gegen einen halbjährlichen Beitrag Reitunterricht nehmen oder Reitpferde für ihren Gebrauch mieten konnten. – *Die Herausgeberin.*

nicht miteinander. Wir können annehmen, daß dies in Monas Augen dem Flirt einen gewissen Reiz verleiht.«

Lord Harold reichte mir ein Glas Weinpunsch und sicherte sich auch eins.

»Ihre Familie sieht meine Aufmerksamkeiten nicht mit Freude, Miss Austen. Ich fürchte, ich habe Ihnen einen schlechten Dienst erwiesen. Bitte nehmen Sie meine Entschuldigung an.«

Ich errötete und sah verlegen drein. »Ich verstehe Sie nicht, Mylord.«

»Verzeihung, aber ich glaube, Sie verstehen mich wohl. Ich schade Ihrem guten Ruf, sobald ich an Ihrer Schwelle auftauche, meine Liebe.« Die Worte des Schwerenöters klangen gelangweilt, aber ich entdeckte eine Wunde bei ihm. Es bedeutet schon etwas, wenn man auf Schritt und Tritt der Unschicklichkeit verdächtigt wird – ob der Verdacht nun berechtigt ist oder nicht.

»Meine Familie fühlt sich vielleicht durch Ihre hohe Stellung eingeschüchtert, Mylord.«

»Dann verhält sie sich darin ganz anders als der größte Teil der Gesellschaft von Bath.« Er betrachtete die Menge der Vergnügungssüchtigen, die sich nach Plätzen im Erfrischungsraum drängten und von denen manche die Augen abwendeten, wenn der Lord in ihre Richtung blickte, und ein Ausdruck der Bitterkeit glitt über sein Gesicht. »Vielleicht hätte ich versuchen sollen, mit Ihnen mitten auf der Straße zu sprechen, vorzugsweise um die Mittagszeit. Denn auf einem öffentlichen Platz hätten wir kaum mehr Aufmerksamkeit auf uns gezogen, als wir es in dieser stillen Ecke getan haben. Ich habe Ihnen unermeßlich geschadet, Miss Austen. Erst das Theater und nun das Kurhaus – jetzt braucht nur noch ein Straßenjunge unsere Verabredung im Labyrinth auszuposaunen, dann ist der Ruin Ihres guten Rufes vollständig! Ganz Bath wird Ihnen ein Liebesverhältnis nachsagen und Sie bedauern, wenn ich meine Aufmerksamkeit Miss Conyngham zuwende.«

»Ich sollte Ihnen lieber danken, als Ihnen Vorwürfe machen, Lord Harold.« Ich nippte an meinem Punsch und fühlte plötzlich hundert neugierige Augen auf mich gerichtet. »Eine solche interessante Aufmerksamkeit sorgt wenigstens dafür, daß mein Leben gegenwärtig nicht so langweilig ist wie früher.«

Er schwieg einen Moment. »Dann sind Sie also unzufrieden

mit Ihrem Schicksal? Sicherlich besitzt Bath nicht die gehobene Gesellschaft Londons, aber ich habe von vielen Damen gehört, es sei unendlich abwechslungsreich. Sie kann es also nicht unterhalten?«

»Ich habe nicht einen so müßigen Charakter, daß ich Vergnügen an Zerstreuungen finde«, antwortete ich. »Ich möchte so gern etwas tun. Und vielleicht habe ich die Vergnügungen von Bath schon zu lange genossen. Selbst das Paradies, fürchte ich, wird einem zuwider, wenn man ewig darin lebt.«

»Darin gleichen wir uns sehr, meine Liebe. Ich finde die Langeweile einer täglichen Routine beinahe unerträglich. Das ist der einzige Antrieb, der mich dazu bringt, mich in – Angelegenheiten heikler Art einzumischen. Ohne den Reiz der Abwechslung wäre ich ein verlorener Mann und für die gute Gesellschaft ungeeignet.«

Und so finden wir die Wurzel Ihres ruhelosen Herzens, dachte ich im stillen, *immer auf neue Eroberungen aus.* Laut sagte ich nur: »Im gegenwärtigen Fall verleiht wenigstens das Wohl Ihres Neffen dem Spiel eine Spannung. Durch Langeweile allein könnten Ihre Energien niemals auf eine solche Höhe gebracht werden.«

»Das stimmt«, sagte er, und seine grauen Augen glänzten. »Aber sagen Sie mir bitte, haben Sie etwas aus Hugh Conyngham herausbekommen? Denn ich sah, wie Sie vor einer Stunde mit ihm tanzten.«

»Nichts, was Mr. Elliot einen *Beweis* nennen würde«, antwortete ich mit einem belustigten Blick, »aber ich würde mein Leben darauf verwetten, daß er weiß, daß die Briefe verschwunden sind, und unserem kürzlichen Besuch hinter den Kulissen mißtraut. Ich habe Wert darauf gelegt, Sie als einen furchterregenden Mann darzustellen, der lebhaften Verdacht gegen seine Schwester und den Grafen hegt und Machtmittel besitzt, die anderen fehlen. Ich meine sagen zu dürfen, daß wir darauf rechnen können, daß sich der unglückselige Mr. Conyngham in beträchtliche Angst versetzt sieht und den Schutz des einzigen Mannes suchen wird, der ihm welchen gewähren kann – des Grafen von Swithin.«

»Und morgen mache ich mich an Maria Conyngham heran.«

»Passen Sie auf, Lord Harold, daß sie sich nicht an *Sie* heranmacht.«

»Das ist unmöglich, meine Liebe.«

»Verzeihen Sie, aber so zuversichtlich bin ich nicht.« Ich sah ihm so fest in die Augen, wie ich nur konnte.

»Sie glauben mich doch nicht in Gefahr!« Er tat so, als sei er in sorgloser guter Stimmung, aber sein Blick verriet Wachsamkeit.

»Ich meine, Sie bewegen sich auf sehr unsicherem Boden. Ihre Beweggründe und ihre Fähigkeiten sind tief verborgen, und sie besitzt unendlichen Charme. Ich bitte Sie, nehmen Sie sich in acht.«

»Ich verspreche, der Dame ein ebenso falsches Herz zu schenken, wie ihr eigenes zu sein scheint«, erwiderte Lord Harold, doch seine Worte klangen keineswegs leichtfertig.

Damit verbeugte er sich und überließ mich den bedeutungsvollen Blicken Henrys und Elizas und dem Genuß abkühlendes Tees.

Kapitel 11
Ein Messer an der Kehle

Sonnabend, 15. Dezember 1804

Bald danach verabschiedete ich mich vom Ehepaar Henry Austen im Foyer des Unteren Kurhauses, doch ich schritt in keiner auch nur halbwegs ruhigen Gemütsverfassung zu meiner Sänfte. Auf dem größten Teil meines Heimwegs zu den Green Park Buildings waren meine Gedanken völlig von Lord Harold Trowbridge in Anspruch genommen. Er war immer ein Mann von kältester Berechnung, ein meisterhafter Schachspieler, und er bewegte sich an einer Vielzahl von Brettern, die alle schwarzweiß waren. Ich hatte geglaubt, er verabscheue die zärtlichen Leidenschaften, und bei einer Laufbahn wie der seinen konnten sie ihm auch nur hinderlich sein. Wie viele Frauen er auch in Mayfair in großem Stil aushalten mag, sein Herz bleibt davon wahrscheinlich unberührt. Diese Selbstbeherrschung schützt ihn vor den Stichen der Unverschämten und bietet den Ausbeutern kein Ziel. Außerdem glaube ich darin das Ergebnis einer großer Enttäuschung in früher Jugend zu erkennen, den Verlust einer Geliebten durch Treubruch oder vielleicht ein schlimmeres Schicksal. Meine Vertrautheit mit Lord Harold war nie so groß, daß sie den Austausch von Geheimnissen erlaubt hätte, deshalb müssen meine Vermutungen unbestätigt bleiben. Aber seine Schwäche in diesem Fall beunruhigt mich, ich entdecke eine Neigung, Maria Conynghams Gefühle herauszufordern, und ich mache mir Sorgen um sein seelisches Gleichgewicht.

Darin kann ich jedoch keinerlei Hoffnung darauf erblicken, daß Lord Harold glücklich würde. Er weiß von ihrer nahen Beziehung zu Richard Portal und kennt die erpresserischen Künste jenes Herrn, er weiß auch, daß Maria durch Liebe oder Habgier an den Grafen von Swithin gebunden ist. Und wenn er auch nicht beweisen kann, daß es ihre Hand war, die mit dem Dolch zustieß, so wird doch der Verdacht sich tief in seinem Innern festsetzen, seine Gedanken vergiften, ihm den Schlaf rauben und sein zärtlichstes Gefühl in Betrug an seinem Urteilsvermögen verwandeln. Dieser Zwiespalt in seiner Seele wird ihn bei lebendigem Leibe verbrennen, und dieses Leid wird ihn die Wahrheit erraten lassen.

Und wenn er die Wahrheit ergründet, kann er Miss Conyngham nur vernichten.

Ein plötzlicher Ruck der Sänfte warf mich heftig gegen das Fenster zur Linken, und ich stieß einen Schreckensschrei aus. Ich hatte gerade begriffen, daß der vordere Träger die Sänfte abgesetzt hatte, was mich von meinem Sitz nach vorn warf, als der hintere Träger das gleiche tat. Die beiden liefen ohne ein Wort der Erklärung davon und kümmerten sich nicht um meine empörten und entsetzten Rufe. Wo war nur der Fackelträger mit seiner Lampe?* Die Dunkelheit um die Sänfte herum war undurchdringlich, und in plötzlicher heißer Angst langte ich nach dem Türknauf.

In dem Moment sah ich eine Gestalt, die sich über mich beugte, und mir stockte der Atem.

»Na los, Madam, reichen Sie Ihren Pompadour rüber, oder wir müssen danach suchen, und wie wir das machen, wird Ihnen nich gefallen.« Ein höchst ruppig aussehender Kerl starrte in der Dunkelheit auf mich herunter. Sein Gesicht wurde halb von einem Taschentuch verdeckt. »Sie sollten nich in 'ner Nacht ohne Mond unterwegs sein, Miss. Is mächtig gefährlich.«

Ich sank in die Sänfte zurück und fand in dem niedrigen Raum ein Gefühl der Sicherheit und Zuversicht, und dann sah ich einen zweiten Mann, von Bart und Verhüllung unkenntlich gemacht, neben dem ersten stehen. Die Sänfte war in einer Gasse verlassen worden – zweifellos durch Vereinbarung der Diebe mit den schuftigen Sänftenträgern –, und die Gegend war mir unbekannt. In dieser Dunkelheit war freilich ganz Bath nicht zu erkennen. Ich überlegte kurz, ob ich um Hilfe schreien sollte – die Straßen mußten doch noch belebt sein –, aber dann fiel mir ein, daß gewöhnliche Straßenräuber immer ein Messer oder einen Knüttel bei sich trugen. Deshalb händigte ich den Dieben meinen Pompadour widerspruchslos aus.

Sie waren ein seltsames Paar: groß und kräftig wie Landarbeiter,

* Vor der Sänfte lief nachts ein Mann oder ein Junge her, der eine Lampe hochhielt, um Fußgänger zu warnen und den Weg zu beleuchten. – *Die Herausgeberin.*

aber nach der Mode gekleidet. Wäre ich ihnen auf der Straße begegnet und hätte sie nicht sprechen hören, hätte ich sie tatsächlich für Gentlemen halten können, und ich konnte kaum glauben, daß sie sich diese Kleidung vom Ertrag kleiner Diebstähle leisten könnten. Der erste Mann öffnete meine kleine Börse und suchte darin herum.

Der zweite Mann spähte durch die Tür, und ich prallte zurück vor der Wut in seinen Augen. Sie waren wirklich eigenartig, als trügen sie ein Teufelsmal, denn selbst in der Dunkelheit konnte ich erkennen, daß das eine Auge hell war und das andere dunkel. Wo hatte ich ein ähnliches Paar schon einmal gesehen? Aber mir blieb keine Zeit zum Nachdenken, denn zu meinem fürchterlichsten Schrecken langte er nach dem Kragen meines Mantels, und in seiner Hand hielt er ein Messer.

Ich schlug ihm kräftig mit meinem Fächer auf die Finger und schrie, was meine Lunge hergab. Der Schurke packte mich bei den Schultern und versuchte, mir das Messer an die Kehle zu setzen, aber da ließ ihn das erlösende Geräusch um die Ecke heraneilender Füße innehalten.

Mit einem Fluch und einem Faustschlag auf das Dach der Sänfte stürmte mein Angreifer zurück in die dunkle Gasse. Sein Kumpan folgte ihm auf den Fersen. Da fiel mir ein, wo ich ihn schon gesehen hatte: Es war Smythe, der Bühnenarbeiter aus dem Theatre Royal. Ich schrie wieder auf und warf mich aus der Sänfte und in die Arme eines stämmigen Burschen mit der blauen Uniform und der Schirmmütze der Sänftenträger – und fuhr erschrocken zurück wie vor einem plötzlich wiederkehrenden Alptraum.*

»Na, Miss«, sagte der Mann beruhigend, »was ist denn los?«

»Ich wurde hier von einigen Ihrer Kollegen im Stich gelassen und von Dieben überfallen«, brachte ich heraus. »Bitte rufen Sie den Konstabler.«

Er wandte sich um und rief einige seiner Gefährten herbei, die sich an die Verfolgung meiner Angreifer machten. An allen Glie-

* Wegen ihrer Vertrautheit mit den Straßen und ihrer Anwesenheit zu allen Tages- und Nachtzeiten dienten die Sänftenträger in Bath fast als Polizei, wenn auch als inoffizielle. Gelegentlich nahmen sie auch ihre Passagiere als Geiseln, um einen höheren Preis zu erpressen. – *Die Herausgeberin.*

dern zitternd wurde ich durch eine wachsende Menge in die Sicherheit eines Gasthauses geführt.

Es dauerte aber noch eine Stunde, bis ich die Green Park Buildings erreichte, in einer Mietkutsche auf Kosten des Konstablers. Mein Pompadour und das Geld, das ich bei mir hatte, waren die Beute meiner entschlossenen Straßenräuber geworden. Der Konstabler hatte pflichtschuldigst das Verlassen der Sänfte, die Wegnahme meiner Börse und meine Beschreibung eines Mannes mit verschiedenfarbigen Augen notiert, den ich für Smythe hielt und der wahrscheinlich in der Orchard Street zu finden war. Er hielt den Fall für einen einfachen Diebstahl, aber ich wußte es besser. Es war nichts geringeres als meine Ermordung, die Smythe in dieser Nacht beabsichtigt hatte, und ich war mir sicher, daß er von demselben Mann beauftragt war, der Richard Portals Tod zu verantworten hatte.

Die Frage war nur, *warum?*

Mein Vater war noch auf und saß mit besorgtem Gesicht da, einen Band von »Sir Charles Grandison« offen auf dem Schoß. Seine Kerze war fast heruntergebrannt. »Jane!« rief er aus, als ich das Wohnzimmer betrat. »Es ist fast ein Uhr! So lange kann doch der Tanz nicht ausgedehnt worden sein.«

»Nein, Vater, daran lag es nicht«, antwortete ich müde. »Ich bin in der Nähe der Westgate Buildings überfallen und beraubt worden.«

»Beraubt? Bist du denn allein gegangen? Und wie kamst du überhaupt zu den Westgate Buildings?«

»Ich war nicht so dumm, mich in einer mondlosen Nacht ganz allein auf die Straße zu wagen.« Meine Stimme hörte sich ärgerlich an, aber vielleicht war ich schon zuviel ausgefragt worden. »Ich kann nur annehmen, daß die Sänftenträger gemeinsame Sache mit den Dieben machten, denn sie brachten mich in diese gefährliche Gegend und überließen mich meinem Schicksal.«

Mein Vater sagte kein Wort mehr, sondern schloß mich in seine schwachen Arme. Wir beide waren fast gleich groß, und durch den Flanell seines Schlafrocks spürte ich den leichten, raschen Schlag seines Herzens. »Ich habe Angst um dich, Jane«, sagte er schließlich. »Das ist wirklich ungewöhnlich für Bath zur Weihnachtszeit und am Ende einer achtbaren Abendveranstaltung. Es hat doch wohl nichts mit einem gewissen Herrn zu tun, den wir alle zu mißachten beschlossen haben?«

»Ganz bestimmt nicht, Vater«, erwiderte ich nicht der Wahrheit gemäß, aber weiter konnte ich nichts sagen.

»Nun gut.« Sein Gesicht war ernst, und ich spürte einen Mangel seines gewohnten Vertrauens. Es schien fast, als glaube er mir nicht. »Aber du darfst nicht wieder eine Sänfte benutzen, Jane, wenn du nicht in einer größeren Gruppe bist.«

»Ich kann dir versprechen, daß ich das bestimmt nie wieder tue.«

Er beugte sich vor und küßte mich ganz sanft auf die Stirn. »Du tust mir wirklich leid, meine Liebe. Bitte sag deiner Mutter nichts von dieser ganzen Sache. Ihre Phantasie geht so schon mit ihr durch, ohne daß wir sie noch mit Tatsachen füttern.«

Der Schlaf wollte lange nicht kommen, als ich endlich im Bett lag, und Ängste geisterten durch meine Träume: Ich fuhr vor Messern zurück, die sich an meine Kehle preßten, und hätte laut aufgeschrien, aber eine lange Kette wand sich würgend um meinen Hals. Ein glitzerndes Schmuckstück hing daran, baumelte fast vor meinen Knien, ringsum mit Perlen besetzt, und als ich es betrachtete, wandelte sich sein glühendes Auge von Blau zu Braun und wieder zurück, ohne zu blinzeln.

Ich erwachte mit quälendem Schaudern und sah, daß die Dämmerung durch mein Fenster schlich.

Ich befolgte den ausgezeichneten Rat meines Vaters, und als meine Mutter sich beim Frühstück gnädig nach meiner letzten Stunde im Unteren Kurhaus erkundigte, sprach ich nur von dem mittelmäßigen Tee. Damit war sie zufrieden und verließ uns bald, um sich an ihrem Schreibtisch im Schlafzimmer mit ihrer lange vernachlässigten Korrespondenz zu beschäftigen. Mein Vater blieb jedoch noch bei Kaffee und Brötchen sitzen und schien es nicht eilig zu haben, Bekannte in der Trinkhalle zu treffen.

»Angekommen: Lord Harold Trowbridge aus St. James, wohnt in Bath im Hause Ihrer Gnaden der Herzoginwitwe von Wilborough, Laura Place, seit letzten Mittwoch.« Er legte das Blatt des »Chronicle« von Bath beiseite, aus dem er laut vorgelesen hatte, und sah mich forschend an. »Die Herausgeber unseres edlen Blättchens haben volle drei Tage gebraucht, um die Ankunft des

Herrn in der Stadt zu melden, aber wir können annehmen, daß sie die interessante Kunde bis heute morgen zurückgehalten haben, um sie mit Vermutungen und Gerüchten zu ergänzen. Denn in der nächsten Spalte, meine liebe Jane, finde ich die folgende köstliche Notiz: ›*Was kann einen gewissen Lord ..., der für seine galanten Abenteuer bekannt ist, an einen so gesitteten Ort wie Bath geführt haben? Die Verhaftung seines Neffen wegen Mordes? Oder eine Pfarrerstochter in den Green Park Buildings? Die Dame ist in letzter Zeit häufig in Gesellschaft Lord ... s gesehen worden, im Theatre Royal und im Unteren Kurhaus. Wir müssen annehmen, daß sie eine überraschende Naivität besitzt – oder einen Geschmack für gefährliche Herren.*‹«

Ich wurde rot und setzte meine Teetasse ab. »Wie abscheulich!«

»Du findest das nicht amüsant, Jane?« rief mein Vater mit gespieltem Erstaunen aus. »Dann müssen wir annehmen, daß Naivität und nicht ein gefährlicher Geschmack in deinem Charakter vorherrscht – und das werde ich den Herausgebern des ›Chronicle‹ unverzüglich mitteilen. Ganz Bath wartet sicher gespannt auf unsere Antwort.«

Ich eilte zu meinem Vater hin und riß ihm das Blatt aus der Hand, die es mir widerstandslos überließ. »Aber das ist ja widerlich!«

»Es ist nichts anderes, als was du zu erwarten hattest, meine ich«, sagte Cassandra von ihrem Platz am Kamin aus. Doch als ihr Blick meinem begegnete, war kein Triumph darin zu lesen. »Man kann sich nicht in der Öffentlichkeit zeigen, ohne die Aufmerksamkeit der unverschämtesten und geschwätzigsten Klatschmäuler zu erregen.«

»Dann verweigert man mir also das übliche Recht auf Vertraulichkeit meiner persönlichen Angelegenheiten?« fuhr ich empört auf.

»Ich glaube, das hast du verwirkt, als du Lord Harold empfangen hast«, erwiderte meine Schwester.

»Kannst du denn die Bekanntschaft nicht beenden, meine Liebe?« warf mein Vater ein. »Dieses Aufsehen allein muß doch deinen Freund davon überzeugen, daß er dir mit seinen Aufmerksamkeiten nur schadet, und ein Mann von Ehre braucht keine weitere Erklärung. Du kannst dir doch sicherlich nicht einen so schlechten Ruf wünschen.«

Ich zögerte, denn in meinem Charakter lag immer das wärmste Gefühl mit dem kühlen Verstand im Streit, und ich hatte den dringenden Wunsch, Lord Harold auf Kosten meines Rufes zu verteidigen. Aber aus Achtung vor meinem Vater sagte ich nichts von der Empörung, die in meinem Herzen loderte, oder von der Wertschätzung, die ich dem Charakter des Herrn zollte. Statt dessen nahm ich Zuflucht zu Winkelzügen.

»Ich habe immer nur geglaubt, daß Lord Harold lediglich hoffte, ich würde eine engere Freundschaft mit seiner Nichte Lady Desdemona schließen, die nicht viele Bekannte in Bath besitzt und die deshalb das gegenwärtige Unglück ihres Bruders hart getroffen hat. Außerdem meine ich, daß Lord Harold zu einer anderen Dame hinneigt und seine Interessen in dieser Richtung verfolgt.«

»Tatsächlich, Jane? Aber was heißt das? Vom Schwerenöter sitzengelassen?« rief mein Vater. »Hol doch gleich mal Papier und Feder. Das muß das ›Chronicle‹ sofort erfahren!«

Ich versuchte über diesen verunglückten Spaß zu lächeln, aber meine Niedergeschlagenheit ließ die Anstrengung scheitern.

»Meine arme Jane«, murmelte Cassandra. Sie legte die Serviette beiseite und sah mich mitleidig an. »Ich fühle die Enttäuschung deiner Hoffnungen mit. Aber in Anbetracht von Lord Harolds Charakter hätten wir uns nichts Besseres wünschen können. Denn muß es uns nicht lieber sein, daß seine Falschheit und sein Leichtsinn jetzt entdeckt werden, als erst später, wenn ein viel größerer Schaden entstanden wäre?«

Ein wirklich tröstlicher Gedanke.

»Ich glaube, irgendwann werde ich die Dinge auch so sehen wie du, Cassandra«, antwortete ich, aber ich brachte die Worte nur mit Mühe heraus.

An das unheilvolle Abenteuer des gestrigen Abends konnte ich nur mit großer Furcht denken, und es gab niemanden, dem ich meinen Kummer offenbaren konnte, als Lord Harold. Doch die schlauen Verdächtigungen des »Chronicle« von Bath ließen Trost von dieser Seite auch zweifelhaft erscheinen. Ich stand einige Augenblicke vor dem Spiegel, prüfte meine Kehle mit schärfstem Blick und stellte mir vor, wie eine Klinge hineinschnitt – und jeder Versuch, meinen Gleichmut zurückzugewinnen, war vergeblich. Und so machte ich mich ein paar Stunden, nachdem das »Chronicle« zur Täuschung meiner Mutter im Kamin des Wohnzimmers verbrannt worden war, zu Fuß auf den Weg zu Dash's Reitschule. Lord Harold hatte gesagt, dort würde Lady Desdemona heute reiten, und vielleicht war er auch dabei. Mir fiel nichts ein, was mein Gemüt so erleichtern würde, als wenn ich diesem Herrn alles erzählen könnte.

Mir war jedoch das Herz schwer, und ich ging, als würde mich ganz Bath mustern. Ein absurder Gedanke natürlich – selbst wenn die Hälfte der Leute, die mir auf meinem Weg begegneten, die Morgenzeitungen überflogen, hätte wahrscheinlich nur eine Handvoll davon die Klatschspalten gelesen, und keinem von ihnen war mein Gesicht bekannt – aber der Schlag hatte dennoch getroffen, und ich litt an der Wunde.

Cassandra hatte kaum ein Wort gesagt, als ich meine Absicht erklärte, in der Montpelier Street spazierenzugehen, an der die Reitschule liegt, doch meine vorsichtige Andeutung, ich wolle trotz des vermutlichen Treubruchs ihres Onkels mit Lady Desdemona in enger Verbindung bleiben, konnte mein wahres Elend nicht verhüllen. In den Augen meines Vaters las ich den Widerschein der Zweifel meiner Schwester, und die Mißbilligung der ganzen Familie lastete schwer auf mir. Es ist die wohlerwogene Meinung der Austens, daß ich mich ganz an Lord Harold Trowbridge verloren habe und mein Ruf jetzt auf dem Spiel steht. Im reifen Alter von neunundzwanzig habe ich mich willig zum Narren gemacht und diene als Bauer im Spiel der Großen. Vergeblich habe ich mich auf die Freundschaft und auf das beklagenswerte Unglück von Lord Simon Kinsfell berufen. Das wiegt alles nichts in der Wagschale der weiblichen Tugend, und die neigt sich deutlich in die Richtung von Unschicklichkeit, Ausflüchten und Täuschung.

Und so gehe ich zu Dash's mit trübem Sinn und sinkendem Mut, denn wir sind nie so zuversichtlich in unseren Unternehmungen, als wenn wir des Beifalls der Welt sicher sind, und nie so zögerlich, als wenn uns die Verachtung unserer Nächsten vor Augen steht.

»Miss Austen!« Die Herzoginwitwe reichte mir ihre behandschuhte Hand und lächelte aus ihrem Sessel zu mir hinauf. »Wie reizend, Sie wiederzusehen! Wie es scheint, besitzen wir wenigstens noch eine Freundin!«

»Die Ehre ist ganz auf meiner Seite, Euer Gnaden«, erwiderte ich und drückte die dargebotene Hand. »Miss Wren. Es geht Ihnen gut, hoffe ich?«

»Wie Sie sehen, Miss Austen.« Sie machte einen kurzen Knicks, rang sich aber kein Lächeln ab. »Ich befürchte wirklich den Ausbruch einer Lungenentzündung – das ist immer die Gefahr zu dieser Jahreszeit, nicht wahr? –, aber ich würde mich nie beklagen, wenn die liebe Mona auf eines ihrer kleinen Vergnügen aus ist.«

Ich blickte hinüber zu den Reitern, die die Arena umkreisten, und erspähte eine rosige Dame in einem dunkelblauen Reitkleid. »Wie gut sie aussieht!« rief ich unwillkürlich aus.

»Wie ein General auf einem Schlachtfeld«, stimmte die Herzogin zu. »Die Soutache und die Borte sind schick, nicht wahr? Ich habe das Kleid selbst entworfen. Und der Hut ist die Krönung!«

Der so beschriebene Gegenstand war ein Tschako mit Federschmuck und vervollständigte den Eindruck, Lady Desdemona reite triumphierend über ein Schlachtfeld; mit geröteten Wangen und glänzenden Augen blickte sie zu dem Offizier auf, der neben ihr ritt. Ich erkannte ihren Partner aus dem Unteren Kurhaus.

»Ist das Oberst Easton, den ich dort sehe, Euer Gnaden?«

»Der zweite Sohn des Grafen von Northcote. Ein wohlerzogener, vornehmer junger Mann, und ganz hingerissen von meiner Mona.«

»Er sieht sehr gut aus.«

»... und besitzt keinen Pfennig«, ergänzte Miss Wren naserümpfend.

»Sie übertreiben, meine liebe Wren«, widersprach die Herzogin. »Er hat eine ausgezeichnete Offiziersstelle und das Gehalt eines Obersten – mindestens tausend Pfund im Jahr. Er lebt in sehr gesicherten Verhältnissen.«

»Vielmehr, er könnte es, wenn er lernte, sich von den Spieltischen fernzuhalten«, gab Miss Wren bissig zurück. »Aber er ist *nichts* im Vergleich zu Lord Swithin. Monas Vermögen wäre bei einem solchen Kerl einfach weggeworfen – und er hat ihr nicht einmal einen Titel zu bieten!«

Dieses Thema war wohl schon öfter erörtert worden, vermutete ich, nun ließ man es fallen, weil zwei sehr vornehme Damen in Reitkleidung sich uns näherten. Ihr Haar war golden, ihr Lächeln selbstzufrieden, und was ihr Temperament anbetraf, so hätten sie nach meinem Eindruck auch ein Paar Porzellanpuppen sein können.

»Lady Louisa Fortescue! Und Lady Augusta auch! Ich freue mich, Sie zu sehen.« Die Herzoginwitwe sagte es mit einem freundlichen Kopfnicken. »Sie wagen sich noch nicht in die Arena, wie ich sehe.«

»Wir warten nur noch das Erscheinen unseres Bruders ab, Euer Gnaden, aber wir wollten keinen Augenblick mehr versäumen, Ihnen unser tiefstes Mitgefühl auszusprechen angesichts der Unglücksfälle, die über Ihre Familie hereingebrochen sind.« Die ältere Schwester versuchte vergeblich, ihrem Gesicht einen aufrichtigen Ausdruck zu verleihen. »Unser Bruder hat uns von der Dummheit des hiesigen Friedensrichters erzählt. Wir waren äußerst betrübt! Was soll nur aus diesem Lande werden, wenn der Erbe eines Herzogtums so einfach ins Gefängnis geworfen werden kann? Wann dürfen wir wohl damit rechnen, daß Lord Kinsfell in den Schoß seiner Familie zurückkehren kann?«

»Sehr bald, haben wir die begründete Hoffnung. Und wird der Graf von Swithin heute auch reiten?«

»Wir würden nicht daran denken, es ohne ihn zu tun«, rief die Jüngere mit einem Blick auf ihre Schwester. »Das würden wir nicht für schicklich halten.«

»Ihr Zartgefühl macht Ihnen alle Ehre«, warf Miss Wren ein. »Ich wünschte nur, daß *alle* jungen Damen sich so geziemend verhalten würden.«

Die Schwestern des Grafen bedachten Wren mit einem herablassenden Lächeln und sanken gelangweilt in Sessel neben der Herzogin.

»Mit Miss Austen sind Sie wohl noch nicht bekannt, glaube ich.« Ihre Gnaden sah mich freundlich an. »Lady Louisa und Lady Augusta Fortescue – Miss Jane Austen, Lady Desdemonas besondere Freundin.«

»Ach ja?« sagte die Ältere mit scheinbarem Interesse. »Und sind Sie zu Besuch in Laura Place, Miss Austen?«

»Ich habe das Glück, in Bath zu wohnen, Lady Louisa.«

»Ach. Und in welchem Teil von Bath?«

»Meine Familie wohnt in den Green Park Buildings.«

»Green Park ...« Sie wandte sich um und sah ihre Schwester bedeutungsvoll an. »Und sind Sie zufällig eine Pastorentochter?«

Meine verräterischen Wangen wurden heiß. Also wurde das »Chronicle« wenigstens in der Familie des Grafen gelesen. Aber die geschickte Intervention der Herzoginwitwe ersparte mir die Mühe einer Antwort.

»Wie lange werden Sie in Bath bleiben, Lady Louisa?« fragte Ihre Gnaden.

Die Schwester des Grafen zuckte die Achseln mit dem ganzen trägen Charme einer Dame, die eine teure private Erziehung genossen hat. »So lange es Charles gefällt. Wir kommen und gehen ganz nach seinen Befehlen, Euer Gnaden, denn er braucht die Gesellschaft von Damen, die seinen Wohnungen Eleganz verleihen.«

»Natürlich«, erwiderte die Herzogin. »Sie waren bis vor kurzem in London?«

»Wir kamen am Donnerstag her, auf Wunsch unseres Bruders. Charles gab uns Nachricht aus Bristol, wissen Sie, weil er Anfang der Woche dort geschäftlich zu tun hatte, und als ihm das Unglück Lord Kinsfells zu Ohren kam, hielt ihn nichts davon ab, sofort nach Bath zu reisen. Deshalb wurden wir aufgefordert, zu ihm zu kommen, mit vieler Mühe für uns und ganz kurzfristig.«

Bei dieser Neuigkeit wurde ich hellwach. Der Graf von Swithin war also zum Zeitpunkt des Mordes an Mr. Portal in Bristol, so nahe an Bath?

»Die Aufmerksamkeit des Grafen und seine Sorge um die Familie Wilborough machen ihm alle Ehre«, strahlte Miss Wren. »So rücksichtsvoll in jeder Hinsicht!«

»Ich bin sicher, daß Rücksicht wenig damit zu tun hatte«, bemerkte Lady Augusta, »denn Charles ist ein sehr eigensinniger Bursche und denkt bei allem, was er tut, zuerst an seine eigenen Wünsche. Die arme Mona wird später noch darunter zu leiden haben – aber ich muß gestehen, ich werde meinen Platz gern an Charles' Frau abtreten! Es ist so langweilig, ständig um einen Bruder herum sein zu müssen. Stellen Sie sich nur vor! Ich hätte so viele Bälle in dieser Saison besuchen können, wenn ich hätte in London bleiben dürfen. Aber hier bin ich nun und verbauere in Bath, bloß weil ein Schauspieler sich umbringen ließ! Das ist doch zu ärgerlich.«

»Das ist aber schlecht von dir, Augusta!« rief ihre ältere Schwester, »denn vorige Woche erst hast du dich beklagt, daß in London nichts los sei und du dich nach einer Abwechslung sehnst.«

Das Getrappel von Pferdehufen lenkte unser aller Aufmerksamkeit auf die Arena, und die interessanten Enthüllungen der Damen Fortescue waren beendet.

»Guten Morgen, Miss Austen!« rief Lady Desdemona und zügelte ihr Pferd vor den Schranken. »Louisa – Augusta – wie komisch, Sie hier zu sehen! Darf ich Ihnen Oberst Easton vorstellen?«

Er war ein junger Mann von vielleicht dreißig Jahren, mit einem rosigen Gesicht, hellrotem Haar und einem Ausdruck fröhlicher guter Laune in seinen braunen Augen, der einen sofort für ihn einnahm. Eine Aura von Tüchtigkeit und Stärke umgab ihn, doch ich schauderte bei dem Gedanken, ihn zwanzig Schritt vor der Duellpistole des Grafen von Swithin stehen zu sehen.

»Lady Louisa Fortescue, Lady Augusta Fortescue, Miss Jane Austen – Oberst George Easton.«

Daß er wußte, mit wem die Fortescues verwandt waren, merkte man sofort an dem leicht veränderten Ausdruck des Obersten, doch er war ein Gentleman durch und durch und neigte nur grüßend den Kopf. Er trug den rechten Arm noch in der Schlinge, während die Linke den Zügel führte. »Verzeihen Sie, meine Damen, wenn ich so unhöflich bin, meine Kopfbedeckung aufzubehalten, aber eine leichte Verletzung ...«

»Kein Wort darüber, Herr Oberst, ich bitte Sie«, erwiderte ich meinerseits und knickste.

Lady Louisa neigte ihren goldenen Kopf. »Wir kennen Oberst Easton schon seit ewigen Zeiten«, sagte sie, »wenn er auch neulich in der Bath Street so tat, als bemerke er uns nicht. Am Donnerstag vormittag, nicht wahr, Augusta? Wir waren gerade angekommen.«

»Verzeihung, Madam, hätte ich die Ehre Ihrer Anwesenheit in der Bath Street wahrgenommen, hätte ich Ihnen sicherlich meine Aufwartung gemacht, aber das war unmöglich. Ich bin erst gestern in Bath angekommen.«

»Und Sie nahmen sich nicht einmal die Zeit, sich ein Zimmer zu beschaffen, bevor Sie einen Besuch in Laura Place abstatteten«, ergänzte die Herzoginwitwe. »Wie galant!«

»Aber Oberst Easton, was sehe ich«, rief Augusta Fortescue. Sie hatte sein Gesicht intensiv gemustert. »Sie haben ja Ihren Backenbart völlig abrasiert – und dabei war er doch so schön! Ich hätte Sie kaum erkannt! Aber du siehst, Louisa, daß es nicht Oberst Easton gewesen sein kann, am Donnerstag in der Bath Street. Denn der Herr trug einen Backenbart – und der des Obersten ist verschwunden.«

Der Oberst errötete und machte eine kleine abwehrende Bemerkung – über die neue Mode glattrasierter Gesichter – und daß er sich als Sklave der guten Meinung der Damen betrachte.

»Sie haben Weihnachtsurlaub, Herr Oberst?« erkundigte ich mich.

»Nur wenige Tage, zu meinem Leidwesen.« Dies sagte er mit einem Blick auf Lady Desdemona. »Aber jede Minute ist wie Gold, das man für die armen Tage des Winters aufbewahrt.«

Sie errötete und verbarg ihre Bewegung, indem sie sich niederbeugte und die Mähne ihres Pferdes streichelte. »Oberst Easton hat den Wunsch geäußert, Simon zu besuchen, Großmutter – und ich glaube, ich werde ihn zum Gefängnis begleiten.«

»Mylady!« schrie Miss Wren entsetzt auf und sah die Schwestern Fortescue zu Tode erschrocken an. »Daran ist überhaupt nicht zu denken!«

»Gibt es eine Kleinigkeit, die ich zu Kinnys Trost mitnehmen könnte, Euer Gnaden?« fuhr Lady Desdemona eilig fort.

Die Herzoginwitwe schwieg einen Augenblick. Dann lächelte sie. »Bring Simon natürlich meine herzlichsten Grüße mit und meinen Glauben an seine Tapferkeit. Er wird nicht lange dort bleiben.«

»Nein«, sagte Lady Desdemona nachdenklich, »denn Onkel sagt, am Montag wird er nach Ilchester überführt.«

»Sie können doch ein so törichtes Vorhaben nicht erlauben, Euer Gnaden«, protestierte Miss Wren. »Ganz gewiß können Sie das nicht! Wenn die Tochter des Herzogs von Wilborough an so einem Ort gesehen wird!«

»Wenn der Erbe des Herzogs von Wilborough dort schon seinen Aufenthalt hat, dann macht das wohl nichts mehr aus, meine ich«, fuhr Lady Desdemona auf. »Außerdem wird mich Miss Austen als Anstandsdame begleiten. Nicht wahr, Miss Austen?«

»Aber gewiß«, stammelte ich.

»Und wenn Easton mit uns kommt, kann es überhaupt keinen Einwand geben. Wir fahren in seinem Phaeton, und niemand merkt etwas davon. Ich bin fest entschlossen, Wren.« Geschickt und anmutig wendete sie ihr Pferd. »Ich bringe nur noch mein Pferd in den Stall, Miss Austen!«

Mit einem Lächeln und einer Verbeugung trabte der Oberst hinter ihr her.

»Stell dir das vor, Louisa«, meinte Augusta Fortescue. »›Sturm‹ Easton macht Mona wieder den Hof. Und das ohne seinen Bakkenbart! Was wird Charles wohl dazu sagen?«

Es war schade, dachte ich, daß der Graf zu spät kam, um das alles mitanzusehen, seinen Schwestern aber war zumindest keine Silbe des Gesprächs entgangen.

Kapitel 12
Anklage eines Toten

15. Dezember 1804, Forts.

Das Gefängnis von Bath ist ein kleines Gebäude und nicht für die Inhaftierung von Massen von Verbrechern gedacht, denn die werden schnellstens nach Ilchester weitergeleitet, wo sie auf die vierteljährlichen Gerichtssitzungen zu warten haben. Es liegt innerhalb der alten Stadtmauern, nicht weit von der Trinkhalle und der Abtei. Mir sind auch strengere Formen der Einkerkerung nicht unbekannt, denn ich hatte mich ja um meiner geliebten Isobel willen sogar in das düstere Newgate gewagt, aber das Gefängnis von Bath erinnert weit mehr an das von Lyme. Es ist ebenfalls ein weißgetünchter Schuppen, der eher zur Unterbringung von Vieh als von Menschen geeignet erscheint. Oberst Eastons Kutsche hielt vor dem Tor, wir stiegen aus und gingen in einen Seitenhof, der vom Treiben in den Straßen von Bath glücklicherweise nicht erreicht wird. Nun mußten wir uns nur noch anmelden und vom Konstabler erfragen, wo Lord Simon Kinsfell zu finden wäre.

Der Oberst eilte davon, um das zu erledigen, und bald darauf erschien er wieder in Begleitung eines Konstablers, eines der beiden, wie ich glaube, die in der Mordnacht nach Laura Place kamen. Er wurde nur Shaw genannt und besaß einen abgebrochenen Vorderzahn, der gut zum Vorschein kam, als er die vornehmen Herrschaften angrinste. Ich schätzte ihn auf volle sechzig Jahre, und er erschien mir abgestumpft gegen die Wechselfälle des heutigen Lebens und gewöhnt an die Festnahme von Taschendieben, Betrunkenen und Straßenräubern aller Art, aber kaum in der Lage, einen Mord aufzuklären. Er glaubte einfach, daß Kinsfell den armen Richard Portal in trunkener Wut erstochen hätte.

Mr. Shaw betrachtete uns mit einer merkwürdigen Mischung von Verachtung und Mitleid und forderte uns auf, unseren Wunsch, mit einem so gefährlichen Menschen zu reden, noch einmal zu überdenken. Lady Desdemona war jedoch von bewundernswerter Entschlossenheit. Sie berief sich auf die Pflichten und Gefühle einer Schwester, und als sie von einer so imponierenden Figur wie Oberst Easton in Uniform unterstützt wurde, konnte man sie nicht abweisen. Wir wurden zu einer niedrigen Tür in einer Wand geführt, an der ein Wärter saß und an einem Stock schnitzte. Er sprang auf und grüßte uns, worauf Konstabler Shaw ihm einen zerstreuten Puff gab und ihm die Schlüssel abnahm.

»Ich komme in einer Viertelstunde wieder, Sir«, sagte er mit einer Verbeugung zu Easton und ließ dabei unglücklicherweise seinen abgebrochenen Zahn sehen, »in einer Viertelstunde und nicht später.«

»Sehr wohl«, antwortete der Oberst.

Lady Desdemona holte unsicher Luft, setzte eine gefaßte Miene auf und trat in den schwach erhellten Raum ein. Ich folgte ihr, und nach mir kam der Oberst.

Ich hatte diese Gerüche – nach schimmligem Heu, abgestandenem Abwasser und menschlichen Exkrementen – schon einmal erlebt, geriet aber trotzdem in Versuchung, mir mein Taschentuch vor die Nase zu binden, um sie abzuhalten. Die Tür schlug hinter uns zu, und ich hörte, wie der Schlüssel im Schloß umgedreht wurde.

»Kinny!« rief Lady Desdemona.

Ein Schatten an der gegenüberliegenden Wand erhob sich mühsam, machte ein paar schlurfende Schritte auf uns zu und blieb stehen, um durch die Dunkelheit zu uns hinzuspähen. Die Zelle erhielt Licht lediglich durch ein kleines Fenster hoch in der Wand, und so spät im Dezember waren die Schatten draußen schon lang.

»Bist du geritten, Mona?« fragte Lord Kinsfell leichthin. Bei näherer Betrachtung sah man, daß er mit Ketten an den Handgelenken und Füßen gefesselt war. »Wahrscheinlich hast du nicht daran gedacht, Defender zu bewegen. Inzwischen schlägt er wohl aus reiner Langeweile die Stalltür entzwei. Und wer ist da bei dir?«

»Du erinnerst dich an Oberst Easton, Simon?« fragte seine Schwester ängstlich.

»Wie könnte ich ihn wohl vergessen? Ich war Swithins Sekundant. Ihr Diener, Sir – und Sie tragen es mir nicht nach, hoffe ich.«

»Überhaupt nicht«, erwiderte Easton. »Ich wäre wirklich ein Schurke, wenn ich meinen Groll auf die Freunde meines Gegners ausdehnte.«

»Und dies ist Miss Austen, Simon – eine Bekannte unseres Onkels und jetzt meine Freundin.«

»Ihr ergebener Diener, Madam – besonders unter meinen gegenwärtigen Umständen«, sagte Kinsfell lächelnd. Er versuchte sich zu verbeugen, doch seine Fesseln ließen das ungeschickt erscheinen, und ich bemerkte, wie eine Welle von Unwillen sein Gesicht überlief, das danach abgehärmt und älter als das eines Fünfundzwanzigjährigen wirkte. Die Last seiner Ängste, die Ungewißheit seines Schicksals, die erzwungene Untätigkeit und die falsch angewendete Energie – all das mußte an seinem Selbstbewußtsein nagen und an seinen Nerven zehren. Denn ich vermutete, daß Lord Kinsfell wie sein Onkel ein Mensch war, der beständig etwas tun mußte. Gefangen sein bedeutete für ihn, lebendig begraben sein.

Ich trat vor und machte einen Knicks. »Wir sind uns schon begegnet, Lord Kinsfell. Wir haben ja auf der Abendgesellschaft Ihrer Gnaden eine halbe Stunde miteinander getanzt.«

»Die kleine Schäferin! Wie entzückend, Sie wiederzutreffen! Obgleich ich gestehen muß, daß ich erstaunt bin, Sie hier zu sehen, und Mona auch«, fügte er an seine Schwester gewandt hinzu. »Unser alter Herr wird an die Decke gehen, wenn er davon erfährt!«

»Na und? Was *mich* betrifft, hat Papa schon alle Hoffnungen aufgegeben, kann ich dir versichern, Simon. Geht es dir gut?«

»Ganz gut«, erwiderte ihr Bruder unsicher. »Wenn ich auch gern auf etwas anderem als Heu liegen würde – und das Essen, das mir mein Wärter vorsetzt, dreht mir den Magen um! Wußte nie, wie sehr ich mich über einen frischen Topf Kaffee oder eine Pfeife Tabak freuen würde, bis sie völlig außer meiner Reichweite waren!« Er hob eine Hand zum Kopf, als wolle er seine blonden Locken ordnen, doch die Handgelenkfesseln behinderten ihn. Er murmelte einen Fluch und ließ die Arme sinken. »Aber sag mir, wenn du es kannst: Wie kommt der Onkel voran?«

»So schnell, wie es der schärfste Verstand im ganzen Land nur kann«, versicherte ich ihm. »Er ist ohne Pause für Sie tätig.«

»Es erfreut mein Herz, das zu hören, denn ich soll bald nach Ilchester verlegt werden, und dann habe ich kaum Aussicht auf Neuigkeiten.« Er zögerte und blickte von seiner Schwester auf Oberst Easton. »Wenigstens läuft dieser Kerl von Friedensrichter nicht mehr hier herum. Der kann einen wirklich aufregen.«

»Die Frechheit der Justiz ist unerträglich«, meinte Oberst Easton, »aber wir können nicht glauben, daß diese Frechheit siegt. Nur Mut, Kinsfell, ich bin sicher, daß gewisse Dinge am Ende gut auslaufen.« Er verbeugte sich und ging zur Tür. »Ich möchte bei diesem Beisammensein nicht stören, Lady Desdemona. Ich warte im Hof auf Sie.«

»Sie sind sehr freundlich, Easton.«

»Vielleicht sollte ich den Oberst begleiten«, warf ich ein.

»Nein, bitte bleiben Sie«, rief sie und legte mir die Hand auf den Arm.

Ihr Bruder sprach erst wieder, nachdem sich die Tür hinter dem Oberst geschlossen hatte. »Also Easton macht dir wieder den Hof, Mona? Und wann ist er in Bath eingetroffen?«

»Erst gestern. Er war so freundlich, mich in Laura Place zu besuchen und seine Empörung über deine grausame Behandlung zu bekunden.«

»Dann weiß schon alle Welt Bescheid, wenn ›Sturm‹ Easton daraufhin St. James verlassen hat«, grübelte Kinsfell düster. »Und hat er seinen Backenbart abrasiert als Zeichen des Mitgefühls mit einer vom Unglück verfolgten Familie, frage ich mich? Oder hat er gehört, daß du glattrasierte Anbeter bevorzugst?«

»Laß das doch, Kinny«, erwiderte sie ärgerlich und hielt plötzlich inne. »›Sturm‹ Easton? Wie ist er denn zu dem Namen gekommen?«

Der Marquis lächelte leicht. »Den hat er als sein gutes Recht erworben – als Ergebnis einer Wette. Ein paar Burschen bei White's meinten, er könne keinen Sturmritt von London nach Brighton in Rekordzeit machen, ohne die Pferde zu wechseln, und Easton behauptete, er könne es.«

»Und konnte er es?« erkundigte ich mich neugierig.

»O ja – allerdings auf Kosten des unglücklichen Pferdes. Das arme Tier ging fünf Minuten nach der Ankunft in Brighton ein.

Aber Easton war es die Sache wert – er hatte um ein Jahresgehalt gewettet.«

»Mein Gott!« rief Lady Desdemona aus, freilich nicht ganz ohne Bewunderung. »Aber, Kinny, wir sind doch nicht hergekommen, um über Eastons Streiche zu reden. Miss Austen besitzt Onkels volles Vertrauen und kann alles hören, was du zu sagen hast.«

»Ich habe dir nichts zu sagen, Mona«, antwortete ihr Bruder müde.

»Du weißt, daß das grob geschwindelt ist, Kinny«, erwiderte Lady Desdemona ungeduldig. »Swithin war bei der Leichenschau dabei, und er ist überzeugt davon, daß dich eine Ehrensache bedrückt und daß du lieber an den Galgen gehen willst, als dein Wort zu brechen. Ich habe letzte Nacht keine Minute geschlafen, weil ich immer daran denken mußte!«

»Swithin! Aber ich dachte, du verachtest den Burschen!«

»Ach, was das angeht ...« Sie hielt verlegen inne. »Er ist ein höchst abstoßender Mensch und stellt den armen Easton dadurch in ein helles Licht. Weißt du, daß der Onkel den Verdacht hegt, daß Swithin den Mord begangen hat? Und dir die Schuld zuschiebt?«

»Aber er war doch zu Großmutters Abend gar nicht eingeladen!«

»War er auch nicht. Aber der Onkel hat eine Nadel gefunden, von der wir annehmen, daß sie ihm gehört, einen fauchenden Tiger mit Rubinen als Augen, die jemand in dem Gang zum Vorzimmer verloren und vergessen hat. Du weißt, daß sie nicht auf anständige Weise dorthin gekommen sein kann, Kinny. Swithin muß sich maskiert ohne Einladung eingeschlichen haben.«

»Teufel noch mal!« rief Lord Kinsfell aus und sah mich dann mit komischer Besorgnis an. »Ich bitte um Verzeihung, Miss Austen. Ich hoffe, ich habe Sie nicht verletzt ...«

»Du siehst also, Kinny, es gibt keinen Grund, den Grafen zu schonen. Du mußt uns sagen, was du weißt«, beharrte seine Schwester. Ihr Gesicht schien blaß in der Dunkelheit, und ich wußte, daß sie ihren bevorzugten Anbeter nicht ohne inneren Kampf aufgegeben hatte. »Wie treu du Swithin auch sein willst, du darfst dich auf keinen Fall für ihn hängen lassen. Soviel Hingabe hat er nicht verdient.«

»Ich kann dich nicht verstehen, Mona. Ich habe nicht die Absicht, Swithin zu decken.«

»Kinny – du mußt versuchen, vernünftig zu sein, Lieber.« Lady Desdemona faßte mit ihrer behandschuhten Hand seine gefesselte. »Hast du ihn gesehen, als du als erster das Zimmer betratst und Portal bewußtlos vorfandst?«

Lord Kinsfell schüttelte den Kopf. »Ich habe an dem Abend Swithin überhaupt nicht gesehen.«

»Aber vielleicht sahen Sie einen Harlekin?« fragte ich. »Einen breitschultrigen Mann, ähnlich wie der Graf. Den ganzen Abend hindurch beobachtete ich eine solche Gestalt im Gespräch mit Maria Conyngham.«

Er fuhr zusammen und blickte mich scharf an. »Und was soll Maria Conyngham mit Mr. Portals Tod zu tun haben? Sie sahen doch selbst, wie vernichtet sie durch sein Ableben war.«

Ich zuckte die Achseln. »Wir wissen, daß sie aufs engste mit Lord Swithin verbunden ist.«

»Ich fürchte, da irren Sie sich, Madam«, rief Kinsfell mit einem bedeutungsvollen Blick auf Lady Desdemona. »Lord Swithin ist heftig in meine Schwester verliebt!«

»Ach, Kinny«, erwiderte Lady Desdemona ärgerlich, »wie kannst du Miss Austen so etwas vormachen wollen! Sie spricht nur die Wahrheit aus. Wir alle haben neulich sehen können, was es mit Swithins Verliebtheit in mich auf sich hat – sie ist nichts im Vergleich mit seinen Aufmerksamkeiten für Miss Conyngham! Er macht ihr seine Aufwartung im Theatre Royal und im Unteren Kurhaus, und sie bringt ihm die lebhaftesten Gefühle entgegen.«

Der Marquis warf sich in das schmutzige Heu und stützte den Kopf in die Hände. »Das kann ich von Maria nicht glauben.«

»Aber du mußt es glauben, Lieber«, sagte Lady Desdemona sanft. »Denn es ist einfach die Wahrheit. Welche Hoffnungen wir beide auch in jeweils einen der beiden gesetzt haben mögen, ich jedenfalls weigere mich, länger darüber in Unkenntnis zu verharren.«

Er schwieg einen Moment, und seine Schwester sah mich unsicher an.

»Kinny«, sagte sie, »war es *das*, was deinen Streit mit Mr. Portal verursachte? Hat er dir an diesem schlimmen Abend den wahren Charakter Miss Conynghams enthüllt?«

»Das spielt jetzt keine Rolle mehr.«

»Es spielt eine große Rolle. Ich habe nur einen Bruder, und den will ich nicht wegen solch eines Flittchens verlieren, um keinen Preis der Welt!« rief Lady Desdemona tapfer. »Du weißt etwas, da bin ich mir sicher.«

»Sahen Sie die Dame zufällig auf Ihrem Weg ins Vorzimmer, während ihr Bruder aus ›Macbeth‹ rezitierte?« fragte ich.

Die Antwort des Marquis ging in dem Lärm des Klopfens an der Tür unter. »Zeit, Mylady!« rief Konstabler Shaw.

Lady Desdemona blickte wild um sich. »Sag es uns, Kinny, bitte! Dein Leben kann davon abhängen!«

»Nun gut«, sagte er unendlich müde. »Mir ist es jetzt gleich, was mit mir geschieht. Ich habe Maria Conyngham nicht gesehen und Swithin auch nicht. Wenn er Portal tötete und sich dabei den Gang zunutze machte, dann muß es auf Miss Conynghams Drängen geschehen sein, denn sie wußte von dem Gang, Swithin konnte ihn nicht kennen. Du erinnerst dich, Mona, wie oft die Conynghams in den Wochen vor jener Abendgesellschaft in Laura Place zum Dinner eingeladen waren. Jeder konnte dabei beobachten, wie die Diener vom Salon durch den Vorzimmergang in die Küche gingen.«

»Das ist richtig«, meinte seine Schwester nachdenklich.

»Aber da gibt es noch etwas, Lord Kinsfell, was Sie von der Dame wissen«, sagte ich.

Er sah mich einen langen Moment aus hoffnungslosen Augen an. Dann nickte er kurz. »Es ist nur ein Wort.«

»Ein Wort?«

»*Maria*«, sagte er. »Ich hörte es von Portals Lippen, kurz bevor er starb.«

Wir überließen Lord Kinsfell seinen überaus melancholischen Gedanken und fanden Oberst Easton im Hof auf und ab schreitend. Er geleitete uns sehr freundlich zu seinem Phaeton und erkundigte sich nach unserem nächsten Ziel, und da Lady Desdemona erklärte, sie vergehe fast vor Hunger, fand er sich bereit, uns in der Milsom Street zum Lunch in der Konditorei Molland abzusetzen.*

* Leser von *Persuasion* kennen Molland's, wo Anne Elliot bei einem plötzlichen Regen in Bath dem Kapitän Frederick Wentworth begegnet. – *Die Herausgeberin.*

Dort mußte er sich wegen einer anderen Verabredung von uns trennen, aber wir versicherten ihm mit aller Entschiedenheit, daß wir den Rest des Heimwegs zu Fuß zurücklegen könnten.

Bald darauf saßen wir auf Hockern am Erkerfenster zur Straßenseite, wohl versorgt mit Schokolade und Makronen.

»Anscheinend hat Portal mit seinem letzten Atem seinen Mörder benannt«, begann ich. »Wir müssen Lord Harold unverzüglich informieren.«

»Darf ich Sie bitten, Miss Austen, mich nach Laura Place zu begleiten und mit uns zu dinieren? Denn der Tag ist schon recht fortgeschritten, und Sie können nicht nach Hause gehen, ohne vorher meinem Onkel zu berichten. Es täte mir sehr leid, auf Ihren Sachverstand verzichten zu müssen, wenn ich unser Gespräch mit Kinny vernünftig wiedergeben wollte. Sie werden mich nicht im Stich lassen?« Da ich eigene Gründe dafür hatte, mich mit Lord Harold zu beraten – und diese Beratung war längst überfällig –, stimmte ich bereitwillig zu.

»Dann schreiben Sie rasch ein paar Zeilen für Ihre Familie, und ich schicke einen von Mrs. Mollands Boten zu den Green Park Buildings«, schlug Lady Desdemona mit bewundernswerter Umsicht vor.

Papier wurde gebracht, die Zeilen wurden geschrieben und der Bote wurde abgesandt, alles in wenigen Augenblicken. Mrs. Molland füllte unsere Tassen auf, und wir machten uns daran, Lord Kinsfells Lage gründlich zu erörtern.

»Der arme Kinny«, bemerkte Lady Desdemona. »Ich fürchte, die Enthüllung des wahren Charakters seiner Angebeteten hat ihn tief erschüttert.«

»Hatten Sie eine Ahnung von der Liebe Ihres Bruders zu Miss Conyngham?« erkundigte ich mich.

»Nein, überhaupt keine«, rief Lady Desdemona aus. »Sie müssen wissen, Miss Austen, daß Kinny auf Schritt und Tritt von den Aufmerksamkeiten von Damen verfolgt wird, deshalb hatte ich mich wohl an seine ständige Gleichgültigkeit gewöhnt. Er wird für eine sehr gute Partie gehalten, wegen seines Titels und Papas Besitzungen, und seine persönliche Erscheinung ist nicht unangenehm. Und wenn er sich auch immer für das Theater begeistert hat, war mir nicht bekannt, daß *eine* unter vielen ihn besonders angezogen hatte.«

»Vielleicht hielt er Diskretion für wichtig.«

»Um sich nicht Papas Mißbilligung zuzuziehen, meinen Sie? Das würde mich nicht überraschen. Aber ich mache mir Vorwürfe, daß ich sein verändertes Verhalten nicht bemerkt habe. Denn Kinny wäre nie so schnell bereit gewesen, in Papas Auftrag nach Bath zu reisen, oder so wenig darauf aus, mich nach London zurückzuschleppen, wenn nicht Miss Conyngham hier wohnen würde. Den Stumpfsinn von Bath verabscheut er über alle Maßen.«

»Ein Mann von Geschmack und Bildung, wie ich sehe. Dann geht also seine Bekanntschaft mit der Dame auf die Zeit vor seinem Besuch in Bath zurück?«

»Er kam letzte Ostern zu Besuch zu Großmutter, und da kann er Miss Conyngham kennengelernt haben. Ich vermute, Mr. Portal hat sie ihm zugeführt, denn Portal war seit langem ein vertrauter Gast in Laura Place. Aber was ich nicht verstehen kann, ist, *warum* sollte Miss Conyngham Mr. Portal umbringen wollen. Ich habe immer gedacht, sie seien durch stärkste Bande der Liebe verbunden.«

»Vielleicht hat sie seine Aufmerksamkeiten für Sie falsch aufgefaßt«, gab ich vorsichtig zu bedenken. »Allein das Theater bietet hundert Beispiele dafür, daß sich Eifersucht zu mörderischer Wut steigern kann.«

»Aber das ist doch absurd!« rief meine Gefährtin aus. »Ich machte mir nichts aus dem Kerl!«

»Dennoch haben Sie ihn ermutigt, weil Sie den Grafen von Swithin damit reizen wollten.«

Lady Desdemona errötete heftig. »Vielleicht wollte ich – vielleicht tat ich das wirklich. Ich habe noch nie eine ähnliche Unbedachtheit so tief bereut, Miss Austen. Denn wenn entweder Swithin oder Miss Conyngham durch meine scheinbare Neigung für Mr. Portal zur Gewalt getrieben wurde, dann werde ich mir das niemals verzeihen.«

Wir schwiegen einen Moment und knabberten an unseren Makronen. Mit leichter Verwirrung und Verärgerung erinnerte ich mich an meine Alpträume am frühen Morgen. Eifersucht auf Lady Desdemona – weder vom Grafen noch von Maria Conyngham – erklärte in irgendeiner Weise das unheimliche Augenmedaillon, das Lord Kinsfell auf Richard Portals Brust gefunden hatte. »Machen Sie sich nicht zu große Vorwürfe, Lady Desdemona«, sagte ich schließlich. »Ich würde mich dafür verbürgen, daß der Graf – wenn er tatsächlich den Stoß geführt haben sollte – ebenso im Auftrag Miss Conynghams gehandelt hat wie aus dem Wunsch, seinen Rivalen zu beseitigen.«

Sie lächelte schwach. »Doch auch *diese* Überlegung bietet mir wenig Trost. Ich finde keine Freude an dem Verdacht, Swithin liebe eine andere.«

Ich sah sie scharf an. »Dann bedauern Sie also den Treubruch des Grafen?«

»Ich kann nicht anders. Dieses Gefühl wiegt aber nichts gegen mein Entsetzen darüber, daß man den Lord des Mordes verdächtigt. Die Qualen der letzten Tage waren fürchterlich, Miss Austen. Sie haben keine Ahnung davon; denn wie ich auch die Dinge in meinen einsamen Stunden hin und her wende, ich komme zu keiner befriedigenden Lösung. Lord Swithin ist ein Mörder oder ein Betrüger oder beides, und dieses Wissen muß mir Schmerz bereiten.«

»Warum haben Sie dann, als er Sie so gern heiraten wollte, seinen Antrag abgelehnt?«

Ihre Stirn umwölkte sich. »Mama mag ihn nicht, weil er sich soviel mit der Clique von Carlton House abgibt. Die haben so sehr lockere Sitten, wissen Sie, wie alle um den Prinzen herum, und sie geben soviel Geld aus, und Mama hat den Verdacht, daß Swithin mich nur wegen meiner fünfzigtausend Pfund heiraten will.«

Im stillen segnete ich Desdemonas Mama und folgerte, daß die Herzogin von Wilborough doch nicht so hirnlos war, wie ich angenommen hatte.

»Aber Papa fand nichts an Swithin auszusetzen und sagte, bei dem großen Vermögen, über das er verfügt, wäre meines bloß ein Taschengeld. Ihm schmeichelte es beinahe, daß ich von einem Mann umworben wurde, der fast alle Frauen in London verschmäht hatte.«

»Ist der Graf so begehrt?«

»Ach, Miss Austen, ich habe in London Dinge erlebt, bei denen Ihnen die Haare zu Berge stehen würden! Solche dreisten Schmeicheleien, solch entgegenkommendes Getue und solche widerlichen Bemühungen zu gefallen! Es gibt Damen, die nur noch

Braunrot tragen, weil sie glauben, das wäre seine Lieblingsfarbe –, dabei weiß ich ganz genau, daß er diese Farbe verabscheut und sich über sie alle lustig macht. Und andere sticken sich sein Wappen auf den Ärmel ...« Sie hielt inne, und ihre Augen weiteten sich. »Ach du lieber Gott!«

Ich ergriff ihre Hand. »Wie Mrs. Fitzherbert, die sich die Federn des Prinzen in ihren Türbalken meißeln ließ.* Der Tiger! Natürlich!«

»Ein Geschenk an eine Dame und nicht mehr sein eigener.«

»Die *Maria,* die Portal mit seinem letzten Atemzug nannte! Warum haben wir das nicht gleich bemerkt?«

»Also war es Miss Conyngham, die Portal tötete und durch den Vorzimmergang flüchtete und dabei unbemerkt den Tiger verlor«, flüsterte Lady Desdemona atemlos. »Ach, meine liebste Miss Austen, wir müssen sofort zu meinem Onkel.«

Wir warfen ein paar Münzen auf den Tisch bei Molland's, riefen eilig nach Sänften und brachen auf.

Das Dinner war ziemlich großartig, und ich vermißte mein Abendkleid sehr, doch die Herzoginwitwe versicherte mir freundlich, es sei nur eine kleine Sache von zwei Gängen und etwa zwanzig Gerichten, die eine so gute Freundin wie mich nicht in Verlegenheit bringen dürfte. Lord Harold hatte den Vorsitz an einem Ende der Tafel und seine Mutter am anderen Ende, und ich und Lady Desdemona saßen dazwischen. Miss Wrens Vorahnung einer Erkrankung hatte sich mit einer höchst lästigen Erkältung erfüllt, sie blieb auf ihrem Zimmer und bat nur um etwas heiße Brühe auf einem Tablett und ein heißes Senfbad für ihre Füße.

Ihre Gnaden durfte eine Entschuldigung abgeben, weil sie mir nur eine so langweilige Tafel zu bieten hatte. Vor Lord Kinsfells Unglück hatten sie gewöhnlich etwa dreißig Gäste zum Dinner in Laura Place, aber klugerweise hielt man zu diesem Zeitpunkt eine festliche Stimmung für unangebracht, und die Herzoginwitwe hatte von Einladungen abgesehen.

* Das Wappen des Prinzen von Wales ist eine Krone mit drei Straußenfedern. Sowohl seine anerkannte Gemahlin Caroline als auch Mrs. Fitzherbert, die Katholikin, mit der er zuvor 1786 von einem anglikanischen Priester getraut worden war, verwendeten die drei Federn in ihren Hausverzierungen. – *Die Herausgeberin.*

Lord Harold begrüßte mich mit einer Verbeugung und einem undurchdringlichen Gesicht. Der beleidigende Artikel im »Chronicle« von heute morgen wurde nicht erwähnt, und ich war froh über seine vornehme Art, die es mir erlaubte, meine Fassung zu bewahren. Der Schwerenöter ist zu sehr an Unverschämtheiten seitens der Öffentlichkeit gewöhnt, als daß er noch Empörung dafür aufbrächte, während bei den Austens eine solche Meldung so ungewöhnlich ist, daß sie alle in Bestürzung versetzt.

Ihre Gnaden erkundigte sich besorgt nach Lord Kinsfell, und Lady Desdemona war in der Lage, einen leidlich guten Bericht über seine Stimmung zu geben, aber vor den Dienern, von denen immer vier hinter unseren Stühlen in Bereitschaft standen, wollte sie die interessante Neuigkeit nicht erwähnen, die unser Besuch im Gefängnis erbracht hatte. Weil wir deshalb die relative Ungestörtheit des Salons ersehnten, machten wir kurzen Prozeß mit der Seezunge, dem Fasan und dem Wild. Aber es wurden trotzdem anderthalb Stunden fleißiger Betätigung an der Tafel der Herzoginwitwe benötigt, ehe ich den Trost von Tee und weiblicher Gesellschaft genießen konnte.

Als Lord Harold endlich seine einsame Pflicht beim Portwein erfüllt hatte und, nach Tabak riechend, im Salon erschien, sprang Lady Desdemona förmlich an seine Seite. Atemlos erzählte sie ihm alles von unserer vormittäglichen Unternehmung.

Ihr Onkel hörte ihr zu und machte ein ernstes Gesicht. »Mein Gang in die Orchard Street wird immer dringender. Ich wollte heute abend das Theatre Royal besuchen – beide Conynghams treten auf –, aber nun glaube ich, daß ich unverzüglich dorthin gehen muß. Es ist schade, daß Mr. Elliot die interessante Brosche nach London mitgenommen hat, sonst hätte ich meine Kleidung damit schmücken und den Tiger am Rockkragen tragen können. Im allgemeinen wäre das kaum aufgefallen, aber die Schuldigen hätte es vielleicht dazu gebracht, sich zu verraten.«

»Aber meinst du nicht auch, Onkel, daß Swithin möglicherweise gar nichts mit Mr. Portals Tod zu tun hatte?« beharrte Lady Desdemona.

Er sah sie forschend an, bevor er erwiderte: »Ich zögere noch, Swithin von irgend etwas freizusprechen, meine Liebe, bevor unser hervorragender Mr. Elliot aus London zurückgekehrt ist.«

»In einer Hinsicht wenigstens brauchen wir die Nachrichten

des Friedensrichters nicht abzuwarten«, mischte ich mich mit einem besorgten Blick auf Lady Desdemona ein. »Denn Lord Swithins Schwestern bestätigten heute vormittag, daß der Graf am Morgen nach der Ermordung Mr. Portals geschäftlich in Bristol, also nahe bei Bath, war. Jedenfalls hat der Graf von Bristol aus die Damen Fortescue hierher beordert, bevor er am Mittwoch selbst nach Bath kam. Sie schlossen sich ihm am Donnerstag an, soviel ich weiß.«

»Tatsächlich? Das ist eine erstklassige Nachricht.« Lord Harold überdachte meine Worte einen Augenblick, dann wandte er sich plötzlich an seine Nichte. »Würde es dich trösten, Mona, Swithin entlastet zu wissen?«

»Ja«, antwortete sie mit niedergeschlagenen Augen.

»Auch wenn höchstwahrscheinlich Miss Conyngham sein Wappen trug – als ganz öffentliches Zeichen seiner Gunst? Du willst also einen Mann von so liederlichem Charakter weiterhin schätzen?«

Sein Ton war streng geworden, und Lady Desdemona sank der Mut. An ihrer Stelle antwortete die Herzoginwitwe.

»Laß sie in Ruhe, Harry«, sagte sie mit einer entschiedenen Handbewegung, »du brauchst nicht zu befürchten, daß sie sich an den Wüstling verliert. Sie hofft nur, daß er nicht so unrettbar tief gesunken ist, daß er Mr. Portal ermordet hat. Daran ist doch nichts Außergewöhnliches.«

»Nun gut, Mama. Wenn wir Desdemonas Herz in Betracht ziehen müssen, kann ich nicht umhin, morgen nach Bristol zu fahren. Es gibt dort nur zwei Gasthöfe, von denen ich mir vorstellen kann, daß Swithin in ihnen absteigt, und in einem von beiden wird man sich an ihn erinnern. Doch nun muß ich fort, sonst spielt Miss Conyngham ohne meine Bewunderung. Miss Austen? Darf ich Sie in der Seymour Street absetzen?«

»Gewiß, Mylord, mit meinem tiefsten Dank.«

Ich verabschiedete mich und saß bald in Lord Harolds Karriol.

»Sie sind recht still heute abend, Miss Austen. Ich hoffe, meine Nichte hat Ihren Vorrat an Kraft nicht zu sehr beansprucht.«

»Kaum, doch ich bin vielleicht etwas niedergeschlagen.«

Ein schneller Blick, ebenso schnell wieder abgewendet. »Ich bedaure die Unverschämtheit des Blättchens sehr, Jane.«

Sein sanfter Ton und sein Gebrauch meines Vornamens trieben mir fast die Tränen in die Augen, aber ich holte mühsam Atem und versuchte eine Sorglosigkeit vorzuspielen, die ich nicht empfand.

»Ach, was das anbelangt, denken Sie nicht weiter daran. Wofür leben wir sonst, als unseren Nachbarn Stoff zum Lachen zu geben und uns unsererseits über sie zu amüsieren? Das ist bald vergessen, und die Green Park Buildings fallen in ihre gewohnte Unbekanntheit zurück.«

»Ihre Seelenstärke macht Ihnen Ehre. Ich hoffe nur, daß Maria Conyngham nicht halb soviel davon besitzt, sonst werden meine Bemühungen, sie heute abend zu provozieren, arg durchkreuzt.«

»Provozieren mag ganz gut sein, aber ich würde Ihnen raten, Mylord, daß Sie es nur mit der größten Vorsicht für Ihre Person tun. Es ist gefährlich, sich allein zu bewegen. Meine Sänfte wurde gestern abend, als ich vom Unteren Kurhaus nach Hause wollte, von Straßenräubern überfallen.«

»Straßenräuber! Davon hatte ich keine Ahnung!« Lord Harold wandte sich erstaunt zu mir um. »Hatten sie es auf Ihre Börse abgesehen?«

»In der war wenig genug drin. Ich erkannte aber einen der Männer, als er mir sein Messer an die Kehle setzte, und habe dem Konstabler seinen Namen und seine Anschrift genannt. Es war ein gewisser Smythe vom Theatre Royal. Er war mir am Donnerstag, als wir in die Kulissen gingen, aufgefallen als einer, der Hugh Conyngham blindlings gehorcht. Wenn auch sein Gesicht von Bart und Kopfbedeckung teilweise verhüllt war, konnte ich mich kaum irren, denn Smythe besitzt ein blaues und ein braunes Auge und war daran selbst in der Dunkelheit zu erkennen.«

Ich sprach mit leidlicher Fassung, doch Lord Harold war sofort äußerst besorgt.

»Er setzte Ihnen ein Messer an die Kehle!«

»Beunruhigen Sie sich bitte nicht. Er lief gleich davon, als ich genug Atem fand, um zu schreien. Aber es würde mich interessieren, ob es dem Konstabler gelang, ihn festzunehmen. Vielleicht können Sie das heute abend im Theater erfahren.«

»Und Sie meinen, dieser Schuft wurde von einem aus der Theatertruppe abgeschickt?« fragte Lord Harold in zornigstem Ton.

»Davon bin ich völlig überzeugt, wahrscheinlich von Hugh Conyngham selbst. Unsere Unterhaltung im Unteren Kurhaus muß die Besorgnis dieses Herrn erregt haben, und aus Furcht wegen der Entdeckung der Briefe und meiner Vertrautheit mit Ihnen beschloß er, mich zum Schweigen zu bringen.«

»Aber Sie können doch unseren Verdacht nicht so vollständig enthüllt haben, Jane! Und doch meinen Sie, daß dieser Smythe Sie umbringen wollte?«

»In seinem Blick las ich keine Schonung, nur die kalte Entschlossenheit.«

Lord Harold klatschte mit den Leinen auf die Rücken der Pferde, obwohl das Gespann schon recht schnell lief. »Wenn ich daran denke, daß *ich* das hätte verhindern können! Hätte ich Sie nicht gedrängt, Conyngham hinters Licht zu führen, während ich das Büro des Direktors durchsuchte, wären Sie nie dieser Gefahr ausgesetzt gewesen.«

»Sie dürfen sich keine Vorwürfe machen, Mylord. Ich bin kein Püppchen, das ständig behütet werden muß; was ich getan habe, habe ich aus meinem freien Willen getan. Ich erzähle Ihnen diese Einzelheiten nur, damit Sie auf der Hut sind. Denn wenn Sie darauf bestehen, Maria Conyngham in die Falle zu locken, riskieren Sie Leib und Leben. Passen Sie gut auf sich auf, Lord Harold, und trauen Sie keinem Anschein von Güte.«

»Sie hätten Ihre Warnung kaum jemandem zukommen lassen können, der sie weniger nötig hat«, erwiderte er lachend. »Es ist schon viele Jahre her, seit ich dem Anschein von so etwas wie Uneigennützigkeit vertraut habe.«

Wir hielten vor der Tür der Green Park Buildings, und er sprang ab, um mir beim Aussteigen behilflich zu sein.

»Jane, Jane«, sagte er seufzend. »Ich bedaure Ihr Mißgeschick unendlich.«

»Kein Wort mehr darüber, Mylord. Ich möchte auf den Spaß an dieser Jagd nicht um tausend Straßenräuber willen verzichten. Und wir müssen auch an Lord Kinsfell denken – soll er im Gefängnis schmachten, nur damit ein Mann wie Smythe frei ausgeht? Niemals!«

Lord Harold sah mich prüfend an. »Das ist nichts anderes, als was ich von Ihnen erwartet habe, meine Liebe. Nachdem Sie Ihr Leben schon so weit riskiert haben, darf ich fragen, ob Sie mich morgen nach Bristol begleiten würden? Ich würde Ihren Scharfsinn dabei sehr schätzen.«

»Reisen am Sonntag? Das werde ich von den Austens noch ewig zu hören bekommen«, überlegte ich lächelnd.*

»Aber ich denke, ich werde trotzdem mit Ihnen fahren. Morgen ist mein Geburtstag, Lord Harold, und ich werde die Reise als ein Geschenk zu meinem Wiegenfest betrachten! Aber Sie müssen mir erst eine Stunde für den Besuch des Vormittagsgottesdienstes gewähren. Ich möchte dafür beten, daß mir die schlechte Meinung meiner Familie verziehen wird.«

»Ausgezeichnet!« rief er. »Erwarten Sie meine Kutsche um elf Uhr. Zum Dinner sind wir wieder zurück.«

* Wer zu Jane Austens Zeit die Sabbatruhe achtete, ging sonntags nicht auf Reisen. – *Die Herausgeberin.*

Kapitel 13
Ein vertraulicher Lunch

Sonntag, 16. Dezember 1804

Ein stiller Sonntagsgottesdienst in der Queen's Chapel, gefolgt von einem kurzen Spaziergang auf dem morastigen Crescent – so verlief der Vormittag meines neunundzwanzigsten Geburtstags wie so mancher Sabbat während der Zeit, in der wir in Bath wohnten.* Wenn ich auch bei meiner ganzen geliebten Familie in Ungnade gefallen war, so erhielt ich doch einige kleine Andenken an diesen Tag: ein gesticktes Nadelbuch von meiner lieben Cassandra, begleitet von einem besorgten Blick; von meinem Vater eine hübsche Ausgabe von Maria Edgeworths »Castle Rackrent«, in Pergament mit Goldprägung gebunden; und von meiner Mutter, die irgendwie von der Hinterhältigkeit des »Chronicle« von Bath erfahren hatte, eine Gardinenpredigt über die Torheit von Unschicklichkeit bei einem Mädchen, das schon fast über das heiratsfähige Alter hinaus war. Wenn ich meinen guten Ruf verdarb, würde *kein* anständiger Herr jemals um meine Hand anhalten, und wie meine liebe Mutter meinen Lebensunterhalt bestreiten sollte, wenn Ehrwürden Austen einmal kalt im Grabe liege, daran wagte sie noch nicht einmal zu denken. Dann verbreitete sie sich des längeren über das Thema Lord Harold und ging so weit, daß sie die Autorität meines Vaters anrief und ihn bat, er solle mir die Bekanntschaft untersagen, doch trotz seiner eigenen Besorgnisse weigerte sich Ehrwürden George, mein Verhalten derart zu tadeln. Ich sei, erklärte er, eine recht reife Frau und müsse in dieser wie in allen Angelegenheiten mir mein eigenes Urteil bilden, denn in ein paar Jahren werde ich mich nicht mehr an meinen Vater wenden können, und wenn die Grundsätze, nach denen ich erzogen worden sei, mir im vorliegenden

* Mit diesem Crescent sind nicht die imposanten Gebäude des Royal Crescent in der Brock Street gemeint, sondern die weite Grünfläche genau gegenüber, wo die ganze vornehme Gesellschaft von Bath am Sonntagnachmittag spazierenging. – *Die Herausgeberin.*

Fall keine Stütze seien, dann könne er mir auch nicht weiter helfen.

Ich erinnerte meine Mutter daran, daß unsere geliebte Madam Lefroy auch erst in ihrem neunundzwanzigsten Lebensjahr in der Stand der Ehe getreten sei und doch eine sehr geachtete, wenn auch bescheidene Stellung erlangt habe, als sie ihrem Geistlichen das Jawort gab – doch das nutzte mir nichts.

»Denn«, so blickte die gute Frau düster in die Zukunft, »Madam Lefroys großes Glück zählt dabei nicht, weil es vor einem Vierteljahrhundert noch viel mehr heiratsfähige junge Männer gab, ehe Bonaparte sie alle zwang, in den Krieg zu gehen. Cassandra kann ich keine Vorwürfe machen, weil sie ledig geblieben ist, wenn sie auch noch ein paar Jahre älter ist als du, denn sie hätte den armen Tom Fowle geheiratet, wenn sie gekonnt hätte. Aber es sollte eben nicht sein. Laß ihr Unglück dir eine Lehre sein, meine Liebe, und schenke deine Neigung nicht einem Mann, der an einem leichten Fieber gleich stirbt.«*

Zum Frühstück kamen Henry und Eliza und überreichten mir zum Geburtstag einen hinreißenden Kopfschmuck aus aprikosenfarbener Seide und Federn, zweifellos in den Edgars Buildings gekauft, der wunderbar zu meinem modischen neuen Kleid paßt.

Punkt elf Uhr meldete das Hausmädchen Lord Harold an. Er wünschte allen einen guten Morgen, lockte ein interessantes Funkeln aus Elizas schönen Augen hervor, überreichte mir einen Blumenstrauß und gab der Hoffnung Ausdruck, ich möge noch viele glückliche Geburtstage erleben. Diese täuschende kleine Zeremonie wurde gut aufgenommen, und da das Wetter schön blieb, hatte der Lord keine Hemmungen, eine Ausfahrt aufs Land vorzuschlagen. Zum Erstaunen und Entsetzen meiner ganzen Familie stimmte ich bereitwillig zu und holte meinen wärmsten Mantel. Der Schwerenöter versicherte meinem Vater, die gesunde frische Luft werde mir gut bekommen und ich werde noch vor

* Cassandra Austen verlobte sich 1792 mit Ehrwürden Thomas Craven Fowle (1765–1797), dem Sohn von lebenslangen Freunden der Austens und einem Protegé von Lord Craven, dessen Flottenunternehmung nach Westindien 1795 Fowle sich glaubte anschließen zu müssen. Er starb im Februar 1797 in San Domingo am Gelbfieber. Er vermachte Cassandra ein Legat von eintausend Pfund. – *Die Herausgeberin.*

Einbruch der Nacht wohlbehalten zurück sein. Damit fuhren wir ab, mit einem angenehmen Gefühl der Freiheit meinerseits und einer unverkennbaren Besorgnis der Zurückbleibenden.

»Ich nehme an, daß wir spätestens gegen ein Uhr in Bristol sind, wenn den Rädern nichts passiert«, meinte Lord Harold, als wir die Charles Street hinauf in Richtung auf Monmouth und den Abzweig zur Bristol Road fuhren. »Inzwischen werde ich Sie mit einem Bericht über meine Abenteuer gestern abend im Theatre Royal unterhalten.«

»Miss Conyngham trat auf?«

»Ja, im Gegensatz zu ihrem Bruder Hugh. Er sei indisponiert, hieß es im Programm – vielleicht lag es an Ihrem zu lebhaften Tanzen, Jane.«

»Sie nehmen nicht an, daß er wegen seines fehlgeschlagenen Versuchs, mich zum Schweigen zu bringen, plötzlich aus der Stadt geflohen ist?«

»Seine Schwester versicherte mir, daß das nicht so wäre – aber in ihr Wort setze ich nicht allzuviel Vertrauen. Als ich das Theatre Royal verlassen hatte, suchte ich seine Wohnung auf und erhielt die Auskunft, der Herr sei zu Hause, dürfe aber auf strengste Anordnung seines Arztes keinen Besuch empfangen. Deshalb konnte ich also keinen Blick auf den Burschen werfen und weiß nicht, ob er da war oder nicht.«

»Das ist sehr schlecht.«

»Weniger schlecht vielleicht, als es auf den ersten Blick scheint. Mr. Conyngham wird seine Schwester wohl kaum im Stich lassen. Von Mr. Smythe läßt sich das hingegen nicht behaupten.«

Ich zog den Kragen meines Mantels enger um den Hals, weil es mich plötzlich kalt überlief. »Sie wissen etwas über Smythe?«

Lord Harold nickte. »Ich erkundigte mich bei einem Botenjungen in den Kulissen und erfuhr um den Preis von ein paar Pence, daß die Konstabler den Schurken gestern in aller Frühe aus dem Bett geholt haben. Doch da ihn seine Wirtin gewarnt hatte, sprang Smythe aus einem Hinterfenster und verschwand durch die Gassen, ohne verfolgt zu werden.«

»Er sprang aus einem Fenster, sagen Sie? War es ein Fenster im ersten Stock?«

»Sie denken an das Vorzimmer Ihrer Gnaden! Wir haben beide denselben Verdacht. Ich fragte den Jungen aus, und er erzählte mir voller Stolz und Befriedigung, daß sein Held Smythe jede Höhe unter sechs Metern spielend nehme. Er ist von Hause aus Akrobat und zog schon als Kind mit einer Artistentruppe herum, die für ihre Körperkunststücke berühmt war.«

»Das ist aber eine ausgezeichnete Nachricht!« rief ich aus. »Wenn wir jetzt noch ein Harlekinkostüm in seiner Wohnung finden, können wir Lord Kinsfell vielleicht noch heute freibekommen!«

»Ich hatte angenommen, daß Sie Angst bekämen, wenn Sie hören, daß der Mann sich in Freiheit befindet. Sind Sie so wenig besorgt um Ihre Sicherheit, Jane?«

Ich hob eine behandschuhte Hand, um meine Augen vor der strahlenden Mittagssonne zu schützen. Außerhalb der Stadtgrenzen wurde das Land von dem anbrechenden Winter entstellt – braun wellten sich die Hügel von Somerset, auf denen sich hier und da vereinzeltes Vieh verlor, doch meine Stimmung wollte sich auch vom Anblick kahler Felder nicht niederdrücken lassen. »Freuen kann ich mich nicht über sein Entkommen«, gab ich zu, »aber ich vertraue auf die Vorsehung. In der nächsten Zeit wird sich Mr. Smythe wohl nicht in die für ihn gefährlich gewordene Stadt Bath wagen. Ich will nicht in übermäßige Furcht geraten.«

»Trotzdem ...« begann Lord Harold.

»Ich verspreche Ihnen, daß ich das Haus nicht ohne Begleitung verlassen werde«, sagte ich. »Nun berichten Sie mir von Miss Conyngham.«

»Sie weigerte sich natürlich, mich zu empfangen, also war ich gezwungen, ihre Garderobe zu erstürmen. Ich hielt es für angezeigt, sie davon zu informieren, daß Mr. Elliot keineswegs mehr so fest von der Anklage gegen meinen Neffen überzeugt sei wie zuvor und gerade dabei sei, einem merkwürdigen Schmuckstück auf die Spur zu kommen, das sich in dem bekannten Durchgang fand und möglicherweise dem Mörder gehörte. Ich drückte mich bewußt vage aus, doch Miss Conyngham erblaßte sichtlich, mußte sich aufstützen und erklärte sich schließlich doch zu einem Gespräch bereit.«

»Und? Hat sie alles gestanden?«

»Jane, Jane – denken Sie denn, eine Frau geht blindlings zum Schafott? Natürlich gestand sie nichts. Erst will sie herausbekommen, wieviel ich weiß. Daß ich eine Menge *vermute*, daß ich vielleicht einiges zu ihrem Nachteil durch meine Nachforschungen oder durch meinen Neffen oder auf beiden Wegen erfahren habe, das ist ihr völlig klar. Aber sie glaubt zuversichtlich, daß ich keine schlüssigen Beweise habe, also will sie mit mir fechten, so lange sie kann.

Wir setzten uns, und ich benutzte die Gelegenheit, von der interessanten Werbung des Grafen von Swithin um meine Nichte zu sprechen, von unserer Annahme, er werde erneut um Monas Hand anhalten, ein paar Bemerkungen darüber zu machen, welche Enttäuschung der Tod Mr. Portals gebracht habe, daß Mona bereit sei, sich mit den Aufmerksamkeiten eines anderen zu trösten, daß auch Oberst Easton stark in Erscheinung trete – und Miss Conynghams Miene verdüsterte sich zusehends. Dann verabschiedete ich mich und überließ es ihr, diese Mitteilungen zu verdauen, und ich hoffe, daß meine Kriegslisten bald Früchte tragen.«

»Sie sind ein unverbesserliches Biest«, sagte ich ruhig, »aber da die Dame anscheinend kein besonderes Mitgefühl verdient, kann ich Sie nicht so gründlich ausschimpfen, wie ich es sonst täte. Hat sie Angst verraten? Schuldgefühle? Die Verzweiflung eines verworfenen Charakters?«

»Nichts dergleichen. Ein Anflug von Schmerz über Portals Tod – doch wir müssen annehmen, daß das auch eine grobe Vortäuschung war. Es ist schade«, sinnierte Lord Harold, »daß ein so großes schauspielerisches Talent für einen so unglückseligen Zweck eingesetzt wird.«

»So halten Sie sie also für unrettbar verloren? Bar eines jeden echten Gefühls?«

»Anders kann ich mir ihr Verhalten nicht erklären«, erwiderte er in etwas schärferem Ton als gewöhnlich. »Und ich muß gestehen, daß mir das große Sorgen bereitet. Wirkliche Schlechtigkeit ist selten genug in dieser Welt, meine liebe Jane, aber wenn sie dann noch in Gestalt einer schönen jungen Frau auftritt, dann ernüchtert einen das doch sehr.«

Wir erreichten Bristol nach einer gemütlichen Fahrt von weniger als zwei Stunden und suchten sofort einen der führenden Gasthöfe der Stadt auf, den alten, noch halb aus Fachwerk erbauten Llandoger Trow nicht weit von Bristols Theatre Royal. Lord Harolds

Überlegungen lauteten, daß der Graf von Swithin, wenn er schon am Montagmorgen in Bristol war und sich nach Maria Conyngham richtete, wahrscheinlich ein Quartier gesucht habe, das nicht weit von dem Ort entfernt lag, an dem sie auftrat. Bevor wir es jedoch unternahmen, den Wirt auszufragen, wollte Lord Harold Brot und Käse in einem ruhigen kleinen Gastzimmer zu sich nehmen, und ich war einer anständigen Kanne Tee nicht abgeneigt.

Wir bogen von der kopfsteingepflasterten King Street ab und fuhren auf den Hof des Llandoger Trow. Ein Stallbursche kam herausgerannt und hielt die Pferde an den Zäumen.

»Morgen der Herr«, rief der Junge fröhlich. »Wechseln Sie die Pferde oder bleiben Sie über Nacht?«

»Keins von beiden«, antwortete Lord Harold. »Einen Eimer Hafer bitte und die Pferde tränken.«

»Machen wir im Handumdrehn, Herr. Fragen Sie nur nach Bob, wenn Sie sie vorgefahren haben wollen.«

»Sehr gut. Sag mal, Bob, mieten hier auch Reisende Kutschen vom Wirt?«

»Postpferde meinen Sie?«

»Nein. Ich frage mich, ob dein Dienstherr ...«

»Mr. Twinkling«, warf Bob schnell ein.

»... Mr. Twinkling ein oder zwei Kutschen hält, die er gelegentlich an Reisende vermietet. An Gäste, die hier wohnen und einen Vormittagsausflug machen wollen, zum Beispiel, oder deren Kutschen einen Schaden genommen haben.«

Das Gesicht des Jungen erhellte sich. »Da wäre seine alte Kalesche oder der Tilbury der Wirtin, den er manchmal mit Nelly ausleiht.«

»Sehr gut, mein Junge«, sagte Lord Harold und warf ihm ein Zweipencestück zu.

Der Llandoger Trow war ein vornehmes altes Gebäude, mit Flügelfenstern gegen Zug gesichert und mit einem lodernden Feuer in dem mächtigen Kamin. Ich empfand seine Wärme als sehr wohltuend, ebenso wie die begleitenden Gerüche nach gebratenem Geflügel und kochender Suppe, und folgte einer Frau, von der ich annahm, sie sei Mrs. Twinkling, in ein abgeteiltes kleines Zimmer an der breiten Vorderfront des Hauses. Ein paar Bürger der Stadt saßen im Schankraum, und ihre Krüge klapperten laut auf den Eichentischen, aber hier war es ruhig und abgeschieden, und ein schwacher Geruch nach Bienenwachs war nicht unangenehm.

»Sie brauchen sicher einen Lunch«, sagte die Frau freundlich. »Sie müssen ja halb erfroren sein, Miss, nach dem langen Weg, und wo die Sonne nicht halb so warm ist, wie sie sein sollte. Ein Grog vielleicht oder ein Weinpunsch?«

»Tee wäre mir sehr recht«, antwortete ich dankbar. »Sind Sie Mrs. Twinkling?«

»Schon seit mehr als dreißig Jahren, Miss. Sie sind fremd in Bristol?«

»Ja.« Ich nahm Haube und Handschuhe ab und legte sie auf einen Sessel. »Aber unsere Bekannten haben die Stadt oft ganz begeistert beschrieben, und besonders den Llandoger Trow. Der Graf von Swithin war erst kürzlich Ihr Gast, nicht wahr?«

»Das ist er ab und an schon seit mehr als einem Jahr. Er hat viel fürs Theater übrig, der Graf.«

»Wirklich! Dann sprechen wir sicher von demselben Lord Swithin, einem wohlgebauten blonden Herrn mit einer herrischen Miene und einer sehr schönen vierspännigen Kutsche mit dem Wappen eines Tigers an der Tür?«

»Ja, und er war mächtig aufgebracht, als seine Achse brach und Twinkling sie nicht bis Montag in Ordnung kriegen konnte«, antwortete sie energisch. »Hat ganz schön rumgebrüllt und fluchte wie ein Bierkutscher, er müßte so schnell wie möglich weiter.«

»Mrs. Twinkling«, sagte Lord Harold mit einem Nicken von der Tür her. »Ihr ausgezeichneter Gatte meinte, hier würde ich Sie finden. Wir wären Ihnen sehr dankbar, wenn Sie uns etwas zu essen bringen würden.«

»Ich habe Brot und Käse und einen halben Schinken schon bereit«, strahlte sie und verließ uns mit einem Knicks.

»Das war sehr unglücklich«, erklärte ich Lord Harold ärgerlich, »denn sie wollte mir gerade die ganze Geschichte von Swithin erzählen. Sie erinnerte sich sofort an ihn und sagte, eine Beschädigung seiner Kutsche habe ihn sehr aufgeregt.«

»Machen Sie sich keine Sorgen, Madam.« Lord Harold zog sich einen Sessel an den Kamin und wärmte sich die Hände. »Ich habe das alles schon von unserem Wirt Twinkling selbst gehört. Es wäre nicht gut, wenn wir *beide* so sehr daran interessiert erschienen.

Lord Swithin war vom Sonntagabend bis zum frühen Mittwochmorgen hier, und dann jagte er wie der Teufel – verzeihen Sie tausendmal meine Ungehörigkeit, meine Liebe – nach Bath.«

»Und die Kutsche?«

»Tatsächlich ein merkwürdiges Mißgeschick. Bei seiner Ankunft war die Achse noch heil und wurde anscheinend beschädigt, als die Kutsche hier in der Remise stand. Mr. Twinkling hat eine Gruppe von Jugendlichen dieser Gegend in Verdacht, die sich einen Spaß daraus machen, sich am Eigentum von Reisenden zu vergreifen. Wir könnten allerdings eine gezieltere Aktion vermuten. Der Graf hätte sicher nicht seine *eigene* Kutsche unter das Fenster Ihrer Gnaden fahren wollen, um einen Mörder darin aufzunehmen.«

»Das ist höchst aufschlußreich.«

»Die Notwendigkeit der Reparatur zwang Lord Swithin, den Tilbury der Wirtin zu mieten, um am Dienstag einige Geschäfte zu erledigen.«

»Als er zweifellos wie der Teufel nach Bath jagte«, schloß ich zerstreut, »wegen der Ermordung des armen Mr. Portal.«

»Vielleicht. Obgleich Mr. Twinkling meinte, er sei in Richtung Portsmouth gefahren.«

»Portsmouth! Was könnte ihn denn zu so einer plötzlichen Reise veranlaßt haben?«

»Am Montag erhielt der Graf die Nachricht von einem Schiff, einem heimkehrenden Ostindienfahrer, der am folgenden Tag in Portsmouth erwartet wurde.«*

»Herr des Himmels!«

»Ob es eins von Swithins Schiffen war, das auf wunderbare Weise heimkehrte, oder nur eins, das Nachrichten vom Schicksal seiner Schiffe brachte, das konnte mir Twinkling nicht sagen. Die Einzelheiten wußte er wohl nicht.«

»Oder aber Swithin fuhr überhaupt nicht nach Portsmouth.«

»Auf jeden Fall kam der Graf in den frühen Morgenstunden des Mittwochs wieder im Llandoger Trow an und fuhr später am Vormittag in seiner reparierten Kutsche weiter nach Bath.«

* Ein Ostindienfahrer war ein Handelsschiff, das Waren aus Ostindien brachte. Sie gehörten gewöhnlich der Ostindischen Gesellschaft, doch in diesem Fall können wir es so verstehen, daß es ein privates Schiff des Grafen war. – *Die Herausgeberin.*

»Wenn das alles stimmt, dann ist es unwahrscheinlich, daß der Lord seine eilige Rückkehr aus Portsmouth unterbrach, um mit Bart und in Verkleidung als Harlekin in Laura Place aufzutreten«, überlegte ich.

»Unwahrscheinlich, aber nicht unmöglich. Wie Sie sagen, wir wissen nicht genau, ob er überhaupt nach Portsmouth gefahren ist.«

Ich seufzte vor Verdruß. »Ich muß feststellen, Mylord, daß wir in dieser traurigen Angelegenheit viele Übeltäter haben, die alle unsere Aufmerksamkeit beanspruchen! Erstens Miss Conyngham, die wahrscheinlich den Tiger im Durchgang verloren hat; weiter Smythe, ein geübter Akrobat, der aus dem offenen Fenster gesprungen sein könnte; und schließlich Lord Swithin, der eine Kutsche mietete, möglicherweise, um nach Portsmouth zu fahren, vielleicht aber auch, um im Streit unter dem Fenster der Herzoginwitwe in Bath zu halten.«

»Aber unglücklicherweise haben wir für das letztere keinen Beweis«, erwiderte Lord Harold, »und das ist gerade das, was Mr. Wilberforce Elliot zweifellos verlangen wird.«

Unmittelbar nach dieser ernüchternden Bemerkung flog die Zimmertür auf, und Mrs. Twinkling erschien mit geröteten Wangen und einem hoch erhobenen Tablett mit Eßwaren. Hinter ihr stand, zu unserer höchsten Überraschung und nicht geringen Freude, Mr. Elliot in eigener Person.

»Lord Harold«, sagte er mit einer Verbeugung, bei der sein beträchtliches Gewicht knarrte, »und die kleine Schäferin.«

»Miss Austen«, ergänzte ich.

»So eine Überraschung, daß Sie nach Bristol gekommen sind, um mich zu begrüßen! Mit soviel Höflichkeit hätte ich um alles in der Welt nicht gerechnet. Wie geht's? Wie steht's? Und was für ein schöner Tag für eine Vergnügungsfahrt!«

»In der Tat«, erwiderte der Lord mit einem bedeutungsvollen Blick auf Mrs. Twinkling. Der Friedensrichter blinzelte uns zu, trat beiseite und ließ sie vorbei und machte es sich dann in dem kleinen Zimmer bequem.

»Brauchen Sie eine Stärkung für die harten Meilen, die noch bis Bath verbleiben?« fragte Lord Harold mit ironischer Fürsorglichkeit, »oder vielleicht einen Platz in meiner Kutsche?«

»Vielen herzlichen Dank, Mylord, aber gestärkt habe ich mich schon, und dank Ihrer freundlichen Unterstützung bin ich mit hinreichender Fahrgelegenheit versehen.«

»Das ist sehr gut, denn wenn Sie angenommen hätten, wäre ich oder Miss Austen gezwungen gewesen, hierzubleiben.«

Mr. Elliot lachte. »Das sieht einem Lord ähnlich! Keine Höflichkeit ist zu groß, selbst wenn sie jemandem Schaden bringt. Ich bin Ihnen unendlich verbunden, Mylord, aber machen Sie sich nur über das Essen her, und ich quassle Ihnen inzwischen die Ohren voll, wie man so sagt, und so kommen wir bestens miteinander aus. Ich vermute, Sie sind auf der Spur eines gewissen Grafen?«

»Wie Sie zweifellos auch.«

Mr. Elliot ließ sich in einen stabilen hölzernen Sessel sinken, streckte seine Füße ans Feuer und nickte mir freundlich zu. »Die Kälte hat Rosen auf Ihre Wangen gezaubert, Madam, und Sie sehen bildschön aus. Ich kann davon ausgehen, daß Sie das Vertrauen Seiner Lordschaft genießen?«

»Das können Sie«, antwortete Lord Harold. »Es gibt niemanden, dessen Scharfsinn ich mehr schätze, als den von Miss Austen.«

»Und wann darf ich Ihnen gratulieren, Mylord?« fragte Mr. Elliot mit unschuldiger Miene.

Wider Willen wurde ich rot.

»Wenn Sie meinen Neffen aus seiner unglücklichen Notlage befreit haben«, gab Lord Harold geschickt zur Antwort. Er nahm einen Löffel und machte sich an den wunderbaren Stilton. »Erzählen Sie uns, wie es Ihnen in London ergangen ist, Elliot. Wir sind ganz gespannt auf Ihre Neuigkeiten.«

»Ich fing mit meinen Nachforschungen am Laura Place an, wie Sie so freundlich vorgeschlagen hatten. Als ich dem Grafen von Swithin die interessante Tigerbrosche zeigte, runzelte er die Stirn, sah verblüfft aus und erlangte dann unglücklicherweise seine Fassung zurück. Er versicherte mir, er hätte das Ding nie vorher gesehen und könnte sich nur vorstellen, daß irgendein Modegeck sein Wappen übernommen hätte aus dem irregeleiteten Wunsch, den Stil Seiner Lordschaft nachzuahmen.«

»Maria Conyngham, vermute ich«, warf Lord Harold zufrieden ein.

»Wirklich?« Mr. Elliots schwarze Augen weiteten sich. »Ich sehe, darin sind Sie mir voraus, Mylord, wie in so vielen Dingen.

Aber um weiterzuerzählen – als nächstes reiste ich nach London und begab mich nach St. James. Die geschickte Einschleusung eines umsichtigen Mannes – nämlich eines Konstablers namens Warren, den ich mitgenommen hatte – ins Fortescue House mittels übermäßiger Schmeichelei gegenüber einem niederen Hausmädchen erbrachte die Information, daß Seine Lordschaft seit einigen Wochen nicht mehr in London war. Genau gesagt, seit Sonnabend vor zwei Wochen. Am Mittwochmorgen voriger Woche gab der Graf den Damen Fortescue von Bristol aus ohne Entschuldigung die Anweisung, sie sollten ungesäumt nach Bath reisen, und das Hausmädchen war ganz empört darüber, weil das den ganzen Haushalt in Unordnung brachte. Alles wegen der Rücksichtslosigkeit des Herrn, und die Schwestern ganz aufgeregt. Damit wurde mir klar, daß ich meinen Mörder nicht in London finden würde, also ließ ich Warren das eigenartige Schmuckstück da und gab ihm den Auftrag, die wichtigsten Juweliere in London nach seiner Herkunft zu befragen, und ich selber begab mich nach Bristol. Mindestens zwei Stunden lang habe ich mich in allen Gasthöfen erkundigt.«

»Dann wissen Sie also auch, was wir kürzlich erfahren haben.«

»Daß der Graf Anlaß hatte, eine offene Kutsche zu mieten? Ja, wenn es mich auch viel Mühe gekostet hat, das aus dem alten Twinkling herauszukriegen«, beklagte sich Mr. Elliot. »Von den Wirten des Hart and Dove, des Merry Milkmaid und des Rose and Crown ganz zu schweigen. Es gibt viele Gasthöfe in Bristol, Mylord, und nur in einem davon konnte der Graf gewohnt haben. Ich schätze, jeder Wirt, der sein Bier wert ist, erkennt einen Mann des Gesetzes schon auf eine Meile Abstand und wird sofort stumm und taub, obwohl er sich überschlägt, um Ihnen zu Diensten zu sein.«

»Dann wissen Sie auch, daß der Graf am Dienstag nach Portsmouth gefahren sein soll.«

»Und daß ich als nächstes selber da hinfahren muß«, ergänzte Mr. Elliot resigniert. »Offensichtlich lehnte der Graf einen Kutscher ab und wollte selbst die Leinen führen. Ich weiß, was Sie in *der* Hinsicht vermuten. Sie meinen, der Lord ist überhaupt nicht nach Portsmouth gefahren. Aber erklären Sie mir, Mylord, aus welchem Grunde Sie Miss Conyngham verdächtigen.«

Lord Harold war vollauf damit beschäftigt, eine sehr schöne

Portion Schinken zu verzehren, und schien sich ganz diesem Genuß hinzugeben, doch nach einem Augenblick langte er in seine Rocktasche und zog ein Bündel Papiere hervor. »Ich glaube, einige Antworten darauf werden Sie hier finden, Mr. Elliot.«

Der Friedensrichter ergriff sie sofort. »Briefe, Mylord?«

»Zufällig in Mr. Portals Büro im Theater gefunden. Ich darf Ihnen den Rat geben, künftig auch die Geschäftsräume eines Mannes zu durchsuchen und nicht nur seine Wohnung, mein lieber Herr.«

Elliot überflog die Papiere und runzelte die Stirn im Bemühen, die Handschriften zu erkennen, dann blickte er Lord Harold an. »Na, das ist ja allerhand«, sagte er knapp. »Das Mädchen steckt mit Swithin unter einer Decke. Ich werde beide sofort festnehmen, wenn ich nach Bath zurückkomme.«

»Langsam, Mr. Elliot«, sagte Lord Harold rasch und wandte sich zu mir: »Bitte gießen Sie Tee ein, Miss Austen, dafür wäre ich Ihnen sehr verbunden.«

Ich tat es und bot auch dem Friedensrichter eine Tasse an, aber er lehnte sie ungeduldig ab. »Und warum sollte ich diese Übeltäter in Freiheit lassen?« fragte er.

»Mit Rücksicht auf eine höchst interessante Angelegenheit, die noch nicht abgeschlossen ist«, erwiderte Lord Harold. »Ich muß Ihnen eine schwerwiegende Sünde gestehen, Mr. Elliot, die mein Neffe Kinsfell begangen hat. Sie erinnern sich sicherlich, daß er den unglücklichen Mr. Portal auffand.«

»Ja, natürlich.«

»Aber Sie wissen nicht, glaube ich, daß er noch etwas anderes an Mr. Portals Person entdeckte. Einen höchst faszinierenden Anhänger, der die Miniatur eines Auges enthält und wahrscheinlich von derselben Hand auf Portals Brust gelegt wurde, die den Dolchstoß führte.«

Mr. Elliot sah mich verwirrt an, und ich lächelte ihm wohlwollend zu.

»Mein Neffe hat sich aus zweifelhaften Motiven die Miniatur des Auges um den Hals gehängt. Er vertraute sie mir am nächsten Tag an.«

»Der Marquis hat Beweismittel verhehlt?« rief Mr. Elliot aus. »Dieser hinterlistige Schurke! Dafür mach ich ihn einen Kopf kürzer.« Die Äußerung dieser natürlichen Reaktion muß ihm sofort als geschmacklos erschienen sein, und er wandte den Blick seiner funkelnden schwarzen Augen von Lord Harolds Gesicht ab.

»Ich billige Ihre Gefühle«, bemerkte Seine Lordschaft. »Sie sind lobenswert, wenn auch etwas unglücklich zum Ausdruck gebracht. Aber wie verwerflich die Tat immer sein mag, mein Neffe fürchtete, sie sei unwiderruflich geschehen, und ich halte es für möglich, daß er aus den edelsten Motiven gehandelt hat, aus dem Wunsch, seine Schwester zu schützen. Sie hat graue Augen, und das Porträt zeigt ein ähnliches Bild. Der arme Kinsfell fürchtete, sie könne in die Ermordung Portals verwickelt werden, und wollte das verhindern.«

Ich zweifelte an der vollen Wahrheit dieser Aussage und hielt es für wahrscheinlicher, daß Lord Kinsfell hoffte, Maria Conyngham zu schützen, deren Namen Portal mit seinem letzten Atemzug genannt hatte, aber ich wußte, daß Miss Conyngham braune Augen hatte, und unterließ es, mich mit einem Mann von Lord Harolds Erfahrung und Einsicht zu streiten.

»Ich habe es unternommen, einen Künstler aus Miss Austens Bekanntschaft, einen anerkannten Fachmann auf diesem Gebiet, zu konsultieren, und er hat wiederum um Information bei einer Stelle ersucht, die sie hoffentlich beisteuern kann. Das Schmuckstück wurde absichtlich als ein Zeichen hinterlassen, und ich glaube nicht, daß der Mord an Mr. Portal ohne Beziehung zu der auf dem Porträt dargestellten Person steht. Den Namen dieser Person suchen wir, Mr. Elliot, und bevor wir ihn nicht haben, können wir kaum hoffen, die Hintergründe dieser Affäre zu ermessen. Die Briefe, die Sie in der Hand halten, und die Tatsache der Anwesenheit des Grafen in Bristol sind nur Bruchstücke des Falles.«

»Das spielt keine große Rolle«, erwiderte Mr. Elliot. »Es ist viel einfacher, beide festzunehmen und bei der Gerichtsverhandlung alles von ihnen zu erfahren.«

»Aber da Sie schon einmal voreilig gehandelt und einen Unschuldigen festgenommen haben«, konterte Seine Lordschaft, »sollten Sie beim zweitenmal vorsichtiger sein. Sonst vergrößern Sie weder das Vertrauen der Öffentlichkeit noch die Sicherheit Ihrer Gönner.«*

* Da Friedensrichter von einflußreichen Personen ernannt wurden, deutet Lord Harold an, Mr. Elliots Karriere könnte auf dem Spiel stehen. – *Die Herausgeberin.*

Es trat ein bedeutungsschweres Schweigen ein. Mr. Elliot bediente sich beim Stilton und kaute ihn nachdenklich. Schließlich sagte er: »Und wann rechnen Sie damit, daß die auf dem Porträt dargestellte Person bekannt wird?«

»Ich erwarte diese Nachricht täglich. Sobald ich sie erhalte, werde ich sie Ihnen unverzüglich mitteilen.«

»Sie müssen verstehen, wie ungesetzlich diese ganze Angelegenheit ist«, sagte Mr. Elliot. »Das Porträt hätte mir übergeben werden müssen. Und diese Briefe auch. Sie haben Ihre Zusammenarbeit mit den Vertretern des Gesetzes grob verzögert, Mylord.«

»Das bedaure ich und gebe alles zu. Aber Sie müssen auch anerkennen, mein lieber Herr«, sagte Lord Harold lächelnd, »daß Sie mir wenig Anlaß boten, Ihrem Verstand und Ihrer guten Meinung zu trauen. Sie schienen sehr zufrieden mit der Aussicht, meinen Neffen zu hängen, und ohne die Worte des einen oder anderen Beisitzers wären Sie wohl immer noch taub gegenüber unseren Einwänden. Ich bin nicht unzufrieden damit, wie ich die Angelegenheit bisher geführt habe, und vertraue darauf, daß die Zeit Ihre Wunden heilt.«

Mr. Elliot seufzte. »Ich glaube, nun darf ich wohl nicht länger säumen und muß nach Portsmouth fahren.«

»Das scheint mir das logische Vorgehen«, sagte Lord Harold zufrieden. »Stilton, Jane?«

Kapitel 14
Ein unerwarteter Schlag

Montag, 17. Dezember 1804

Mit unendlich schwerem Herzen nehme ich meine treue Feder zur Hand, um so vielleicht die Nachricht besser zu verstehen, die uns heute morgen erreichte – eine Nachricht, gegen die sich mein ganzer Verstand sträubt. *Madam Lefroy ist tot.*

Sie mußte genau an meinem Geburtstag aus diesem Leben scheiden. Und ich war nicht zur Stelle, um sie zu trösten oder einen letzten Abschied zu nehmen.

Wir erhielten die Nachricht durch Eilboten von meinem Bruder James. Wir hörten das Getrappel der Hufe eines scharf gezügelten Pferdes vor der Tür der Green Park Buildings, befürchteten eine schlimme Botschaft und wünschten bei aller Frömmigkeit, sie sei für andere bestimmt. Aber es ließ sich nicht abwenden, der Brief war an uns gerichtet, und der reitende Bote wartete auf Antwort. Wir befürchteten, daß James oder Mary oder ihren Kindern etwas zugestoßen sei, denn die Erinnerung an einen plötzlichen Tod in diesem Hause war noch zu lebendig.*

Aber er schrieb uns von Ashe und von meiner geliebten Anne.

James hatte sie am Sonnabend in dem benachbarten Dorf Overton getroffen, als sie mit einem Diener im Gefolge ihre Einkäufe machte. Madam bemerkte beiläufig, ihr Pferd sei so dumm und faul, daß sie es kaum richtig in Bewegung bringen könne. Mit beiderseitigen guten Wünschen hatten sie sich verabschiedet. Mit welchem Entsetzen erfuhr Bruder James später, daß gerade dieses Pferd oben auf dem Overton Hill durchgegangen war! Der Diener hatte vergeblich versucht, den Zügel zu fassen, Anne Lefroy war in völliger Verwirrung davongaloppiert und entweder aus Furcht oder wegen des unsicheren Sitzes im Damen-

* James Austens erste Frau, Anne Mathew, die er 1792 geheiratet hatte, war 1795 plötzlich gestorben. Danach heiratete er Mary Lloyd, die Schwester von Janes lebenslanger Freundin Martha. Später wurde Martha Frank Austens zweite Frau. – *Die Herausgeberin.*

sattel gestürzt und mit voller Wucht aufgeschlagen. Sie erlitt eine Gehirnerschütterung, blieb den ganzen Sonnabend bewußtlos und schlief am Sonntagmorgen um drei Uhr ruhig ein.*

Warum hat mich keine Vorahnung ihres Hinscheidens in dieser schrecklichen Stunde getroffen? Warum blieben die Uhren nicht stehen, warum hörte der Regen nicht auf zu fallen, und warum erstarrte nicht die ganze Welt in Trauer angesichts dieses Verlustes? Anne, Anne! Soviel Güte und solch hohen menschlichen Wert, wie sie dir eigen waren, werde ich nie wieder finden.

Ich habe mich immer wieder bemüht, zu begreifen – mich mit ihrem Tod *auszusöhnen*, aber noch kann ich es nicht. Weit schlimmer als der Widerwille und der Unglaube, mit denen das Menschenherz solchen Ereignissen begegnet, ist die Kränkung meines Verstandes. Denn Anne Lefroy war eine vorzügliche Reiterin. Von Jugend auf hatte sie ihre Pferde gemeistert. Es war ihr ganzer Stolz, daß sie so fest saß, so sicher sprang und keine Hecke und keinen Zaun scheute. Sie ist die letzte Frau, von der ich angenommen hätte, daß ein Pferd völlig mit ihr durchginge, und mein Herz flüstert mir zu, daß da nicht alles mit rechten Dingen zugegangen ist. Denn ein Pferd kann auf alle mögliche Weise erschreckt werden, auch in böser Absicht.

Ist das zu überspannt? Es muß wohl, anders ist es nicht möglich, eine Fieberphantasie meines Gehirns sein, das von dem plötzlichen Verlust überwältigt wurde. Deshalb will ich meine Feder hinlegen und jede Tätigkeit einstellen in der Hoffnung, daß die Stille als Balsam wirkt und die Einsamkeit von der Verzweiflung befreit.

Dienstag, 18. Dezember 1804

Eine schlaflose Nacht und ein öder Vormittag haben mir keine Erleichterung verschafft. Zwar habe ich mich aus dem Haus getrieben und bin mit Cassandra als schweigender Begleitung den Gravel Walk auf und ab gestapft, in trübes Nachdenken über die Sterblichkeit versunken, doch die körperliche Bewegung hat mir

* Diese Beschreibung des Todes von Anne Lefroy stimmt ganz genau mit der in der Familiengeschichte *Jane Austen: A Family Record* (von William Austen-Leigh und Richard Arthur Austen-Leigh, bearbeitet von Deirdre LeFaye, London, The British Library 1989) überein. – *Die Herausgeberin.*

keinen Trost gespendet. In Trauer habe ich meine ganze Vergangenheit mit Madam Lefroy an mir vorbeiziehen lassen: die angenehmen Stunden des Beisammenseins, das stille gemeinsame Lesen in der Bibliothek in Ashe, ihre Freude daran, eine Art Schule für die ärmeren Kinder der Gemeinde einzurichten, in der sie mit der Zeit lesen, schreiben und rechnen lernten, ihre Begeisterung über Konversation und über Nachrichten aus der Welt.

Nur eine Episode aus unserer gemeinsamen Bekanntschaft hat noch die Kraft, mir Schmerz zu bereiten, und das ist die Rolle, die Madam bei der Vereitelung meiner Hoffnungen auf ihren Neffen gespielt hat. Mit zwanzig war Tom Lefroy noch sehr jung zum Verlieben und hatte weder einen Beruf noch ein Vermögen aufzuweisen, doch jetzt mit fast neunundzwanzig besitzt er beides und eine Frau dazu. Ohne Madams unerwünschte Einmischung wäre ich vielleicht schon seit neun Jahren glücklich, und ich habe es nie fertiggebracht, ihr damaliges Verhalten anders als aufdringlich zu finden. Klugheit in Liebesdingen ist schön und gut, wenn es an Charakter mangelt, aber wenn zwei vernünftige und tüchtige junge Menschen sich *wahrhaft* lieben, halte ich es nicht für richtig, ihre Hoffnungen nur vom Vermögen abhängig zu machen.

Doch Tom wurde weggeschickt, und ich blieb dem Spott der Nachbarschaft ausgesetzt, weil ich mein Entgegenkommen für seine Zuneigung allzu offen gezeigt und ihn ermutigt hatte, obwohl ich doch nichts besaß als die zwanzig Pfund jährlich, die ich als mein eigen betrachten darf.

Ich habe mich oft gefragt, wie die jetzige Mrs. Tom Lefroy wohl ist – wie sie aussieht, wie sie sich benimmt und wie sie sich um ihren Mann kümmert. Aber es ist nicht gut, viel darüber nachzudenken. Sehr groß kann die Liebe auf Tom Lefroys Seite nicht gewesen sein, sonst hätte er mich nicht so schnell vergessen – immerhin hat er Miss Mary Paul knapp drei Jahre später geheiratet, als er *mich* hätte heiraten können. Doch das war schon immer der Unterschied zwischen den Geschlechtern: Die Männer haben ihre Berufe und Beschäftigungen, die sie von ihrem Liebeskummer ablenken, aber *wir* sitzen zu Hause, still und eingeengt, und unsere Gefühle nagen an uns.*

* Jane schreibt ähnliche Gefühle in praktisch der gleichen Sprache ihrer Romanfigur Anne Elliot in *Persuasion* zu, einer Frau, die mit siebenund-

Meinen Appetit habe ich gänzlich verloren, und ich finde die erzwungene Gemeinschaft des Haushalts unerträglich. Ich behaupte nicht, daß ich allein diese Gefühle empfinde – für alle Austens war Anne Lefroy ein liebes Mitglied der Familie –, aber ich stand der Dame besonders nahe, wir waren eines Geistes, und das macht ihren Verlust ausgesprochen grausam. Ich vermute, mein Vater leidet ähnlich darunter. Seine Art von Humor und seine Vorliebe für Scherze fanden bei Madam Lefroy immer ein offenes Ohr. Nun ist er auch sehr still geworden, und man sieht ihm die Last seiner Jahre an. Falls es seine angegriffene Gesundheit erlaubt, ist er so gut wie entschlossen, zu dem Begräbnis nach Hampshire zu reisen, das James am Freitag vornehmen wird. Da aber die weiblichen Familienmitglieder von solchen Unternehmungen ausgeschlossen sind, läßt sich daraus auch nicht viel Trost gewinnen.*

Nach unserem Spaziergang zog sich Cassandra für eine Zeit stillen Gedenkens auf ihr Zimmer zurück. Ich lief im Wohnzimmer wie ein Tier im Käfig vor dem Kamin hin und her, bis die Ausrufe meiner Mutter und der gequälte Blick meines Vaters mich veranlaßten, mich hinzusetzen und mein Tagebuch zu öffnen, um diese Gedanken festzuhalten.

Die Uhr hatte zwei geschlagen, und Cassandra war aus ihrer einsamen Melancholie wieder aufgetaucht, als meine Mutter sich an ihren Bruder, Mr. Leigh-Perrot, und seine furchterregende Frau erinnerte. Die Leigh-Perrots kennen Madam Lefroy seit mindestens zwanzig Jahren und würden sicher gleich von ihrem unzeitigen Ende erfahren wollen, und meine Mutter war entsetzt bei der Vorstellung, sie könnten es von jemand anderem hören als von ihr. Unter Vorwürfen, daß sie nicht gleich in den ersten Stunden der Trauer an sie gedacht hatte, und in dem dringenden Verlangen, so-

zwanzig Jahren den Rat ihrer älteren Freundin Lady Russell bereut, die ihr acht Jahre zuvor ihre Liebe zu einem jungen Seemann ohne Aussichten ausredete. Jane läßt Anne Elliot später doch mit Kapitän Frederick Wentworth vereint werden. – *Die Herausgeberin.*

* Zu Jane Austens Zeit nahmen Frauen selten an Bestattungen teil. Man meinte, es obliege den männlichen Familienmitgliedern, der Leiche zur Kapelle und zum Friedhof zu folgen. Eine Frau in Trauer konnte weiter nichts tun, als in der Stille ihres Heims die Liturgie zu lesen. – *Die Herausgeberin.*

fort zu ihnen zu eilen, gab sie keine Ruhe, bis sie uns alle aus dem Haus gescheucht hatte und wir die Wohnung der Perrots in den Paragon Buildings ansteuerten.

Der Glanz der Sonne blendete meine Augen, und meine Ohren wurden von den Rufen der Sänftenträger und dem Getrappel der Pferdehufe geplagt, als immer neue Gruppen fröhlicher junger Herren und Damen zu vorweihnachtlichen Feiern in die Stadt einfuhren. Ich war so offen wie eine frische Wunde für diesen Angriff auf meine Sinne: die Wunde trug ich im Herzen, und sie stammte von Anne Lefroy. Ich konnte meine Gedanken nicht von ihr losreißen, wie ein Engel oder ein Geist schwebte sie in unmittelbarer Nähe meines Gesichtskreises.

»Wie verrückt nach Vergnügungen sie alle sind!« rief meine Mutter aus, als zwei offene Kutschen an uns vorbeipreschten, jede von einem hübschen jungen Mann gelenkt und mit ungefähr sechzehnjährigen Damen besetzt, deren fröhliche Gesichter von ihren Pelzkragen fast verdeckt wurden. »Sie werden jeden Moment umkippen, meine ich, und dann ist es mit der Romantik vorbei.«

Ich zog die behandschuhte Hand meiner Mutter unter meinen Arm. »Mach dir keine Sorgen. In dem Alter ist es mit der Romantik wie mit der Gesundheit – sie wird immer besser, je mehr man ihr zumutet. Ein Umkippen der Kutschen würde diese jungen Leute nur noch enger zusammenführen, während es bei Damen mit reiferen Anschauungen die Zuneigung eher vertreibt.«

»Ich wundere mich, daß du so gut gelaunt sein kannst, Jane«, bemerkte Cassandra. »*Mir* tut es richtig weh, wenn ich lache.«

Meine Schwester hatte mir anscheinend weder vergeben, noch konnte ich es ihr rechtmachen, und das Bewußtsein meiner Ungnade lastete schwer auf meinem Gemüt. Cassandra war immer meine liebste Vertraute gewesen, meine geliebte Gefährtin, mein zweites Ich, und über ihre Mißbilligung kam ich nicht hinweg, so sehr ich mich auch bemühte.

Und so gingen wir schweigend weiter.

Meine Tante und mein Onkel Leigh-Perrot haben seit einiger Zeit eine ansehnliche Wohnung in den Paragon Buildings Nr. 1 gemietet, in der sie die Hälfte des Jahres verleben, da sie kinderlos sind und sich den Einbildungen des Alters und der Krankheit hingeben. Der Genuß der verschiedenen Heilquellen bringt ihnen keine Besserung, wenn man nach den gewichtigen Klagen geht, die sie täglich von sich geben. In der Hinsicht ist Bath für sie so nutzlos wie der Mond, aber den Winter müssen sie in Bath verbringen, sonst ginge es ihnen noch viel schlechter. Selbst daß meine unglückliche Tante wegen Diebstahl verhaftet wurde und mehr als sieben Monate im Gefängnis verbringen mußte, bis es zur Verhandlung kam und sie freigesprochen wurde, hat den Zauber der Stadt ihrer Wahl nicht gebrochen, und ihre Gesellschaft ist seit mehr als drei Jahren eine der mühseligsten Plagen unseres hiesigen Aufenthalts gewesen.*

Denn obgleich sie über beträchtliche Mittel verfügt, nur einen kleinen Haushalt führt und keine Neigung besitzt, sich teuer zu kleiden oder großzügig Gäste zu bewirten, ist meine Tante überzeugt, der Armut nahe zu sein, und macht viel Lärm über jede kleine Ausgabe. Diese Knauserei verbunden mit der Kultivierung ihrer Krankheiten macht selbst in guten Tagen den Verkehr mit ihr schwierig.

»Na, Mädchen!« rief meine Tante, als sie uns in der Tür erblickte, »da habt ihr also schwarze Handschuhe für Madam Lefroy angezogen! Ja, ich hab bereits alles von John, dem Fleischer, gehört, der die Tochter unserer Köchin heiraten will, und hab mich schon gewundert, daß ihr euch nicht früher die Mühe gemacht habt, uns zu besuchen! Es ist sehr schlimm, wenn man die Nachricht von so einem Menschen erfährt, sie nehmen sich alle so wichtig, und das auf die unangebrachteste und unverschämteste Weise! Der Schleier ist sehr schön, Cassandra, aber bestimmt hast du zuviel dafür bezahlt. Das machst du ja immer.«

Meine Tante thronte heute auf dem Wohnzimmersofa, in ein

* Im August 1799 wurde Jane Leigh-Perrot von einem Ladenbesitzer in der Bath Street beschuldigt, eine Rolle weißer Spitze gestohlen zu haben, die man in ein Stück schwarzer Spitze eingewickelt fand, das sie dort gekauft hatte. Sie leugnete den Diebstahl, der wahrscheinlich von dem Ladenbesitzer eingefädelt worden war, der wußte, daß der Geldwert der gestohlenen Spitze – über zwölf Pence – daraus ein Kapitalverbrechen machte, das mit dem Tode oder der Deportation nach Australien bestraft werden konnte. Vermutlich ging es um Erpressung, und als die Leigh-Perrots sich weigerten zu zahlen, wurden sie beide sieben Monate lang bis zu Mrs. Leigh-Perrots Verhandlung und Freispruch im Gefängnis von Ilchester festgehalten. Der Austen-Kenner Park Honan weist jedoch darauf hin, daß Mrs. Leigh-Perrots Verteidiger glaubte, sie sei eine Kleptomanin, die davonkam. – *Die Herausgeberin.*

Plaid eingehüllt, ganz elegant in Morgenrock und Haube. Jane Leigh-Perrot besitzt eins der männlichsten Gesichter, die ich je bei einer Frau gesehen habe: ein eckiges Kinn, eine lange Nase und offen abschätzende Augen. Ihre Züge vermitteln unweigerlich den Eindruck von Kraft und Gesundheit in völligem Gegensatz zu ihrem leidenden Gehabe, und ich werde wahrscheinlich noch die Sünde begehen, ihr auf dem Totenbett zu mißtrauen, so wenig kann ich ihren Beschwerden über ihre Gesundheit Glauben schenken.

»Guten Morgen, Tante.« Damit trat Cassandra vor und bot ihr die Wange. »Du siehst sehr gut aus.«

»Ich *fühle* mich aber überhaupt nicht gut, kann ich dir versichern. Solches Herzklopfen! Solche Schwäche und solches Flattern im Kopf und in den Eingeweiden! Hol mir doch mein Riechfläschchen, Cassandra, und dann erzähl mir alle Neuigkeiten.«

»Wir haben aber gar keine, Tante, wir sind ganz in Trauer versunken und nicht zur Gesellschaft aufgelegt«, warf ich ein.

Die gute Dame schnaubte und unterwarf meine Figur der kältesten Prüfung. »Fang nicht an, *mir* Bescheidenheit vorzuspielen, Miss Jane! Ich habe schon mindestens zwei Tage lang alles von deiner Mutter gehört! Ich weiß, daß du dich ganz dem Vergnügen und der Ausschweifung hingegeben hast und dich in einem gänzlich verrufenen Kreis bewegst! Noch so viele schwarze Bänder können *mich* nicht täuschen!«

»Das ist sehr gut, Tante, denn ich habe wenig Lust, dich zu täuschen.«

Sie schnaubte wieder wie ein gut bewegtes Pferd und fuhr nun auf meine Mutter los. Die Ärmste hockte ängstlich auf der Stuhlkante und bemühte sich, meinem Blick auszuweichen. »Ist sie also schon beerdigt, Mrs. Austen?«

»Die Beisetzung ist am Freitag«, antwortete meine Mutter, »und James wird sie vornehmen.«

»Das ist ja merkwürdig – denn sie ist doch in den frühen Morgenstunden am Sonntag gestorben, nicht wahr? Ich fürchte, dann wird die Verwesung schon stark fortgeschritten sein. Es wird einen Gestank geben. Höchst peinlich für die unglücklichen Hinterbliebenen.«

Der Notwendigkeit einer Antwort wurden wir enthoben durch

das Eintreten meines Onkels, eines schlanken, beweglichen, verschmitzten Mannes mit einer hohen Stirn und rosigem Teint. Heute war er ganz Lächeln und Freundlichkeit. »Ach, da seid ihr ja, Schwester!« rief er aus und kam mit dem aus Schmerz und Nachsicht gemischten Ausdruck des Gichtleidenden auf uns zu. »Das trifft sich ja wirklich gut! Denn ich wollte euch gerade in der Seymour Street besuchen, und nun habt ihr mir die Mühe erspart! Was meint ihr? Ich habe eine Subskription für das Konzert morgen abend, und die Plätze reichen für uns alle – wenn ihr mir die Ehre erweisen wollt, sie anzunehmen!«

»Das steht ganz außer unserer Macht, Bruder«, erwiderte meine Mutter mit ängstlichem Gesicht, »denn wie du siehst, sind wir in Trauer wegen Madam Lefroy.«

»Na ja – und was hat die Trauer für einen Zweck, he, wenn nicht die ganze Welt sie sieht? Wir gehen doch nicht in Schwarz, nur um still zu Hause am Kamin zu sitzen und uns gegenseitig zu bewundern! Ich glaube nicht, daß Cassandra solch einen schönen Schleier den Augen der staunenden Öffentlichkeit vorenthalten will.«

Nach diesem brillanten Scherz bog er sich vor Lachen und puffte meine Schwester in die Rippen. Cassandra sah verwirrt aus und rutschte verlegen auf ihrem Sessel herum. »Nein, wirklich, Onkel, ich habe nicht den Wunsch, meinen Kummer vor irgend jemand zu zeigen, das versichere ich dir.«

»Und Jane hat ja nie viel Freude an einem Konzert«, bemerkte meine Tante mit absichtlicher Bosheit.

»Nein, wirklich – sie hat das denkbar schlechteste Ohr für Rauzzini und Mrs. Billington«, stimmte meine Mutter ihr zu. »An Jane wäre die Musik wahrhaftig ganz verschwendet.«

»Deswegen fürchte ich, Perrot, du mußt deine Eintrittskarten zurückgeben«, erklärte meine Tante mit Entschiedenheit. »Keiner will sie, und du mußt darauf bestehen, daß du dein Geld von den Kartenverkäufern zurückbekommst. Sie sind darauf aus, viel einzunehmen, und werden dich drängen, die Karten für ein anderes Konzert umzutauschen! Morgen bleiben wir zu Hause und laden die Austens zum Whist ein. Kartenspielen darf man doch sicher auch in Trauer?«

Mein unglücklicher Onkel sah niedergeschlagen aus. »Aber das ist doch zu dumm!« rief er aus. »Ich mochte Madam Lefroy bestimmt ebenso gern wie ihr alle, aber ich glaube nicht, daß sie wünschen würde, wir sollten die ganze Jahreszeit mit langen Gesichtern herumlaufen. Was ist Weihnachten ohne Musik oder Vergnügungen? Ich hatte gedacht, wir könnten nach dem Konzert hierher gehen, Jane, und Scharade spielen. Wir können doch die Weihnachtszeit nicht ohne Scharade verbringen!«

Mein Onkel Leigh-Perrot ist sehr bewandert im Ausdenken dieser liebenswürdigen Scherzrätsel, denn sie bildeten den Hauptteil der Festlichkeiten der Familie Leigh in seiner Kindheit, und er hat so offenkundigen Spaß an der Verblüffung aller seiner Verwandten, daß wir uns alle bemühen, seine Rätsel nicht zu bald zu raten.* Von neunundzwanzig Weihnachtsfesten habe ich nur wenige ohne Scharaden erlebt. Die Kunst ihrer Komposition habe ich zu Füßen meiner Mutter gelernt, und alle Austens besitzen ein gewisses Geschick darin, welche zu erfinden. In Anbetracht der Enttäuschung meines Onkels und meiner eigenen Furcht vor dem Martyrium der Vorliebe meiner Tante für Kartenspiele beschloß ich, mich zu Wort zu melden.

»Wenn ich meine Meinung äußern darf, Onkel ...«

»Auf jeden Fall, Jane.«

»Ich glaube wohl, daß eine von Kummer und Trauer niedergedrückte Seele eher Trost beim Klang des Cellos oder der Melodie eines italienischen Liebesliedes findet als beim Reizen und Trumpfen. Ich würde dich gern begleiten, wenn du beim Plan des Konzertbesuchs bleibst, und bin bereit, mich nach der Rückkehr deiner unwiderstehlichen Rätselkunst zu stellen.«

»Ausgezeichnet! Ausgezeichnet! Vielleicht können wir deinen Bruder Henry und seine kleine Frau überreden, das zweite Paar zu bilden!« Er strahlte in die Runde und langte nach seinem

* Scharaden gehörten in England zu den Weihnachtsfeiern im achtzehnten, neunzehnten und frühen zwanzigsten Jahrhundert. Es gab zwei Formen: Das Aufsagen eines Gedichts, dessen erster Teil die erste Silbe des Lösungsworts umschrieb und der zweite Teil seinen Schluß, oder die Aufführung einer kurzen Szene, die jede Silbe einzeln und das Lösungswort als Ganzes enthielt. Mehrere Scharaden, die von James Leigh-Perrot und Jane Austen erdacht sein sollen, finden sich in *Jane Austen: Collected Poems and Verse of the Austen Family* (herausgegeben von David Selwyn, Carcanet Press Ltd. 1996). Mr. Leigh-Perrots sind hübsch, aber leicht zu raten, während Janes kurz, aber höllisch schwierig sind. – *Die Herausgeberin.*

eleganten schwarzen Hut. »Ich werde sie selbst einladen, denn ich will sowieso gerade zur Trinkhalle, Jane, um mein Glas Wasser zu mir zu nehmen, weißt du, und dort treffe ich sie bestimmt an! Niemand ist vormittags so sicher in der Trinkhalle wie Mrs. Henry!«

Doch sein Einsatz war nicht erforderlich, denn die Tür wurde eilig geöffnet und das Dienstmädchen meldete die Henry Austens so atemlos an, daß sie ihr wohl auf den Fersen folgen mußten. Und wirklich, im nächsten Moment trat Eliza strahlend ein, in einem hinreißenden blauen Seidenkleid und einer Pelzpellerine, während Henry ihr rasch hinterdreineilte.

»Meine liebe Mrs. Perrot!« rief sie, »und Onkel James! Wie freue ich mich, euch alle zu sehen. Aber du willst doch wohl nicht weggehen, Onkel – wo wir die größte Mühe hatten, auf den Straßen durchzukommen, da wäre es doch schade, wenn du wegläufst, wo wir nun endlich da sind.«

»Das ist die Weihnachtszeit«, verkündete meine Tante weise. »Dann ist Bath immer in Aufruhr, und in einer Woche ist es noch schlimmer mit all den Masken und Weihnachtssängern und Gesangsgruppen und Kindern, die für den kleinsten Dienst Münzen erbetteln.* Alles Nichtsnutze, die aus heiligen Bräuchen ihren Vorteil ziehen wollen!«

»Es waren nicht die vielen Menschen, Tante, sondern die Sänftenträger! Stell dir nur vor! Unsere Sänften wurden fast umgeworfen! Ich wurde an den armen Mr. Lawrence erinnert, Jane, und dachte sehr an dich.«

»Mr. Lawrence?« fragte ich stirnrunzelnd.

»Natürlich! Hast du noch nicht von seinem Mißgeschick gehört? In der Trinkhalle wurde gestern von nichts anderem geredet – ich hatte die Neuigkeit allerdings schon von Isabella Wolff, als ich den Gottesdienst in der Laura-Kapelle besuchte.«

»Welche Neuigkeit?«

»Mr. Lawrence wurde am Samstagabend überfallen, bei seiner Rückkehr zum Gasthof Bear aus dem Theatre Royal, nicht einen

* Die Weihnachtssänger waren eine Gruppe von Chorsängern, die oft vom Bürgermeister einer Stadt besoldet wurden und bei öffentlichen Anlässen oder Feiertagen sangen. Mit der Zeit bezeichnete der Ausdruck dann jede Gruppe von Weihnachtsliedsängern, die für Spenden auftraten. – *Die Herausgeberin.*

Steinwurf entfernt von unserem eigenen Quartier. Eine Horde von Schlägern fiel über ihn her und brachte ihn fast ums Leben! Der arme Mann wurde schrecklich zusammengeschlagen und war mehrere Stunden bewußtlos, bis ihn die Behandlung durch Dr. Gibbs wieder zu sich kommen ließ.«

»Da staune ich aber!« rief ich und errötete. Ich war in diesem Moment heilfroh, daß mein Vater sich entschieden hatte, zu Hause in den Green Park Buildings zu bleiben, denn seine Gefühle hätten mein eigenes Mißgeschick verraten. »Und sind ihm denn die Sänftenträger nicht zu Hilfe gekommen?«

»Sie waren alle fortgelaufen, und ich glaube, der Bürgermeister von Bath wird ihren Anführern ernste Vorhaltungen machen und gegen den schockierenden Umgang mit Mr. Lawrence protestieren, denn er ist schließlich eine bekannte Persönlichkeit, und sein Unglück bringt die Stadt in Mißkredit.«

»Sicherlich. Geht es Mr. Lawrence wieder besser?«

»Das wohl, aber er hütet das Zimmer und empfängt niemanden als meine liebe Isabella. Sie war sehr bedrückt und besuchte die Laura-Kapelle zu dem Zweck, von der Göttlichen Vorsehung Hilfe für ihn zu erbitten.«

»Ich frage mich, ob sie nicht in seinem Mißgeschick eine Heimsuchung des Göttlichen Gerichts wegen ihres tadelnswerten Verhaltens erblicken sollte«, bemerkte Cassandra, »weil sie die Aufmerksamkeiten des Herrn ermutigt hat. Es wäre nützlicher für sie, wenn sie ihren falschen Wandel bessern und nach London zu ihrem Gatten zurückkehren würde.«

»Ach was!« rief Eliza. »Du bist wirklich ein trübsinniges Mädchen geworden, Cassandra, seit jenem Unfall in der Nähe von Lyme!«

Mein Bruder Henry hatte währenddessen leise mit meiner Mutter gesprochen und kam nun zu mir und nahm mich in die Arme. »Meine liebste Jane«, sagte er mit einem bedeutungsvollen Blick, »ich bin ganz traurig wegen dieser schrecklichen Nachricht aus Ashe.«

»Was ist denn, Henry?« unterbrach ihn seine Frau. »Wovon sprichst du?«

»Hättest du nur meine Schwestern richtig angesehen, Eliza, dann hätte selbst dein flatterhafter Sinn eine Ahnung bekommen.«

Sie schaute, und ihre Fröhlichkeit schwand, sie erfaßte die düstere Art unserer Kleidung, sah die schwarzen Bänder und Handschuhe und bat uns um Erklärung.

»Unsere liebe Madam Lefroy«, sagte ich mit Mühe. »Sie wurde am Sonnabend bei einem Sturz vom Pferde verletzt und starb wenige Stunden später.«

»Ach, Jane! Wie traurig für dich und für unsere ganze liebe Familie«, rief Eliza und setzte sich rasch auf einen Schemel. »Ich hatte keine Ahnung davon! Und wie bitter für die unglücklichen Lefroys! Die Jüngste kann doch noch keine sechzehn sein!«

»Dreizehn«, ergänzte Cassandra und wandte sich meiner Mutter zu, die leise zu weinen begonnen hatte.

»Wenn ich daran denke, daß wir noch vor einer Woche in Laura Place miteinander gesprochen haben und niemand ahnte, daß wir sie nie wiedersehen sollten!« Eliza drückte ihre kleinen Hände an die Stirn. »Ach, das ist eine schlimme Geschichte. Und du wirst am meisten darunter leiden, Jane, denn du warst ja wie eine Tochter für sie. Du wirst sie sehr vermissen.«

»Das tue ich jetzt schon.«

»Selbst ich, die sie weniger gut kannte, denke nur in Liebe an sie. Weißt du«, sagte Eliza mit einem leichten Lachen unter Tränen, »daß ich glaube, Madam Lefroy hat den lieben Henry ermutigt, um mich zu werben? Ja, sie war das! Denn deine Mutter hielt nicht viel davon, daß er seine Kusine heiraten sollte, und noch dazu eine, die volle zehn Jahre älter ist als er. Aber Madam Lefroy kannte uns beide aus unserer Jugend, als wir einmal zu Weihnachten in Steventon in einer Aufführung von ›Das Wunder, oder Eine Frau bewahrt ein Geheimnis‹ mitspielten. Dein Bruder James schrieb einen Epilog dazu. Erinnerst du dich, Jane?«

»Nur undeutlich, ich war ja damals noch so jung.«

»Höchstens acht oder so, meine ich. Ich war gerade erst aus Frankreich zurückgekehrt. Ja, das war im Jahre 1787, der kleine Hastings war noch ein Kind in den Windeln, und mein Gatte hatte sich auf seinen Gütern mit seiner Geliebten eingerichtet. Als ich den armen Henry sah, dachte ich, ich hätte noch nie einen so unerfahrenen jungen Mann gesehen, der doch so voller edler Gefühle war. Es dauerte natürlich noch zehn Jahre, und der Graf de Feuillide war inzwischen ein Opfer der Guillotine geworden, bis ich mich frei fühlte, wieder zu heiraten. Aber zu meiner Freude erfuhr ich, daß es Madam Lefroy war, die Henry zur Entscheidung drängte.«

»Madam hielt viel mehr von Liebesheiraten als von Ehen aus Klugheit.« – Obwohl im Falle ihres Neffen die Klugheit die Oberhand behalten hatte.

»Es ist doch eigenartig, nicht«, überlegte Eliza, »daß sie so kurz nach dem Abend bei der Herzogin ihr Leben verlieren sollte? Den Abend müssen wir in jeder Hinsicht als unheilvoll betrachten, denn er hat eine ganze Woge von Trauer und Verlust gebracht.«

»Madams Tod kann wenig mit dem Maskenball zu tun haben, meine Liebe«, erwiderte ich mit viel größerer Sicherheit, als ich empfand. »Aber ich gestehe ein, daß man dem Zusammentreffen der Ereignisse eine so unglückliche Deutung geben kann.«

»Und nun wird Mr. Lawrence vor der Tür seines Gasthofes überfallen«, überlegte sie. »Das gegenwärtige Bild von Bath gefällt mir gar nicht, es erinnert mich zu stark an meine letzten Tage in Paris! Ich traue mich nicht mehr auf die Straße und muß mich darum kümmern, daß wir bald wegziehen.«

Ich lächelte und setzte mich neben sie. »Eliza, Eliza – ich kann mir nicht vorstellen, daß eine umgeworfene Sänfte oder der Sturz vom Pferde einer Dame in Hampshire irgendwie an die Revolution in Frankreich erinnern. Versuch dich zu fassen, meine Liebe, und höre Onkel Perrot zu. Er hat einen Plan, der einzig deinem Vergnügen dient.«

Sie wandte sich sofort diesem freundlichen Herrn zu, hörte sich seinen Vorschlag für den Konzertbesuch an und hatte kaum erfahren, daß ich mich ihnen anschließen wollte, als sie auch schon in den freudigsten Tönen zustimmte – und so ging Elizas Trauer vorüber wie alle ihre heftigen Gemütsregungen: mit der Kraft und der Schnelligkeit eines Sommerschauers.

Wir nahmen unseren traurigen Weg zurück zu den Green Park Buildings und stellten fest, daß mein Vater ausgegangen war. Meine Mutter fühlte sich etwas mitgenommen von den Aufregungen des Tages und der anstrengenden Konversation ihrer Schwester Perrot und ging auf ihr Zimmer in der Hoffnung, Ruhe zu finden. Cassandra machte sich daran, die Köchin über Hackfleischpasteten zu instruieren, und ich zog mich in die Einsamkeit meines kleinen Wohnzimmers zurück. Aber ich hatte kaum begonnen, diese wenigen Zeilen niederzuschreiben, als ein Klopfen an der Tür Besuch ankündigte. Sogleich stand das Hausmädchen Mary mit ganz ängstlichem Gesicht vor mir.

»Bitte, Madam, da ist ein Herr, wo Sie sprechen will«, sagte sie.

Ich blickte sie ärgerlich an. »Ich bin heute nicht zum Empfangen von Besuchern aufgelegt.«

Das Gesicht der armen Mary verdüsterte sich. »Das weiß ich, Madam. Ich hab's ihm auch gesagt. Aber er bestand drauf, daß ich Ihnen seine Karte bringe, und da mußt ich's tun.« Sie hielt mir den anstößigen Gegenstand hin, und mit einem plötzlichen Ausruf legte ich meine Feder beiseite.

»Lord Harold! Warum hast du das nicht gleich gesagt, du Unglückswurm!«

Ich stand auf und ordnete mein Haar; Lord Harold trat ins Zimmer und warf seinen Hut nachlässig auf einen Tisch. »Miss Austen.« Er neigte sich über meine Hand, doch sein Blick blieb auf meine Augen gerichtet. »Ich fürchte, ich hätte lieber nicht kommen sollen. Sie sind in Trauer. Mein tiefstes Mitgefühl.«

Ich nickte, zu bewegt für Worte. Der Schwerenöter zeigt so selten Fürsorglichkeit, daß es einen fast verlegen macht.

»Ihr Dienstmädchen berichtete mir von Ihrem Verlust. Sie hatte wenig Neigung, mich einzulassen, aber ich muß gestehen, ich habe mich durchgesetzt.« Er richtete sich auf und musterte mich. Ich wußte, daß ich nach dem vielen Weinen entschieden häßlich aussah. »Ich möchte Sie nicht lange stören. Sie haben andere Sorgen, denen gegenüber die Affäre in Laura Place unwichtig erscheinen muß.«

»Nein, ich bitte Sie, beunruhigen Sie sich nicht meinetwegen«, erwiderte ich rasch. »Bitte sagen Sie mir, was Sie veranlaßt hat, heute vormittag in die Seymour Street zu kommen.«

Ich setzte mich wieder an meinem kleinen Tisch, doch Lord Harold ging im Zimmer auf und ab, die Hände in den Taschen seiner langen Hosen. Meine Brüder tragen nach wie vor lieber Kniehosen, deshalb hatte ich nur selten einen Mann gesehen, der die neue Mode bevorzugt, und noch nie einen, dessen Schneider sie so vollendet näht. Er blieb vor einer Porzellandose auf dem Kaminsims stehen und betrachtete sie durch sein Monokel.

»Erzählen Sie mir ein wenig von Ihrer Freundin.«

»Madam Lefroy? Sie verkörperte alles, was eine Frau auszeichnet. Die Bestätigung dafür finden Sie in der guten Meinung Ihrer Gnaden, denn die Herzoginwitwe war mit Anne Lefroy sehr vertraut, wie ich glaube, und hatte sie auch zu der Abendgesellschaft am letzten Dienstag eingeladen.«

»Das hatte ich schon gehört. Erzählen Sie mir lieber, wie sie ums Leben kam.« Das Monokel richtete sich nun kurz auf mich. Ich erschauerte vor dem verzerrten grauen Auge, das die Linse widerspiegelte, und empfand wieder den Schatten des Alptraums, doch dann ließ Lord Harold das Einglas in seiner Rocktasche verschwinden.

»Ich weiß selbst kaum, was ich von der Sache halten soll«, sagte ich langsam. »Madam Lefroy wurde von einem durchgehenden Pferd abgeworfen – einem Pferd, das sie für so träge hielt, daß sie sein Durchgehen nicht im geringsten befürchtete. Und sie war landauf, landab als eine sehr geschickte Reiterin bekannt.«

Lord Harold nahm seine gewohnte Stellung vor dem Kamin ein und stützte einen Fuß auf den Vorsetzer. »Sie meinen, ihr Tod habe beunruhigende Aspekte.«

Wie immer kam er direkt zum Kern der Sache.

»Ja. Vielleicht ist es auch nur das Mißtrauen des Kummers, der Widerstand gegen die Wege der Vorsehung.«

Er lächelte grimmig und holte ein kleines Päckchen aus der Rocktasche. »Bitte lesen Sie diesen Brief, den ich heute früh aus Frankreich erhielt, meine liebe Jane – und urteilen Sie erst *dann* über die Wege der Vorsehung.«

Ich richtete mich in meinem Sessel auf. »Ein Brief – von Mrs. Cosway? Wegen des boshaften Auges?«

»Richtig. Um Ihre Meinung darüber zu erfahren bin ich heute vormittag zu den Green Park Buildings gekommen. Denn ich frage mich allmählich, ob wir die ganze Sache nicht vom falschen Ende her angefangen haben.«

Er reichte mir den Brief, einen einzigen, in einer weiblichen Handschrift dicht beschriebenen Bogen. Ich überflog rasch die ersten Absätze, und es tat mir leid für Mr. Cosway, dessen intimste Angelegenheiten enthüllt wurden, doch bald kam ich zu der mit Spannung erwarteten Lösung.

Lyon, 14. Dezember

Mein lieber Richard,

Deinen Brief erhielt ich heute morgen durch Eilboten und sehe darin einen weiteren Beweis Deiner fortdauernden Liebe zu mir, trotz unserer Differenzen und der traurigen Verluste, die wir erlitten haben. Ich lasse den Boten gleich warten, denn ich verstehe, daß Du die Antwort so schnell wie möglichst brauchst und jeder Augenblick kostbar sein muß, und ich freue mich, daß Du diesen Brief in wenigen Tagen erhalten wirst.

Deine Worte waren wie Wasser in der Wüste, und ich danke Dir für Deine beglückenden Gefühle. Ich mache weiter Fortschritte in der Einrichtung meines Instituts zur Erziehung junger Damen. Pater Benedict ist äußerst hilfreich und freundlich, und ich rechne damit, daß ich bei der Eröffnung nicht weniger als zwanzig Schülerinnen haben werde. Wie Du siehst, kann ich gegenwärtig unmöglich an eine Rückkehr nach England denken, obwohl Deine Versicherungen, Du würdest mich in diesem Fall unterstützen, immer willkommen sind.

Deine Anfrage nach der Miniatur, deren Abbildung Du beigefügt hast – übrigens eine ganz hervorragende Zeichnung, mein lieber Richard, mit deinem gewohnten Geschick ausgeführt – läßt sich leicht beantworten. Ich muß mich deshalb nicht in Paris erkundigen oder die Meinungen der mir bekannten Künstler dieses Landes einholen, denn ich kenne den Ursprung des Schmuckstücks selbst und hätte die Hand des Malers sofort erkannt. Obwohl das Porträt in französischem Stil gemalt ist, nehme ich an, daß es von Mr. Thomas Lawrence stammt, mit dessen Technik ich sehr vertraut bin. Du erinnerst Dich sicherlich, daß ich vor einigen Jahren mit ihm zusammen an einem Porträt der Prinzessin Caroline mit ihrer Tochter Charlotte arbeitete. Mr. Lawrence malt nur selten Miniaturen – seine mächtigen Leidenschaften erfordern eine große Leinwand –, doch tut er es gelegentlich auf Bitten seiner Freunde. Wenn Du den Namen der dargestellten Person erfahren willst, fragst Du am besten Lawrence selbst, denn davon weiß ich nichts.*

* Maria Cosway und Thomas Lawrence arbeiteten 1801 gemeinsam an dem Porträt der Prinzessin von Wales und ihrer Tochter, wobei Mrs. Cosway den größten Teil des Hintergrundes malte und Lawrence die Gesichter der Figuren. – *Die Herausgeberin.*

Adieu, mein liebster Freund, und dehne Dein Schweigen bitte nicht aus, sondern sende mir bald Nachricht von Dir und meinem geliebten England.

Deine Maria

»Noch eine Maria«, murmelte ich. »Von diesem Namen werden wir noch träumen. Und sind Sie schon bei Mr. Lawrence gewesen, Mylord?«

»Ja, doch ich habe nur erfahren, daß er keine Besucher empfängt, sondern das Zimmer hütet nach dem schmerzhaften Überfall auf seine Sänfte am Samstagabend. Ist es nicht eigenartig«, fügte Lord Harold hinzu, »daß unsere Freunde so gewaltsam mißhandelt werden?«

»Höchst seltsam und beunruhigend.« Ich runzelte nachdenklich die Stirn. »Ich frage mich, ob Mr. Lawrence weiß, wem er seine gegenwärtigen Mißgeschicke zu verdanken hat?«

»Danach müssen wir ihn selbst fragen. Wären Sie bereit, Jane, mich morgen vormittag zum Bear zu begleiten, um den Mann zu verhören?«

Ich zögerte. »Nichts würde mich mehr interessieren, Lord Harold, doch ich habe zugesagt, das Konzert im Oberen Kurhaus zu besuchen, und ich möchte nicht zum Dinner zu spät kommen.«

»Dann würden wir den Besuch um ein Uhr abstatten und nicht länger als eine Stunde dort bleiben. Aber nun sagen Sie mir, meine Liebe: War Mr. Lawrence in irgendeiner Weise mit Ihrer Freundin Madam Lefroy bekannt?«

Bei seinen Worten fuhr ich zusammen und spürte, wie mein Herz schmerzhaft schlug. »Ein wenig, muß ich annehmen. Denn Madam Lefroy unterhielt sich an dem Abend bei Ihrer Gnaden lange mit einem roten Harlekin, und Lady Desdemona versichert, daß Mr. Lawrence dieses Kostüm trug. Sogar Mr. Conyngham fiel ihre Vertrautheit auf, denn er erwähnte das, als wir im Unteren Kurhaus miteinander tanzten ...« Ich stockte, als die verborgene Bedeutung dieses Gedankens mir jäh klar wurde. »Wollen Sie damit andeuten, Mylord, daß Madam wegen ihrer Bekanntschaft mit Mr. Lawrence *ermordet* wurde?«

»Oder daß Lawrence wegen seiner Bekanntschaft mit Madam Lefroy überfallen wurde?« konterte der Lord.

Das brachte alle meine Sinne in Aufruhr. Aus Entsetzen und Ungläubigkeit wurde rasch Überzeugung, doch dann kehrte der Zweifel zurück. »Unmöglich!« rief ich aus. »Das muß unmöglich sein! Liebste, wunderbare Anne Lefroy! Daß dein Leben ausgelöscht werden sollte wie eine Kerze – und wofür? Was für einen Sinn sollte eine solche Untat haben?«

»Bitte fassen Sie sich, meine liebe Jane«, riet mir Lord Harold sanft, »und versuchen Sie zu überlegen. Ich bin zwar ganz allgemein kein Freund von Beamten und finde auch Mr. Elliots Gepflogenheiten in höchstem Maße lästig, trotzdem ist es gut, wenn man nach *Beweisen* sucht, bevor man eine Anklage auf Mord erhebt – besonders, wenn man noch gar keinen Schuldigen hat. Versuchen wir zuerst, unsere Gedanken zu ordnen. Was wurde aus Madams Pferd? Dem Reittier, das sie abwarf?«

»Mein Bruder versichert uns, daß es getötet wurde.«

»Schade. Aber wohl zu erwarten. Wir hätten viel von seinem Geschirr erfahren können, zum Beispiel, ob jemand an dem Sattel hantiert hatte. Aber so weit vom Ort des Geschehens entfernt ist das kaum festzustellen.« Er schritt wieder grübelnd auf und ab. »Es sei denn ... Ihr Bruder führt uns zum Ziel.«

»James?«

»Er wohnt in Hampshire, vermute ich?«

»Ja, und er wird in ein paar Tagen den Trauergottesdienst für Madam abhalten.«

»Ein Geistlicher!« Lord Harolds Gesicht hellte sich auf. »Aber das ist ja hervorragend! Er kann leicht etwas erfahren, was uns nützt. Ich schlage vor, Sie schreiben ihm und bitten ihn um weitere Auskünfte über das tragische Ende Ihrer lieben Freundin. Erklären Sie ihm, daß Sie keine Ruhe finden, ehe Sie nicht jede Einzelheit vom Tode Madam Lefroys kennen. Das ist bei Damen oft der Fall, glaube ich, daß sie Verlangen nach jeder kleinsten Tatsache des Hinscheidens eines Mitmenschen haben, damit sie besser nachgrübeln und klagen und in Anbetracht ihres eigenen glücklichen Davonkommens beruhigt seufzen können. Tun Sie wenigstens so, als neigten Sie auch dazu, damit können Sie Ihren Bruder leichter täuschen.«

»Dazu muß ich mich nicht besonders anstrengen«, erwiderte ich und dachte an James' unglückselige Frau Mary. »Mein Bruder war schon immer der Ansicht, daß Frauen äußerst törichte

Geschöpfe seien, und seine Erfahrungen haben ihn darin reichlich bestätigt.«

»Um so besser. Er wird nach Ashe reisen und dort mit der Familie sprechen und vielleicht auch mit dem Reitknecht, der Madam Lefroy begleitete, und Ihnen seine Ergebnisse getreulich mitteilen. Bitten Sie ihn auf jeden Fall, daß er die genauen Umstände berichtet, unter denen das Pferd durchgegangen ist. War es eine Krähe, die zu laut von einer Hecke rief? Oder der plötzliche Knall eines Schusses? Was hält der Reitknecht davon? Verlassen Sie sich drauf, ganz Ashe wird das wissen, auch wenn die Leute die Ereignisse nicht so auslegen können wie wir.«

»Vielleicht frage ich auch danach«, fügte ich langsam hinzu, »ob in letzter Zeit Fremde im Dorf aufgefallen sind.«

»Eine Beerdigung bietet oft Anlaß zum Klatsch«, bemerkte Lord Harold zartfühlend. »Es könnte sein, daß sie einen hübschen jungen Mann von vornehmer Erscheinung beobachtet haben, der im Dorfkrug logierte, oder noch schlimmer, einen Wanderarbeiter mit brutalem Äußerem und eigentümlich unterschiedlichen Augen.«

Kapitel 15
Porträt einer Hexe

Mittwoch, 19. Dezember 1804

Heute morgen nach dem Frühstück verwendete ich eine Stunde auf meine Korrespondenz, den lange hinausgeschobenen Beileidsbrief an Anne Lefroys Tochter Jemima und einen zweiten Brief, der nur für die Augen meines Bruders James bestimmt war. Darin bat ich ihn mit höchstem Feingefühl, mir postwendend jede Einzelheit des Todes von Madam Lefroy zu berichten, einschließlich des Geredes, das in der Nachbarschaft nach so einem schrecklichen Unfall unweigerlich entstanden sein mußte. Ich ging so weit, anzudeuten, er könne meine Besorgnis auch durch ein Gespräch mit dem unglücklichen Reitknecht beruhigen. Schließlich fragte ich noch an, ob er zufällig einige Herren meiner Bekanntschaft in der Nähe von Overton getroffen habe, den Schauspieler Hugh Conyngham oder seinen Diener Smythe, einen großen kräftigen Burschen mit einem blauen und einem braunen Auge. Ich meinte, sie seien nach Hampshire gegangen, und möchte nicht, daß sie dort an einem Mangel an Bekanntschaft litten.

Nicht einmal James könnte einer so offenkundigen Einladung zum Klatsch widerstehen.

Sehr zufrieden mit meinen Bemühungen, siegelte ich den Umschlag, versah ihn mit der Anschrift und brauchte nun nur noch auf das Abholen der Post zu warten. In meinem ganzen Leben habe ich noch nicht so ungeduldig auf einen Brief von meinem ältesten Bruder gehofft, denn wir sind nicht so innig miteinander vertraut, wie ich es mir wünschen würde. Ich muß mich darauf verlassen, daß mein seltsames Drängen auf Neuigkeiten nicht sein Mißtrauen erweckt.

Nicht lange danach machte ich mich auf den Weg nach Laura Place. Auf der Pulteney Bridge erspähte ich die Gestalt einer Frau, die mit jemandem sprach, der mit seinem Phaeton vor einem der Geschäfte hielt, die die ganze Länge der Brücke säumen. Etwas an ihrer anmutigen Figur und der beeindruckenden Kopfhaltung kam mir bekannt vor, doch die Dame war so tief verschleiert, daß ich ihr Gesicht nicht erkennen konnte. Als ich mich näherte, wandte sie sich ab und eilte fort auf den Markt, der sich an dieser Stelle am Fluß entlangzieht, und ich meinte, ich müsse mich getäuscht haben. Diese Überzeugung verstärkte sich noch, als ich die Kutsche erreichte und von niemand anderem als Oberst Easton angerufen wurde.

»Herr Oberst!« begrüßte ich ihn. »Einen schönen guten Tag. Wollen Sie einen Besuch in Laura Place machen?«

»Das habe ich vor, Miss Austen, und ich wäre schon dort, wenn ich nicht zufällig die Frau eines Offizierskameraden, Mrs. Grimsby, getroffen hätte, eine ausgezeichnete junge Frau. Grimsby ist gegenwärtig im Norden stationiert, und sie ist hier leider ohne Freunde. Heute vormittag ist die ganze Stadt unterwegs, möchte ich behaupten! Aber ich freue mich, Sie hier zu sehen. Darf ich Sie zu Lady Desdemona bringen?«

Bei diesen Worten fielen dem Obersten mein dunkles Kleid und meine schwarzen Handschuhe auf, und seine fröhliche gute Laune schwand sofort. »Ich sehe – ich hoffe, ich habe mich nicht unhöflich aufgedrängt – haben Sie kürzlich einen Verlust erlitten, Miss Austen?«

»Leider ja.«

»Mein tiefstes Mitgefühl, Madam. Und gerade in dieser Jahreszeit!«

»Sie sind sehr freundlich, Herr Oberst. Ich würde mich freuen, wenn ich Sie nach Laura Place begleiten dürfte.«

Mit freudigem Lächeln sprang er heraus und half mir in das Phaeton. »Ich hatte gehofft, heute morgen mit Lady Desdemona zu reiten, doch hörte ich zu meinem Bedauern, daß sie ein leichtes Unwohlsein hatte.«

»Nichts Ernstes, hoffe ich?«

Er schüttelte den Kopf. »Ich nehme an, sie ist nur niedergeschlagen wegen Kinsfells Bedrängnis. Und dieser Onkel von ihr kann wohl auch kein Trost für sie sein – Trowbridge ist ständig hinter irgendeiner Frau her. Ich sah ihn selbst in der Orchard Street gestern abend, und wie er sich da aufführte! Höchst unpassend, wenn das Schicksal seiner Familie so auf dem Spiel steht, aber der Kerl hatte nie das geringste Taktgefühl.«

Oberst Eastons Taktgefühl konnte man auch bezweifeln, aber ich nahm an, daß er es sich noch nicht zur Gewohnheit gemacht hatte, das »Chronicle« von Bath zu lesen. Er half mir in seine Kutsche, stieg selbst so schnell ein, wie es sein verwundeter Arm erlaubte, und unter höflichem Geplauder auf der einen Seite und leichter Zerstreutheit auf der anderen kamen wir bald in Laura Place an.

»Miss Austen!« rief Lady Desdemona und erhob sich aus einem offensichtlich sehr interessanten Gespräch unter vier Augen mit dem Grafen von Swithin. Er hatte seine langen Beine lässig zum Feuer hin ausgestreckt und saß so bequem da, als habe er den Salon der Herzoginwitwe schon seit Monaten als seinen eigenen betrachtet, doch beim Anblick der Besucher stellte er sich auf die Füße und brachte eine Verbeugung zustande.

Lady Desdemonas Gesicht war leicht gerötet, und ihre Augen glänzten, und wenn sie etwas schuldbewußt zu Lord Swithin hinübersah und meinem Blick etwas verlegen begegnete, so konnte ich ihr deshalb doch keinen Vorwurf machen.

»Ich freue mich sehr, Sie zu sehen«, sagte sie und streckte mir die Hand entgegen. »Und Oberst Easton ...«

Ihre Wärme ließ merklich nach, als der Oberst vortrat, aber sie brauchte sich nicht zu beunruhigen. Easton sah seinen Rivalen im Besitz des umkämpften Terrains, schätzte ab, was er dem entgegenzusetzen hatte, und entschloß sich zu einem strategischen Rückzug. Mit einer korrekten Verbeugung und einem ausdruckslosen Gesicht erklärte der Oberst, er sei leider mit Bekannten in der Rivers Street verabredet und nur vorbeigekommen, um sich nach Monas Befinden zu erkundigen.

»Ich traf Miss Austen zufällig auf der Pulteney Bridge und konnte sie glücklicherweise mit hierherbringen, doch nachdem ich sie zu Ihrer Tür geleitet habe, Mylady, steht es leider nicht in meiner Macht, länger zu bleiben.«

»Wie schade«, erwiderte Lady Desdemona ohne Überzeugung. »Aber wir haben ja noch das Konzert heute abend.«

»Also bis dann«, murmelte Oberst Easton, und damit läutete sie dem Diener.

»Dieser Easton ist doch wirklich ein prima Kerl«, bemerkte Lord Swithin, als das Rasseln der Räder anzeigte, daß er sich auf dem Weg befand. Der Graf sah heute morgen entschieden flott aus, fand ich, in gelben Pantalons und quastengeschmückten Reitstiefeln, die auf Hochglanz poliert waren. »Er ist fast übermäßig korrekt – man würde ihm nur wünschen, daß sein Arm weniger von dieser blöden Schlinge behindert wäre. Das verringert den Eindruck seiner Uniform doch erheblich.«

»Sie sind ein Ekel, Swithin«, wies ihn Lady Desdemona kurz zurecht. »Easton besitzt alles, was einen Mann bewundernswert macht. Sein Charakter ist über jeden Tadel erhaben.«

»Ja, er gehört zu den Männern, von denen die ganze Welt gut spricht, *mit* denen aber niemand gern spricht. Aber da ich ihn auf zwanzig Schritt Distanz besiegt habe, meine liebe Mona, wäre es töricht von mir, das noch einmal hinter seinem Rücken zu tun. Miss Austen würde das sicher nicht billigen, und auf Miss Austens Beifall hoffe ich von Tag zu Tag.« Der Graf begleitete diesen Scherz mit einem ironischen Heben einer Augenbraue, und trotz meiner Zweifel an seinem Charakter konnte ich ein Lächeln nicht ganz unterdrücken.

»Über einen Mann zu lachen, wenn er sich nicht wehren kann, ist wirklich keine Kunst«, antwortete ich, »aber ich stelle fest, Sie haben es fertiggebracht, obwohl Sie es im gleichen Atemzug als ungerechtfertigt erklärten.«

»Schlauheit läßt sich eben nicht verbergen, auch beim besten Willen nicht«, meinte er mit einer Verbeugung. »Aber genug von Easton. Glattrasiert gefällt er mir noch weniger als zuvor, als er seine einschmeichelnden Züge unter einem Backenbart verbarg. Ich hörte von meinen Schwestern, Miss Austen, daß sie das Vergnügen hatten, Sie am Sonntag in Dash's Reitschule kennenzulernen.«

Ich hätte kaum erwartet, daß die fade Lady Louisa oder die launische Lady Augusta sich an das Gesicht einer unbedeutenden Miss Austen erinnerten und noch viel weniger an ihren Namen, doch ich verneigte mich zum Dank für die Höflichkeit des Grafen. »Ja, ich hatte das Glück, die Bekanntschaft der Damen zu machen. Sie waren wirklich sehr – freundlich. Obgleich vielleicht etwas ermüdet, da sie so unerwartet nach Bath gerufen wurden.«

»Es war sehr schlecht von Ihnen, Swithin«, meinte Lady Desdemona unschuldig, »alle Pläne Ihrer Schwestern für die Saison über den Haufen zu werfen. Ich weiß nicht, was Sie nach Bristol gelockt hat, oder warum Sie, wenn Sie schon Weihnachten in Bath verbringen wollten, Ihrer Familie das nicht früher gesagt haben.«

Sie war, stellte ich fest, eine echte Trowbridge.

Der Graf schien zu zögern, dann stürzte er sich unwillig in eine Erklärung. »Was Bristol angeht, Mona, da hatte ich Geschäfte, die sich nicht verschieben ließen. Bristol ist seit langem eine Quelle des Reichtums durch Handel, wie Sie sicher wissen, und wenn es mich auch schmerzt, diese vulgäre Tatsache zuzugeben, meine Liebe, so bin ich doch durch die Notwendigkeit gezwungen, mich an Handelsunternehmungen zu wagen.« Er machte es sich am Kamin bequem und wandte den Blick ab, als fesselte ihn das Spiel der Flammen. »Was Weihnachten in Bath anbelangt, so hatte ich mich schon lange für diesen Ort entschieden. Ich kann diesen Entschluß auf den Moment Ihrer Abreise hierher festlegen, meine liebe Mona. Ich blieb danach jedoch noch einige Wochen in London, um den Klatschmäulern keinen Stoff zu bieten. Hätte ich Augusta und Louisa von meiner Absicht verständigt, hätte sich die Neuigkeit im Nu in der ganzen Stadt verbreitet.« Er wandte sich wieder um und betrachtete sie amüsiert. »Vielleicht bin ich tatsächlich Ihr ergebener Diener, meine Liebe, ohne Rücksicht auf alles andere, und bereit, jede Erniedrigung in Ihrem Gefolge zu ertragen, aber ich habe nicht den Wunsch, daß die ganze Welt das mit ansieht. Eine leichte Ermüdung meiner Schwestern war mir die – wenn auch vorübergehende – Bewahrung meines Rufes wert.«

Lady Desdemona errötete und mied seinen Blick. »Swithin, Swithin, was habe ich Ihnen angetan?«

Er schwieg einen Augenblick und sein Gesicht wurde plötzlich ernst, dann nahm er seinen eleganten schwarzen Hut. »Was noch keine andere Dame fertiggebracht hat, meine Liebe, und darin liegt das Geheimnis Ihres Zaubers. Aber vielleicht läßt Ihr Herz Sie Mitleid mit mir empfinden, Mona, und Sie erlauben mir, Sie heute abend zu Mr. Rauzzinis Konzert zu begleiten.«

»Das Konzert! Daran hatte ich gar nicht mehr gedacht – das heißt – ich werde heute abend von Oberst Easton begleitet.«

»Schade. Easton weiß ein italienisches Liebeslied nicht so zu schätzen wie ich und kann es auch nicht so hübsch übersetzen. Aber ich werde wenigstens das Vergnügen haben, Sie zu sehen, und von so etwas kann ein Mann – wenn er pfleglich damit umgeht – zwei Wochen lang leben. Miss Austen, Ihr Diener ...« Der Graf verneigte sich und hatte im nächsten Moment das Zimmer verlassen.

»Was für ein ungewöhnlicher Mensch«, bemerkte ich ratlos. »Ich werde aus ihm überhaupt nicht schlau. Er besitzt etwas sehr Gebieterisches, und ich könnte mir eher vorstellen, daß er mit meinen Brüdern, den Seeoffizieren, auf dem Achterdeck eines Kriegsschiffes auf und ab schreitet, als auf dem prosaischen Boden von Tattersall's Wettbüro.«

»Ach, Miss Austen!« rief Lady Desdemona mit einem strahlenden Lächeln. »Vor Ihnen muß man sich aber auch in acht nehmen! Das ist genau die Eigenschaft an Swithin, die mich zugleich so aufregt und so fesselt! Sein gebieterisches Wesen! Es ist bestimmt sein gebieterisches Wesen! Heute abend an Eastons Arm werde ich Qualen ausstehen.«

»Ihnen liegt so viel an der Wertschätzung des Grafen«, sagte ich vorsichtig, »obwohl Ihr Onkel ihn des gröbsten Betrugs für fähig hält?«

»Was der Onkel auch denken mag oder was er vielleicht später sogar beweisen wird – mein Herz flüstert mir immer noch zu, daß Swithin ein anständiger Mensch ist«, erwiderte Lady Desdemona fest.

Ich konnte ihr keine Vorhaltungen machen oder Einwände erheben, denn vor nicht so langer Zeit hatte mich eine ähnliche Überzeugung in der Angelegenheit von Geoffrey Sidmouth geleitet, und hätte ich den Rat meines Herzens ignoriert und mich nur nach den Argumenten der anderen gerichtet, wäre er vielleicht gehängt worden.

»Aber ich habe etwas ganz vergessen!« rief Lady Desdemona und eilte zu dem kleinen Schreibtisch in einer Ecke des Zimmers. »Sie sind ja gekommen, um nach meinem Onkel zu fragen, und er hat mir streng aufgetragen, keinen Moment zu versäumen. Er hat diesen Brief für Sie hinterlassen.«

Es waren nur wenige Zeilen: Lord Harold bedauerte die Ungelegenheit, aber dringende Geschäfte riefen ihn ab, er würde sich freuen, wenn ich ihn im Bear aufsuchen könnte, die Kutsche Ihrer Gnaden sei dafür bestellt, er bleibe mein ergebener Diener usw.

Ein Blick auf die Kaminuhr sagte mir, ich sei schon spät dran, auf das Anspannen konnte ich nicht mehr warten, also war ich nach einem eiligen Abschied wieder auf der Straße und eilte in die Richtung der Trinkhalle.

Der Bear nimmt die zweite Stelle unter den Gasthäusern mit Ausspannung in Bath ein. Seine breite Straßenfront an der Cheap Street dient der regelmäßigen Unterbringung der Postkutschen aus London. Das aufgeregte Treiben vor dem Gasthof zu bestimmten Tageszeiten kann vom White Hart oder der Colonnade gegenüber gut beobachtet werden, und es ist nicht ungewöhnlich, daß junge Damen, die zur Trinkhalle wollen, in der Union Passage beinahe überfahren werden von Herren, die nicht in der Lage sind, ihre feurigen Gespanne zu zügeln. Immer wenn ich mich dem Bear nähere, werde ich Zeuge einer Beinahe-Katastrophe und höre Schreie und Flüche, die ohne jede Rücksicht auf die Öffentlichkeit durcheinander ausgestoßen werden.

Ich ging also zum Bear durch die schmutzigen Straßen, denn ein für Bath typischer Regen hatte das morgendliche Versprechen von Sonnenschein schnell zunichte gemacht und mich gezwungen, einen von Lady Desdemona angebotenen großen schwarzen Schirm gelegentlich aufzuspannen. Ich war rechtzeitig aufgebrochen, doch Lord Harold war schon vor mir dort, lehnte lässig am eisernen Tor des Gasthauses und zog seine Handschuhe zurecht. Der Schwerenöter sah heute vormittag sehr elegant aus in einem flaschengrünen Rock und rehbraunen Pantalons mit einem Wintermantel darüber. Er verbeugte sich, als ich mich näherte, und meinte, ich sei ganz pünktlich.

Die Wirtin des Bear, Mrs. Pope, erklärte uns, daß Mr. Lawrence im Moment nicht anwesend sei, sie ihn aber jeden Augenblick zurückerwarte und sich freuen würde, wenn wir uns bereit fänden, in einem gemütlichen Raum im ersten Stock seine Ankunft abzuwarten.

Demzufolge wurden wir nach oben geleitet in ein Empfangszimmer, von dem verschiedene geräumige Zimmer abgingen. Eins davon diente offensichtlich als Schlafzimmer, ein anderes als provisorisches Atelier. Hier fanden wir Mr. Lawrences Gehilfen Job Harnley, einen jungen Burschen von vielleicht sechzehn Jahren, in Schweiß gebadet und mit ganz rotem Gesicht. Anscheinend hatte sich Lawrence nun doch für London entschieden und wollte abends mit der Postkutsche abreisen. Master Harnley war gerade dabei, das Gepäck zu verstauen und die Gemälde zu verpacken, denn der Maler wollte zwar seine Zimmer im Bear für den Fall seiner Rückkehr behalten, doch die Anforderungen seiner Kunden in London machten es nötig, das Atelier aufzugeben.

»Vielleicht hat sein Zusammenstoß mit einer Horde Schläger unseren Lawrence in Panik versetzt«, murmelte Lord Harold.

Wir versicherten dem jungen Mann, er solle sich durch uns in seiner Arbeit nicht stören lassen und so tun, als wären wir gar nicht vorhanden, saßen eine Weile schweigend da und ließen unsere Blicke über die Wände des Empfangszimmers wandern. Hier hingen Skizzen aller Größe und Art – für Brustbilder, Porträts in Lebens- oder Dreiviertelgröße –, die förmlich aus der Leinwand heraussprangen, als wollten sie die dritte Dimension erfüllen. Es gab Köpfe im Profil, Köpfe, die auf Armen ruhten oder in melancholischem Sinnen gesenkt waren, und sie alle rührten das Herz und zogen sofort den Blick auf sich.

Lord Harold hatte mir einmal erzählt, daß Lawrence, wenn er Frauen malte, sie in Konfektionsartikel verwandelte, und als ich die Beispiele an den Wänden betrachtete, verstand ich, was er meinte. Es waren hauptsächlich Damen der vornehmen Gesellschaft, die sehr vorteilhaft dargestellt waren, doch außer den Originalen niemanden so recht interessierten. Aber wenn Lawrence einen Mann malte, sah man Bewegung, Ausdruck, Energie, Kraft. Die Augen leuchteten, die Lippen verzogen sich in Schmerz oder Verachtung, die Züge – von der Last der Eitelkeit befreit – spiegelten Gedanken und Emotionen. Zu einem Bild insbesondere kehrte mein Blick immer wieder zurück, und dies war ein Porträt von Mrs. Siddons' Bruder, John Philip Kemble. Spielte er den Hamlet? Oder Macbeth? Sicherlich einen bis zum Wahnsinn gequälten Menschen. Die geisterhaften Züge waren nur angedeutet; breite Pinselstriche; Hals und Brust noch nackt in der Kohlezeichnung des Untergrundes; doch die Todesqual des halbvollendeten Kopfes war völlig greifbar. Ich war bewegt und entsetzt zugleich. Als Künstler wurde Mr. Lawrence sichtlich von der Leidenschaft des Theaters inspiriert.

»Sehen Sie die Skizze an der Wand gegenüber?« unterbrach Lord Harold mein Nachdenken.

Ich folgte seinem Blick.

»Das ist Mr. John Julius Angerstein, glaube ich, ein sehr einflußreicher Kaufmann in London. Er hat es kürzlich unternommen, die Versicherungsfirma Lloyd's zu reformieren, und er ist einer der bedeutendsten Sammler von Gemälden alter Meister. Darin ist er ein Konkurrent des Prinzen von Wales, der sich die Verwirrung in Frankreich zunutze gemacht und die größten Gemälde Europas erworben hat.«

»Es ist wirklich ein edler Kopf«, bemerkte ich und studierte die Skizze, »wenn auch kein schöner. Die Züge zeigen einen ehrlichen Ausdruck, ein offenes Gesicht und die Sorge schwieriger Jahre.«*

Ein Poltern hinter der Tür des Ateliers, wo der arme Master Harnley arbeitete, verriet das Umstürzen einer Staffelei.

»Ich erinnere mich, daß Sie sagten, Mr. Lawrence male selten eine Frau in ihrem wahren Licht oder daß seinen weiblichen Porträts zumindest ein gewisses lebendiges Gefühl fehle, das er den Männern nie versage«, fuhr ich fort. »Wenn ich diese Skizzen sehe, verstehe ich, was Sie meinen. Aber werfen Sie doch einmal einen Blick auf die Skizze von Mrs. Wolff. Sie ist außerordentlich, nicht wahr?«

Das Porträt war noch in Kohle auf Leinwand, ohne jede Farbe, doch die Biegung ihres schwanengleichen Halses und ihr abgewendeter Blick – sie beugte sich über ein Buch – deuteten eine unendliche Stille und Selbstbeherrschung an, als wäre sie eine Frau, die völlig in sich selbst ruht.

»Es ist eine klassische Pose«, bemerkte Lord Harold. »Von Michelangelo übernommen, glaube ich. Vielleicht von einer seiner Sibyllen. Lawrence hat das glänzend gemeistert. Kennen Sie die Dame?«**

»Sie ist mit meiner Schwester Eliza befreundet. Und auch, wie

* Angersteins hervorragende Sammlung wurde nach seinem Tode von der Nation erworben und bildete den Grundstock der National Gallery in dem Gebäude, das zu diesem Zweck am Trafalgar Square neu errichtet wurde. Das Porträt Angersteins, seines langjährigen Freundes und Gönners, wurde von Lawrence zwischen 1790 und 1795 gemalt. Es hängt in der National Gallery in London. – *Die Herausgeberin.*

** Das 1802 begonnene Porträt von Isabella Wolff ist nach der Haltung der Sibylle von Eretria an der Decke der Sixtinischen Kapelle gestaltet. Es hängt jetzt im Art Institute of Chicago. – *Die Herausgeberin.*

ich glaube, sehr vertraut mit Mr. Lawrence. Es würde mich in der Tat nicht überraschen zu erfahren, daß er sich gegenwärtig bei Mrs. Wolff in den Bladuds Buildings aufhält.«

»Ich verstehe.« Lord Harold blätterte eine Sammlung von Zeichnungen durch, die ungeordnet an der Wand lehnten, und bei einigen preßte er die Lippen zusammen, und seine Augen verengten sich. Plötzlich blieb sein Blick hängen, und seine starre Haltung und ein leichtes Zittern seiner Finger nahmen meine Aufmerksamkeit gefangen.

»Mylord?«

Er drehte sich um und reichte mir wortlos ein Porträt. Maria Conyngham, wenn ich mich nicht sehr irrte, ihr schönes Gesicht voll dem Betrachter zugewandt, ihre schlankgliedrige Gestalt auf einem Diwan ausgestreckt. Sie trug einen Morgenrock aus dünnstem Flor, ihr Haar lag offen auf einem Kissen, und der Ausdruck ihrer prächtigen braunen Augen war träumerisch und wollüstig, halb gesehen und halb geahnt. Das Gesicht einer Frau, die von Leidenschaft, doch nicht von Liebe bewegt war.

»Es ist ausgezeichnet wiedergegeben«, bemerkte ich ausweichend. »Vielleicht wollte er sie als Julia darstellen. Soviel ich weiß, porträtiert Mr. Lawrence gern Theaterkünstler in ihren größten Rollen.«

»Er hat sie als Kurtisane porträtiert«, sagte Lord Harold kurz und nahm mir das Bild aus der Hand. »Wir könnten uns fragen, wann sie ihm dafür saß. Oder sollte ich besser sagen, sich dafür hinlegte?«

»Lord Harold …«

Doch seine Aufmerksamkeit war schon weitergewandert. Er hatte das enthüllende Porträt beiseitegestellt und ein anderes hervorgezogen, das er mit gerunzelter Stirn besah. »Und wer mag das sein, frage ich mich?«

Es war die Kohlezeichnung eines Mädchenkopfes, in dem die Augen wie glühende Kohlen brannten. Sie waren mit intensivem Ausdruck auf Lawrence gerichtet, doch ob in Liebe oder im Haß, das konnte ich nicht sagen. Auf jeden Fall ein leidenschaftliches Geschöpf mit einem Kranz kurzer Locken, einer auffallenden Nase, zusammengepreßten Lippen und der Andeutung krankhafter Röte auf den Wangen.

Aber das Außerordentlichste daran war der wilde Strich roter

Farbe – grell und tödlich wie Blut – quer über das Bild. Er verdeckte teilweise die Züge des Mädchens und gab dem Ganzen einen Anflug von Wahnsinn.

»Bitte um Verzeihung, Mylord, aber ich wünschte, Sie würden sich nicht mit den Dingern da befassen«, sagte Master Harnley ängstlich. Wir wandten uns zugleich um und erblickten ihn in der Tür des provisorischen Ateliers. »Die sollten da eigentlich gar nicht mehr stehen, sind für den Müll bestimmt.«

»Mr. Lawrence will diese alle wegwerfen?« fragte Lord Harold erstaunt.

Harnley nickte. »Das hat er mir heute morgen selber gesagt.«

»Dann können Sie uns vielleicht etwas von diesem hier erzählen.« Ich zeigte ihm das so wild mit Rot entstellte Bild. »Es ist ein beeindruckendes Porträt, nicht wahr?«

Harnleys junges Gesicht verdüsterte sich zusehends. »Das ist die Hexe, wo ihn nachts wachhält«, murmelte er, trat einen Schritt zurück und bekreuzigte sich. »Weint und quält ihn in seinen Träumen. Zeichnet sie immer wieder, will sich damit von ihrem bösen Zauber befreien, nutzt aber nichts. Ich hab schon mehr als ein Dutzend davon vernichtet, und immer noch kommt sie nachts.«

Ich sah Lord Harold an, erschrocken und verwirrt zugleich.

»Wie seltsam«, sagte er gleichmütig. »Und Mrs. Pope läßt die Dame zu Mr. Lawrence ein?«

»Läßt sie ein? Mein Gott, Sir, die ist doch schon sechs oder sieben Jahre tot! Das ist die jüngste Miss Siddons, die wo Mr. Lawrence heiraten wollte.«

Unmittelbar nach dieser außerordentlichen Bemerkung wurde die Tür des Empfangszimmers aufgestoßen, und unsere drei Köpfe wandten sich gleichzeitig um. Wir erblickten niemand anderen als den Maler selbst und vor ihm Mrs. Pope und ihr strahlendes Gesicht. Die Wirtin brachte ein Tablett mit Tee und warmem Kuchen, dessen berauschender Duft den ganzen Raum erfüllte. Während sie ihre Last auf einem Tisch abstellte und eifrig mit Servietten und Bestecken beschäftigt war, ging der unglückliche Harnley auf seinen Herrn zu. Mit einer geschickten, lautlosen Bewegung, die nur ich bemerkte, drehte Lord Harold die Zeichnungen zur Wand um, wobei er, wie ich glaube, mindestens eine in seiner Rocktasche verschwinden ließ.

»Miss Austen!« rief Thomas Lawrence mit einem besorgten

Blick. »Und Lord Harold Trowbridge! Wirklich eine unverhoffte Freude, versichere ich Ihnen! Harnley wird Ihnen gesagt haben, nehme ich an, daß wir heute abend abreisen müssen – wegen dringender Geschäfte.« Er war fast am Ende seiner Kräfte vor Eile, und die Spuren seines kürzlichen Mißgeschicks waren nicht zu übersehen. Sein Kopf trug eine saubere Bandage aus Leinen, das eine Auge war blau angelaufen, und seine ausdrucksvollen Lippen waren verschwollen. Er bewegte sich mit einer Vorsicht, die eine gebrochene Rippe oder einen Schlüsselbeinbruch vermuten ließ. »Wir dürfen keine Stunde säumen.«

»Das wissen wir, Sir«, erwiderte Lord Harold mit einer Verbeugung, »und wir würden Ihre Zeit auch nicht in Anspruch nehmen, wenn es sich nicht um eine sehr ernste Angelegenheit handeln würde.«

Mr. Lawrence war ein Bild der Ungeduld. »Wenn es um Lady Desdemonas Porträt geht, so kann ich Ihnen versichern, daß ich damit beginnen werde, sobald sie nach London zurückgekehrt ist. Eine Skizze kann ich zwar mit einigem Erfolg auch außerhalb meines Ateliers anfertigen, doch das echte Porträt kann ich nur dort malen.«

»Das verstehe ich vollkommen. Die Angelegenheit, in der wir Sie konsultieren möchten, hat mit meiner Nichte nicht das geringste zu tun.«

Mr. Lawrence blickte von Lord Harold zu mir, und sein hübsches Gesicht nahm einen gelangweilten Ausdruck an.

»Nun gut«, antwortete er und wies auf den Tisch. »Eine Viertelstunde kann ich für Sie erübrigen. Gießen Sie den Tee ein, Mrs. Pope, und verlassen Sie uns dann bitte. Ich klingle nach Ihnen, Harnley, damit wir mein Gepäck in der Kalesche verstauen, seien Sie so gut.«

Die Wirtin knickste bis zur Tür, von Master Harnley begleitet, und als sie fort waren, setzte sich Mr. Lawrence mit seiner Tasse Tee an den Tisch. »Womit kann ich Ihnen dienen?«

Lord Harold zog das Porträt des Auges aus der Tasche und legte es auf den Tisch. »Dies wurde, glaube ich, von Ihrer Hand gemalt.«

Mr. Lawrence zog den Atem scharf ein und erblaßte.

Der Maler griff zu und schleuderte das leidenschaftliche graue Auge auf den Boden. »Wo in Gottes Namen haben Sie das Ding her?«

»Sie erkennen es als Ihr Werk an?«

»Verflucht sei der Tag, an dem ich es malte – ja«, rief er. »Ich habe weder Frieden noch Glück gekannt, seit Maria Siddons starb, und wenn ich ihr nie begegnet wäre oder nie geglaubt hätte, sie zu lieben, dann wäre ich heute ein besserer Mensch.«

»*Maria* Siddons?« fragte ich eifrig. War dies etwa die Maria, die Richard Portal mit seinem letzten Atemzug genannt hatte – die Siddons-Tochter, die Hugh Conyngham liebte?

Ein rascher Blick von Lawrence, während Lord Harold sich bückte und den Anhänger aufhob. »Ja. Die jüngere der beiden Siddons-Töchter. Ich war so töricht, mich mit ihr zu verloben.«

Lord Harold holte die zerstörte Skizze der geisterhaften Dame hervor und hielt sie ans Licht. Selbst aus der Entfernung konnte ich erkennen, daß die Augen die gleichen waren.

»Ich muß Sie bitten, mir zu erklären, wie Sie zu diesem Schmuckstück gekommen sind«, sagte Lawrence in offenkundiger Erregung. »Ich glaubte, es wäre mit ihr begraben worden.«

Lord Harold wandte sich ihm zu. »Man fand es auf der Brust eines ermordeten Mannes«, erwiderte er, »der im Sterben *Maria* flüsterte. Wir können annehmen, daß der, der die Tat beging, den Namen mit Bedacht aussprach, als er zustach. Ein Mord aus Rache vielleicht, aber an der falschen Person. Denn es waren *Sie*, Mr. Lawrence, den der Mörder töten wollte.«

»Ich?« Dem unglücklichen Maler stand seine völlige Verwirrung im Gesicht geschrieben.

»Auf der Abendgesellschaft bei der Herzoginwitwe trugen Sie ein Harlekinkostüm, nicht wahr?« erklärte ich ihm.

»Ja«, sagte Lawrence, und die Erkenntnis dämmerte ihm, »und es schauderte mich, als ein anderer in einem ähnlichen Kostüm so gräßlich ermordet wurde. Ich nehme an, Sie waren an dem unglücklichen Abend auch anwesend.«

»Ja«, sagte ich und sah im Geiste wieder den roten Harlekin Mr. Lawrence im Gespräch mit Madam Lefroy.

»Dann kann ich Ihnen sagen, daß ich das Haus verließ, bevor die Konstabler ankamen. Aber Sie meinen doch nicht etwa, daß Portals Tod mir zugedacht war?« Das Entsetzen vor dieser Wahrheit überkam ihn, und er bedeckte das Gesicht mit den Händen. »Dann hatte der Angriff auf meine Sänfte – durch diesen Schlägertrupp – einen viel bösartigeren Zweck, als ich angenommen habe.«

»Es gibt keine andere befriedigende Erklärung.« Lord Harold legte das Porträt des Auges vor Lawrence hin, doch der Maler fuhr mit Abscheu zurück und schob seinen Stuhl vom Tisch fort.

»Das ist Wahnsinn!« rief er. »Anders kann es nicht sein. Man treibt mit uns ein grausames Spiel, denn ich weiß, daß dieses Porträt von jemandem heilig gehalten wurde, der sich nie hätte davon trennen dürfen.«

Lord Harold zog eine Augenbraue hoch und sah mich an. »Bitte erklären Sie sich, Mr. Lawrence.«

Der Maler wies mit dem Finger anklagend auf die anstößige Miniatur. »Sie müssen wissen, daß Maria schon viele Jahre an der Schwindsucht litt, der sie schließlich erlag. Ich malte dieses Porträt Marias für ihre Mutter, Mrs. Siddons, die einen plötzlichen Tod des Mädchens befürchtete. Das große Talent dieser Schauspielerin war sehr gefragt, und ihre Familie war oft in Geldnöten – wer ist das schließlich nicht? –, deshalb nahm Mrs. Siddons oft Engagements im Ausland an. Da war es ein Trost für sie, wenn sie ein Andenken an ihre Tochter bei sich tragen konnte.«

Lord Harold nahm die Miniatur wieder in die Hand und wendete sie vorsichtig hin und her. »Und als Sie Marias graues Auge malten – verliebten Sie sich da in sie?«

Lawrence zuckte die Achseln und wandte den Blick ab. »Damals war ich mit Marias Schwester, Miss Sally Siddons, der älteren der beiden Schwestern, verlobt. Doch Sie müssen wissen, Mylord, daß Sally ein sanftes Wesen war, von bescheidenem Aussehen und mildem Charakter; ihr Temperament kannte keine stürmischen Leidenschaften. Maria war … völlig anders.«

»Ihr Blick ist schon voller Glut«, bemerkte ich.

»Das ist er. Vielmehr war er.« Lawrence schluckte krampfhaft, sein Blick mied das Porträt. »Maria war eifersüchtig auf ihre Schwester – eifersüchtig auf Sallys, wie sie glaubte, stärkere Konstitution und ihr glücklicheres Schicksal –, und deshalb ging sie daran, Sallys Leben zu zerstören.«

Es war wohl gut, dachte ich, daß die junge Dame darauf nichts mehr erwidern konnte, daß Mr. Lawrence es für angezeigt hielt, sie nach ihrem Tode so zu beschimpfen. Ich konnte ihn weder sympathisch finden noch sein Verhalten billigen; doch litt er offensichtlich beständig Qualen, und dafür empfand ich tiefes Mitleid.

»In meiner verzweifelten Verblendung brach ich mein Verlöbnis mit Sally und fügte ihr damit den größten Schmerz zu, den eine Dame kennt«, fuhr er fort. »Nach wenigen Monaten wurde mir jedoch die Torheit dieses Entschlusses klar. Ich bat die liebe Sally, mir zu vergeben und zu versuchen, mich wieder zu lieben, und Maria erklärte ich die ganze Geschichte – doch mit dem unglücklichsten Ergebnis. Aus Enttäuschung oder Trotz ging es Maria von Stund an schlechter, und sie starb bald danach.«

»Wie furchtbar!« flüsterte ich. »War sie noch sehr jung?«

»Erst achtzehn.« Er schwieg einen Moment und berührte das lodernde Porträt. »Es folgte aber noch Schlimmeres als die Trauer. Noch im Sterben nahm Maria ihrer Schwester Sally das Versprechen ab – ein heiliges Versprechen über den Tod hinaus –, daß sie ihr Leben niemals mit dem meinen vereinigen würde. Und Sally ging darauf ein.«

»Ein wirklich erstaunliches Mädchen«, meinte Lord Harold trocken, »wie eine Gestalt aus einer griechischen Tragödie.«

»Ich gebe zu, so habe ich es auch empfunden, als ich diese Wahrheit durch einen Brief meiner Geliebten erfuhr. Ich durfte Sally Siddons nicht wiedersehen, und obwohl ich tobte und eine Weile fast verrückt wurde, mit Selbstmord oder Mord oder beidem drohte, blieb sie fest in ihrem Entschluß. Maria hatte ihr ein Versprechen abgenommen, und Sally wollte wenigstens Maria treu bleiben.«

»Sie hat nie darin geschwankt?« fragte ich entsetzt.

»Keinen Augenblick«, erwiderte er mit einem bitteren Lächeln. »Ich drohte, ich schmeichelte, ich verletzte sie mit Schweigen und mit Aufmerksamkeiten für andere, darunter sogar ihre Freundin aus der Kindheit, Maria Conyngham – aber ich hörte kein Wort von ihr. Und im letzten Jahr, in der vollen Blüte des Sommers, folgte Sally ihrer Schwester ins Grab, ein Opfer derselben Krankheit. Der Arzt, der sie behandelte, meint, daß sie sich dieses Leiden zuzog, als sie die sterbende Maria pflegte.«*

* Die Einzelheiten der Liebesgeschichten der Siddons-Töchter mit Thomas Lawrence und ihres frühen Todes, wie auch die Vermutung, daß er um beide warb, weil sein Verlangen nach ihrer Mutter unerfüllt blieb, findet man in *The Kemble Era: John Philip Kemble, Sarah Siddons, and the London Stage* von Linda Kelly (New York, Random House 1980). – *Die Herausgeberin.*

Wir schwiegen einige Augenblicke vor Schrecken. Mr. Lawrence hatte den Kopf auf die Hände gelegt. Schließlich brach Lord Harold die Stille. »Erzählen Sie mir, Mr. Lawrence, etwas über die Freundin von Miss Siddons aus ihrer Kindheit, über Maria Conyngham«, sagte er. »Sie versuchten, ihre Neigung zu gewinnen?«

»Ich versuchte es und hatte Erfolg«, erwiderte der Maler verächtlich.

»Aber Sie haben doch bestimmt gewußt, daß ihr Bruder einst die jüngere Miss Siddons liebte?« rief ich.

»Das wußte ich nicht«, sagte Lawrence leicht überrascht. »Maria Siddons behauptete, sie habe nie jemand anderen geliebt als mich.«

»Vielleicht hat sie das auch wirklich nicht«, überlegte ich. »Denn anscheinend hat sie Hugh Conyngham ohne Bedauern aufgegeben. In der Brust des Herrn aber lebten stärkere Gefühle.« Ich betrachtete den Anhänger mit dem Porträt des Auges mit wachsender Besorgtheit, während sich der mörderische Plan vor meinem geistigen Auge entfaltete. »Verzeihen Sie, Mr. Lawrence, wenn ich mich in Ihre Privatangelegenheiten einmische – aber können Sie uns sagen, wann Sie ihre Aufmerksamkeiten gegenüber Miss Conyngham einstellten?«

»Sobald ich von Sallys Tod erfuhr. Etwa im August vorigen Jahres.«

Vor beinahe achtzehn Monaten.

»Und nahm sie das Ende der Affäre mit Gelassenheit auf?«

»Einigermaßen. Es gab eine Zeitlang Auseinandersetzungen, Tränen und Drohungen, aber an so etwas bin ich gewöhnt.« Nachdem der erste Schrecken der Enthüllungen vorbei war, glättete Mr. Lawrence nun seine zerzausten Locken mit einer Hand, die kaum noch zitterte. »Ich habe mir inzwischen geschworen, Miss Austen, mich nur noch *verheirateten* Frauen zu nähern, sie sind viel beständiger in ihren Neigungen und verlangen einem viel weniger ab.«

War Isabella Wolff wirklich so zurückhaltend? Ich stellte mir die turbangekrönte Schönheit vor und hielt es für wenig wahrscheinlich. Mr. Lawrences Gefühlsroheit hätte mich empören sollen, wenn ich nicht schon im Laufe des Gesprächs gemerkt hätte, wie weit sie ging, doch für einen Moment wenigstens hatte ich Verständnis für die Emotionen, die die beiden Conynghams bewegten. Die Qualen, unter denen Bruder und Schwester litten, der Wunsch nach Rache, den beide im Herzen trugen, waren mit der Zeit größer und brennender geworden. Sie hatten den geeigneten Zeitpunkt abgewartet, hatten ihre Stellungen in Bath befestigt und den Schauplatz der Vernichtung Lawrences genau geplant, mit dem Miniaturanhänger als stummem Zeugen.

»Sie wissen, Sir, daß die Conynghams in der Familie Siddons aufgewachsen sind«, bemerkte ich. »Ist es da so unwahrscheinlich, daß manche Dinge aus dem Besitz von Mrs. Siddons auf Hugh oder Maria übergegangen sind?«

»Nachdem ihre beiden Töchter im Grabe liegen, ist es gut möglich, daß ihr die Conynghams noch lieber sind als früher«, antwortete der Maler achselzuckend. »Es wäre nicht ungewöhnlich, daß die Dame ihnen ein Andenken überlassen hat.«

Nur ein Rätsel blieb noch ungelöst. Da die Conynghams Richard Portal so gut kannten, wie konnten sie da die Harlekins verwechselt haben?

»Ich frage mich, Mr. Lawrence, ob Sie in letzter Zeit eine Mitteilung von Miss Conyngham erhalten haben?« schaltete sich Lord Harold ein.

»Einen einzigen Brief, weiter nichts.« Lawrence stand auf und suchte unter den Papieren, die auf einem Tisch verstreut lagen. »Harnley ist nicht weit gekommen mit dem Packen, wie ich sehe, aber der Überfall in der Cheap Street vor ein paar Tagen hat ihn in solche Angst versetzt, daß er schon nach London geflüchtet wäre, hätte ich ihn nicht zurückgehalten. Ach ja, hier ist er.«

Er zeigte uns einen ungesiegelten Brief mit einer Adresse in weiblicher Handschrift. »Miss Conyngham bat mich dringend, auf der Abendgesellschaft Ihrer Gnaden zu errscheinen«, sagte er, »damit wir ungestört miteinander sprechen könnten. Sie ersuchte mich mit allem Nachdruck, ich solle sie in dem kleinen Vorzimmer treffen, wenn die Aufmerksamkeit aller anderen durch die Rezitation ihres Bruders abgelenkt sei.« Während er das sagte, verriet sein Blick, daß er plötzlich begriff. »Das Vorzimmer – aber es kann doch nicht sein, daß *Maria* …«

»Und haben Sie sie dort angetroffen?«

»Ja. Aber als ich das Zimmer betrat, sah ich, wie Miss Conyngham durch eine Tür in der entgegengesetzten Ecke verschwand, deshalb folgte ich ihr. Sie ging durch einen rückwärtigen Gang in den Salon zurück, und ich tat das gleiche in der Annahme, daß sie nicht mehr mit mir sprechen wollte.«

»Und haben Sie Mr. Portal bemerkt, als Sie durch das Zimmer gingen?«

»Ja. Er lag auf dem Sofa und schlief fest.«

Lord Harold steckte den Brief der Schauspielerin ein und nahm den Anhänger wieder an sich. »Wie groß die Falschheit und Arglist Miss Conynghams auch sein mögen, Mr. Lawrence, im Vergleich zu der Ihren sind sie gering. Wäre ich auch nur lose mit der Dame verbunden, sähe ich mich gezwungen, von Ihnen Genugtuung zu fordern. Ihr Verhalten gegenüber einer Frau in ihrer Lage und Lebensstellung ist nicht anders als schändlich zu nennen, wenn es auch offensichtlich Ihrer allgemeinen Haltung zum schönen Geschlecht entspricht.«

Er nahm Hut und Handschuhe auf, um den Maler schnell zu verlassen. Seine halb verdeckten Augen waren so unergründlich wie immer, aber in seinem Ton glaubte ich einen bewundernswert gezügelten Zorn zu spüren.

»Aber es spielt keine Rolle«, fuhr Trowbridge fort, während er mich zur Tür geleitete. »Die Dame hat statt meiner andere, die für sie handeln. Und wenn ich es auch gern sähe, daß Sie die ganze Geschichte dem Friedensrichter Mr. Wilberforce Elliot erzählten, so werde ich es doch übernehmen müssen, für Sie zu sprechen. Reisen Sie auf jeden Fall so schnell wie möglich nach London, Mr. Lawrence, denn in Bath ist Ihr Leben keinen Pfifferling wert.«

Kapitel 16
Die Bedeutung des Anscheins

19. Dezember 1804, Forts.

»Es ist klar, meine liebe Jane, daß wir den falschen Hasen gejagt haben«, sagte Lord Harold, als wir wieder auf der Straße standen. »Bei all seinem Erfindungsreichtum an Erpressung war Mr. Portal nie das Ziel eines mörderischen Überfalls. Es war ein anderer Harlekin – im roten Gewand und nicht im weißen –, dessen Leben durch den Dolch enden sollte.«

»Aber wer, Mylord, hat den tödlichen Stoß geführt? Denn wenn er auch ›Maria‹ sagte, als er starb, kann Portal doch nicht Miss Conyngham gemeint haben. Sie hätte ihn trotz der Verkleidung erkannt, und Mr. Lawrence hat keinen Ermordeten gesehen, als er ihr durch den Gang folgte. Das *Maria* muß sich auf das Augenporträt von Miss Siddons beziehen.«

»Soviel ist klar«, antwortete Lord Harold. »Miss Conyngham hatte nur die Aufgabe, den Maler in das Vorzimmer zu locken. Vielleicht geriet sie in Panik, als sie den schlafenden Portal im Besitz des Raumes sah, und floh sofort. Lawrence folgte ihr auf den Fersen, doch der Mann, der Lawrence töten wollte, wußte nichts von der Verwechslung. Er erdolchte lediglich den Harlekin, den er vorfand, und legte ihm das Porträt auf die Brust.«

»Lord Swithin vielleicht oder dieser Smythe«, meinte ich.

»Aber ohne ein Geständnis von einem der beiden können wir das nicht beweisen.« Lord Harold schüttelte den Kopf. »Ich werde jedenfalls Miss Conynghams Brief dem Friedensrichter übergeben und ihm von diesem ganzen außerordentlichen Gespräch berichten.«

»Dann ist also Mr. Elliot aus Portsmouth zurück?«

»Ja. Um einen Bericht über seine Bemühungen zu hören wurde ich heute früh von Laura Place abgerufen.«

»Lassen Sie mich nicht im Ungewissen, Lord Harold, ich bitte Sie! Was ist mit Swithins Schiffen? Wurde er oder sein gemieteter Tilbury am Hafen gesehen?«

»Nein«, erwiderte er. »Nach Ihren Erfahrungen mit Ihren Brüdern, Jane, kann ich annehmen, daß Sie den Verkehr an den Kais von Portsmouth kennen, das Einschiffen der Passagiere und Besatzungen, das plötzliche Anlegen und Ablegen einer Vielzahl von Schiffen. Für Mr. Elliot war es eine mühselige Angelegenheit, und sie brachte nichts ein. Mindestens drei Ostindienfahrer sind in der vorigen Woche angekommen, aber alle gehörten der Ostindischen Gesellschaft, und da ihre Besatzungen sich zerstreut hatten, um ihren wohlverdienten Landurlaub zu genießen, konnte Mr. Elliot nicht erkunden, ob eines von ihnen Nachricht von Swithins Schiffen gebracht hatte. Und von dem Herrn selbst und seinem Blitzbesuch in der Stadt konnte der Friedensrichter keine Spur entdecken, denn Swithin kehrte in keinem Gasthof ein, und an einen Menschen unter so vielen erinnert sich kaum jemand.«

»Das ist sehr schlecht für den Grafen«, meinte ich.

»Mr. Elliot hatte aber noch andere Neuigkeiten. Sein Konstabler Warren erfuhr in London etwas über die verlorene Tigerbrosche.«

»Und Ihrer Miene entnehme ich, daß das auch ungünstig für Swithin ist.«

»Die Brosche wurde von Thomas Grey, einem Juwelier in der Sackville Street, einer sehr angesehenen alten Firma, für die Mutter des Lords angefertigt. Sie war seit dreißig Jahren im Besitz der Familie.«

Ich seufzte.

»Aber Warren erfuhr noch etwas sehr Interessantes, Jane – von einem Pfandleiher in Cheapside. Die Tigerbrosche wurde kürzlich verpfändet und später wieder ausgelöst von einem Mann, der sich Mr. Smith nannte.«

»*John Smith** sicherlich.«

Lord Harold lächelte. »Der Mann entsprach überhaupt nicht der Beschreibung des Grafen. Er soll untersetzt und bärtig gewesen sein.«

»Dann schreibt er sich vielleicht *Smythe*«, vermutete ich, »oder stellt sich als Lord Swithins Reitknecht heraus. Können dem Grafen die Mittel so knapp geworden sein, daß er die Juwelen seiner Mutter verpfänden mußte? Das ist kaum zu glauben!«

* Englischer Allerweltsname.

»Wirklich kaum zu glauben«, meinte Lord Harold trocken. »Aber ich habe Sie schon zu lange aufgehalten. Ich bringe Sie zu den Green Park Buildings, meine Liebe, und dann bin ich fort.«

Wir gingen in die Richtung der Seymour Street und hielten unsere Regenschirme hoch gegen gelegentliche Schauer.

»Wir sind in unseren Nachforschungen soviel weiter als vor einer Woche«, überlegte ich, »und doch sind wir dem Ziel nicht näher gekommen. Wie hoffen Sie den Mörder zu entlarven, Lord Harold? Ein Geständnis wäre das Beste – aber wie kann man es herauslocken?«

»Das weiß ich nicht, Jane – oder jedenfalls noch nicht. Aber ich denke, ich werde heute abend das Konzert von Rauzzini besuchen und die Conynghams mitbringen. Beide brauchen heute nicht mit ihrer Truppe in Bristol aufzutreten, da sie dort eine Pantomime zu Weihnachten spielt, und sie sind klug genug, die Gelegenheit zu nutzen, um zu erfahren, wie viel genau ich weiß.«

»Hugh Conyngham verläßt also wieder seine Wohnung?« rief ich.

»Ja, und er zeigt auch keinerlei Neigung zur Flucht. Zweifellos wird er die kleine Abwechslung genießen, die Mr. Rauzzinis Musik bietet.«

»Wie ich hörte, wird Lady Desdemona von Oberst Easton begleitet.«

»Ja, die Kutsche der Wilboroughs wird wahrscheinlich gut besetzt sein. Sie haben also heute morgen mit Mona gesprochen?«

»Und mit Easton selbst. Der Oberst brachte mich nach Laura Place, zog sich aber schnell zurück, als er die Stellung bereits von seinem Gegner besetzt fand.«

»Swithin?«

»Der furchterregende Graf.« Ich zögerte, fuhr dann aber fort. »Lady Desdemona scheint sehr beglückt von den Aufmerksamkeiten des Grafen, und es tat ihr sichtlich leid, sein Angebot, sie zum Konzert zu begleiten, ablehnen zu müssen. Sie ist ein unglückliches Mädchen, und ich habe volles Mitgefühl mit ihr. Der Oberst ist in jeder Hinsicht ein ausgezeichneter Mensch, und doch …«

»Und doch, Jane?« fragte Lord Harold eindringlich.

»Und doch kann sie ihn nicht lieben.« Ich brachte ein Lächeln zustande. »Wir sind eine verdrehte Art, nicht wahr, Mylord, denn wir neigen dazu, unsere Liebe dem am wenigsten würdigen Gegenstand zuzuwenden.«

»Das ist sicherlich eine Schwäche unserer Familie«, sinnierte er. »Also wird dem Grafen das Schauspiel geboten, daß sowohl Miss Conyngham als auch meine Nichte von seinen Rivalen begleitet werden! Wir können damit rechnen, daß Swithin dem Oberst tödliche Blicke zuschleudert und mir eine Herausforderung vor die Füße wirft, bevor Mrs. Billington eine halbe Arie gesungen hat. Um so mehr freue ich mich auf die Unterhaltung an diesem Abend. Daß sich so viele Hauptbeteiligte an einem Ort zusammenfinden! Was für eine Gelegenheit für Klatsch und Schaustellung!«

»Aber wie soll die einfache Tatsache, daß die Conynghams und der Graf in der Öffentlichkeit erscheinen, Ihnen zu Ihrem Ziel verhelfen?«

Er wehrte die Frage mit einer Handbewegung ab. »Sie leben lange genug in dieser Welt, meine Liebe, um zu wissen, daß der Anschein alles ist.«

»Vielleicht sogar dann, wenn er auf Täuschung berechnet ist«, fügte ich nachdenklich hinzu. Ein Stück Wegs gingen wir schweigend weiter. Doch plötzlich bemerkte Lord Harold: »Sie sind traurig, Jane.«

»Ich glaube beinahe, Mylord, daß Anne Lefroy sterben mußte, weil ich unvorsichtig war.«

Er runzelte die Stirn. »Ich kann nicht behaupten, daß ich Sie verstehe.«

»Hätte ich nicht mit Hugh Conyngham über Madam Lefroy geredet, wäre sie vielleicht heute noch am Leben.«

Die Schritte des Lords wurden langsamer, sein Blick blieb auf die glitzernden Pflastersteine zu unseren Füßen gerichtet. »Und wann fand dieses interessante Gespräch statt, meine liebe Jane?«

»Am Freitag auf dem Tanzabend im Unteren Kurhaus. Mr. Conyngham äußerte sich abfällig über die Beständigkeit des Mannes, und daraufhin erinnerte ich ihn an seine fortdauernde Liebe zur verstorbenen Miss Siddons. Es war Madam Lefroy, die mir die Geschichte dieser Liebe erzählt hatte, auf derselben Abendgesellschaft Ihrer Gnaden. Sie hatte das Glück, vor vielen Jahren Mr. Conynghams Eltern kennenzulernen, wissen Sie, und danach hat sie die Laufbahnen der Kinder verfolgt. Das alles habe ich Conyngham offen erklärt, während wir tanzten.«

»Und als Folge davon«, murmelte Lord Harold, »wurden Sie später an dem Abend in Ihrer Sänfte überfallen – und Madam Lefroy wurde in den Tod geschickt.«

Ich nickte schmerzerfüllt, keines Wortes fähig. »Das Zusammentreffen dieser Ereignisse ist nicht zu übersehen.«

»Was das anbelangt – Sie wissen, was ich vom Zusammentreffen von Zufällen halte.«

Der Regen tropfte traurig von unseren schwarzen Regenschirmen, als müsse ganz Bath das Hinscheiden meiner lieben Madam beklagen. »Außerdem haben wir erfahren, daß Mr. Conyngham am Sonnabend und Sonntag wegen einer Unpäßlichkeit seine Wohnung nicht verlassen hat – aber kann er nicht vielmehr diese Gelegenheit zu einer Reise nach Hampshire genutzt haben?«

»Um Madams Pferd zu erschrecken.«

»Genau. Ich gebe zu, es sieht wie ein Gewebe aus den phantastischsten Vermutungen aus ...«

Lord Harold warf mir einen langen Blick zu, der so ehrlich und unbarmherzig war wie ein Porträt von Lawrence. »Wenn es das nur wäre, meine liebe Jane, wenn es das nur wäre. Aber es klingt eher wie eine unleugbare Wahrheit. Man stelle sich Conynghams Aufregung vor, als er erfährt, daß Anne Lefroy seine Jugendliebe zu Maria Siddons verbreitet hat! Ausgerechnet Anne Lefroy, die er in der Mordnacht in ausgedehnter Unterhaltung mit dem unangenehmen Lawrence beobachtet hatte! Wenn nun der Maler von seiner eigenen Liebe zu Maria Siddons oder sogar von seinem Porträt ihres Auges gesprochen hatte? Dem Auge, das auf die Brust des falschen Mannes gelegt wurde und dann so rätselhaft verschwand! Mr. Conyngham wäre töricht gewesen, hätte er nicht erkannt, daß ihm die Ereignisse aus der Hand geglitten waren. Und deshalb versuchte er, sowohl Sie als auch Madam Lefroy zum Schweigen zu bringen – und Mr. Lawrence noch dazu. Ich kann mich vermutlich glücklich schätzen, daß ich noch unversehrt herumlaufe.«

Ich hatte nicht mehr die Kraft zu einer Erwiderung. Die Niedergeschlagenheit, das beunruhigende Gefühl, am Tode Madams mitschuldig zu sein, schnitten mir bitter ins Herz. Plötzlich fühlte ich mich unendlich müde.

»Aber Sie müssen daran denken, Jane«, fügte mein Begleiter sanft hinzu, »daß es nicht Ihre Hand und nicht Ihre mörderische Absicht waren, die ihren Tod herbeiführten.«

»Das unglückliche Pferd war es ebensowenig«, erwiderte ich zornig, und meine Wangen röteten sich, »aber es wurde trotzdem getötet.«

Mr. Rauzzinis Konzerte finden immer im Oberen Kurhaus statt, einem neueren Gebäude, das günstig zwischen dem Circus und dem Teil der Lansdowne Road gelegen ist, der als Belmont bekannt ist.*

Hier findet man den Ballsaal, das große und das kleine Achteck, das Kartenzimmer und das Teezimmer, in dem unser Konzert heute abend gegeben werden sollte. Es sind große, hohe Räume, in matten Farben gehalten und mit Verzierungen im Stil der Brüder Adam versehen, ideal geeignet für einen Kotillon-Ball oder den Vortrag einer Arie. Da es nur drei oder vier Häuserblocks von den Paragon Buildings entfernt liegt, hatte mein Onkel, um zu seinem Genuß zu kommen, auch nicht viel von seiner Veranlagung zur Gicht zu überwinden.

Wir hatten vereinbart, daß Eliza und Henry uns erst beim Konzert selbst treffen sollten, während mein Onkel mich in seiner bequemen Kutsche abholte. Ich wartete etwas ängstlich auf das Eintreffen der Henry Austens, denn ich fürchtete, daß Mr. Leigh-Perrot – der immer pünktlich ist – nicht verstehen würde, wieviel Zeit das Ankleiden einer so modebewußten Dame wie Eliza erfordert. Doch eine Viertelstunde vor acht waren die Austens in beachtlich gutem Stil vor dem Kamin des großen Achtecks versammelt, und trotz der andauernden Niedergeschlagenheit und einer leichten Aufregung Lord Harolds wegen war ich doch sehr froh, daß ich mich entschlossen hatte, die geistlose Kartenpartie meiner Tante zu vermeiden.

Außerdem hatte mir mein Onkel die Eintrittskarte spendiert.

»Nun, Jane, du siehst sehr gut aus«, sagte mein Bruder Henry und betrachtete mein hellblaues Musselinkleid. »Die schwarzen Handschuhe und das schwarze Tuch passen wirklich sehr gut zu

* Das Obere Kurhaus, wie es zu Jane Austens Zeit genannt wurde, um es von dem im unteren Teil der Stadt zu unterscheiden, heißt heute Assembly Rooms. – *Die Herausgeberin.*

dieser zarten Farbe. Das steht dir hervorragend. Ich bin sicher, daß es Lord Harold auch gefällt.«

»Du mußt für dein Porträt genau diese Farbnuance tragen, meine Liebe – sie bringt das Grau deiner Augen ausgezeichnet zur Geltung«, bemerkte Eliza.

»Will sie sich porträtieren lassen?«

»Oder vielleicht nur ihr Auge. Das habe ich vergessen. Jane hat Cosway konsultiert.«

Henry runzelte die Stirn. »Aber ist er nicht ziemlich teuer?«

»Deine Augen, Jane?« fragte mein Onkel, der nur den letzten Teil von Elizas Rede verstanden hatte. »Machen sie dir wieder zu schaffen? Das kommt davon, daß du zuviel bei schlechtem Licht schreibst – du brauchst eine Lampe ganz für dich, wenn du nicht aufhörst, jeden Abend zu kritzeln. Ich habe schon oft mit Mrs. Perrot darüber gesprochen, und sie hat wirklich vor, dir bei passender Gelegenheit eine Lampe zu schenken, vielleicht zu Weihnachten, aber du weißt ja, wie es ist. Ihre Gesundheit ist gegenwärtig nicht die beste, und deshalb kann sie nicht herumlaufen und die billigsten Geschäfte aussuchen.«

Ich konnte nur teilweise auf seine Worte achten, denn meine Gedanken schweiften ab, und meine Blicke suchten vergeblich nach der Gruppe der Wilboroughs. Aber ich brachte ein Lächeln zustande und sagte: »Wollen wir nicht hineingehen? Es gibt ein ziemliches Gedränge, und ich möchte nicht ganz hinten sitzen!«

Mein Onkel war die Freundlichkeit selbst, die Henry Austens ließen sich von der Wärme des Kaminfeuers weglocken, und so schritten wir dann, gemeinsam mit vielen anderen aus Bath, in das cremefarbene Teezimmer, in dem hundert Kerzen erstrahlten.

Die Musiker erschienen und nahmen ihre Plätze vor dem Kamin des Teezimmers ein, Rauzzini selbst postierte sich vor ihnen, und Mrs. Billington beglückte die Gesellschaft mit ihrem Lächeln und ihrem eleganten bronzefarbenen Satinkleid. Jede Diskussion über Porträts und Augen war beendet, und ich atmete insgeheim erleichtert auf. Wenngleich ich sonst Konzerte nicht übermäßig liebe, so sind sie doch ein bewunderswertes Beruhigungsmittel für ein gequältes Herz. Selbst das satirischste Auge hätte keine Spur von Besorgnis im Gesicht von Miss Austen entdeckt, sobald ein italienisches Lied sie bezauberte.

»Miss Austen!« rief Lady Desdemona, als das Konzert beendet war und wir aus dem überhitzten Zimmer in die relative Kühle der Halle geflüchtet waren. Lord Harolds Nichte stand vor einer der Marmorsäulen, die das kleine Achteck flankieren, wie eine einzige Rose vor einem vorteilhaften Hintergrund, und ihr Gesicht strahlte vor Freude. »Ich bin froh, Sie zu sehen! Ich wußte nicht, daß Sie das Konzert besuchen wollten. Der Onkel wird sich freuen. Er ist nur gerade mit Easton weggegangen, um Rotwein zu holen, obwohl ich nicht weiß, wie der arme Oberst mit einem Arm in der Schlinge das machen will. Aber so ist Easton eben – galant bis zum Übermaß.« Sie seufzte, wohl eher aus Ärger, glaubte ich, als aus Mitleid.

Ich suchte die ganze Länge der Halle nach Lord Harolds silbernem Haupt ab, konnte jedoch keine Spur von ihm erblicken. »Ich wußte nicht, daß Ihr Onkel ein Musikliebhaber ist, Lady Desdemona.«

»Er spielt selbst sehr gut Klavier – in der Tat so gut, daß ich mich nie an dieses Instrument gewagt habe, weil ich den Vergleich mit einem Besseren scheute. Aber kommen Sie! Ich habe solche Neuigkeiten!« Sie machte ein geheimnisvolles Gesicht und zog mich näher heran. »Sie werden es nie erraten, wen der Onkel zum Konzert mitgebracht hat!«

»Das könnte ich bestimmt nicht«, erwiderte ich mit gespielter Unschuld.

»Die berühmten Conynghams! Dem Onkel ist es offensichtlich gelungen, einen Umschwung ihrer Gefühle gegenüber der Familie Trowbridge herbeizuführen, obwohl wir das vielleicht eher den Zeichen zuschreiben sollten, die er an sich trägt.«

»Zeichen?«

Lady Desdemona lächelte. »Ich dachte, Miss Conyngham fiele beinahe in Ohnmacht, als der Onkel seinen Wintermantel ablegte. Man sieht ihr jetzt noch die Blässe an. Sehen Sie – da drüben stehen sie, an der Cäsarbüste.«

Ich blickte in die angegebene Richtung und sah ein Geschöpf, das so verschieden war von der Medusa, die ich in Erinnerung hatte, daß ich ganz betroffen war. Miss Conyngham war heute abend ganz in jungfräuliches Weiß gekleidet, mit einem Blumenkranz in ihrem dunklen Haar. Eine leichte Andeutung von Kummer um die Augen machte ihr Gesicht noch interessanter, das ohnehin zur Schönheit angelegt war, und ihre Blässe war ungewöhnlich. Sie stand ins Gespräch vertieft neben ihrem Bruder und achtete nicht auf die sie umflutende Menge, und der klassische Effekt der Samtvorhänge hinter ihr, der so stark an die dramatische Muse erinnerte, war von unbewußter Lieblichkeit.

Ich sah mich wieder im Raum um und fand nun unvermeidlich auch Lord Harold. Er stand müßig etwas abseits der Menge, mit zwei Gläsern Rotwein in den Händen und in die Betrachtung der Conynghams versunken. An seinem Revers trug er den goldenen Tiger und um den Hals das Medaillon mit dem Auge von Maria Siddons.

Sie leben lange genug in dieser Welt, meine Liebe, um zu wissen, daß der Anschein alles ist.

Noch während ich ihn beobachtete, bahnte sich der Schwerenöter einen Weg durch die Menge zu den beiden Theaterleuten. Sie nahmen den Rotwein in leidlich guter Haltung und kaum merklich gezwungen entgegen, doch Hugh Conynghams Blick war fieberhaft eindringlich, und die Hände seiner Schwester zitterten. Ich sah, wie ihre Blicke zur Brust des Lords glitten, und vermutete, daß die Gesellschaft Lord Harolds ihre Nerven belastete.

»Ach, Jane.« Die Stimme meines Onkels rief mich in meine eigene Lage zurück. »Wir wunderten uns schon, wo du geblieben bist. Möchtest du ein Eis oder vielleicht ein paar Kekse?«

»Nein, Onkel, danke. Lady Desdemona, darf ich mir die Ehre geben, Ihnen Mr. Leigh-Perrot vorzustellen? Mr. Perrot ist mein Onkel.«

Lady Desdemona murmelte ein paar höfliche Worte und knickste, doch ihr Blick war mit besorgtem Ausdruck auf mich gerichtet. »Ich fürchte, es geht Ihnen nicht gut, Miss Austen.«

»Nur etwas Kopfschmerzen, nichts weiter. Es ist so sehr heiß hier!« Ich zwang mich zu einem Lächeln, aber meine Augen kehrten immer wieder zu Lord Harold zurück. Meine Besorgnis war groß, denn wenn er sich nicht inmitten so vieler Menschen aufgehalten hätte, wäre seinem Leben schon ein Ende bereitet worden. Nun brauchte nur noch der Graf aufzutauchen, dann war die Mischung wahrlich explosiv.

»Möchtest du lieber gehen, Jane?« fragte mein Onkel. »Ich verzichte auf den Punsch und rufe sofort die Kutsche, denn wir wollen doch nicht, daß du wegen Kopfschmerzen nicht bei den Scharaden mitmachst!«

»Da kannst du ganz beruhigt sein, Onkel. Dabei würde ich dich nie enttäuschen.«

»Scharaden?« fragte Lady Desdemona, und ihre Augen glänzten vor Vergnügen. »Wie reizend! Da würde ich gern mitspielen – und Easton wäre dabei sicher ganz komisch!«

»Dann brauchen Sie sich nur unserem Kreis anzuschließen, Mylady«, meinte mein Onkel freundlich, »denn bei einem solchen Spiel kann man nie genug Mitspieler haben, wissen Sie. Wir wollen zu den Paragon Buildings heimkehren, wo Mrs. Leigh-Perrot gegenwärtig Freunde zu Gast hat, und ich bin sicher, daß sie sich über Ihren Besuch sehr freuen wird.«

An dem freudigen Empfang der Trowbridges hatte ich keinen Zweifel, denn wenn meine Tante auch knauserig ist und ihre Bekannten bevormundet, so ist sie doch zuallererst ein furchtbarer Snob. Den Kreis der Wilboroughs – so verrufen Tante Perrot ihn sonst auch zu finden behauptet – in die Paragon Buildings zu locken wäre der Triumph der Saison.

Lady Desdemona nahm seine Einladung dankend an und stellte sich dann auf die Zehenspitzen, um über die Menge hinwegblicken zu können. »Und da kommt auch Easton endlich!« rief sie. »Ich dachte schon, ich müßte hier verdursten. Aber sehen Sie nur – er hat einen Kellner mitgebracht mit genug Gläsern für uns alle! Nehmen Sie auch ein Glas, Miss Austen, das wird Ihrem Kopf bestimmt guttun.«

Ich begrüßte den vortrefflichen Obersten und stellte wiederum meinen Onkel vor, der den Herrn sofort zum Scharadespielen einlud und nach seiner Meinung über Bonapartes Invasionspläne befragte.

»Onkel!« rief Lady Desdemona und winkte mit ihrem Fächer. »Du wirst nie erraten, was für ein Spaß uns bevorsteht! Wir alle sollen heute abend mit Miss Austen Scharaden spielen!«

»Scharaden?« fragte Lord Harold, der mit seinen Gästen neben mir auftauchte. »Wie passend für diese Jahreszeit! Und ebenso zu meinen Wünschen! Ihr Diener, Miss Austen.«

»Lord Harold. Darf ich mir die Ehre geben, Ihnen meinen Onkel vorzustellen?«

Sie begrüßten sich, mit einem vergnügten Zwinkern und einem

bedeutungsvollen Blick auf Seiten Mr. Leigh-Perrots, und dann erinnerte sich Lord Harold an die Conynghams.

Der Bruder verbeugte sich, und die Schwester knickste tief vor meinem Onkel.

»Entzückt, Madam«, sagte Mr. Leigh-Perrot galant. »Ich hatte schon lange den Wunsch, Ihnen meine höchste Wertschätzung Ihrer Talente auszudrücken. Dies ist Ihre erste Saison am Theatre Royal, nicht wahr?«

»Ja.«

»Und vorher haben Sie bei Mrs. Siddons studiert?«

»Ich erfreute mich dieser Gunst«, antwortete Maria Conyngham mit einem raschen Blick auf ihren Bruder. »Sie kennen sich sehr gut aus was das Theater betrifft, wie ich sehe. Sie sind ein Bewunderer der dramatischen Muse?«

»Ein verhinderter Schauspieler, muß ich gestehen. Als Junge in Eton spielte ich die Mädchenrollen bei Shakespeare, und meinen Auftritt als Viola habe ich bis heute nicht vergessen.«

»Aber das ist ja eine meiner Lieblingsrollen!« ging Miss Conyngham graziös darauf ein.

Mein Onkel geriet nun in die beste Stimmung und wollte gerade die Schauspieler zu unserer Gesellschaft nach dem Konzert einladen, als Elizas Stimme die Menge übertönte.

»Schau nur, wen ich getroffen habe, Jane!«

Ich wandte mich um und sah meine Schwester aufgeregt auf mich zukommen, mit Henry und Lord Swithin im Schlepptau.

Die hohe Gestalt des Grafen überragte unsere kleine Gruppe, und seine Blicke gingen zuerst zu Lady Desdemona, die still und schweigend an Eastons Seite stand, und dann zu Lord Harolds Rock, an dem der Tiger und der Anhänger schwach im Kerzenschein glänzten. Das Gesicht des Grafen wurde zuerst bleich und dann rot vor unterdrückter Erregung, aber er brachte eine achtbare Verbeugung zustande. »Lord Harold. Lady Desdemona.«

»Guten Abend, Swithin«, sagte Lord Harold. »Sie kommen also doch noch, der lieben Mona Ihre Aufwartung zu machen. Sie erinnern sich sicher an Miss Conyngham?«

»Wer täte das nicht?« Lord Swithins Ton war unbefangen, doch seine Blicke kamen nicht von Lord Harolds Tiger los.

»Wir wollten sie gerade zu einem Scharadenspiel entführen«, fuhr der Schwerenöter fort, »aber wenn ich alles bedenke, Mr.

Leigh-Perrot, so sind wir schon eine schrecklich große Gesellschaft geworden! Es wäre gar nicht gut, Ihre vortreffliche Gattin mit solch einem Ansturm zu behelligen. Darf ich vorschlagen, daß wir uns statt dessen nach Laura Place verfügen?«

Mein Onkel zögerte und sah mich an. Ich kam Lord Harold einigermaßen geschickt zu Hilfe.

»Welcher Ort wäre besser zur Unterhaltung geeignet? Ich würde diesen großartigen Salon gern wieder erleuchtet sehen und den versteckten Gang untersuchen! Und ich glaube, bei ihrer angegriffenen Gesundheit würde meine Tante den Vorschlag auch begrüßen.«

Mein freundlicher Onkel gab nach. »Dann also ohne Säumen nach Laura Place!«

»*Angekettet werd' ich täglich*«, begann mein Onkel Leigh-Perrot mit verschmitztem Augenzwinkern,

> »*Doch mein Schicksal ist nicht kläglich.*
> *Ein Schlüssel hängt an meiner Kette,*
> *Das Gehen wehrt mir nichts, ich wette.*
>
> *Wenn man mich auch nicht stark gemacht,*
> *Das Schlagen üb' ich Tag und Nacht.*
> *Drückt man mich, werd' erst recht ich rege*
> *Und wiederhole meine Schläge.*«

Unsere Seite hörte diese Scherzfrage mit gemischten Gefühlen – Nachsicht bei mir, denn ich kannte die Gedankenspielereien meines Onkels, und Verblüffung bei denen, die mit dieser Art von Worträtseln weniger vertraut waren als die Austens. Wir saßen zu fünft auf der rechten Seite des Kamins im Salon: Lord Swithin, die Conynghams, mein Bruder Henry und ich. Lord Harold und mein Onkel waren die Hauptfiguren der uns gegenübersitzenden Mannschaft, zu der noch Eliza, Lady Desdemona und Oberst Easton gehörten. Die Herzoginwitwe wollte nur Zuhörerin sein, und Miss Wren saß mißbilligend neben ihr.

»Eine Uhr«, schlug Hugh Conyngham vor.

»Nein, nein«, erhob Henry Einspruch. »Die Vorstellung des Schlagens ist richtig, das gestehe ich Ihnen zu, aber Sie müssen versuchen, den ganzen Begriff des Onkels zu erfassen. Es ist eine Repetieruhr. Denken Sie an die Kette.«

»Großartig, mein Junge!« rief mein Onkel.

»Aber sollen wir ihnen den Sieg anrechnen?« fragte Lord Harold. »Denn die erste Antwort war ungenau. Sollte nicht eine Mannschaft eine geeinte Front bilden und mit einer Zunge antworten?«

»Nun gut – in Zukunft werden wir das so machen«, sagte Swithin. »Rechnen wir also diesen Punkt als ungültig.«

»Ungültig!« rief mein Onkel empört. »Aber es war doch ein so gelungenes Rätsel!«

»Dann lassen Sie mich ein anderes vorschlagen«, sagte Lord Harold rasch, und nach kurzer Beratung legte er uns das folgende vor:

»Getrennt geb' ich die Weise an,
Wie eine Frau oft handelt.
Zusammen helf' ich, aber dann
Verrat mich sehr verwandelt.«

Absolutes Schweigen begegnete diesem Angebot, und ein Seitenblick verriet mir, daß Maria Conyngham totenbleich war. Sie griff nach der Hand ihres Bruders, und er preßte sie krampfhaft.

»Könnte es sein«, überlegte Henry, den Blick auf die kunstvollen Stuckverzierungen der Decke des Salons gerichtet, »aber nein, das wären ja mehr Silben – also denke ich ...«

»*Verrat mich sehr verwandelt*«, flüsterte Miss Conyngham und verstummte.

»Mittelsmann«, stieß der Graf mit einem giftigen Blick hervor. »Die Lösung heißt *Mittelsmann.*«

»Sehr gut geraten«, applaudierte Lord Harold leichthin. »Einer, der für jemand anderen eine Tat begeht und damit beide ins Verderben reißt. Ich dachte, an diesem Begriff würde Ihr Scharfsinn vielleicht scheitern.«

»Ich benutze manchmal solche Leute, Lord Harold, doch ich scheitere nicht an ihnen«, entgegnete Swithin.

»Wirklich? Sie sind dran, glaube ich.«

Wir berieten uns gemeinsam und einigten uns auf ein Wort, das ich vorgeschlagen hatte, weil ich schon früher einmal ein Rätsel mit seiner Bedeutung erdichtet hatte. Danach wandte ich mich an die andere Gruppe und sagte:

> »*Wenn der erste zur Arbeit ein Mädchen kann weisen,*
> *der zweite sie putzt ungemein,*
> *als Ganzes hilft's, wenn Gefühle vereisen,*
> *Sich selbst zu erlösen aus Not und Pein!*«

»Nähen – kochen – waschen – was gibt es noch für Arbeiten, die einem Mädchen nicht gefallen, Eliza?« fragte mein Onkel und riet an diesem Teil herum.

»Ältere Verwandte besuchen?«

»Nein, nein – es darf ja nur ein Wort sein!«

»Stopfen? Flicken? Richten Sie Ihre Bemühungen auf den ersten Teil, Mr. Perrot, und ich versuche es mit dem zweiten.« Sie schloß die Augen mit einem hübschen Ausdruck von Konzentration. »Würdest du die Zeilen bitte wiederholen, Jane?«

»*Als Ganzes hilft's, wenn Gefühle verreisen, sich selbst zu erlösen aus Not und Pein*«, zitierte ich gleichmütig. Mir schien, als sei Maria Conyngham noch blasser geworden.

»Lösen, ja. Also – sprengen? Brechen? Weichen?«

Oberst Eastons Stimme unterbrach die kleine Comtesse im Ton stiller Vergnügtheit. »Stopfbrechen? Flicksprengen? Kochweichen? Ich glaube, auf diese Weise kommen wir kaum weiter. Geben wir zu, daß wir es nicht erraten.«

Ich verbeugte mich. »Miss Conyngham? Wollen Sie sie aus ihrer Unwissenheit erlösen?«

»Die Lösung heißt *Fingerhut*«, sagte sie mit kaum hörbarer Stimme.

»Natürlich. Die giftige Pflanze, Selbstmord als Erlösung von bedrückenden und unnennbaren Zwängen«, bemerkte Lord Harold.

»Ausgezeichnet! Wirklich ausgezeichnet, meine liebe Jane«, rief mein Onkel fröhlich. »Mit dem nächsten muß ich mich anstrengen. Es sei denn, jemand anderes auf unserer Seite ...« Er sah sich um.

»Ich glaube, ich könnte etwas zur Unterhaltung beisteuern«, meinte Oberst Easton. Er stand auf und hätte eine Rednerpose mit hinter dem Rücken gefalteten Händen eingenommen, wenn ihn nicht die Schlinge daran gehindert hätte.

»Das erste die Frage mit Nachdruck verneint.
Das zweite vorm Nomen nur ein Geschlecht meint.
Das dritte man ländlich von alters her trägt.
Das Ganze ein Herz zur Verzweiflung bewegt.«

»Na, ich weiß bestimmt, daß das dritte eine Tracht ist«, erklärte Henry zufrieden. »Das kann gar nichts anderes sein.«

»Und das erste heißt nie«, sagte Hugh Conyngham.

»Dann muß das Ganze *Niedertracht* lauten«, schloß ich rasch. »Sie sind uns nicht gewachsen, Herr Oberst. Wir haben Sie völlig besiegt.«

»Gut gespielt«, nickte Lord Harold. »Nun geben Sie uns Revanche. Ich bin immer für Revanche, wissen Sie – wenn ich auch manchmal nicht recht weiß, gegen wen ich sie richten muß. Sie alle bieten so verlockende Ziele.« Während er sprach, bewegte er sich auf den Kamin des Salons zu und betastete zerstreut das Augenporträt. Ich spürte sofort, wie die Spannung in Hugh Conyngham wuchs.

Seine Schwester erhob sich unsicher. »Ihre Art des Spielens gefällt mir nicht, Mylord. Sie ähnelt zu sehr dem Spielen einer Katze mit einer gefangenen Maus.«

»Maria!« sagte ihr Bruder scharf. »Setz dich hin!«

»Wie? Was?« fragte mein Onkel Perrot verwirrt. »Es ist doch schließlich alles nur ein Spiel.«

In diesem Moment griff Lord Harold nach einer der beiden mächtigen Porzellanvasen, die in königlicher Würde auf den Kaminecken standen, nahm sie in die Arme und schleuderte sie auf Oberst Easton.

Miss Wren schrie auf; Lady Desdemona warf sich zur Seite; ohne einen Augenblick zu zögern fing der Oberst den kostbaren Gegenstand auf – und benutzte dazu seine verletzte *rechte* Hand.

Einen Moment herrschte entsetztes Schweigen, dann glitt Maria Conyngham mit einem leisen Rascheln von Musselin ohnmächtig zu Boden.

»Der Anschein, wie Sie sich erinnern, ist alles, Miss Austen«, bemerkte Lord Harold trocken. »Wir waren selbstverständlich davon ausgegangen, daß Oberst Easton niemals hätte einen Menschen erstechen können, denn sicherlich konnte er seinen Arm nicht gebrauchen. Sie haben ausgezeichnet gefangen, Herr Oberst – oder sollte ich lieber *Harlekin* sagen?«

Easton ergriff eine Feuerzange und sprang mit erschreckender Wildheit auf Lord Harold los, unter den entsetzten Schreien der Damen. Doch im nächsten Augenblick griff der Graf von Swithin in den Kampf ein, schob Lord Harold beiseite und schlug mit beiden Fäusten auf Easton ein. Im Handgemenge rissen die beiden einen zierlichen kleinen Tisch um, stürzten in das Vorzimmer und landeten auf dem Boden vor der sich öffnenden Paneltür.

»Aber meine Herren! Meine Herren! Ich bitte Sie – gehen Sie doch achtsamer mit den Möbeln Ihrer Gnaden um!«

So Mr. Wilberforce Elliot, der in dem versteckten kleinen Gang stand.

Kapitel 17
Gott schenk euch Glück, ihr Herren

19. Dezember 1804, Forts.

»Jetzt verstehe ich, wie das gekommen ist, Sie Schurke«, fuhr Hugh Conyngham den Obersten bitter an. Mit dem Riechfläschchen der Herzoginwitwe in der Hand beugte er sich über seine bewußtlose Schwester. »Diese Rätsel sind leicht zu verstehen. Ihre Niedertracht hat uns ins Verderben gerissen, und alle Ausflüchte können uns nur noch vergiften – vielleicht eine Lösung, aber keine glückliche!«

Easton wollte sich aufrichten, wurde aber schnell von dem Grafen und Mr. Elliot überwältigt. »Ich soll euch verraten haben?« rief der Oberst. »Das ist ja eine tolle Geschichte, wo doch deine Hure von Schwester schon Trowbridge alles hinterbracht hat! Seit mehr als einer Woche stolziert sie an seinem Arm herum. Frag sie doch, wieviel er für ihre Gunst bezahlt, denn mir ist jetzt alles egal!«

»Vielleicht erklären Sie mal, wie derselbe Mann zu dem verfluchten Porträt kam«, gab Conyngham wütend zurück, »wenn nicht aus Ihrer Hand! Denn Sie hatten das Auge in Verwahrung, nicht Maria. Ich gab es Ihnen am Abend der Gesellschaft bei der Herzoginwitwe!«

»Das ist eine Lüge!«

»Eine Lüge? Sie wollen das alles leugnen? Sie jämmerlicher Feigling!«

Mr. Conyngham hätte wohl noch weitere Vorwürfe erhoben, wäre nicht in diesem Moment seine Schwester wieder zu sich gekommen. So war es denn Lord Harold, der die Neugierigen zufriedenstellte.

»Der Anhänger wurde von meinem Neffen Lord Kinsfell in dem Moment gefunden und in seiner Kleidung versteckt, als er wegen des Mordes an Portal verhaftet wurde«, sagte er ruhig. »Ich muß Simon zu seinem Scharfblick gratulieren, denn diese einzige Handlung hat zum Verderben derjenigen geführt, die ihn hängen sehen wollten.«

»Aber, Onkel«, fragte Lady Desdemona schwach, »woher konntest du denn nur wissen, daß Easton der Mörder war?«

»Ich *wußte* es nicht, meine liebe Mona«, erwiderte er, »doch der Verdacht hatte sich bei mir immer mehr verstärkt. Ich sagte erst heute vormittag zu Miss Austen, daß der Anschein alles ist, und sie antwortete, ja, *sogar dann, wenn er auf Täuschung berechnet ist.* Ich verdanke es meiner ausgezeichneten Freundin, daß sie in mir den Gedanken an Eastons Schuld geweckt hat, denn er war der einzige unter uns, der in den letzten Wochen sein Aussehen wesentlich verändert hatte, und diese Tatsache faszinierte mich. Als ich erst einmal auf der richtigen Fährte war, verfolgte ich sie rasch bis zu ihrem Ende – denn ein Aspekt des Mordes hatte mir von Anfang an Rätsel aufgegeben, und Easton bot eine wunderbare Lösung dafür.« Er fuhr herum und sah uns so unerbittlich an wie ein Richter: *»Warum wurde der Mord im Hause Ihrer Gnaden begangen?«*

»Ja, warum?« wiederholte die Herzogin.

»Um Schuld und Verderben über *Eastons* Feinde zu bringen. Mr. Portal – oder Mr. Thomas Lawrence, das beabsichtigte Opfer – hätte genausogut woanders getötet werden können. Doch der Mord wurde so geplant, daß dabei mehrere Fliegen mit einer Klappe geschlagen werden sollten. Um Swithin zu belasten, dessen Aufmerksamkeiten für meine Nichte dem Werben des Mörders hinderlich waren, und wahrscheinlich auch Lord Kinsfell, dessen Interesse an der *Geliebten* des Mörders ihn aufgebracht hatte.«

»Miss Conyngham? Eastons *Geliebte?«* rief ich und erinnerte mich plötzlich an die Gestalt, die ich auf der Pulteney Bridge im Gespräch an dem Phaeton des Obersten gesehen hatte. Mrs. Grimsby hatte er sie genannt, doch die bekannte Anmut der Haltung und der Figur verrieten eindeutig Maria Conyngham.

Lord Harold sah die Dame an. »Nun, meine Liebe?«

Marias wunderbarer Kopf hob sich so königlich wie der Kleopatras. »Das will ich nicht bestreiten.«

Er verbeugte sich. »Einen Anspruch auf Ehre bewahren Sie wenigstens. Ich hatte Easton erst seit kurzem im Verdacht, Mona. Ich fürchte, während des größten Teils dieser traurigen Affäre richtete sich mein Verdacht auf Graf Swithin – wie es ja auch beabsichtigt war. Denn es war Swithins Sinnbild, das sich im Gang des Vorzimmers fand – seltsamerweise *nach* der Mordnacht, in der Mr. Elliot den Gang flüchtig abgesucht hatte. Darüber dachte ich lange nach, und es kam mir zu eigenartig vor, um plausibel zu sein. Oberst Easton hatte Mona am Freitag besucht, kurz bevor ich den Gang selbst in Augenschein nahm, und es war Oberst Easton, der den Tiger hinter der Tür fallen ließ.«

Hier griff ich ein. »Aber der Tiger gehört der Familie Fortescue.«

»So ist es – und er wurde vom gegenwärtigen Grafen bei einem Kartenspiel oder einer Wette verloren, glaube ich. Habe ich recht, Swithin?«

»Ja, Mylord. Im Carlton House vor mindestens einem Jahr.«

»Und verloren Sie ihn an Easton?«

»Nein – aber ich vermute, daß der Mann, der ihn gewann, ihn nicht lange behalten hat. Er hat notorisches Pech bei Glücksspielen und wird die Brosche bald an jemand anderen weitergegeben haben.«

»Der Oberst besaß sie jedenfalls vor ein paar Monaten, als ein Mann, der sich Smith nannte – ein bärtiger Bursche von guter Haltung –, sie in Cheapside verpfändete. Easton löste sie erst vor ein paar Wochen aus, kurz nach dem Ehrenhandel, bei dem Sie ihn am rechten Arm verwundeten. Wir können schließen, daß sein Wunsch nach Rache und der Anfang seines Plans sich von diesem unglücklichen Ereignis herleiten. Das Duell wurde wegen Miss Conyngham ausgetragen, nicht wahr?«

Swithin neigte den Kopf. »Easton glaubte, ich hätte Absichten auf die Dame, doch ich versicherte ihm, daß ungeachtet meiner früheren Aufmerksamkeiten mein Herz *jetzt* einer anderen gehörte. Er nannte mich einen Schurken und einen Lügner. Solche Beschuldigungen konnte ich nicht hinnehmen.«

»Ihre Schwestern meinten, sie hätten den Oberst am Donnerstag in der Bath Street gesehen, ließen sich aber später von seinem glattrasierten Aussehen täuschen.« Lord Harold blickte mich an. »Trug der Harlekin einen Backenbart, Miss Austen?«

Das Bild einer stämmigen, bärtigen Gestalt im Narrenkleid, im Gespräch mit einer scharlachroten Medusa, stand mir vor den Augen.

»Easton!« rief Lady Desdemona. »Sie waren es doch!«

Während all dieser Erklärungen hatte Oberst Easton schweigend und mit bleichem Gesicht im Griff des Friedensrichters dagestanden, aber nun brach es giftig aus ihm heraus: »Das können Sie niemals beweisen, Trowbridge!«

»Das muß ich auch nicht«, erwiderte Lord Harold gelassen, »denn das ist Mr. Elliots Aufgabe.«

Und so fanden unsere verunglückten Gesellschaftsspiele schließlich ein Ende.

»Sie sind ein Biest«, flüsterte Maria Conyngham, als sie an Lord Harold vorbeiging. »Ich werde Sie noch in meinem Grabe verfluchen.«

Er neigte mit vollendeter Anmut den Kopf, und auf Mr. Elliots Geheiß verließ die Dame den Raum. Doch ich bemerkte, wie Lord Harolds Lider zuckten, als er sie gehen sah, und seine Miene wurde noch undurchdringlicher als sonst; daraus schloß ich auf das Ausmaß seines Ekels vor sich selbst.

Seine Mutter bemerkte es auch und verstand ihn, doch die Herzogin sagte kein Wort und nahm nur seine Hand.

»Nun, meine liebe Jane, das ist ja eine schöne Geschichte«, flüsterte mein Onkel Perrot nachdenklich. »Morgen redet ganz Bath darüber, und wie ich das deiner Tante beibringen soll, weiß ich auch nicht!«

»Schieb die ganze Schuld auf mich, mein Lieber«, riet ich ihm, »denn an meinem Charakter findet sie schon seit mindestens drei Jahren kein gutes Haar mehr.«

Montag, 24. Dezember 1804
Heiligabend

Die Zeit verging. Lord Kinsfell wurde freigelassen und kehrte in den Schoß seiner Familie zurück. Der spektakuläre Sturz der interessanten Conynghams bildete drei Tage lang das Stadtgespräch, und Elizas Bericht darüber war in der Trinkhalle sehr gefragt. Meine Mutter vergaß die skandalöse Vorliebe ihrer jüngeren Tochter für Blut über der verzehrenden Sorge um das finanzielle Wohlergehen ihres Sohnes und zeigte sich ernstlich verärgert, weil sich aus meiner Vertrautheit mit der Familie Wilborough keine

Aufträge für Henry ergaben. Ich tat mich nach einem Trost für sie um und fand ihn in unerwarteter Form bei den Leigh-Perrots. Denn, so erklärte ich meiner Mutter, eben an dem Abend des verhängnisvollen Rauzzini-Konzerts habe sich mein Onkel höchst befriedigt über Henrys kluge Börsentips geäußert.

»Dann war es wirklich günstig, Jane, daß du auf seinen Plan mit dem Konzert eingegangen bist, denn ich bin sicher, daß er sonst nicht an Henry und Eliza gedacht hätte, und ich weiß, was es für ein Opfer für dich bedeutete, wo du doch solche Musik nicht magst. Du warst immer ein gutes, offenherziges Mädchen. Cassandra ist nichts dagegen.« Sie beschäftigte sich einen Moment mit ihrer Arbeit, summte ein paar Takte einer zusammenhanglosen Melodie und kam dann noch lebhafter auf das Thema zurück.

»Vielleicht stellt dein Onkel nun deinem Bruder einige Fonds zur Verfügung, denn er hat weiß Gott genug davon herumzuliegen in Scarlets und sogar hier in Paragon. Damit könnte er deinen Bruder ein ganzes Jahr lang mit Aufträgen versehen. Ich weiß nicht, was er mit alldem anfangen will, denn meine Schwester Perrot gibt kaum einen Pfennig aus. Sie ist von Natur aus sparsam, Schwester Perrot, sehr sparsam, und das merkt man ihrem Haushalt auch an. Das Pökelfleisch an dem Kartenabend schmeckte gar nicht gut, und anscheinend hatte sie nicht einmal einen so bescheidenen Nachtisch wie Gewürzkuchen im Hause. Der Rotwein war allerdings ganz ordentlich, aber ich nehme an, Mr. Perrot paßt auf, was in seinen Weinkeller kommt. Nein, Jane, du hast nicht allein gelitten, als du auf den Kartenabend verzichtet hast, und deine Bereitwilligkeit, auf den Wunsch deines Onkels einzugehen, wird ihm sicher gefallen haben. Vielleicht springt später einmal ein Legat für dich dabei heraus.«

Ich ließ ihr die Freude, Pläne zu schmieden, wie die verschiedenen Austens am besten Nutzen aus ihren besser gestellten Verwandten ziehen könnten, und hoffte, daß die Protektion durch die herzogliche Familie nie wieder zur Sprache käme.

Eine Sensation folgte schnell der anderen, und der Mord an Richard Portal wich glücklicheren Neuigkeiten, als die Verlobung von Lady Desdemona Trowbridge mit dem Grafen von Swithin bekanntgegeben wurde. Die Klatschbasen der Trinkhalle wollten wissen, daß der furchterregende Graf einst zur Verteidigung der Ehre seiner Dame mit einem Mörder auf Pistolen aus nächster Nähe gekämpft habe, aber zur Unterstützung eines so weitreichenden Anspruchs sagte selbst Eliza klugerweise nichts.

»Jane«, sagte meine Schwester Cassandra, während ich einen Artikel im »Chronicle« von Bath studierte, »die Post ist gekommen. Du hast einen dicken Brief von James. Ist das nicht wirklich seltsam? Denn *dir* schreibt er doch nie, wenn er nicht muß. Ich kann mir nicht denken, was er dir zu erzählen haben sollte – und das in dieser Länge.«

Ich sprang von meinem Platz am Wohnzimmertisch auf und wandte mich eifrig dem Brief zu, den sie in den Händen hielt. »Das ging aber schnell! Ich muß meinen Bruder um so mehr bewundern, daß sein Sinn für Fleiß und Korrektheit, mit dem er einem manchmal auf die Nerven geht, diesmal hilft, meine Sorgen zu erleichtern. Ich denke, der Brief enthält Nachrichten aus Ashe.«

Cassandra stand ganz still, und ihre Miene veränderte sich. »Jane, da gibt es etwas, was du uns nicht verraten hast und was dich tief bedrückt. Das weiß ich. Du hast dich ganz eigenartig benommen – völlig anders als sonst –, seit dem Augenblick, als wir vom Tod Madam Lefroys erfuhren.«

Ich setzte mich wieder an den Tisch und hielt den Brief von James schlaff in der Hand. »Und würdest du denn erwarten, daß ich mich mitten in so schrecklichem Kummer benehmen sollte wie immer?«

»Wie du selbst in Trauer vielleicht. Statt dessen läufst du herum wie eine Dame der vornehmen Gesellschaft am Anfang ihrer ersten Saison! Madam Lefroy ist so gut wie vergessen – und nun *das?*«

»Armer Bruder James! Er wäre tödlich beleidigt, wenn er hörte, wie du von seinen Briefen sprichst!«

»Treib keinen Scherz mit mir, Jane.« Der Ton der lieben Cassandra nahm eine ungewohnte Schärfe an. »Ich hatte immer den Vorzug, auch deine kleinsten Sorgen zu teilen, wie du die meinen, aber in der letzten Zeit muß ich annehmen, daß du dich völlig vor mir verschließt.« Sie setzte sich neben mich und nahm meine Hand. »Dein Verhalten schmerzt mich, das kann ich nicht leugnen. Ich schätzte Madam Lefroy ebensosehr wie du, und ihr

Tod hat mir gänzlich die Ruhe geraubt. Du bist nicht allein in deiner Niedergeschlagenheit. Oder hast du etwa nicht bemerkt, wie unser lieber Vater gelitten hat? Es quälte ihn sehr, daß seine schlechte Gesundheit es ihm nicht erlaubte, nach Ashe zu fahren. Aber es hieß, bei dem schwachen Zustand seiner Lunge – Mr. Bowen fürchtete anscheinend eine Lungenentzündung – sei jede Reise unmöglich. So konnte sich Vater den Wunsch nicht erfüllen, seinen lebenslangen Freunden ein kleines Zeichen seiner Achtung zu erweisen. Es ist nicht schön von dir, Jane, es ist sehr unfreundlich, daß du dich nicht deiner Familie anvertraust, sondern dich an Fremde wendest.«

»Ist James uns denn ein Fremder geworden?«

Cassandra seufzte. »Du weißt, daß ich nicht von James spreche.«

Ich nahm den Brief und erbrach das Siegel. Es waren zwei ganze Bogen, dicht vollgeschrieben.

22. Dezember 1804
Pfarrhaus Steventon

Meine liebe Jane,
Ich freute mich, am vorigen Mittwoch Deinen Brief zu erhalten, und fand ihn sehr schicklich in allen Ausdrücken des Beileids und der Achtung der Verstorbenen, wenngleich etwas unbefriedigend in der Form seiner Abfassung. Du wirst niemals eine wirklich vollkommene Schriftstellerin werden, liebe Schwester, wenn du nicht die Kunst der Orthographie studierst und Dich bemühst, sie beständig anzuwenden. In der Länge war Dein Schreiben nicht unpassend, aber in der Anordnung Deiner Gedanken –! Die Nachschrift allein war ein bloßes Gekritzel und stand in keinem Zusammenhang mit Deinem vorherigen Thema. Ein trauriges Durcheinander. Aber es ist wohl klüger, nicht weiter davon zu sprechen. Ich kann es der Überfülle Deines Herzens – jener geziemenden Gefühlstiefe, die dem weiblichen Geschlecht so natürlich ist – zuschreiben, daß Deine Worte so unglücklich flossen und Deinen Sätzen die Punkte fehlten. Ich bedenke, daß unser vorzüglicher Vater es nicht für angebracht hielt, Dich in Latein oder Griechisch unterrichten zu lassen – sehr zu Recht übrigens, denn es hätte einen Verstand überanstrengt, der alle Schwächen

seines Geschlechts aufweist! – und daß Du infolgedessen nur als halbgebildet gelten kannst.

Ich hatte das Glück, meinen geschätzten Kollegen Ehrwürden Isaac Peter George Lefroy in der vorigen Woche zum Tischler zu begleiten, um den Sarg zu bestellen. Ich hatte ihm den kleinen Dienst angeboten, ihn bei den Vorbereitungen für die Beisetzung der Verstorbenen zu unterstützen, und ich kann Dir versichern, daß er ihn sehr bereitwillig angenommen hat. Ehrwürden Lefroy war dankbar, darf ich wohl sagen, für die von mir zum Ausdruck gebrachte Ehrerbietung und die Bereitschaft, die Stelle eines Sohnes bei ihm zu vertreten, der mir ja immer eine väterliche Güte bezeigt hat. Seine eigenen Jungen, muß ich berichten, benahmen sich abscheulich. Der junge Ben hat seit dem unglücklichen Ereignis nicht aufgehört zu weinen, und sogar Mr. Rice, dem doch seine geistliche Laufbahn Zartgefühl vermittelt und nahegelegt haben sollte, bei dem Vater seiner erwählten Gefährtin die Stelle eines Sohnes zu übernehmen, ist ihm überhaupt keine Stütze. Er hat zu alkoholischen Getränken gegriffen und verbringt den größten Teil des Abends mit Würfelspielen bei den Stallknechten. Doch dank Deines Briefes, meine liebe Jane, konnte ich Ehrwürden Lefroy das wärmste Mitgefühl der Familie Austen aussprechen, und ich übermittele Dir wiederum den traurigen Dank eines Mannes, den der Kummer fast vernichtet hat.*

Der Tischler wohnt im Nachbardorf Overton in der Broad Street, und als wir dorthin ritten, wurden unsere Gemüter notwendigerweise niedergedrückt von der schrecklichen Erinnerung an das unglückliche Ereignis, denn wir mußten ja an dem Ort der Tragödie vorbei. Du erinnerst Dich, daß Madam Lefroy im Begriff war, Overton zu verlassen, und schon den Gipfel des Overton Hill erreicht hatte, als ihr Pferd durchging und sie sich beim Sturz verletzte. Als wir uns der verhängnisvollen Stelle näherten, ließ sich Ehrwürden Lefroy auch durch meine dringendsten Bitten nicht davon abhalten, sein Pferd dort an der Hecke zu zügeln. Er hob die Peitsche und sprach diese schrecklichen Worte:

»Hier, mein lieber Austen, ist genau der Ort, an dem ihr Schick-

* Henry Rice, Madam Lefroys Schwiegersohn, war zwar Hilfspfarrer in Ashe, doch ein leidenschaftlicher Glücksspieler, der sein Lebensende auf der Flucht vor seinen Gläubigern auf dem Kontinent verbrachte. – *Die Herausgeberin.*

sal sie ereilte. Hier saß der Wilddieb im Schutz der frühen Winterabenddämmerung, hier legte er sein Gewehr an und schoß auf das Rebhuhn, das auf Sir Walters Tisch gehörte« – denn Du weißt ja, Jane, daß Sir Walter Martin immer diese Hecke zu Lehen hatte und böse von Wilddieben geplagt wird –, »und hier wurde das Pferd erschreckt und ging mit meiner geliebten Frau durch, was zu ihrem tragischen Ende führte.« Danach sprang er ab, zerrte an den Zweigen der Hecke und brach in ein schreckliches Weinen aus, und ich glaube, wäre er allein gewesen, hätte ihn der Tischler nicht mehr gesehen.

In Anbetracht des Verhaltens von Ehrwürden Lefroy beginne ich die Exzesse seiner Nachkommen zu verstehen – aber kein Wort des Vorwurfs soll über meine Lippen kommen.

Dem Tenor Deines Briefes, Jane, entnehme ich, daß Du einen ausführlichen Bericht über das Unglück Madam Lefroys und einen Überblick über ihre letzten Stunden wünschst. Ich müßte Dich vielleicht vor einer übermäßigen Hingabe an morbide Gefühle warnen und vor einem fieberhaften Sichversenken in alles, was mit dem Vergehen des Fleischlichen zu tun hat, doch ich glaube, daß Du eine recht vernünftige Frau bist, Jane, und vertraue darauf, daß die Vorsehung und das ausgezeichnete Vorbild unseres geliebten Vaters Dich vor gefühlsmäßigen und gedanklichen Exzessen bewahren werden.

Ich selbst begegnete Madam Lefroy an jenem verhängnisvollen Tag, wie unser Vater Dir sicher nach meinem Eilbrief berichtet hat. Sie bemerkte dabei, daß ihr Pferd so dumm und träge sei, daß sie es kaum in Gang bringen könnte, und damit trennten wir uns: Ich kehrte nach Hause zurück, und sie erledigte ihre Besorgungen bei den Kaufleuten der Stadt. Gegen vier Uhr nachmittags war Madam Lefroy mit ihrem Reitknecht im Begriff, Overton zu verlassen, als auf dem Gipfel des Overton Hill ihr Pferd durch einen Schuß erschreckt wurde, der hinter der Hecke keine zehn Schritt von seinem Kopf entfernt abgefeuert wurde. Das Pferd ging durch, und dem Reitknecht gelang es nicht, es am Zügel zu fassen. Ob aus Furcht oder wegen ihres unsicheren Sitzes sprang Madam Lefroy ab und erlitt eine schwere Gehirnerschütterung. Nach einer kurzen Frist zur Beschaffung eines Fuhrwerks wurde sie heim nach Ashe geschafft und lebte dort noch etwa zwölf Stunden. Mr. Charles Lyford aus Basingstoke – Du wirst Dich gewiß an ihn erinnern – behandelte sie, doch in den ersten Stunden des Sonntags schlief sie ruhig ein. Ich weiß nicht, ob sie vor ihrem Ende noch einmal erwachte oder sprach.

Der Schuß, der das Pferd erschreckte, wird der Unvorsichtigkeit eines Wilddiebs zugeschrieben – eines Wilddiebs, der noch frei herumläuft und inzwischen wahrscheinlich weit weg von seinem Heimatboden geflüchtet ist, um seinen Hals zu retten. Ein berechtigter Schreck über das Unheil, das sein Schuß angerichtet hat, wird den Schurken wohl veranlaßt haben, im Schutze der Dunkelheit zu fliehen. Seine Ergreifung kann auch nicht durch die Beschreibung des Reitknechts erleichtert werden, denn der war notwendigerweise damit beschäftigt, das inzwischen leider getötete Pferd seiner Herrin zu verfolgen und einzufangen. So müssen wir diesen Schicksalsschlag Dem zuschreiben, Dessen Wege unerforschlich sind, und ihn mit der Schicklichkeit und dem Anstand hinnehmen, die einem Christen geziemen.

*Schicklichkeit und Anstand lassen jedoch die Lefroys im Augenblick leider sehr vermissen, und ich darf mich dazu beglückwünschen, daß ich das Hinscheiden meiner eigenen lieben Verstorbenen mit mehr lobenswerter Festigkeit ertragen habe, wie sich auch meine gegenwärtige Frau lebhaft erinnert. Die Lefroys sind eine Familie, der es bestimmt ist, von Unglücksfällen geplagt zu werden, worauf auch Mary schon hingewiesen hat. Die Unbesonnenheit des jungen Anthony, seine Rückgratverletzung und sein daraus folgender Tod waren fast schon eine Vorahnung dieser neuen Tragödie.**

In Zukunft sollten sie Pferde wohl besser ganz meiden. Indessen wunderte es mich nicht, daß sie sich während des ganzen Trauergottesdienstes höchst beklagenswert benahmen, und ich hatte mich auf Schmerzbekundungen aller Seiten gehörig vorbereitet.

Schließlich fragst Du noch an, ob mir in der letzten Zeit Fremde in der Nachbarschaft aufgefallen sind. Es kamen sehr viele zum Trauergottesdienst für Madam Lefroy – und ich darf mich dazu beglückwünschen, daß ich ihre Erwartungen nicht enttäuscht habe! –, aber ich nehme an, Du meinst speziell Deine Bekannten

* James Austen spielt hier auf den Tod von Anne Lefroys zweitem Sohn Anthony Brydges Lefroy an, der im Alter von vierzehn Jahren durch einen Sturz vom Pferde verletzt wurde und nach einer sich zwei Jahre hinziehenden Krankheit 1800 starb. – *Die Herausgeberin.*

aus Bath. Woher Du solche verrufenen Personen wie diesen Smythe kennst, meine liebe Schwester, kann ich mir überhaupt nicht vorstellen, und als ich das gegenüber meiner geliebten Mary erwähnte, schloß sie sich sehr bestimmt meiner Meinung an. Um seine ganze Geschichte zu erfahren, mußte ich mich bei unserem Hausmädchen Daisy erkundigen, die unglücklicherweise dazu beitrug, daß sich der Mann in der Nähe des Pfarrhauses herumtrieb, weil sie ihm Reste unserer Mahlzeiten zukommen ließ, und ich habe zu meinem Schrecken gehört, daß er ein ganz liederlicher Mensch ist. Wenn man Daisy glauben kann, zechte Smythe im Gasthaus von Overton, belästigte die Töchter der Kaufleute und vollführte gewisse Kunststücke auf offener Straße – schlug Purzelbäume und machte Sprünge für die Pennies, die ihm die Neugierigen zuwarfen. Wir waren froh, als wir erfuhren, daß er die Gegend ebenso plötzlich wieder verlassen hatte, wie er gekommen war, und wir wundern uns, daß Du ihn überhaupt kennst. Wohin er sich gewendet hat, kann ich Dir nicht sagen.

Daisy habe ich entlassen wegen ihrer Ungezogenheit und ihrem Mangel an rechter Umsicht, natürlich mit voller Bezahlung und einem Zeugnis.

Ich verbleibe als Dein Dich hoch achtender Bruder

Ehrw. Ja. Austen

Ich legte den Brief auf den Tisch aus Händen, deren Zittern ich nicht beherrschen konnte. Smythe war in Overton gewesen, und Madams Pferd war durch einen Schuß aus der Hecke auf dem Gipfel des Overton Hill erschreckt worden. James konnte keine Daten angeben, aber ich erinnerte mich an Lord Harolds Meinung über das Zusammentreffen von Ereignissen, und wenn ich auch niemals das besitzen würde, was Mr. Elliot als *Beweis* bezeichnete, hatte ich doch den Namen des Mörders von Anne Lefroy erfahren.

Nichts war einfacher, als solch eine Tat zu vollbringen. Smythe brauchte sich dazu nur hinter der Hecke zu verbergen und ein Gewehr abzufeuern, das ihm Hugh Conyngham geliehen hatte. Denn wie unsicher der Sitz von Damen war, die gezwungen waren, einen Damensattel zu benutzen, das war allgemein bekannt, und Madams Verderben war somit unvermeidlich. Er hätte genausogut das Gewehr auf ihr Herz richten können.

»Was für ein lobenswerter Brief, Jane«, bemerkte Cassandra, »besonders in seinem Schluß. Ich mag den Stil oder die Ansichten meines Bruders nicht sehr – er ist mit den Jahren und mit seinem Aufstieg im Beruf zu hochtrabend geworden –, aber seine Sorge um deinen guten Ruf hat er ganz ehrlich ausgedrückt. Er wäre vielleicht ein anderer Mensch geworden, wenn ... ich meine ...« Ihre Stimme versagte plötzlich.

»Ein anderer Mensch, wenn Anne am Leben geblieben wäre«, beendete ich den Satz für sie. Wir alle hatten die elegante und wohlerzogene Anne geliebt; sie besaß einen festen Charakter und einen ausgezeichneten Verstand. Und wenn wir auch Mary Lloyd nicht halb so sehr mochten, so verbot uns die Liebe zu ihrer Schwester Martha im allgemeinen, darüber zu sprechen.

»Kannst du mir nicht anvertrauen, Jane, warum du so genau über Madam Lefroys Sterben Bescheid wissen wolltest?«

Ich mied den Blick meiner Schwester. »Daran ist doch nichts so außerordentlich, denke ich. Wir alle müssen schließlich sehr lebhaft an dem Thema interessiert sein.«

»So leicht kann ich es nicht abtun. Sich über solche Dinge zu verbreiten ist unerträglich und paßt auch gar nicht zu deinen sonstigen Gewohnheiten. Du neigst doch nicht zum Grübeln, Jane. Ich bin ganz verblüfft von dem Trieb, der zu diesem Brief geführt hat.«

»Du darfst mich nicht bedrängen, Cassandra«, antwortete ich. »Wir haben alle unsere verschiedenen Arten zu trauern und unseren letzten Abschied zu nehmen. Und nun, glaube ich, sollte ich einen kleinen Spaziergang auf dem Crescent machen und etwas frische Luft schöpfen. Wärest du bereit, mich zu begleiten, meine Liebe?«

Wie bei den Austens üblich, setzten wir uns zu einem frühen Dinner nieder, doch nicht lange danach läutete es an der Tür, und ich erhielt einen Brief in Lord Harolds schwer lesbarer Handschrift. Er lud mich zu acht Uhr nach Laura Place ein, um zur Feier der Jahreszeit und auf Lady Desdemonas Gesundheit zu trinken.

»Zum Tee!« rief meine Mutter aus. »Hätten sie heute vormittag an dich gedacht, hätte es auch zum Dinner sein können. Das ist keine große Ehre, Jane, so spät eingeladen zu werden –

und noch dazu am Heiligen Abend! Wahrscheinlich hat jemand anders abgesagt, und sie brauchen dich nur, um eine Runde am Kartentisch komplett zu machen. Du solltest die Einladung lieber ablehnen – denn es wirkt nicht gut, wenn man sich für so eine kleine Gunst noch dankbar zeigt.«

»Nein, Mutter, ich glaube, da irrst du dich«, antwortete ich ruhig. »In ihrem Alter hält die Herzogin nicht sehr auf Vornehmheit, und da sie früher selbst nicht den höchsten Rängen angehörte, neigt sie eher dazu, sich für Damen mit bescheidenen Aussichten zu interessieren, als auf sie hinabzublicken. Ich würde gern mit ihr Tee trinken, versichere ich dir.«

»Na, gut – wenn du dich Seiner Lordschaft aufdrängen willst, muß es wohl sein, nehme ich an«, erwiderte meine Mutter mit scheinbarer Gleichgültigkeit. »Nur zum Tee! Es könnte allerdings sein, daß sie dich zum Abendessen dabehalten wollen, Jane, und dann kannst du dich nicht in deinem braunen Batistkleid an die Tafel setzen. Lauf und zieh dir ein anderes Kleid an, meine Liebe, und vergiß deine Haube nicht. Mary kann dir die Haare machen.«

Es war eine erlesene und sogar elegante Gesellschaft, die sich an diesem Abend in Laura Place zusammenfand. Die Herzogin saß in bequemer Vertrautheit mit Lord Harold zusammen, während am anderen Ende des Zimmers Lady Desdemona den Grafen und ihren Bruder zu Gelächter reizte. Miss Wren behauptete mit ihrer Handarbeit das Zentrum, und anfangs fürchtete ich, ich würde ihrem Mitteilungsdrang zum Opfer fallen und in aller Ausführlichkeit zu hören bekommen, was sie zu erleiden hätte, wenn Mona nun fortginge und Miss Wren völlig der Gnade der Herzoginwitwe ausgeliefert sei, doch schließlich öffnete die junge Dame selbst huldvoll den Flügel und bat Miss Wren, ihr die Noten umzuwenden. Lady Desdemona begann mit einem schottischen Lied, ihre liebliche Stimme füllte sich mit Pathos, und wie von einer unsichtbaren Schnur gezogen, näherte sich der Graf dem Instrument, um seine Angebetete zu betrachten.

»Sie werden sich erinnern, Jane, daß ich sagte, ich möchte nicht, daß meine Mona geopfert wird«, bemerkte Lord Harold, der sich nun neben mich gestellt hatte. »Jetzt kann ich mir keinen Mann vorstellen, der sie mehr verdient hätte. Meine Informationen besagen übrigens, daß Swithin den Opiumhandel ganz eingestellt hat und daß er den größten Teil der Jahre seit seines Vaters Tod damit beschäftigt war, den Wohlstand der Familie von diesem zweifelhaften Geschäft unabhängig zu machen.« Eine leichte Belustigung funkelte in seinen halbverdeckten Augen, erlosch jedoch plötzlich. »Er ist ein rücksichtloser Bursche, aber er besitzt einen eisernen Charakter, und Männer dieses Schlages sind zu allen Zeiten selten genug. Mona hat sich ganz von der Schurkerei des Obersten überzeugt, ist glücklich über die Freilassung ihres Bruders und blickt nur noch in die Zukunft.«

»Doch Sie können das nicht«, sagte ich.

Er warf mir einen schnellen Blick zu und wandte ihn ebenso schnell wieder ab. »Nein«, erwiderte Trowbridge. »Ich habe heute abend eine Nachricht erhalten, meine liebe Jane, die schwer auf mir lastet. Maria Conyngham ist tot.«

»Tot!«

»Sie hat sich in Ilchester erhängt – riß sich anscheinend Volants von ihrem Kleid und knüpfte daraus eine Schlinge. Ihr Bruder soll fast wahnsinnig sein vor Kummer und mir Rache schwören.«

Wir schwiegen einen Moment, und durch meine verwirrten Gedanken drang Lady Desdemonas Stimme, einfach, rein und froh ohne aufzurechnen. »Sie dürfen sich nicht verantwortlich fühlen, Mylord«, erklärte ich Lord Harold, »für das, was Hugh Conyngham getan hat. Was das Leben seiner Schwester und sein eigenes zerstört hat, war sein Durst nach Rache an Mr. Lawrence, und hätte er sich nicht zu Gewalttaten hinreißen lassen, hätte er Maria Siddons in ihrem Grabe ruhen lassen, dann könnte seine Schwester heute abend noch in Bristol auf der Bühne stehen.«

»Ich weiß es nicht, Jane«, sinnierte Lord Harold, »ich weiß es nicht. Wenn ich an den Obersten denke, der bereit war, alles zu riskieren, um solch einen Mann zu ermorden, dann kann ich nicht glauben, daß die Planung allein von Conyngham ausging. Für *ihn* hätte Easton keinen Finger gerührt. Aber für Maria Conyngham hätte er viel getan – sogar eine Frau geheiratet, die er nicht liebte, um ihnen beiden Reichtum zu verschaffen. Nein, ich meine, die Rache an Mr. Lawrence wurde von Maria allein geplant, und jetzt hat sie auch noch ihren Bruder betrogen und es ihm überlassen, die Schuld zu tragen.«

»Soviel Verderben, und alles für ein Mädchen, das schon drei Jahre im Grabe liegt, und für einen Mann, der nicht der Rede wert ist«, überlegte ich.

»Ich kann mir vorstellen, daß Maria Siddons sich freuen würde, wenn sie es wüßte. Sie war wie Maria Conyngham zur Rache geschaffen, und wenn Mr. Lawrences Seelenfrieden durch die Bedrohung seiner Person auch nur etwas gestört worden ist, dann tanzt sie heute abend im Himmel.«

»Und was wird mit dem Porträt, Mylord? Maria Siddons' boshaftem Auge?«

»Es wird natürlich ihrer Mutter zurückgegeben, obgleich ich eingestehe, daß ich versucht bin, es in den Fluß zu werfen. Solche unglückseligen Schmuckstücke sollten mit den dargestellten Personen begraben werden.«

»Mit Ausnahme vielleicht von Mr. Lawrences Skizze von Maria Conyngham?«

Lord Harold vermied meinen Blick. Ich hatte beobachtet, wie er an dem Vormittag unseres Besuches bei dem Maler dieses leidenschaftliche Porträt in seiner Rocktasche verschwinden ließ, und nahm an, daß er es noch besaß, doch ich konnte nicht erwarten, daß er das bestätigte. Zudringlichkeit trifft bei Lord Harold gewöhnlich auf ein undurchdringliches Schweigen, wie ich aus Erfahrung wußte, und der gegenwärtige Fall machte da keine Ausnahme.

Er seufzte und nahm meine Teetasse. »Das ist wohl kaum das richtige Getränk für Weihnachten, meine Liebe. Ich hole Ihnen ein Glas Rotwein.«

»Mylord …«

Er wandte sich um und hob eine Augenbraue.

»Sie müssen lernen, damit zu leben. Wie ich gelernt habe, mit Madams Tod zu leben«, sagte ich leise.

»Das werde ich, Jane, das werde ich – so, wie der Henker seinen Beruf ausübt, mit Ekel und Angst, bis das Grab gefüllt ist. Es ist eine schreckliche Anmaßung, über seine Mitmenschen ein Urteil zu sprechen. Es ist fast so, als wolle man Gott spielen – und wenn man mich dessen auch schon oft beschuldigt hat, so gebe ich doch erst jetzt zu, daß ich dem nahegekommen bin.«

»Wenn der Gerechtigkeit Genüge getan ist, dann können Sie wieder ruhig schlafen.«

»Ja.« Er zögerte. »Bis dahin, glaube ich, werde ich für einige Zeit verreisen.«

Ich unterließ es lieber, mich nach seinem Reiseziel zu erkundigen.

Es schlug Mitternacht. Lady Desdemona riß die Salonfenster weit auf und sah hinaus auf die Straße. »Sieh nur, Großmutter! Die Weihnachtssänger sind da!« Sie wandte ihr strahlendes Gesicht liebevoll Lord Kinsfell zu. »Wie bin ich glücklich, lieber Kinny, daß du bei uns bist und sie singen hören kannst!«

Die Herzogin rief Jenkins zu, er solle die Weihnachtssänger hereinholen, und bald waren sie mit geröteten Wangen und vor Kälte glänzenden Augen vor dem Kamin versammelt. Es war eine bunt gemischte Gruppe einfacher Leute, eher warm als modisch gekleidet, einige von ihnen noch fast Kinder, doch als sie ihren Gesang anstimmten, besaß er die Kraft, die Herzen zu erheben. Dies war die Seele des echten alten Englands, mit seinen Weihnachtsscheiten und Hammelbraten, seiner Kameradschaftlichkeit und Liebe. Ich dachte an Anne Lefroy, die für immer von ihrem häuslichen Herd geschieden war, von der Tafel mit ihren Kindern, und ein plötzlicher Schauder überlief mich.

Gott schenk euch Glück, ihr Herren, mag nichts den Mut euch nehmen…

Ich erhob meine Stimme und sang laut mit allen anderen.